モダニティの想像力

文学と視覚性

中川成美

新曜社

モダニティの想像力——文学と視覚性　目次

装幀──虎尾　隆

序章　文学的想像力と視覚性——モダニティの経験

すぐれた文学を読むとき、読者である私たちは活字を眼で追いながら、その作品のなかに描かれる感触を実際に体験したような気になることがある。例えば佐多稲子の「キャラメル工場から」（『プロレタリア芸術』一九二八年二月）はこのようにしめくくられる。

附箋がついてそれがチヤンそば屋の彼女の所へ来た時——彼女はもう棲み込みだつた——それを破いて読みかけたが、それを摑んだまゝで便所にはいつた。彼女はそれを読み返した。暗くてはつ切読めなかつた。暗い便所の中で用も無く、しやがみ腰になつて彼女は泣いた。

あてどなく長崎を家族とともに出奔し東京で失職した若き父親によって、小学校に通わされることもなくキャラメル工場に働きに出された十一歳のひろ子は、父の意向で中華ソバ屋の住み込みに職替えさせられた。そのひろ子に宛てられた「小学校だけは卒業する方がよからう」という故郷の担任教師の言葉は、ひろ子にとって如何なる解決の方法も持たない。彼の言葉はまったき善意である。だが、善意であることがひろ子をさらに苦しめ、感謝とも失意とも無念とも判断のつかない涙が、あとからあとから落ちてくる。そのひろ子の究極的な孤絶感に読者が共鳴した時、五燭の電燈が投げかける薄い視野、ぼんやりとかすむ文面、握りしめられた手に絡みつく便箋の手触りとカサカサという紙の音、彼女を包み込んでいるアンモニア臭、そして中腰のために震える細い踝《くるぶし》の圧迫感までもが感じられてくるのだ。活字を読むことが、実在しない情景を細部にいたるまで蘇らせ、なおかつそれを支える感触までもが仮想的にではあるが、「再現」するというのはどういうことなのだろうか。いや、「再現」という言葉は適当ではない。何故なら「キャラメル工場から」は虚構のテクストであり、ひろ子がもったであろう身体の経験は実際にはどこにもないからだ。

だが、事前に存在していなかったにもかかわらず、読者は夜半のソバ屋の便所で中腰となって熱い涙を止めどなく流すひろ子の姿を「情景」として自分の「記憶」のなかに納め、何度でも「回想」することができる。いや、その実感にも似た活字の体験は長い間、色褪せることなく私たちの意識の片隅に居坐り続けて、私たちの感情の組成に影響を与え続けるのだ。「チヤンそば屋」も存在しないし、ひろ子もどこにもいない。それにもかかわらず、私たちはそうやって読む体験を身体の体験として感じることができるのだ。それは人間に与えられた想像力という能力のおかげだ。このように文学に触れることによって「情景」が目の前に浮かび上がることを「文学的想像力」と呼べばいいのだろうか。

1　想像力の顕示と潜勢

この「文学的想像力」に関する私の概念規定への試みを、ジャン＝ポール・サルトルはいとも簡単に覆す。

言葉の意識を像（イマージュ）の意識と同一視することは誤りであろう。内的言語の言葉とは像（イマージュ）ではない。言語的像（イマージュ）などというものはほとんどなきにひとしいし、さもなければ、もし言葉が像（イマージュ）であれば言葉は記号としての役割をやめることになる。（『想像力の問題――想像力の現象学的心理学』サルトル全集第一二巻、平井啓之訳、人文書院、一九六六年、原著一九四〇年）

言語によって喚起された事物や感情は、実は未だ言語と密接に癒着しており、サルトルはそれを「内的言語」と呼んで、想像力によって導き出される「像（イマージュ）」とは区別した。つまり、私が自分の中に持ったと思われる視覚や触感、聴覚や嗅覚は、言語の具体的な指示作用によって現われたものであり、それはまた言葉に還元されて語り直すためのものであり、想像力そのものの現前ではないと言っているのだ。それは言語によって思念され、意識された対象の表象化作用に過ぎない。私の身体が微細に感じたと「誤認」するひろ子の感情や身体の反応は、どこかでこれまで見たり聞いたりしたことの蓄積のなかから任意に抽出されたものにすぎないと言っているのだ。あの私の「感覚」が借り物であったということは驚きではあるが、その「感覚」とは、言語で語り直しているにすぎないというサルトルの指摘は充分の説得力を持っている。サルトルは明確に「言葉は像《イマージュ》ではない」とし、心のなかに湧き起こるイメージ（心的イマージュ）が、しばしば、「真物の聴覚的あるいは視覚的 像《イマージュ》を伴う」（同前）内的言語と混同されていることを指摘している。サルトルによれば「内的言語の言葉は像《イマージュ》ではなく、記号としての機能をはたす物的対象物」（同）ということになる。

「誤認」が何故起こるかについてサルトルは、「私たちは、この場合、《視覚的》とか《聴覚的》とか主張されるものは、自己観察にあまり慣れておらず、像《イマージュ》の背後に、運動としての現実をみとめなかった人々のみ属するものである」（前出『想像力の問題』）と説明している。この「自己観察」について、外界の事象・事物を「知覚」によって純粋に自己の内部に再現できると信じていることが、実は事象・事物によって刻々と変化している状況に反応する身体の具体的な行動や行為そのものを指すとサルトルは言う。それを「運動」と呼び、人間はその運動によって新たな認識を獲得し、自身の運動を促していくのだ。ジル・ドゥルーズはこの「運動」という概念にこだわる。アンリ・ベルクソンが『創造と進化』（一九〇七年）で「思考の映画的メカニズム」と言って新しい表現形式であった映画を揶揄したのは、映画が動かない静止画のコマを繋げることによってもたらされる擬似的な運動という錯覚によって成り立っていると考えたからだ。だが、ドゥルーズはこのことに逆に注目し、「映画は、直接に、或る運動イメージを与えてくれる」（『シネマ1＊運動イメージ』[1]）として、ベルクソンやウィリアム・ジェームズ以来の現代哲学の主要な関心であった、なぜ私たちは具体的対象物もないのにありありと事象・事物を内的に思い描くことができるのかという問題系にアプローチした。ベルクソンは「イマージュ」と呼ばれる想像力によって現前化される私たちの心の内部に萌すイメージの産物を「確実な心的内在[2]」として把握したとサルトルは指摘する。確実な「存在」としてある「イマージュ」とは、不確実な思い込みや、弱められた知覚などではない。また知覚によって表象化されたものでも、言語によって指標されたものでもない。ベルクソンはそのイマージュの総体が「物質」であり、「その同じイマージュが特定のイマージュすなわち私の身体の可能な行動に関係づけられた場合には、これを物質の知覚とよぶ[3]」と言い、サルトルはイメージとはそれ自体が「独自の意識」（「想像力の問題」）であり「徴験や感情や感覚やを、内蔵していると思われる意識のうちに像（イマージュ）がある」（同）のではなく、イメージとは「心的綜合形態」（同）であり、「時間的な心的綜合の或る一刻の姿として現われ、音楽的統一性を形成するために、それに先立ち、或いはそれに続いて来る他の意識の諸形態と有機的に結びつく」（同）と述べている。つまり、私たちの想像するという行為は、過去の記憶や経験のなかから事物・事象を取り出したり、思い起こしたり、具体的対象物として再現・再認することではなく、それ自体が予測もつかない創造的な行動（運動）なのである。知覚の直接的な現われと考えられてきた想像力の問題は、ベルクソン以降、それ自体が意識の能動的な働きであり、人間存在の自由を保証する知覚の積極的な行為（運動）なのだという、新しい認識に書き換えられたのである。

それでは文学を介在して現出する想像力についてはどう考えていけばいいのだろうか。言語によって認知される言表の世界は、それ自体には想像力の力が備わっていないのだとすると、文学に触れる者たちが感じるあの物語世界の活き活きとした再現・認知と、実感とも見紛う細部の復元力と、それに伴う感動は、一体どこからやってくるというのだろう。ドゥルーズは『シネマ１＊運動イメージ』、および『シネマ2＊時間イメージ』[4]で、いわば逆方向にこの問題をさぐっている。すなわち、静止した画像の連なりとしての映画という媒体が、画像に運動を与えることによって出現した、持続するイメージの産出こそは、文学の根源をなす情動の喚起力であることを説明している。ドゥルーズはイメージを記号として考えるところから、この壮大な意識と知覚をめぐる考察を始めた。ベルクソンと、プラグマティズムの生みの親であるチャールズ・サンダーズ・パースを分析の根幹にすえたドゥルーズの試みは、映像分析という形を借りながら、実は文学分析であったのではないのだろうかと思わせるほど、有効な多数の視座を提供してくれる。ドゥルーズはパースの卓見を、「すでに言語的なものである規定に関連してではなく、イメージとその組み合わせから出発して記号を受けとったことにあった」（『シネマ2＊時間イメージ』）と記しているが、イメージそのものをも記号として認知するそのパースの出発は驚くほど知覚と言語の関係の可能性を拡張した。

パースは「記号は指示された事物と同一ではなく、何らかの点で異なっているから、記号には、記号だけに所属し記号の表示作用とは無関係な性質」（「人間記号論の試み」[5]）である「素材的な性質つまり材質」（同）があるのだが、それが対象物と「連想力」によって結ばれ、「実在的で物理的な結合」をすると述べた。記号は「思考」に向けられているが、その際に「思考」は三つの要素、（1）「思考に表示を行なわせる表示作用」、（2）「純粋の指示作用あるいは実在的な結合作用」、（3）「素材的な性質、言いかえれば直接経験」を提示する。だが、この「思考」を導き出すのは「記号」そのものではなく、記号の「表示作用」である。そして、この「表示作用」を促すのは「感覚」である。しかし、「感覚」それ自体は「表示作用」ではなく「推定的推論」という単純な地点にとどまっている。この「感覚」は知覚と一般には言い換えられるだろうが、パースを援用するドゥルーズもその知覚は想像力ではないと言っている。パースは「情動（アフェクション）」こそが想像力の源泉の一つとしている。「情動」は「感覚」と同様にそれ自身に「表示作用」はないが、「感覚」が「身体の組織にたいして興奮」を生みだすことのない「情報を与えることによってしか思考の流れに影響を与えることにできない思考」（同）であるのに比べ、「情動」は「身体のなかにはげしい運動をひきおこ」（同）し、「思考の流れに強い影響」を与える。これは重要な指摘だ。一切のイメージも感覚（知覚）も記号であるとすっぱりと整理して、その「感覚」は「直観」ではなく、また「感覚器官がうけとる直接的な印象」（同）でもなく、ただの「推定的推論」にしかすぎないとパースは断じる。それでも「情動」や感覚が何かによってかき乱される時に自己という身体は逆にしっかりと、それらのイメージを認識して、その運動のなかで具体的な事物や事象を実感したりするのである。それは想像力をめぐる思惟が複雑であることを証明している。運動の経過のなかで見出されるわかりにくさは、説明（おそらくは言語化と言い換えることができよう）が不可能な対象への深い執着などによって引き起こされているのだ。この不可解ともいえる「情動」こそが、想像力を理解していくための手掛かりとなるのではないだろうか。

十九世紀の中葉にパースやウィリアム・ジェームズらが発見したのは、デカルト以降の近代性をめぐる論議のなかで、もっとも重大な案件である人間の「心理」という内面のドラマであった。それらはやがてベルクソンによって総合化されるのだが、その意識と身体の相関に関わる考えは、文学の領域に属すべき思考実験だったといえる。ベルクソンとマルセル・プルーストの関係はそれを明瞭に語っているが、二十世紀の初めに現われたこの人間の内的な想像力を記述しようとする試みは、やがてベルクソンを否定的に継承したサルトルによって理論的な整合がはかられた。サルトルはベルクソンがイメージを「識知」によって描写したり意識できたりするという考えを斥けて、「感情（情動）」という、言語には容易に還元されないままに突如として表われ出る喚起力に注目する。それは具体的な実像を求めて意識のなかを彷徨《さまよ》うのだが、実はそれを現わす対象物はどこにもないのだと言う。「感情（情動）」という感情の喚起によって見出される自分の欲望についてサルトルは「欲望とはまず欲望の対象物の意識である」（前出『想像力の問題』）と述べ、このように言及する。

欲望とはすでに感情的次元に於いてあたえられているものを表象的次元に於いて所有せんとする盲目的努力なのである。（中略）欲望は現に己にあたえられたその感情的《何ものか》に向い、それを欲望の対象物の代表物として把握する。かくて欲望の感情的意識の構造はすでに想像的意識の構造と同じである。何故なら、像（イマージュ）の場合と同様に、一つの現存する心的綜合が、不在の表象的綜合の代替物としての機能を果たすからである。（同）

サルトルはベルクソンがイメージを映像的にではなく言語的に捉えたことに反対して、そうした言語には言い換えられない人間の知覚領域の存在を提出した。イメージとは「欲望されるものを表象する」とサルトルは定義して、その欲望の生産が「情動」によって始まることを強く訴えた。
ドゥルーズはサルトルがあらゆる想像力の形について『想像力の問題』で展開しながら映画にま

ったく触れなかったことの奇異を語り、ベルクソンや同時代の現象学が映像に無関心であったことを不思議なことであると嘆慨した。そこで十九世紀中葉からの大きな視覚をめぐる認識の変革に焦点をあて、パース、ジェームズ、ベルクソンを用いながら、この視覚認識に関する哲学の歩みを、映画とつきあわせながら再検討を試みた。この作業によってサルトルがベルクソンから受け渡された想像力に関する思索は、画像イメージや映像イメージに関与しているのだということが明らかになった。それは言語的に把握できないことを言語によって説明しなければならないというジレンマを克服するということであり、映画はそれを開いていくもっとも近道であるのだと、ドゥルーズは示したのである。サルトルが「言葉は像（イマージュ）の構造にとって必要不可欠のものではあるまいし、事実、言葉を欠いた多くの像（イマージュ）が存在する」（同）と言ったのは、まさしく映画を見るときのあの不意をつくような「感情／情動」の生起が、内的な想像力となって身体を捉えていくこと、そのことを語っているのではないか。そのような感情の生成の過程の言語化し得ない部分にこそ想像力の問題はあるし、その突然に身体を捕縛する欲望の発生に、今少しの注意を向けたいとおもう。

2　「情動」・言語・感覚

言語化されない「情動」がどのような契機をもって発現していくかについて、ドゥルーズは興味深い分析を『シネマ1＊運動イメージ』で展開している。彼は「情動」を「クローズアップ」であるとし、「情動とは実質存在であり、〈力〉ないし〈質〉である。（中略）情動そのものは、ひとりの人間における感覚、心情、情感に、あるいは欲動にさえ生成し、顔は、人物の性格や相貌に生成する」と説明した。「情動」が「顔」という極めて特異な固有の対象に撞着して作動する理由について、ジャン＝ピエール・エスケナジは、クローズアップとは「自分自身を見るという状態」（「「シネマ」の理念、そして「フィルム」の理念について」(6)）であり、「自己を知覚する可能性」（同）へ向けられたものと解釈する。「情動」が非論理的な発動という出自を持ちながら、その底には自己を確認し、相対化し、洞察するという「目的」が隠されているというのは魅力的な分析である。他者の顔に投影する自己の「情動」は、自己の無意識に隠しこまれた内部への探索を促すであろう。なぜその対象に拘わるのかが、不可解なままに放置されていることへの疑問は、その「情動」が、自己を感覚し、認知し、解釈したいという欲望によって成立しているということを知らせてくれる。ドゥルーズが開く「顔貌性」という考え方は、文学を読むという行為のさなかで読者が味わう感動の「質－力」を説明してくれる。他者の顔に自己を相同的に重ね合わすのは、他者の顔が自分と似ているからではなく、自己表出する感情がどういう具合に顔という劇場によって演じられているかということを確認したいからであろう。鏡を用いない限り、人間は自分の顔を見ることはできない。恒常的に自分の顔を見るという経験は、平凡な日常をおくる人間にはほとんどないのである。わずかの表情筋の動きのなかに自分がかつて持った感情の「質－力」を確認するのは、観察によってなされるのではなく、ふとしたはずみに突如感知された自己認識であって、その発動は原因を持たないし、結果を期待しない。顔によって表現される感情を契機に発動されるドゥルーズの「情動イメージ」という考え方は、私たちの自己認識の裂け目のようなところで生成する「事件」であり、パースが言うとおり、「情動」は身体に「はげしい」反応と困惑と疑惑、そしてそれへの探求という行動の端緒を提供する。

フレドリック・ジェイムソンは文学が持つ特異な性格について、「文学作品なり文化的対象は、それ自身の状況を分節化し、それをテクスト化する。そうしてイリュージョンを促進し、永続化する」(『政治的無意識』大橋洋一・木村茂雄・太田耕人訳、平凡社、一九八九年、原著一九八一年)と述べているが、ここでジェイムソンはジャック・ラカンの三つの区分、「現実界」(言語やイメージによってだけでは分節不可能な現実の領域)、「象徴界」(言語によって構造化された世界)、「想像界」(イメージによって支配される世界)を援用しながら、文学的行為とは「象徴界」や「想像界」が「現実界」を「みずからの組織のなかに引きずり」(同)こみ、それを「外的な脅威」ではなく「それ自身のなかに組みこまれた、内的あるいは内在的なサブテクストにかえてしまう」(同)ことだと言った。ここに文学の目的は顕現し、文学を読む理由が存在するのだ。言語的行為としてあるのだと思われている文学は、「情動」によって突き動かされる外界との違和を、自己と現実との融和という方向へ指標する機能をもった、きわめて感覚的な行為・行動だというのである。そこには視覚性が優位的に介在する。そのことに人間は案外と無自覚なのである。

言語が圧倒的な優位に君臨したと思われがちな近代性＝モダニティは、実は身体に秘蔵される「感覚」の探求を促進し、それらの拡張と誇張という科学的発見を繰り返させた。なかでも「視ること」は他の知覚のなかから突出して掬い上げられ、それ自身の特性を離れて「抽象化と物象化から成るプロセスの産物」（『政治的無意識』）となる。「視覚的なものの自立性の勝利宣言」（同）としてある近代（モダン）および近代性（モダニズム）は、視覚の物象化とも呼ぶべき新たな視覚性のとらえ直しによって現出した。逆に、だからこそ近代および近代性は言語そのものの優位的な存立、つまり「象徴界」による世界把握への欲望を強烈に主張したとも言える、とジェイムソンは語る。この視覚と言語のせめぎあいこそが、現代において文学が存立する条件である。とすれば文学を読むときに介在するあの視覚的、感覚的な体験というのも、実は近代性そのもののなかで生育した新しい身体感覚としての想像力を説明するためのものかもしれないのだ。イメージの生産は言語によってアプリオリに用意されてはいないが、だからといって自動的にものごとの事後に現出するのでもない。ベルクソンの「運動」、パースの「情動」、サルトルの「心的綜合形態」へと至る「運動としての現実」、そしてドゥルーズの「運動イメージ」と「時間イメージ」、ジェイムソンの「引きずり込み」といった用語が表わそうとするのは、ものごとの経過というプロセスのなかで不確定ではあるが何か未知のものが兆して、イメージという図像、映像的な「流れ」を生成して、その過程のなかで可変的に「覚醒」され、「注意」「固執」「記憶」へと促されていくような感情の組成が確かに実行されるということだろう。そのプロセス自体もまた新しいプロセスを生み出すものであり、わからなかった「意味」を発見させ、自己認識を改定させていく作業を持続させる。それは記述できるし、言葉に換えることもできる。しかし、あくまでも言語が指示する意味内容に括りつけられる限定からは自由な「感覚」そのものであり、内省を基盤とする「自己確認」への気づきを誘い出す「感官」そのものとして存立しているのだ。

非常にわかりにくいこうした身体をめぐる現象を説明するためには、映像表現が有効だろう。いや、映像というもの自体がこうした人間の内部で葛藤する感覚の諸器官、諸機能を母体として生まれたとも言えるのだ。「視覚」に集約された近代の文化制度の誕生と、現在私たちが体験する仮想空間の氾濫は、言語的思考を停止させたかのように喧伝される。しかし、そもそも言語的思考と考えられるもののなかに格納された「感覚」、そして「感官」の波動は身体を通じていつも活動・行動していたのだし、そうした「感覚」・「感官」の運動自体が言語活動を活性化して思考の根拠を形成してきたのだともいえよう。言語によって生成したと思われるイメージ、また逆の「感覚」の非言語的な経験としてのイメージの双方が、身体内部でいつも作動しているのだとも、また葛藤しているのだとも言うことはできるが、それではやはり想像力の「力-質」がわからない。より具体的な解釈、分析、そして認知のために、映画というテクストを次節で考えてみたい。

3　映画テクストと想像力

視覚の近代における優位的な存立についてジョナサン・クレーリーは十九世紀に起こった視覚に関する認識の転換を『観察者の系譜』（遠藤知巳訳、以文社、二〇〇五年、原著一九九〇年）のなかで詳しく述べた。カメラ・オブスキュラが提示する視覚の古典的モデルである内部と外部が截然と分離して固定されていた形式が崩壊し、「視覚の無際限な解放」が一八二〇年代から三〇年代に行使された結果、「注視という視覚の形式を押しつけ、感覚を合理化し、知覚を管理するさまざまな技術」を生み出した、とクレーリーは指摘する。つまり写真や映画という視覚の装置は、カメラ・オブスキュラの発展段階などでは毛頭なく、近代性の敷衍と普遍化という命題のもとに新しい知覚の方法を手に入れたのだ、とクレーリーは喝破する。「視る」という行為が自発的で能動的だと思うのは誤謬であり、私たちは「視の制度」に従属しているといっているのである。

映画はそうしたなかでもっとも集約的に近代的視覚性を考えるための代表であろう。しかし、この装置が「視覚の無際限な解放」を保証しながらも、一方に思いもかけなかった作用を示すことに映画作家たちは気づいていた。すなわち、「情動」の発動である。この文学によく似た特徴は想像力の問題を考える際の重要なファクターであり、映画において、一般の想像力とは違う「文学的想像力」と呼べるようなものが出現するのかどうかという実験が可能となったのである。

文字テクストを読むという行為とは反対に、先ず映像を見てそれを理解するということは、一般にはその画像によって表象されるイメージを言語的な領野に定着させるということだが、映像が持つ表象化の機能は多様であり、一つの絶対的な認識に収斂されない。そのことが映像テクストの魅力であり、視る者は各自のイメージを固有に形成し、所有することが可能となる。文学との関連から考えると、一番わかりやすいのは映画化作品と原作との相違であろう。文字媒体で認知した表象を、映像媒体での表象はいつも裏切るといったような、よく聞かれる感想は実のところ見当違いなクレームである。文字を読むことによって得られる表象と、画像という非文字表現による表象は、もともと認識の回路が違うからだ。何故なら本来言語は前から後ろへと時間的な経緯をたどって意味を完成させる叙述形態であるのに反して、図像は空間的な配列によって即時に意味を表出する表現形態であるからだ。十九世紀末に出現した映画は、この両者の決定的な違いを近づけ、画像そのものに時間的な経過を付与して筋（プロット）と話（ストーリー）という言語叙述の特徴を付け加えたのだが、光と影によって構成されるそれは、元来画像の根本的にもつ特質がもっとも果敢に行使された表現であることを忘れてはならない。一見、言語叙述に似た方式をとる映画という表現形式への誤解は、例えば木下恵介の映画作品『二十四の瞳』（一九五四年公開、松竹大船、木下恵介監督・脚本、木下忠司音楽、楠田浩之撮影、出演：高峰秀子、田村高広、月岡夢路、笠智衆）によって説明することが可能だ。

不朽の国民的映画として今もなおその持久力を持つ映画『二十四の瞳』は、毎日新聞社を版元として発刊されていたキリスト教系雑誌『ニューエイジ』に壺井栄が一九五二年（昭和二七）二月から十一月までの一〇回にわたって連載した同名の作品が原作である。この年の四月、壺井は『母のない子と子のない母と』や『坂道』によって芸術選奨文部大臣賞を受賞し、人気作家としての地歩を確実に固めた。戦後女性作家としていち早く旺盛な創作活動に入った壺井は、郷里小豆島を舞台とする幼少時の思い出や家族を題材に広く読者を獲得していた。既に一九五二年には『母のない子と子のない母と』（一九五一年）が劇団民芸の企画によって映画化されている。『二十四の瞳』は、五二年の十二月には連載に大幅に手を入れて、光文社から単行本として上梓された。特に児童文学として意識された小説ではないが、壺井の平易な叙述によって説き起こされた、一九二八年（昭和三）から二〇年余りの小豆島の小学校教師と教え子らの交流を描いたこの作品は、たちまちのうちに話題を呼んで、多くの読者を獲得した。

知的で誠実な若き女教師、大石久子が小豆島の岬の小さな分校に赴任して知るのは、貧しさゆえに幼い子供たちが背負わなければならない生の困難さであるが、彼女はその苦を分かち合おうとする。子供たちを慈しみ、子供らと共に泣き、彼らの困難を自らの課題としていく。しかし、彼女は結果としては子供たちの与えられた運命を変えることはできない。貧しい子沢山の家に生まれた松江は五年生で金毘羅宮門前のうどん屋に奉公に出されてしまうし、没落した庄屋の娘、富士子は夜逃げして神戸の遊郭に売られてしまう。勉強のできたコトエは母の希望で大阪に奉公に出たのだが、結核にかかり、帰郷して納屋に置かれてわずか二十二歳で生を終える。五人の男の教え子のうち三人は戦死し、生きて帰った磯吉も盲目となっていた。

木下はこの原作の流れを忠実に映像へと換えながら、二〇年を超える大石先生の人生を二時間三四分の時間のなかに凝縮していく。映画の時間が経過するなかで体験する二〇年の歳月は、日本人の歴史であり、当時の人々の記憶の追認であった。当時の読者からいえば、この映画は話題となった原作を丁寧に再現した作品であり、原作が強く訴える「反戦平和」というメッセージをきちんと表現した良質の文芸映画であった。それでありながら教条的なイデオローグ映画にはならず、原作が持った抒情的な「子供たちの時間」を活き活きと再現している。

木下恵介は一九五三年の初めには脚本を書きだし、よく似た一二組の兄弟姉妹を全国から募集してキャスティングを行ない、小豆島へのロケハンも精力的に敢行した。五四年春から本格的な撮影に入り、九月には完成させて公開している。この映画に向かい合った木下は原作が持つ味わいを損なうことなく表現することに力を注いだ。仔細に原作と比較してみても、木下は原作から忠実に脚本を作り監督している。天才型であった木下は、撮り始めるときには頭の中でカット割りが完成しており、現場で縦横無尽の演出をしたが、この『二十四の瞳』ではカット割りを台本に書き込み、歌の指定を欄外に細かく書き込んだ。(7) せりふで繋がないシーンには文部省唱歌を多用して、音楽映画とも呼べるような作品となっている。この音楽が映画全編を覆いつくすように効果的に使われ、日本人が学校教育で培われた学校唱歌の哀歓がしみじみと伝わり、まさに国民的な映画となったのである。

音楽の挿入は木下と音楽を担当した弟、木下忠司とが相談して決めたのだが、実はこれも映画で殊更に採られた演出ではなく、そもそも原作に多くの児童唱歌の引用がなされている。「あわて床屋」「蛍の光」「ちんちん千鳥」「山のからす」「荒城の月」など子供たちの歌声が聞こえてくるかのように、原作のストーリーの要所々々には歌が挾み込まれ、子供たちは嬉しいにつけ悲しいにつけよく歌う。さらに木下は歌声が聞こえてきそうな壺井の作品の特徴をよくつかんで、原作にはない「七つの子」「汽車は走る」「浜辺の歌」「仰げば尊し」「村の鍛冶屋」「故郷」などの日本人の心に深く食い込んだポピュラーな歌を追加し、重要なシークエンスに使用した。それは子供たちの成長の過程でつきあたる困難な運命を忘れさせ、子供たちの愉しい時間を保証させるファクターとなってこの映画の成功を導き出している。視覚的表象化はこの聴覚の効果があって初めて完成する。相補的に進行するシークエンスは、物語の進行を遅延させる。映画内の時間はこの音楽が流れる箇所では静止する。子供たちが歌う場面だけではなく、行進したり、泣いたりする場面にもびっしりと音楽は貼りつけられ、子供たちがせりふで語るより雄弁に彼らの内面の悲哀や喜びを表現するのだ。

この遅延させられたカットに木下が周到に重ねるのは、子供たち一人一人の内省的な心情の吐露である。戦争という歴史が課す非情な運命に逆らうことなく、子供たちはそれを受け入れざるを得ないのだが、その一人一人の喜怒哀楽を声高なせりふで表現するのではなく、遅延させられたストーリーの時間に埋め込まれた音楽と、子供たちの顔や姿によって強く観客へと送り返した。ほぼ原作のストーリー展開に沿って構成されたこの映画のなかで、木下が独自の解釈によって仕掛けたこれらの遅延の個所は、映画の印象的な名場面として残された。幼い一年生の子供たちが大石先生を先頭に桜の木の下を「汽車は走る」を歌いながら汽車ごっこをするシーン、金毘羅さんの前のうどん屋に売られた松江が修学旅行でやってきた同級生たちを岸壁で見送るシーン、没落して夜逃げするしかないまでに追い込まれた富士子が「将来への希望」という作文を書けずに号泣する場面、また病を得て帰京したコトエを見舞う大石先生があまりの悲惨さにコトエとともに泣き崩れるところなど、原作にはない「情景」にこそ木下の映画的な手腕はいかんなく発揮された。いわば、原作を忠実に映像化するという具体的な「情景」に転換させていく作業の途上で、その「情景」をはみ出していくような登場人物の内的な「情動」を描くために用意されたのが、それらのシーンである。歌声や無言や泣き声で構成されるそれらのカットは、話の進行を遅延させる。しかし、彼らの感情があふれ出すこのシークエンスに観客は同化して、どこから去来するのかわからない自らの「情動」の激しさに驚かされるのである。汽車ごっこする子供らの愛らしさに感動し、松江の不運に落涙し、富士子の絶望やコトエの無念に同情する自己の感情が素直に反応してしまうのは、映像の直接的な効果であるということはわかるのだが、自らの「情動」が何故彼らの「情動」に共振して、映像から受ける一次的な感動をはるかに超えてしまうほどの衝撃を、なぜ受けるのかがわからないのだ。

映画は年取った大石先生が雨の中、背を丸めて懸命に自転車をこぐロングショットで終わる。「仰げば尊し」が流れるなかで、夫を戦争で亡くして働かざるを得ない彼女が、わが子たちを残して岬の学校に通勤するという結末には、新しい希望を予感させるものは何もなく、大石先生のこれからの苦難が予測されるだけだ。ここに「仰げば尊し」が重ねられるのはいささかの皮肉ともとれる。壺井原作に込められた「反戦平和」というメッセージを、木下は原作以上に強く意識して作品化した。この映画によく寄せられる批判に、戦争責任が回避されているのではないかというものがある。例えば佐藤忠男の「当時のわれわれ日本人は、十五年戦争で手ひどく心身を汚していながら、あたかも小学校一年生の純心さのままで十五年戦争を通りすぎてきたかのような甘くてもの悲しい気分にひたれたのかもしれない」(『木下恵介の映画』芳賀書店、一九八四年)はそうした意見の代表的なものである。この映画には加害者は一切出てこない。戦時下の運命に翻弄される子供たちを取り巻く理不尽な仕打ちは、美しい穏やかな瀬戸内海の自然と対比されることによって、一層過酷な様相を呈する。大石先生は共に泣いてはくれるが、子供たちの困難を解決はしてくれないし、自分自身もまたその運命の被害者なのである。戦後九年が経って、占領から講和条約、朝鮮戦争へと向かう歴史の時間は確実に戦争の記憶を薄れさせていった。だからこその「反戦平和」なのだが、この作品が国民の共同の記憶としての戦争責任を免罪するために機能したというのも事実である。しかし、何故あれほどに泣けるのだろうか。

川本三郎は六〇年代以降の高度経済成長という明るい時代のなかで、日本人は涙を見苦しいものと感じ始めたと指摘して、次のように述べている。

涙は普通、過去の想い出と関わっている。苦しかった少年時代、貧しかったあのころ、戦争で次々に若者が死んでいったあの時代。そうしたすぐ身近にある過去を振り返った瞬間に涙が出てくる。高度成長という価値が信じられ、いちいち過去のことなど振り返っていられない前向きの時代になると涙は切り捨てられていく。泣いてなんていられないという荒々しいバイタリティのほうが称揚される。(「時代の終わりを見つめる悲劇——木下映画に見る涙」『キネマ旬報』一九九九年三月上旬号)

五〇年代の映画界で木下が占めた位置は黒沢や小津に並ぶものであったにもかかわらず、六〇年代以降に急速に忘れられていく原因を、川本はこの「涙」に見ている。泣くという行為はカタルシスである。戦争の記憶から逃れ、自身の被害者性のみに眼を向けようとした日本人の免罪符としてこの映画を捉えようとする見解は、一面を伝えている。しかし、涙というもっともわかりやすい「情動」の発現が、スクリーンのこちらとむこうで共に同時に起こるということの説明には不十分である。映画がきわめて優れたプロパガンダであることは映画が発明されたその出自の時からわかっていたことであるが、『二十四の瞳』がそうしたあざとさのなかで制作されたと結論づけるためには、それ相当の理由が必要であろう。

壺井の「反戦平和」の主張を、優れた映画手法であるクローズアップと遅延のなかで表現した木下であったが、はたしてこの「反戦平和」の差出人という意識を持っていたのかについては大いに疑問である。誰一人、幸せにはならないこの映画の閉ざされた未来像は、明らかに戦後すぐにGHQの指導下で再開された映画産業が提示した「民主主義プロパガンダ」に塗られたハッピーエンドの物語と大きく異なっている。日本人が経験した涙の総量を確かめるかのようなこの映画に、実はメッセージなどなかったのではないかと思えるほどに、その涙は身体的な領域に帰着する性質をもっている。せりふという言語的な提示や、所作という身振りの反応によって映像は「意味」を生産するが、それ以前に視覚を通じて入り込んでくる「情動」が果たす身体への直接的な働きかけは、その「情動」が対象とする事物・事象の不確定性のゆえに目的が皆目わからないのだ。映画『二十四の瞳』には人を必ず泣かせる要素だといわれる子供、貧困、病気や死のトピックが満載されている。観客は自動的にその対象に感応して自然に泣けてしまうのだと思い込んでいるのだが、実はそうではない。視覚と聴覚を通して時間を錯誤させながら映画が観客に与えるのは、日常生活にはない身体の異質な体験である。

例えば映画『二十四の瞳』で最も感動的な有名なシーンである松江が修学旅行に来た同級生を秘かに見送るシーンについて、観客は松江の哀れな境遇に同情して涙を流しているかのように思っている。しかし、それは映画を観終わった後に観客自身が言葉にまとめたものに過ぎない。映画を観ている時、私たちは具体的な画面と音そのものに反応している。彼らが小豆島へと帰る船が海上をすべるようにスクリーンの左から右へと進む動きに合わせて、前垂れで涙を拭きながら同じ方向に岸壁を歩く松江の長いカットは、画面の上方で滑らかに動く船と、手前のぎこちなく歩行する松江が平行に、一つの画面のなかで構成されている。「七つの子」がバックグラウンド・ミュージックとして流れるなか、無言の二つの動態である船と松江は、最初は船が松江を追いかけるが、すぐに抜き去り埠頭のかなたに消えていって、松江を置き去りにする。追い切れなくなった松江はそこで泣き崩れる。それは今の松江と同級生の境遇の差を表象するための演出である。観客もまた映画を初めから見ているのだから、松江の事情は知っている。その相互の暗黙の了解によってこの場面の感動は引き起こされたのであろうか。

だが、何も事情のわからない一シーンが異様な感動や興味を呼び覚ますことも私たちは知っている。桃割れに結った少女が沖合を滑る船を泣きながら追いかけるシーンが私たちの身体の記憶に食い込んでくるのは、その映像が独自に持つ喚起力によってである。泣きながらも時々視線を船にやらずにはいられない少女の感情がいかに複雑なものであるかを、観客は滑らかに走航する船、うつむく松江、陽の光を反射する白い岸壁の道などから瞬時に受け取る。それは自分では完全には把握できない自分自身の知覚にたいする身体の反作用といえる。松江が船を追いかけ、追い抜かれ、置き去りにされるという一連のシークエンスは、時間を遅延させて情景を注視させ、聴覚からの訴えを援用しながら観客の意識を滞留させる。この身体への作用に「情動」という名を与えるならば、それは不確定でありながら、人間の感情の組成を根本的なところで支えているのではと思われるほどに重要な身体問題として認識されよう。

私はこの不意に去来して人間をかんじがらめにする「情動」の作用としての運動に「文学的想像

力」という名称を与えたいと思う。そしてその「文学的想像力」は、視覚を通じて落とし込まれる未知の不確定な事物・事象に身体的に積極的に関わるという意思の力とその質を考えなければ、ただの感情的な反応となってしまうであろうし、先に私が「文学的想像力」として感じたものは、「情動」へと繋がる契機を発動しない限り、真にその力を発揮しないであろう。それは意識的な作業ではない。だが、だからといって無意識のうちに起こるのだ、とも言い切りたくはない。外界の表現として目に映ずる風景や人々、耳に聴こえる歌や叫び声に反応する身体を確保するというのは現代にあっては思いのほかに大変なことかもしれない。サルトルに戻ればそこに関わり続けようとするのは「欲望」であるが、それは「欲望の対象物の意識」そのものだと彼は言っている。対象の意識とは他者の意識でと言い換えられよう。他者への弛まぬ関心を持続させていくのもまた「文学的想像力」の範疇に属することである。そしてその他者と自己の互換的な位相をしっかりと認知することによってしか、他者の意識を想像することは不可能である。「文学的想像力」とは対他関係の表象であり、それなくして成立しないのである。「情動」とはその関わりを開くためのものであり、それは関わろうとする意志によって動きだすのだと私は思う。

冒頭で私が挙げた「キャラメル工場から」の分析めいたものは、言語の指示によって誤認された思い込みであるという結論に達してしまったが、そう言いながら実は私はその解読を間違いだとは思っていない。ひろ子の苦悩に共鳴することによって得られた私の身体の反応は、私自身の「情動」の発露を始動させるものだと信じるからだ。そこで私が「実感」した情景は、まるで映画の一シーンのように細かなひろ子の挙止をも含めて私のなかに生き続けている。逆にそのことによって生かされ続けていると思えるほどに、文学研究の意味をそこに見出している。そこでサルトルのあの指摘に戻れば、私たちは「内的言語」の分析こそが文学研究だと思ってきたが、それだけでは不十分なのであり、感情に根差した「情動」の作用をどのように考えていけばいいのかという問題をそこで突きつけられたのだと思う。優れた文学には、その「情動」の発露を促す視覚を中心とする感官の存在があるのではないかと考えたいのである。

そしてその私の「情動」の連鎖は、「キャラメル工場から」から『二十四の瞳』という経過によって明らかとなった、虐げられた子供という無力で小さな存在が告発する歴史の誤謬である。それは近代が刻んだ歩みが隠匿しようと試みるもので、文学はそれを主題としてきたのだ。近代が言語的でありながら視覚的であるのは、文学によって繋ぎとめられてきた「情動」という契機をもって出現する文学的想像力が稀薄になってしまったからだろう。だからこそ、映画というきわめて直接的な「情動」の装置を人間は発見したのである。世界という外界を解釈する方途を失った人間が、身体という領野に残された最後の力としてある「文学的想像力」は、近代そのものを思考していくための大切なツールでもあったのだ。

一九三〇年代の思想家・戸坂潤は人間の表象化のなかで「文学的表象」を最高のものとした。何故なら文学は「人間銘々の一身上の問題」(8)に迫真することのできる表現様式であるからだ。ひとつの大きな言葉に集約されない個々の感情の上に立脚した想像力は、文学でしか把握できないものである。しかし、それが小説や詩だけであるはずもないことは、近代がその想像力の問題に注目して作りあげた写真や映画という様式によってわかるであろう。「文学的想像力」は、個々の「情動」の微細な観察によって経過的に発見される思惟の連なりとして顕現する。戸坂は「文学的表象は文学的具体性を得るために却って一つの抽象的結合を必要とする」と言った。それはまさしく外界との連絡づけの方法を述べたものだが、戸坂はここで「科学的概念」を通過しなければならないと主張する。それは「文学的表象」が文学と呼ばれるジャンルで生産された書き物という、単純な理解を否定して、「人間の情意・言動・事件や自然」を科学的概念をもって性格づけていくことを指し、それゆえにあらゆる表現に最終的に必要なものとされたのである。視覚の変容というなかで発見された近代の装置は、この「文学的表象」能力が要求され、また「文学的想像力」の生みだされる場所であった。視覚と想像力をめぐる近代の考察にいま文学はより積極的な関与が要求されているのだ。

本書はそうした試みへのささやかな実践を意図している。既に学問的分野として確立している映画研究、図像研究の専門家ではない私が、映像テクストを分析するという無謀は十分に承知しながら、それでも文学に立脚して、文学を離れることなく考えてみた。そこには息詰まるような近代の「文学的想像力」が造りあげた壮大な未知の世界が広がっている。それは近代の苦悩とも言い換えられるような苦渋に満ちた近代史の歩みであり、またその歴史を生きた人間たちの困難や苦悩が一杯につまっているのだ。そしていま私は、自らの視覚に投じられたそれらの風景のただ中に立ち、自らの「情動」によって開かれていく他者の姿を自らのものとしていくことにしか、文学の目的はないように思えてならないのである。

註

（1）『シネマ1＊運動イメージ』財津理・斉藤範訳、法政大学出版局、二〇〇八年、原著一九八三年。
（2）「想像力——デカルトからフッサールまで」平井啓之訳、『哲学論文集』サルトル全集第二三巻、人文書院、一九五七年所収、原著一九三六年。
（3）『物質と記憶』田島節夫訳、白水社、ベルグソン全集第二巻、一九六五年、原著一八九六年。
（4）『シネマ2＊時間イメージ』宇野邦一ほか訳、法政大学出版局、二〇〇六年、原著一九八五年。
（5）「人間記号論の試み」山下正男訳、上山春平責任編集『世界の名著48　パース、ジェイムズ、デューイ』中央公論社、一九六八年、原著一八六八年。
（6）ロベルト・デ・ガエターノ編『ドゥルーズ、映画を思考する』広瀬純・増田靖彦訳、勁草書房、二〇〇〇年、所収。
（7）長部日出雄『天才監督木下恵介』（新潮社、二〇〇五年）に「ほぼ台詞の一行ごとに、カット割りの線が引かれている」という記述があり、また別に唱歌の歌詞が余白に書き込まれていることも、指摘されている。
（8）戸坂潤『思想としての文学』（三笠書房、一九三六年）を参照いただきたい。ここで戸坂は日常というものを相対化する契機としての文学の重要性を説いている。

第一部　モダニティの視覚性

第一章　旅する視覚――ツーリズムと国民国家

ジャン・ボードリヤールは、マルク・ギヨームとの対話『世紀末の他者たち[1]』のなかで、十九世紀末から二十世紀初頭、世界を放浪した冒険家で作家のヴィクトル・セガレンを引用しながら、次のように述べる。

言葉の完全な意味での旅はもはや存在しないだろう。観光旅行、つまり何かのまわりを回るという、もちろん周遊の発想しかありえないだろう。セガレンは言う。球体上の一隅から遠ざかることは、そこに再接近することにさえなるのだから、人々は自分のまわりをぐるぐる回りはじめるだろう、と。だから、もはや線状性も無限もありえない。あるのは円環性だけで、その「キッチュ」な形態が、地球全体を覆ってしまった現代のツーリズムなのだ。

ラテン語の Tornus（轆轤《ろくろ》）を語源とするツアー Tour から発したツーリズム（Tourism）が、現代の高度消費大衆文化において持つ位置、そして意味はこのボードリヤールの僅かな言葉で十分に説明されるだろう。かつて「発見」「覚醒」「交換」という指標タームを持ち得た旅（Travel）、旅行

（Trip）という言葉は、近代における観光（産業）（Tourism）の派生と進展・巨大化に伴うあらゆる事象や空間、時間の「消費記号」化によって、その命脈をほとんど断たれたのである。日本のコンテクストを主軸にその問題を考えようとする時、私たちは〈西欧近代〉という表徴に否応なく対峙せざるを得ない。ツーリズムは常に自らが帰属する〈場〉に回帰する、言い換えれば自己がアイデンティファイしていると確信する「国民国家」の自明性なくしては成立し得ず、その行程の狭間に見出すものはその自分が所有すると信じる「国民文化」との対照項によってしか成立しないのである。

国民国家が指示する「見るべきもの」の堆積の上に想定されるツーリズムは、私たちの「認識への欲望」を満足させる装いをとってはいるが、実は「西欧近代」が主導した相互の「国民文化」のヒエラルキーの上に構築された見取り図と解した方が、その本質は理解され易いであろう。ウィリアム・プレイターは「ベデカー・ランド――トマス・ピンチョンと旅[2]」と題したピンチョン論のなかで、

経験を形成する、否、創造さえするベデカーの力はまぎれもないものである。しかしながら、ピンチョンの手中では、このベデカーの力は世界――表徴によってのみ知られる一つの世界――についての人間の知識の表徴となる。ベデカーは、場所の細目を強調のために選び出し、星印による階層を創造し、この世界の旅行客たちを迎える側の人々には現実とみなされているものの大部分を無視する。

と、観光案内書の嚆矢ベデカーが創出する「記述的価値」に注目している。赤い携帯型の小型本が壮大な都市や田園の風景をそのなかに封じ込め、序列を形成していくことは、「西欧近代」の欲望のメタファーと捉えることが可能だし、またツーリズムの基底をなす概念の出自を推測させている。しかし、ここで言う「西欧近代」なるものも決して実体化された概念などではなく、自分の「国民文化」と呼ぶものと同様に、「想像的機制」[3]にほかならない。そしてその背後にはそうした「命名」によって回避された〈西欧近代〉把握のための世界認識へのアプローチが隠蔽されている。

ツーリズムが実際の空間を遠く離れて「誤認」させる装置となるのは、「風景の位階制」という読み込みが既になされていることを前提とする、また「誤認」であることを排撃しようとする言説を支える意識にはそうした「風景の位階制」への根深い異議が込められている。称賛される都市の蔭には排除される村が、五つ星のマークで推奨される名所旧跡の背後には除外された平凡な日常風景が隠されて、不均衡な世界構造を表出＝創造している。ツーリズムはそこに深く関わっている。そして、現在いわゆる低開発国と称される国々に十九世紀ヨーロッパ社会を彷彿とさせるラグジュアリーなリゾートがその国の文化的コンテクストを全く無視して失われた「西欧近代」を再生産し続けている事実、あるいはコロニアリズムの遺跡としての豪華なホテルが労働力を豊富に浪費しながら「西欧近代」の幻影を演じている事実からも、ツーリズムの本質は透けて見えてくる。

急速に縮まりまた歪んだ〈近代〉の時間・空間軸によって現出したツーリズムが、現代（後近代《ポストモダン》）の時空軸を引き伸ばし逆流しようとする方向に加担しているなかに、私たちは〈西欧近代〉が想念した世界構造への欲望を見取らなければならない。また、ツーリズムが「労働」と対極の「安逸」の表徴として出現しながら、一方に他者の「労働」を産出する機能を導くパラドキシカルな定理となったことから、〈西欧近代〉が周縁化してきたアジアやアフリカの国々が「観光立国」として資本経済に挑んでいった構造のメカニズムへの新たな定義設定をすべきであろう。ツーリズムとは、そうした問い直しによってしか語ることができないのだ。資本経済の一側面として語られるそれは、実はツーリズムの最も重要な核心を語ることから遠ざけるためのものだ。物象の消費記号化が生み出すシュミラークルな現実感覚は、〈主体〉の世界読取りの欲望を疎外し、世界認識への行動を抑圧する。〈日本近代〉の「西欧体験記」を枢軸にその生成の稜線をたどり、ツーリズムの本質的構造のメカニズムを考察したいというのが本稿の目的である。

1　ツーリズムの発生

「観光」がツーリズムの訳語として定着するのは一九一〇年代であるが、[4] もともとは『易経』の「観国之光、利用賓宇王」から引かれた言葉である。「国の光を観る」行為が、「観光とは自己の自由時間（余暇）のなかで、鑑賞、知識、体験、活動、休養、参加、精神の鼓舞等、生活の変化を求める人間の基本的欲求を充足するための行為（レクリエーション）のうち、日常生活圏を離れて異なった自然、文化等の環境のもとで行なおうとする一連の行動[5]」という定義に至る道程が、国民国家創生のフィクショナルな言説生成にパラレルに対応しているのは言うまでもない。

一八六八年（明治元）に「五箇条の御誓文」とともに発布された「国威宣揚の宸翰」（『太政官日誌』第五号）の一節にある

各国四方に相雄飛するの時に当り独我国のみ世界の形勢にうとく旧習を固守し一新の効をはからず朕徒らに九重中に安居し、一日の安きを偸《ぬす》み百年の憂を忘る、ときは、遂に各国の凌侮を受け、上は列聖を辱しめ奉り、下は億兆を苦しめん事を恐る。(6)

は、明治の出発が「国威発揚」という国家意識を基礎に、「国の光」を創出しようとするシナリオに則って進行されたことが予測される。この言説の発生の要因には、幕末の国際外交によってもたらされた経験が挙げられる。一八六〇年（万延元）新見正興、勝海舟らを派遣した第一回の幕府遣米使節団、一八六二年（文久二）竹内保徳、福沢諭吉らを派遣した遣欧使節団をはじめとして、一八六七年（慶応三）の徳川昭武遣仏使節団（渋沢栄一、田辺太一らが随行）まで都合六回の外国使節団が組織されたが、大黒屋光太夫、ジョゼフ・ヒコ（浜田彦蔵）、中浜万次郎（ジョン万次郎）などの漂流民、あるいは長崎出島を窓口にわずかに流入し管理されてきた海外の情報が、一挙にパブリックな場所に導き入れられた。幕府使節団が見た〈西欧近代〉の情景については、芳賀徹『大君の使節――幕末日本人の西欧体験』（中公新書、一九六八年）、マサオ・ミヨシ『我ら見しままに――万延元年遣米使節の旅路』（平凡社、一九八四年）、宮永孝『文久二年のヨーロッパ報告』（新潮選書、一九八九年）など、多くの研究を通してその実像はほぼ明確に提出されつつある。

また幕府や藩から送り出された留学生、密出国留学生を石附実の『近代日本の海外留学史』（ミネルヴァ書房、一九七二年）から拾えば、一八六二年（文久二）赤松則良（蘭）、榎本武揚（蘭）、津田真道（蘭）、西周《あまね》（蘭）、一八六三年（文久三）伊藤博文（英）、井上馨（英）、一八六四年（元治元）新島襄（米）、一八六五年（慶応元）五代友厚（英）、寺島宗則（英）、森有礼（英）、一八六六年（慶応二）外山正一（英）、長田銓太郎（仏）、菊地大麓（英）、中村正直（英）といった日本近代史を形成する政治家、思想家、宗教家、学者、教育者らの名前がたちどころに並ぶ。

こうしたオフィシャルな海外体験は、別に各個の「紀行日記」や「日録」「書簡」というプライベートな文章になって、また幕末期から明治初頭の日本の言説空間に出現した。マサオ・ミヨシは前掲書でこれらが「内容・形式とも、すなわち書いてある中身と書き方のいずれもが画一的」であったことを指摘しているが、前近代の日本で定立された文体方法・意識が異質な海外の描写にも応用され、「見しまま」の西欧世界を記述していったのだ。これが後に詳述するように〈西欧近代〉の発信するインデックス機能に従った厖大な「海外体験記」へと展開するのに大した時間は要さなかった。

福沢諭吉の『西洋事情』初編巻之一から三が発刊されるのは一八六六年（慶応二）であり、諭吉はその緒言に

但し吾欧羅巴の旅行と雖ども、僅か期年を踰《こ》へざれば、固より一時の観光のみにして、詳に彼国の事情を探索する暇あらず。故に又、伝聞の誤謬、事件の遺漏なきこと能はず。是の如きは

唯後来博雅の訂正を待つのみ。

と断わってはいるが、これが日本の〈近代〉意識の構築に果たした役割の重さを考えるとき、こうした福沢の情報の「切り取り作業」はやがて来るべきツーリズムの素型を暗示するものとして読みこまなければならないだろう。ここで福沢は明らかに「観光」を、事象を他者化する一過性のものという概念で使っている。

しかしながら、こうした「海外体験」は、使節団や留学生の渡航がいくらグループで構成されていたとしても、ツーリズムの名称は与えられない。それではツーリズムが成立する条件を考えてみよう。近代観光の特徴をエリック・リードは

大衆観光旅行という言葉は、現代の観光業のスケールの大きさ、旅行の大量生産、旅行の無限反復を暗示する。かつては尋常ならざる航海であったもの――たとえばマチュ・ピチュとか紫禁城とかタシュケントへの――もかなり尋常なもの、規範からの逸脱というよりは一種の規範へと変貌した。(7)

と述べているが、この発生要因をヨーロッパ近代が自らを中心化していく過程で生じる「世界読み取り」の欲望と関与させることによって、説明は可能であろう。先ず第一に近代産業革命の発生による社会変革が、こうした時空間の自由な跳梁を約束したことは疑いえない。蒸気機関の発明によ

る交通の変化（船・汽車・航路・宿泊施設の高速化、快適化）は圧倒的に旅の時間を短縮した。また メディア（新聞・広告・情報伝達・電信・電話の発達と迅速化）は世界情報を旅行者に与え、その不安を軽減する。国際金融の広域化（為替・換金システム）に伴う貨幣交換の簡便さと強者の貨幣の出現は、ツーリズムの広域化と組織化を促した。

第二はツーリズムは〈近代〉が発見した〈大衆〉によって担われた点である。十八世紀以降の革命は民衆の〈流動〉（Mobility）を大きく促したが、一方に国民国家の成立に伴う民衆の固定化は、自己同一性の母体を求める国民文化の案出を指向した。大衆文化の発生が博覧会・博物館・動物園・劇場といったトポスを公的（Public）な領域に還元しなおす国民国家の動向は、レジャーの大衆化（リゾート・クラブ、休暇など）を生み、その国民国家に回帰するための〈流動〉としてツーリズムを作り出すのだ。〈大衆〉はそうした受益者であるべきだという幻想を大衆消費社会は創出していくが、その実巨大な資本主義の構造へと人々を繰り入れていく戦略として、〈流動〉は〈大衆〉を略取した。

第三は植民地と被植民地、即ち非ヨーロッパとヨーロッパの倒立した経済バランスに立脚する冒険と征服、啓蒙と教化という「大きな物語」が、異文化の〈発見〉というツーリズムの標語に変換されていったことである。それは例えばツーリズム産業の創始者、トーマス・クックが一八四一年にレスターからラフラバまでの小旅行を組織した発端から、一八五一年のロンドン万博見物、一八五五年のパリ万博ツアー、そして一八六八年の中近東旅行ツアー、一八七二年の世界一周ツアーの募集へ至る急速な進展[8]を辿ることによっても明らかだ。植民地主義（Colonialism）によって開かれた航路は、たちまちのうちにツーリズムの道となった。そこにはイギリスの快適な環境を確保しながら、いかにエキゾティシズムを満足させるかという命題が要請されていた。

こうした要因を基礎に読み込めば、ツーリズムは〈西欧近代〉の国民国家意識の産物だと解釈できよう。しかし、日本の〈近代〉というコンテクストに沿わせた時そこには周縁化された文化――〈西欧近代〉によって下位にランクづけられた文化――が、国民国家の創生というドラマに向けて中心化を指向する「倒立」が現出するのである。この「倒立」の表徴として「観光」の意味の分裂、「国の光を観る」から「ツーリズムの訳語」へと変化していったのではなかったのだろうか。

2　ツーリズムのハード・ウェア、ソフト・ウェア

ツーリズムのハード・ウェアとして鉄道と航路・客船の定期運行整備は必須の条件となるが、それは近代産業革命を開始した一七七六年のジェームズ・ワットの蒸気ポンプ・エンジン機関第一号の発明からたった半世紀で実現したのである。一七九〇年にはジョン・フィッチュが蒸気船実験を行ない、一八〇四年にはリチャード・トレヴィシックが貨物専用蒸気機関車を造り、一八〇八年からは見世物（Observations）と称して汽車を一般に見せ入場料を稼いだ。この同じ年、アメリカではロバート・フルトンがニューヨーク、イーストリヴァーで蒸気船による客船輸送を開始している。ジョージ・スティーヴンソンが一八二五年にロコモーションン号でストックトン―ダーリントン間二十キロを時速二十キロで、無蓋列車に乗客六〇〇人を乗せて走った客車の誕生から五年後に本格的

表1　交通路線の進展（鉄道）

1830	リヴァプール＆マンチェスター鉄道開通（イギリス）
1835	ブラッセル―マリーンズ間鉄道開設（ベルギー）
1837	パリ―サンジェルマン間鉄道開設（フランス）
1869	アメリカ大陸横断鉄道開通
1872	新橋―横浜間鉄道開設
1885	カナダ太平洋鉄道開設
1886	オリエント急行、パリ―ジュルジュ（ルーマニア）間の営業開始、国際豪華列車が誕生する
1889	東海道線開通（新橋―大阪間）、オリエント急行（ワゴン・リ社）パリ―コンスタンチノープル間の直通運転始まる
1891	シベリヤ鉄道起工式（ウラジオストック）
1897	東清鉄道会社設立
1899	朝鮮半島、京仁鉄道一部開通
1902	シベリヤ鉄道完成
1903	シベリヤ鉄道・東清鉄道連絡線開通（ヨーロッパ→アジアの陸路完成）
1906	満鉄創立、京義線開通して、朝鮮半島縦貫鉄道完成し南満州鉄道に直通

な定期運行鉄道は出発した。また客船は一八一八年ブラック・ボール・ラインが帆船によるリヴァプール―ニューヨーク間の大西洋定期運航を開始したが、帆船によるためそれはしばしば「風待ち」になり、それまでのように不定期運航に近かった。木造蒸気汽船のグレート・ウェスタン号がブリストル―ニューヨーク間に就航して、比較的正確な定期運航をするのは一八三八年からであり、その前年にはP＆O（ザ・ペニンシュラ・オリエンタル・スティーム・ナビゲーション）社がファルマス（イギリス）―ジブラルタル（イスパニア）間を毎週一便、所要期間五日で定期運航し始めている。それからの欧米と日本における交通路線の進展を便宜的に簡単な年表[9]にすると、表1、2のようになる。

十九世紀中葉から二十世紀初頭までの世界の交通路線の増大と時間の短縮は、日本の動向も並列に置いた表1、2からも明らかなように、〈西欧

表2　交通路線の進展（航路・客船）

1837　P&O、ファルマス—ジブラルタル間を最初の定期サービス開始
1838　グレート・ウェスタン・スティーム・シップ社、グレート・ウエスタン号（1340トン）の大西洋航路（ブリストル—ニューヨーク間）定期運行開始
1840　キュナード・ラインのブリタニア号（1135トン）定期サービス開始（リヴァプール—ニューヨーク間）
1849　P&O社インド、シンガポール、香港、上海に航路延長
1859　P&O社、チューサン号など700トン級蒸気船3隻を上海—長崎線就航
1860　グレート・イースタン号（1万9000トン、グレートシップ社〔イギリス〕)、サウサンプトン—ニューヨーク間の大西洋航路就航
1862　MM社（マルセイユ—スエズ陸路経由—シンガポール間、メサジュリアンリエール社〔フランス〕）極東航路開設
1867　PML社（パシフィック・メール社〔アメリカ〕）のコロラド号（3728トン）極東定期航路サンフランシスコ—香港間、開設
1869　スエズ運河開通
1870　PML社上海—日本定期航路開設、九十九商会高知—大阪—東京定期航路開設
1875　三菱商会（旧九十九商会）横浜—上海航路開通
1876　P&O香港—上海—横浜定期航路開通
1879　三菱会社横浜—香港線定期開始
1884　大阪商船創立
1885　日本郵船創立
1887　CPL（カナディアン・パシフィック・ライン社)、太平洋航路（香港—日本—バンクーヴァー）開始
1893　日本郵船ボンベイ定期航路開始
1896　日本郵船欧州航路開設（土佐丸5402トン〔イギリス船〕、3月8日横浜出航、5月22日ロンドン着)、シアトル航路開設（三池丸、香港—日本—シアトル)、豪州定期航路（日本—香港—豪州）開始、東洋汽船設立
1898　日本郵船、日本初の大型船常陸丸（6172トン）を三菱長崎造船所の建造にて完成、東洋汽船太平洋航路（日本—サンフランシスコ）開始
1902　モルガン財閥IMM社（インターナショナル・マーカンタイル・マリン社）設立、アメリカ資本による船舶事業の巨大化始まる
1908　IMM社の傘下のWSL社（ホワイト・スター・ライン社)、豪華客船オリンピック号起工
1909　WSL社、タイタニック号起工
1912　4月10日タイタニック号処女航海に出航、4日後に沈没

近代〉の極東への欲望を背後に促進された。が、日本がその位置を逆転して西欧への発信者として交通路線の確保に乗り出すことは、結果として双方向的に世界地図を狭めていくことになった。そしてそれは「アジアにおける西欧[10]」を意識するという、屈折したナショナリズム、西欧へのコンプレックスとアジアへの蔑視の併存というメンタリティを造形していくのである。

またもう一方には、時空感覚の変容がある。ヴォルフガング・シヴェルブシュは「時間と空間の抹殺（annihilation of time and space）とは、それまで独裁的に力を振るってきた自然空間に鉄道が侵入するさまを表現する、十九世紀初期の共通表現（Topos）である」（『鉄道旅行の歴史』加藤二郎訳、法政大学出版局、一九八二年）と述べているが、それまでの馬車から汽車への、また帆船から蒸気船への変換は、ただ時間の短縮が果たされただけではなく、馬の体調とか風の方向とか自然と共鳴する時間軸を忘却させて、均一で正確な機械の時間に人間の身体を調和させていくことであった。あれほど人々をわくわくさせた馬車の速度はやがて不快なものに変わり、帆船に注がれる豊かな風の恩恵は厭わしい旅の苦行へと変貌した。快適とは規則正しいエンジンのリズムであり、時間どおりに目的地に着くことである。鉄道は自ずと人々に線状《リニア》的に連なる空間の網目を想起させ、村や町の境界は馬車で悪路をひた走った過去とは大違いの正確さできちんと線が引けるようになった。人々の心の中に描かれる空間――土地の感覚――は、それまでの曖昧さを含んだ知覚、森の深さとか、せせらぎの音を消し去って、均質化した鉄路の連なりの点となっていった。こうした時空感覚の変化が大衆に共有されることによって、ツーリズムは基礎を整備されていった。

人々の移動（Mobility）が頻繁になり、しかも短縮化されたことによって生じた運送コストの低率化と、余剰時間の出現は、ツーリズムという新しい余暇利用（Recreation）を可能にする。グランド・ツアーに代表されるアリストクラシーによる「旅」の占有は否定され、労働＝生産の価値に規定された〈大衆〉は余剰価値の恩恵としての旅行を発見した。しかもそれは廉価で安全で、何より文化的な満足を保証してくれるのだ。そこでは未知なるものに出会う喜びが重要であるのだが、全く知らないために引き起こされる失望だけはできるだけ避けなければならない。こうしてツーリズムのソフト・ウェアとして旅行案内、旅行地図、旅行業者、あるいは体験者の情報がつまった近代旅行記が誕生する。一八三六年、ジョン・マレーが赤表紙シリーズを発行して始まった旅行案内書は、一八三九年カール・ベデカーの詳細を極めた旅行案内書の発刊を経由して、後の多くの案内書を生み出し、なおかつ旅の規範を構成する母体《マトリクス》として長い間権威を持った。より詳しくまた多量な情報を小さな誌面に満載する方向は、ツーリズムを規範化したのだ。

　日本のこうした旅行案内は江戸期の「道中記」や「旅案内」を引用しながら出発したが、その嚆矢はやはり福沢諭吉の『西洋旅案内』（一八六七年（慶応三）刊）であろう。西園寺公望の海外滞在期の書簡を後に小泉三申が編纂した「欧羅巴紀遊抜書」のなかにも、この『西洋旅案内』が実用的であったという西園寺の経験が指摘されている。そもそも西園寺が一八七〇年（明治三）にフランス留学に旅立つのも、福沢の『西洋事情』に刺激を受けてのことであり、これがいわば「袖珍版『西洋事情』」（芳賀徹、『福沢諭吉選集』第二巻解説、岩波書店、一九八一年）として実用的に使われたことが想像される。

　ここで注目したいのはその文体の変遷である。『西洋事情』に先立って書かれた一八六二年（文久二）の幕府遣欧使節団に随行した折の福沢の渡航日記『西航記』の香港での一節を引用する。

香港の土人は、風俗極めて卑陋、全く英人に使役せらる、のみ。或いは英人と共に店を開き商売するものあれども、此輩は多くは上海広東より来れるものにて、元《も》と元《も》と本港の土人にあらず。又港内に小舟数千あり。（中略）而して陸上別に住家なく、家族共に此舟に住して家となせり。猶、本邦瀬戸内の漁者の如し。

なお、この「土人」はその地の居住民の意である。次に前節での『西洋事情』緒言の引用部分を参照してもらいたい。次いで『西洋旅案内』序の一部を引用する。

日本国も近来は追々外国人と親しくなり、殊《こと》に去年の夏は、外国に勝手に行くべしとの官許《おゆるし》もあり、同時に太平海《たいへいかい》の飛脚船《ひきゃくせん》は出来、いよ〳〵双方の交《まじは》り厚かるべき兆《しるし》にて、この後日本人の外国へ往来するもの必《かならず》多かるべしと思ひぬれば、其輩《ともがら》の手引のため、飛脚船の模様、乗船の時の心得方《こころえかた》など、この度見聞《みきき》せしだけを書集《かきあつめ》、又先年欧羅巴へ行きしとき書留置《かきとめおき》し日記、其《その》外《ほか》原書の中よりも抜粋《ぬきがき》し、かれこれ取集《とりあつめ》て一冊に綴り、是を西洋旅案内と題せり。

最後に福沢の最も人口に膾炙《かいしゃ》した著作『世界国尽』（一八六九年（明治二）刊）のこれも冒頭部「発端」を掲げる。

土地の風俗人情も、処変《ところかわ》ればしなかはる。その様々を知らざるは、人のひとたる甲斐もなし。学びて得べきことなれば、文字《もんじ》に遊そぶ童子《わらわべ》へ、庭の訓《おしえ》の事始《ことはじめ》、まづ筆とりて大略《あらまし》を、しるす所は（後略）

漢文読み下し体から和文脈の美文、また口語的な戯作文体への推移がたどれるが、こうした文体意識が基本的には啓蒙の意志から発していることは疑いない。が、一方には「言葉を一義的に規定していく、言葉の多義性をできるだけ切り落としていく」（前田愛「世界と均衡する言語空間——幕末から明治期の日本語」、種村季弘との対談、『現代詩手帳』一九七六年六月）意識がそれらの模索のうちには響いていたのであり、こうした実用への傾斜が、新しい言説領域としての「海外紀行文」や「海外体験記」、「海外案内」の世界を形成していくのである。しかも福沢の意識のなかにはそうした多様な文体を複層的に併存させる言語運用認識があり、目的別の文体を身体内に収納していたことが、後の著作での文体からも想像される。日本の初期観光案内の試みに見られる平俗な文体の提示は、情報の平準化もまた企図されていたのであるが、私的な身体感覚意識へとひき込んでいく母体ともなっていった。これは後の「客観的叙述」の言語的闘争へと発展していったが、例えば福沢の海外旅行案内書をパロディにした仮名垣魯文の『万国航海西洋道中膝栗毛』では、魯文の言語遊戯が持つ主観的な自在さを揚棄され、本来十返舎一九の『東海道中膝栗毛』のパロディとしての戯作文脈の「滑稽」が「洒脱」から離れ、屈折した二重の心情、コンプレックスと優越感、ナショナリズムと国際性などの表象言語になって、読者に読まれていってしまうのである。

　ツーリズムのもう一つの重要な要素「団体性」について考えてみよう。初めてトーマス・クックがラフロブーレスター間の団体旅行を実施した一八四一年には、アメリカでアメリカン・エクスプレス社が運送・郵便業務を開始している。観光産業として本格化するのは、一八四五年にクックがレスターーリヴァプール間のパック旅行の企画と案内書を発行した時と言ってよいだろう。既述したように一八五五年のパリ万博見学を目的としたクック団体旅行によって始まった海外旅行ブームは、一八六八年の中近東旅行の開始、一八七二年の世界一周旅行で頂点に達するが、以後はこの大衆化と、より特殊なツアーの設定・企画によって旅行内容の差異化が計られた。

　日本では一八九三年（明治二六）に財界人渋沢栄一、益田孝らによって喜賓会（ウェルカム・ソサエティ）が創設されて、外国人接待のためのツーリスト・ビュウローが企図されるが、国内観光のためのものとして一九〇五年（明治三八）には滋賀県の南新助が旅行業を始め、現在の日本旅行の前身を創設した。一九〇八年（明治四一）には善光寺の団体参詣を企画して、実施している。日露戦争直後の一九〇七年（明治四〇）にはトーマス・クック社が横浜支店を開設、この斡旋で翌一九〇八年には朝日新聞社が企画・募集する第一回の「朝日新聞主催世界一周会」が敢行された。この成功によって一九一〇年には第二回が催されている。一九一二年に外国人旅行者受け入れのためのジャパン・ツーリスト・ビューローが発足して、一九四五年（昭和二〇）日本交通公社に改組されるまで、日本のツーリズムは独自の形で発展していったのである。

　日本におけるツーリズム概念の浸透を推し量るうえで、朝日新聞社が主催した「世界一周会」はそのメルクマールとして最も適切な事例であろう。官命を受けた「洋行」や「留学」、「視察」ではない海外渡航は、明治期には皇族、華族、財閥の子弟らによって担われた。一八七二年（明治五）の『新聞雑誌』には「二百八十五名の華族をして尽《ことごと》く洋行せしめん事」という記事が掲載されているが、西欧体験が日本において特殊な価値をもつことが〈日本近代〉の出発点に措定され、彼らの西欧体験はグランド・ツアーを踏襲するかのように「明治貴顕」のイニシエーションとして流行した。こうした動向の一般化として実施された「世界一周会」の基本コンセプトは、

国民の資斧《しふ》識見ある者の一人にても多く世界を周観して文化を視察せんこと最も取長補短の一捷径たり、且つ夫れ平和の訣は、互に国情を審《つまびらか》にして誤解を防ぎ、交誼を聯《つら》ねて、敦睦《あつぼく》を重ぬる(11)

という点にあり、

邦人の海外に遊ぶ者、洵《まこと》に数ふるに遑《いとま》あらず、然れども其の人概ね皆官遊の士留学の徒に非ざれば、則会社法団の、人を派して攷査する所ある者、若しくは貴族富人の、厚資を挾みて遊覧を貪る者の外、民間紳士の欧米旅行は、猶寥々に属す、況んや外人の企つるが如き団体旅行をや、是れ広く知識を求むてふ聖旨に副ふ所以に非ず(12)

と、この「世界一周会」が挙行される理由を述べている。

ここでツーリズムの重要な装いである「文化」の吸収、「貴族富人」ではない「民間紳士」の受益という方針がはっきりと打ち出され、なおかつそれを「外人の企つるが如き団体旅行」に拠らないという宣言は、日本から発信されるツーリズムの設定を目論んだ言説として注目すべきだろう。日清、日露戦争を経験して、もはや意識の深層にまで定着した国民国家の成員というアイデンティティ認識は、〈西欧近代〉が産出したツーリズムを「倒立」させ、自らを中心化する欲望から逃れられなかった。

第一回は一九〇七年（明治四〇）三月十八日から一九〇七年六月二十一日までで杉村楚人冠、土屋大夢が朝日新聞社から同行取材し、一九〇八年にその旅行記録『世界一周画報』（朝日新聞社）が刊行された。手配はすべてトーマス・クック社に委託され、PML社のモンゴリア号（一万三六五三トン）に横浜か神戸で乗船、北アメリカ大陸を横断し、ニューヨークでホワイト・スター・ラインのセドリック号に乗船、ヨーロッパに渡った。ロンドン、フランス、イタリア、ドイツ、モスクワを回り、シベリヤ鉄道、東清鉄道経由でウラジオストックに至り、大阪商船の定期航路で敦賀に帰着する全行程九六日間、総費用二三四〇円（当時の米価を規準に換算すると現在の一千万円相当）のツアーであった。参加者は実業家を主体に教育者、政治家などで、ツアー料金が高額であったため、決して海外渡航の大衆化などとは言えない内容であった。が、参加者中、学士号を有する者がわずか四名という内分けは、学歴によって分断されていた階級格差に資本の論理が介入して、新たな階層の出現を想像させる。

一九一〇年（明治四三）四月六日から七月十八日まで一〇五日間を費やして催された第二回の記録『欧米遊覧記』を見ると、ツーリズムの原型はほぼ確立されたことが了解される。例えばロンドンでのトーマス・クックの手配は、さすがに地元だけに遺漏がない。五月二十二日にロンドンに着いた一行はセント・アーミンズ・ホテルに投宿、翌二十三日は休養日とし、二十四日この旅行の最大目的である日英博覧会を見学、二十五日は「二十人乗の大馬車」に乗ってトラファルガー・スクエアー、ロンドン塔、セント・ポール寺院、ハイド・パーク、バッキンガム宮殿を回り、二十六日ハンプトン・コート、二十七日大英博物館、二十八日国会（パーラメント）、ウェストミンスター大聖堂と、現在と同様のコースを効率的に見学している。博物館、史跡、劇場、歴史的建築というインデックスは行動を画一化するが、一方で見るべきもの、西欧の文化や歴史という表徴記号に触れて満足したであろう。参加費用二四五〇円は、そうした満足感に見合ったのだ。歴史的建築も美術館も、風景すらも金銭に換算される消費文化は、既にここに芽を出している。

ハード・ウェアとしての交通機関の発達は十九世紀末までにはほぼその全容を開示して、二十世紀初頭の質的向上（時間、快適さ、路線の細かさなど）を用意していった。世界は鉄路と航路によって固く結ばれ、ソフト・ウェアの地図や案内書で指示されたヴァーチャルな風景を、予測される時間内で正しく見せてくれる。この世界旅行はそのコンテクストに従ったほぼ理想的な形態を具備し、また実際にその記録には全行程を過不足なく周遊できた参加者の満足が語られている。しかし、こうした体験によって構築される世界観が導き出すのは、〈西欧世界〉の国民国家が産出する、あるいは演出する、優位性への賛嘆・脅威・反発・憧憬など、ほとんど実体を持たない感覚に過ぎない。比べる規準は刻々と変わり、その違いが自己の〈西欧文化〉観だと誤認させるところにツーリズムの要諦はあるのかもしれない。つまり個別の体験が全体を包括する西欧文化論・文明論に括られていく浅薄さが、ツーリズムの身上なのだ。そこへの参加者は、既に見るべきものを決定されているし、隠蔽されているものを発見する手掛かりをあらかじめ失なわしめられている。だからこそ、西欧世界を「学習」する欲望と、そこに評価基準を添わせようとする「力学」が出現するのだ。都市の華麗なメイン・ストリートは路地裏のスラムを隠し、その都市は困窮する農村を退け、豊かな先進国は疲弊する被植民地を背後に追いやる。

こうした順送りの隠蔽が構築する世界観はやはり歪んでいるし、それが各々の国民国家に対する日本人の認識を形成させていったとするならば、ツーリズムを「国際理解」「文化交流」「異文化体験」の一助とする、平準的大衆文化観として称揚した一九六七年の国連の国際観光年スローガン、「ツーリズムは平和へのパスポート」(Tourism, Passport to Peace) は厳しく再検討されなければならないだろう。何故ならそこには倒立した形でアジアやアフリカを「非文明国」として低位に定めるポリティカルな力が働いているのであり、そこには「雄大な自然」「素朴な人情」、ときには「恒常的な貧しさ」、「安い物価」をその表徴として摘出しようとするからだ。ツーリズムはこうして残酷な世界の位階秩序を決定し、なおその幻影を持続させようとする危険な側面を、その甘く柔和な顔の裏に隠し持っている。ツーリズムのハード・ウェアとして掲げた前掲の年表をその視点から眺めなおせば、そこには軍事・政治・経済という潜在的な侵略のレトリックが、やがて顕在化した帝国主義的欲望の相貌をあらわにしていく道程としても読みとれるのであって、日本もまたその枠組みから逃れられていないことを、その年表は例証しているのであろう。

3　書記されるツーリズム

〈日本近代〉のエクリチュールのなかで、異様なほどに膨大な量を生産するジャンルがある。そのほとんどは文学や歴史などの領域からは二次的な資料として扱われ、またジャンルそのものが低位だとして、その多くは消えていった。その領域、「海外旅行記」は、僅かの例外を除いて幕末期の開国、一八五三年（嘉永六）のペリー来航以降を起点に考えることになるが、この「日本近代」とともに発生した新しい書記形態の行跡をたどりながら、それらがツーリズムに連関することによってどういう消息を展開するかを明治期、十九世紀後半の文学的テクストを中心に考えたい。

「海外体験」は現在に至るまで、一冊の書物を有名、無名の体験者に書かせる力をもっている。大航海時代以後の冒険記からグランド・ツアーの外国体験、そしてツーリズムによって見出される観光記録に至るまで、西欧世界にもまた無数のエクリチュールの堆積があるが、日本のそれはその単純な模倣によって開始されたのだろうか。グレゴリー・T・ベンヤミンは、ボズウェル、ディドロ、スタンダール、フロベール、フロイト、ジイド、レヴィ＝ストロース、バルトなどのヨーロッパの代表的な旅行記を採り上げてその精神史を論述したが、その序にこう述べている。

私がヨーロッパの旅行記と呼ぶ雑多な書物の集積の最良の部分は、理解しようという長くにわたる行為を通して文化的距離を克服する努力をしている点であり、最悪の部分は、それがヨーロッパ中心的な思考表現、あるいは人種差別的不寛容の手段となっている点である。（*For Three of My Favorite Travelers*, Princeton Univ. Press, 1991）

こうした〈知〉の交通と断絶は、「海外体験記」のナラティヴのなかで交互に葛藤しあいながらコンテクストを構成していくのだが、ヨーロッパのそれと日本のそれが決定的に相違するのはまさしく「距離」と「中心」に対する認識であろう。エドワード・サイードがいう「東洋人（Oriental）の世界の認知可能性（Inteligibilty）と自己確認（Identity）とは、東洋人自身の努力によってもたらされたものではなく、むしろ、西洋がオリエントというものを同定するにあたって、認知作業の技術的操作のために採用した複合的手続の総体によってもたらされたものなのである(13)」という有名な箇所を援用すれば、あらかじめ失われた「距離」と「中心」の同定作業を前提として〈西欧近代〉を看取しなければならなかった〈日本近代〉の「海外体験」は、その出発期にあって既に「見るべきもの」の参照項が西欧から発信されてしまっていたのである。そしてそれはまさしくヨーロッパのツーリズムが未曾有の成長を遂げつつある時期に一致していた。しかし、日本はサイードが指摘したオリエント規定から十九世紀末には早々と離脱して、アジア（Far East）を求心的に統合し、その「中心」を構成しようと欲望していた。新たなオリエンタリズムがここに誕生する。ここでまたツーリズムも日本のコンテクストに収納されていくのである。〈日本近代〉以前には旅をめぐるディスクールとして「日記」「紀行」「道中記」「案内記」「名所図会」「繁盛記」などがあったが、明治以降これらは「美文」「写生文」「随筆（エッセー）」などの文体模索の運動と交錯して「紀行文学」のジャンル設定がなされている。高須芳二郎は明治期のこれを三期に分け(14)、第一期を明治二〇年（一八八七）頃までの成島柳北、饗庭《あえば》篁村《こうそん》の「江戸時代の脈(15)」を伝えた「飄逸味、洒脱味を主(16)」にしたもの、第二期、明治二十年以後から三十年前後の幸田露伴、田山花袋らの「現代的色彩が次第に勝つて来たが、科学的乃至精細な西欧的描写の点に、尚ほ特色を発揮する迄には至つてゐない(17)」もの、第三期がそれから明治末までの小島烏水《うすい》、吉江喬松《きょうまつ》らによる新しい特色が「略《ほ》ぼ実現せられた(18)」ものと分類している。

田山花袋はこのジャンルについて「紀行文は天然を記する文章である。（中略）従つてその種類に於ては、叙事抒情の文や小品文などと性質を同うして居る(19)」として、「西欧の紀行文と言へば、探検とか地理探究とか言ふことが主になつてゐる。文学的紀行文はあつてもさう余計にはない。そしてその文章は皆な記事である。叙述である(20)」と述べ、その特徴を定義づけた。ここで花袋は客観性に支えられた小説ジャンル（フィクション）との差異を強調して、雅味ともいうべき情趣を身上とする主観性に立脚して実用性をも具備した文章こそが日本の紀行文であるとしている。高須が評価基軸に据える科学的で詳細な西欧的描写を、花袋は紀行文にはむしろ邪魔なものと排し、吉江の「旅より旅へ」を評して「主観的要素を条件にした紀行文を以て、客観的価値を条件にした小説的描写を試みんとしつゝあるのである。しかし私達の経験では、作者が一人称で書いて、しかも作者と其一人称と同一の位置に立つて居る場合では、到底その目的を完全に達することが出来ない(21)」と難じた。勿論これらの対立は同時代的空間で行なわれたものではない。しかし、こうした文体意識の格差を母体として〈日本近代〉の文体規範は生成されていったのであり、結果として現代の例えば芳賀徹の「島国性と主情性とが、長いこと日本人の紀行文学の主流をなしてきた。この紀行文学というジャンルこそ、日本の文化空間のコンパクトさ、狭いなかでの密度の高さという特徴をもっともよく示すジャンルだ[22]」という、一つの日本のナラティヴに関する見解が示された。文体規範をめぐる和文脈と漢文脈のせめぎあいは前述したように、「海外体験記」という新しい表現形式の上にも小説などと同様に実行された。が、一方に小説が向かった言語・文体闘争という試行からは遠く離され、周縁化されていった。この言説空間のヒエラルキー化もまた〈日本近代〉が選択した「物語」なのであり、〈西欧近代〉が構築した「距離」と「中心」の「物語」をアナロジカルに転写するイノセントな意識の空隙を媒介に成立したといえよう。この空隙こそがツーリズムの戦略を容認し助長する意識の再現＝表象（Representation）そのものであることはいうまでもない。

明治初期のジャーナリストで『柳橋新誌』の作者としても著名な成島柳北（一八三七―八四）は一八七二年（明治五）から翌年にかけて東本願寺法主に随行して欧米各地を巡訪したが、彼の紀行『航西日乗』（一八八一年十一月―一八八四年八月まで『花月新誌』に断続連載、未完）は、法主のグランド・ツアーの会計係としてヨーロッパで過ごした日々が描かれている。同じ時期にパリに滞在した岩倉具視の明治新政府公式使節団の記録である久米邦武の『米欧回覧実記』にある近代産業と制度への関心（工場や学校・銀行などの視察）に重なりながらも、そうした空間の背後に退けられた風俗などの文化現象にも言及した成島の先駆性は注目に値しよう。前田愛が指摘したとおり、それらは「東洋と西洋の断絶を内面の劇[23]」を「深めて行く経験が約束されていなかった[24]」にしても、啓蒙に傾きがちな明治知識人のなかでは出色、異色な「海外体験記」となっている。それは単純に『米欧回覧実記』が公的空間を、柳北が風俗的空間を描写したというのではなく、例えば一八七三年（明治六）一月二十二日、柳北が使節団に同道して見学したラ・サンテ刑務所の叙述を比較すると如実にその違いが浮上してくる。

其造営ハ、大約英国 漫識特《マンチエストル》ノ牢獄ニ似タリ、三階ノ屋ニテ、七面ヨリ輻輳ス、其中央ニ説教ノ壇ヲ設ケ、是カ為メニ榻ヲ層層ニ列セリ、（中略）牢室ノ数、大小五百区アリ、現ニ入牢ノ罪人、一千百人アリ、一カ月ニ一度ノ洗ヲ許ス、入湯室アリ、甚タ清潔ナリ、書庫、及ヒ読書ノ室モアリ、罪人ノ望ニマカセテ、書房掛リヨリ書ヲ借シ与ヘテ読マシムル、総テ当牢ノ入費ハ、年ニ八百万「フランク」ヲ用フ（『米欧回覧実記』）

獄室内ハ極メテ清潔ニテ我邦ノ囹圄《れいご》ナドトハ同日ノ談ニ非ズ且ツ一房ニ一囚ヲ置ク又大房ニ数人ヲ容ルヽ所有レド臥房ハ必ズ一人ヅツ之ヲ異ニス房内ニ枕衾床椅有リ獄舎ハ六角ニ造リ中央ニ警吏ノ臨監スル処有リテ一目ニ六方ヲ見渡スナリ浴室有リ極メテ美ナリ一月一次囚人ヲ浴セシム又毎朝盥漱スル処有リ遊歩場有リ別ニ群歩ヲ為ス可キ地有リ（中略）百事整頓シ厳ハ厳ヲ極メ慈ハ慈ヲ尽クス寔ニ感嘆ニ堪ザルナリ此日獄舎ニテ上下両層ノ吏人通話スルニ器ヲ観ル其ノ形喇叭ノ如シ（中略）亦便利ノ器械ト謂フ可シ（『航西日乗』）

この二つの叙述の明白な差異は、前田愛が指摘する「支配する側の論理と支配される側に立つものの論理のくいちがいが、微妙なかたちで露わにされている」[25]ばかりではなく、岩倉使節団と柳北との身体的な空間感覚の違いでもある。使節団が数値によって獄舎の全体像を提示しようとするのに対し、柳北はそのなかに生きる人間の身体認識に自分を沿わせることで感知しようとした。だから使節団が見落としたパノプチコン（panopticon 一望監視装置）と、通話チューブ（conversation tube）に視線を執拗に注ぐ。この時まさしく柳北はジェレミー・ベンサムに同化する。『パノプチコン・ブック』（一七九一年）から始まる西欧功利主義の達成ともいえるこの獄舎の風景は、柳北が見出した〈西欧近代〉達成の一断面である。その「中心化システム」への身体的参加をもって、彼は西欧社会が持つ冷酷さ（厳）と人道的規範（慈）の実質について、無自覚ながら略取したのだ。それは「ジャーナリズムと機械の時代へと変換させた」[26]ベンサムの顔を柳北が真正面から見据え、〈西欧近代〉の相貌を見極めようとした瞬間でもあった。前記の福沢が『西航記』のなかで注いだ香港の中国人への視線と同様に、事象の構造を開示しようとする態度といえよう。

私はここで『米欧回覧実記』と『航西日乗』の優劣を論じようとしているのではない。『米欧回覧実記』の秀抜な記録性は、プレモダンの日本の表記能力水準（Literacy）が非常に高かったことを例証し、また漢文脈がそうした方向に適した叙述文体であったことを改めて納得させる。柳北もまた漢文体を用いて、『米欧回覧実記』の叙述意識とは違った位相でのディスクールの可能性を提示した。漢文脈はそうした多様性を持ちこたえるに足る文体であったことを確認したい。勝本清一郎は「支那の方に近世的な俗語文学が成立した。これを読みこなすことが日本文学の近代化をうながす動機になったことと、従来の返り点で読めなくて、口語の訳をつけたのが、口語文学の成立をうながす一つの動機になった[27]」として、「江戸時代には漢学的な、天下国家に責任をもつ立場の世界観が支配的であった。そういうものの力がなくなったことが、明治になってわかると、漢学の教養はもっぱら世俗的な文学の方向に行かざるを得なくなった[28]」と指摘している。

初期の「海外紀行文」の大半が国民国家樹立への「官命」を帯びた留学生や新政府の官吏によって書かれ、彼らの主流的・公的な文体は漢学に基礎を置く漢文脈（漢文読み下し体）であった。一八八五年（明治一八）から発表される東海散士の『佳人之奇遇』もフィクションではあるが、彼の海外経験をもとに格調の高い漢文体で書かれている。またこの時期の翻訳小説、それらのかなりな量は、斎藤了庵訳『魯敏孫全伝』（一八七二年）、ヴェルヌ・川島忠之助訳『新説 八十日間世界一周』（一八七八年）、ヴェルヌ・井上勤訳『亜非利加内地 三十五日間空中旅行』（一八八三年）、ブラッセー・内田弥八訳述『婦人地球周遊記』（一八八六年）などのように旅行・冒険を主題とする作品が占めていることに、注意を払うべきであろう。そしてこれらもまた、漢文体による美文を採用しているのである。

しかし、そうした紀行文の主たる文体としての漢文脈が、前記の高須芳二郎が言及するように古びた文体として捨象されていく、つまり科学的乃至精細な西欧的描写の点で不備なものとされていったのは何故だろうか。柳北のようにこうした文体に戯文脈を忍び込ませて、いわば韜晦的なニュアンスを出す工夫は既に幕末期から試されている。そこには口語表記への転換（言文一致運動）だけでは説明し切れない要素が介在していたことが、海外紀行文をたどることによって垣間見えてくる。

柳北とともに『朝野新聞』を拠点に新聞紙条例を闘い、一八七六年（明治九）には筆禍により鍛《か》冶橋《じばし》監獄に収監される経験を持つ末広鉄腸（一八四九－九六年）は、一八八六年（明治一九）から八九年（明治二二）まで欧米各地の視察旅行に出た。そして「紀行ニモ非ズ小説ニモ非ズ誠ニ取ルニ足ラザル戯文[29]」としてその旅行記『啞之旅行』（一八八九－九一年）を出版している。その題名のとおり、まったく言葉の通じ合わない西欧で、末広が兎にも角にも旅を遂行するための奮闘、「赤ゲット」（おのぼりさん）ぶりが全編を覆う奇書といってもよい著作である。この旅行の目的が「欧州ノ政況ヲ視察」することにあったのにもかかわらず、この旅行記が終始一貫して末広の暗い情熱、〈近代西欧〉からの疎外をテーマにしているのは、問いかけを拒む西欧の文化構造に彼の身体的感覚が完全に略取され、〈西欧近代〉を中心化して思考し始めてしまっているからだ。冒頭部で、

> 近来頻りに洋行が流行し猫も杓子も先を争ふて日本を飛出しヤレ倫敦ハドウダ巴里ハシカ〳〵と「シガァー」を吹き乍ら喋舌り立てざれバ世間の受けが悪いにより自身も急に欧米漫遊を思い立ちしが話の出来ぬものが外国船に乗込むと百事不自由であるから程よき同行のある時を待つて乗船をするがよからんと勧むるものあれども此紳士は盲蛇を畏れずと云ふ喩へもあるが如く通弁があれバ自分で語を覚ゆることが出来ぬナアニ人間であるからマンザラ迷子になり札付きで日本まで送り返される気遣ハあるまいと誰れが止めても聞き入れずトウ〳〵独りで万里の旅行を思ひ立ちしハ無感覚か大胆か頗る剣呑至極の事どもなり

末広は自分を三人称化してなお徹底的に戯画化することによって、この海外体験を語り出す。この諧謔の精神は戯文体によって一層鮮明に伝達されている。およそ考えられる限りの「赤ゲット」、食事のマナー、風呂やトイレの使い方、ホテル、汽車の予約、貨幣の換算などにおける失敗談がこれでもかこれでもかとばかりに自虐的に繰り出される。船中で出会った「魔尼羅《マニラ》の紳士」（ホセ・リサールがモデル）の洗練されたものごしを頼りに、ほとんど旅程を消化するのが目的のような旅をする主人公忍君《おし》ではあるが、徐々に西欧文化の規範に疲れ、小心になっていく。ロンドンの下宿屋で食事のマナーを破るたびに「顔を真っ赤にせり紳士ハ早く達者に話す様にならねバ何事も不自由と思」うが、それもはかばかしく進展しない。出立したときの勇気は「西洋の事情が分らんから起つた」のであり、今は「失策」をしないために慎重にせねばならないと彼は思っている。女性との関係についても「満足な人間なら日本人などに付いて遙《は》る〴〵東洋へ往く気遣ハない」と、アンビヴァレンツに引き裂かれていく主体は西欧世界を中心化して、なお貪欲にもっと見ようと欲望する。

不安もあるが「日本へ帰つて巴里や伯林の模様を聞かれたときに困るぜ」という旅行中に出会った日本人の言葉に従ってイギリスから大陸へと渡る忍君には、「見るべきもの」の抑圧がしのび寄っている。ヨーロッパのツーリズムはシステム化し広域化して、どこまでも人々の欲望を喚起する。そのシステムの歯車となった忍君の悲惨な精神世界もようやく帰国の船で癒されていく。スエズを過ぎたあたりから「西洋人」の姿は減り、インドの湾口に群がる土地の子供たちに余裕をもってコインを投げ、サイゴンでは如何にも詳細な現地ルポを報告する。

豚小屋の如きもの不規則に建列びて凡そ二三百もあるべし土人ハ印度人と稍々《やや》容貌を異にし純然たる蒙古人種なれども其の熱帯地方にあるを以て支那人に比すれバ顔色稍々黒なり

この「土人」は福沢の語用とは違い、明らかに差別的な蔑視の意である。こうした「観察」が、数を増してきた日本人乗客との間に、「醜業婦」の「南洋」進出は是か非かという論議へと派生していく。ようやく帰り着いた日本で、同船の日本人辰巳は「一寸でも西洋の風に吹かれて帰つたから己れも立派な紳士になつたぞ」と嘆概をもらすところで、この書は終わる。

この旅行記が日本の「海外旅行記」「海外紀行文」の代表的素型となっていることに気づくとき、柳北や福沢が見出したヨーロッパの風景が奇妙なねじれをもって鉄腸の文体へと交錯していったことが了解される。「見るべきもの」の堆積は、かえって彼を〈経験〉(Experience)の囚人に変容させ、忍耐の連続を強いる。末広は無知を恥じ入る余りに「見る」ことすらも拒んでしまうナイーブさで旅を乗り切っていった。もしかしたら言葉が通じ合わないからこそ事象、事物の実体へと歩み寄れるかも知れない可能性を自ら遮断して、戯作文体によって差延されるナラティヴに潜り込む。それは結果として、ツーリズムが作り上げようとする「見るべきもの」の指示機能へと無意識的に誘導され、文章は私的な領域へと遁走して平衡を失う。その身体感覚は実際に見るアジアの風景にもおのずと一つの方向を付与して下位のものとして位置づけてしまう。これを単純な西欧憧憬とアジア蔑視という点のみで裁断することはできない。この底流には「見た」風景を分類して位階化する無意識下の視線のヒエラルキーが介在し、ここにはツーリズムが志向する欲望、国民国家のパフォーマンスによる中心化と周縁化への分別戦略が、鉄腸の眼を籠絡していることが了解されるのだ。この後に続く国会開設から日清戦争に至る歴史的時間を日本人はもはや止めることはできないように、「海外体験記」の世界も「文学」への傾斜を失って、一つの定形へと向かってしまった。

一九〇〇年前後、明治三〇年前後に紀行文は口語的随筆という文体枠を獲得して、こうした「屈折」を払拭しようとした。漢文脈、戯作文脈が、身体感覚を突き放し他者化する齟齬を解決する文体であったのに反し、口語的随筆は、花袋の提唱する「主観的要素を条件とした紀行文[30]」、「事実の存在を後にする紀行文[31]」という概念規定に最も合致して、多彩な展開を期待できそうな文体枠であった。それは正岡子規らによる口述的な話体の文章化、写生文の試みを出発点に創始されたのであり、幅広く応用がきいた。ジャン・ジャック・オリガスは「明治の作家は、随筆という分野に入って幾つかの表現の可能性をもう一度試したり、もう一度駆使したりしようとした。それも文語から始まって口語にしていくというよりも、ほとんど同時にその言葉、日本語の中の幾つかの層の可能性を自分なりに探っていく、自分なりに使ってみる。本当に芸術のための道具と言い得るか、それでどうなるか。（中略）つまり文章を一つの形式に限定せずに、幾つかの形式の可能性を同時に保つことによって、言葉の将来に対して期待を持ち続けるんです」（「日本の近代随筆をめぐって」、大岡信、十川信介との鼎談、『文学』一九九二年夏号）と述べているが、こうした可能性にもかかわらず、「海外体験記」が持つディスクールの歪みは、新たな問題を派生する。随筆が持った「形式の可能性」は、「海外紀行文」にあっては、ツーリズムが根底的に持つ構造の暴力性を一層強調していったのである。

「見るべきもの」が既に決定されているツーリズムの指示性は、随筆という形式枠のなかで、より高次の規範を生成していった。それは何かを「見させないこと」すらも可能にする。日本の国民国家意識が完成へと向かう明治三〇年代、世界構造もまた国民国家の集合体として揺るぎなく規範（国際法、国際文化、国際交流などなど）を生産する時期にもあたっていた。前近代との意識的切断によって試行される〈日本近代〉の文体獲得は、ツーリズムへの批判的装置にはなり得ない。ツーリズムを世界構造の表徴として捉えたとき、主体実現の方法としての「海外体験」と、その実現のための文体は決定されていた。主体に寄り添った言語方法としての随筆は、口語的《コロキュアル》な欲望を内在しているがために、混乱をも隠蔽する。

一九〇〇年（明治三三）から一九〇三年までベルリン大学東洋語学校に赴任した巌谷小波《さざなみ》は、帰国後『小波洋行土産』（一九〇四年刊）を出すが、その折のフランス小旅行の一節、ヴェルサイユ宮殿見物のくだりは次のように記述される。

まず最初に王宮とその庭園とを見たが、何さまその規模の大きな事は、我々赤毛布共《ゲット》の、只おツたまげる許りで、何の彼のと悪口は云うが、兎に角ルイはえらい男と、その肝玉に感ぜざるを得ない。

王宮は二階建てで、大小百五十に別たれ、その一部分は、歴代の帝王の肖像、各国の名士の

石像、乃至古今の歴史画等を掲げて、丁度美術館の様に成つて居るが（後略）

ここでその宮殿を見た言説主体の感動部分と、宮殿の客観的叙述部分の落差は、文体のためだけではなく、文体が表徴する意図をあらかじめ読み込んでそこに寄りかかって、見せかけの自己表出を試みているせいであろう。彼の友人たち、大橋乙羽、姉崎嘲風《ちょうふう》、坪谷水哉といった硯友社、そして博文館系の紀行文の名手たちも同時期に海外体験を持ったが、同様の陥穽に陥っている。この一様の反応は文体や方法の選択の誤謬にあるのではない。幕末期から試されてきた柳北などでは一部成功してきた主体と事象との関係性の描写は、主体がツーリズムによって徐々に侵犯されていった過程にあっては、十全の機能を発揮し得ないのだ。随筆という母体は、主体の描出を可能にするように見えながらも、主体を曖昧に事象や事物に回収させ、事象や事物の真の姿（言説の主体から投影される実体把握の努力過程）をも形骸化した言語に置換していってしまうのである。

思えば口語叙述への統一もまた国民国家の要諦であった。二重、三重に主体実現の欲望は禁止され、新しい文体と意識を模索した。とすれば「海外体験」の構造を、常に我々を誘惑して、なおかつ脅かし続ける〈西欧近代〉の中心化の欲望としてのツーリズム生成の動態に置いてみると、〈日本近代〉の夢想的な欲望に支えられた国民国家の「威光」と「劣等感」もまたそうした想像的な領域で肥大していった日本人のメンタリティから抽出することが可能であろう。「国民文化」と称する実体なき概念の序列化を遂行してきたツーリズムのコンテクストを問い直すことは、結果として自明性に満ちたものだと「誤認」する私たち日本人の、〈近代〉によって構築された様々の〈文化表徴〉の虚偽を申告することなのだ。文体とは単に描写技術の「進歩」と称されてきた表面的な変化ではなく、日本人の基礎を担う時空意識の変遷と不可分に結び付いたメンタリティの具体的な再現として、多種の参照項にさらしていかねばならないであろう。ツーリズムはそうした〈交通〉によってしか、その本質を見出すことができない。ツーリズムとは日常では決して現出することのない意識の奈落のことであり、また同時に国民国家そのものの構造的欺瞞を露出させていく装置でもあるのだ。

註

(1)『世紀末の他者たち』塚原史・石田和男訳、紀伊國屋書店、一九九五年。
(2) 宮川雅訳、『ユリイカ』一九八七年九月。
(3) 酒井直樹「ナショナリティと母(国)語の政治」、酒井、ブレット・ド・バリー、伊豫谷登士翁編『ナショナリティの脱構築』柏書房、一九九六年、所収。
(4) 小池洋一・足羽洋保編著『観光学概論』ミネルヴァ書房、一九八八年。
(5)「国民生活における観光の本質とその将来像」、内閣総理大臣官房審議室編『観光の現代的意義とその方向』一九七〇年。
(6) 日本近代思想大系12『対外観』岩波書店、一九八八年。
(7)『旅の思想史――ギルガメシュ叙事詩から世界観光旅行へ』伊藤誓訳、法政大学出版局、一九九三年、原著一九九一年。
(8) ピアーズ・ブレンドン『トマス・クック物語――近代ツーリズムの創始者』石井昭夫訳、中央公論社、一九九五年(原著一九九一年)を参照。

（9）表作成には、ヴォルフガング・シヴェルブシュ『鉄道旅行の歴史』（加藤二郎訳、法政大学出版局、一九八二年、原著一九七七年）、本城靖久『馬車の文化史』（講談社新書、一九九三年）、小池滋『英国鉄道物語』（晶文社、一九七九年）、P. J. G. Ranson, *The Victorian Railway*, William Heinemann Ltd. 1990、土井全二郎『客船がゆく』（情報センター出版局、一九九一年）、野間恒『豪華客船の文化史』（NTT出版、一九九三年）などを参照した。

（10）西川長夫「日本型国民国家の形成——比較史的観点から」、西川長夫・松宮秀治編『幕末・明治期の国民国家形成と文化変容』新曜社、一九九五年、所収。

（11）『欧米遊覧記』朝日新聞社、一九一〇年、一一一二頁。

（12）同前、二一一三頁

（13）『オリエンタリズム（上）』板垣雄三・杉田英明監修、今沢紀子訳、平凡社ライブラリー、一九九三年、一〇〇頁。

（14）『明治の美文と紀行文』『日本文学講座』第一二巻所収、改造社、一九三四年。

（15）同前。

（16）同前。

（17）同前。

（18）同前。

（19）「現代の紀行文」『花袋文語』博文館、一九一一年。

（20）同前。

（21）同前。

（22）『日本人と異国体験——『米欧回覧実記』のアメリカ』『国文学』第二五巻七号、学燈社、一九八〇年六月。

（23）前田愛『成島柳北』朝日新聞社、一九七六年。

（24）同前。

（25）同前。

(26) 土屋恵一郎『ベンサムという男』青土社、一九九三年。
(27) 柳田泉・勝本清一郎・猪野謙二編『座談会　明治文学史』岩波書店、一九六一年、一五頁。
(28) 同前、一五―一六頁。
(29)『啞之旅行』青木嵩山堂、一八九六年発行訂正合本九版。
(30) 前掲註(19)。
(31) 同前。

第二章　漱石の二十世紀——動く肖像写真

誰か大胆な小説家が、巧みに織られた慣習的自我の幕を引き裂いて、この見かけ上の論理の下に根本的の非合理を見せてくれ、簡単な諸状態のこの並列の下に名を付けられるときには既に存在しなくなつてゐる無数の印象の限り無い浸透を見せてくれる場合には、我々自身よりも我々をよく知つてゐるとしてその小説家を讃《ほ》めるのである。

（アンリ・ベルクソン『時間と自由』より）(1)

1　肖像写真のなかの自己

夏目漱石のよく知られた肖像写真に、一九一二年（大正一）九月、明治天皇大喪の折に撮られたと伝えられる一葉がある（次々頁写真2）。この写真の漱石は、右手を軽く結んで頭の右側部を支え、視線はカメラには向けられず右斜め前方に向けられている。左腕に巻かれた喪章と対をなす右の真っ白なカフスからのぞく手首は思いのほか細く、相対的に大きく映る頭を支え切れないかのようでもある。なにものかに注がれたまなざしは、その対象が画面に提示されていないために抽象化され、この思索のポーズはおのずと漱石その人の内面を探ろうとする欲望を観る者にかき立てずにはおかない。明治天皇の死をもって顕現した明治という時代精神の終焉を、憂いを秘めた静謐な感情で見送ろうとする漱石。あるいは明治という時代のすべてを生きて、その結末に哀惜を湛えて沈思する漱石。近代日本の最高の文学者、知識人の一人である漱石に似つかわしい解釈を、この写真は要求する。いや、それを要求するほどにこの思索する漱石は、実に立派な顔貌を備えている。知的な充実を遂げた男というイメージは、思索するポーズによって強調され、その思惟を形而上的領域へと定着させようとする想像力を増幅していく。「夏目金之助」という生身の人間を離れ、「夏目漱石」そのものの〈内面〉を表象するイコンとなったそれは、まさしく純粋に知的な記号となって機能していくのだ。漱石その人の身振りに内包されたこのメッセージは、解かれることを待っている。

この写真はこの年九月十一日、中村是公《ぜこう》、犬塚信太郎とともに北鎌倉の東慶寺を訪れた往路か帰路に、京橋の小川写真館で館主小川一眞《かずまさ》によって撮影されたものと伝えられる。(2) 翌々日十三日が明治天皇大喪であり、写真を撮る理由はそこにあったのであろう。しかし、この三人が東慶寺に赴いたのは、中村から「満鉄」に漢学者を招き講演旅行を依頼したいという相談が前月末にあり、漱石が東慶寺の宗演禅師を推薦、総裁の中村、理事の犬塚を伴ってこの日正式の挨拶に出向くという理由からである。(3) 因みに十三日当日は在宅して「号砲の音とともに、皇居に向って静かに坐り直し、静かに頭を垂れる」(4) と荒正人は漱石のその日を描写している。

この写真の撮られる前日の十日、漱石は七日に逝去した田岡嶺雲の谷中斎場での葬儀に参列している。(5) 反文明を訴えて激しい社会批判に身を挺した社会主義者・嶺雲の葬儀の翌日に漱石は日本帝国主義の先兵となった第二代満鉄総裁に同道して鎌倉に赴き、そして写真を撮った。このことはこ

写真 2

写真 1

写真 3

写真 4

（松岡譲編『漱石写真帖』第一書房、1929 年、立命館大学西園寺文庫蔵）

の肖像写真を考えていくうえに大きな示唆を与える。漱石が帯びた喪章はおそらくは嶺雲の葬儀にも「使い回された」に違いない。幸徳秋水の湯河原での逮捕を目の当たりにした嶺雲はその情景を死の直前に刊行された自叙伝『数奇伝』（玄黄社、一九一二年）に留めているが、「大逆」を準備したとして処刑された幸徳と、その鉾先であり刑の最高執行責任者でもある明治天皇、そして嶺雲が漱石を媒介に結び、中村是公によって代表される日本植民地政策がその稜線の続きに見え隠れする光景は、二十世紀の壮大な混沌に突入した日本を象徴的にあぶり出す。漱石の思索のポーズは、明治天皇にだけ向けられていたのではない。嶺雲に、そして彼を通して幸徳にも向けられていたのである。

　この写真の撮影日、漱石は他に三枚の肖像写真を撮ったと推察される。その一枚は中村、犬塚との集合写真でポーズはこの写真（写真2）と同じく頭を右手で支えて右下方に視線を落としたもの（写真1）、それと同じ向きで心持ち頭をあげ右手を頭に添えず下に降ろしたもの（写真3）、そして正面に顔を向け左に視線を向けたもの（写真4）の四枚である。これらは明らかに漱石の内面のドラマを演出し、また漱石も或る意味をそこに生産しようと意志しているかのように見える。写真4は一九八四年から二〇〇四年まで千円札に用いられた最も著名なものだが、実はこれには幾分の加工が施されている。顔をより正面に向け、それに従って視線も元の写真より左に向く印象が幾分薄まった。そして紙幣肖像の常識に従って胸から下を喪章を巻いた腕を含めてトリミングされ、顔は「元気な感じがでるように工夫」[6]されたが、その割にはどこか視線は弱々しい。四枚のうちでこの写真が最も紙幣の肖像に相応しいと判断されたのは、紙幣に必要な顔貌の明確性、つまり一人の人間の顔全体が見通せるようにそれが撮影されていたからに過ぎないであろう。紙幣のなかの漱石はこの四枚の「連続」から切り離されて、彼がもった同時代の思想的苦悩をどこにも現前させない。それはベンヤミンが言うところの〈アウラ〉の喪失という複製技術の宿命が完遂された事例となっている。そこには千円札の図柄という以上の〈意味〉はなく、貨幣としての経済的価値しか見出せない。漱石を資本主義経済の枠組み内に定置させたことこそが、日本近代の歴史、文化の或る帰結点の一側面をあからさまに語っているのだ。

ここでベンヤミンが言う「アウラの最後のはたらき」(7)を、漱石の四枚の写真から探ってみよう。私はこの写真を繋げて見る欲望を禁ずることができない。写真1から4に向けてこれらを連続させて動かしてみると、次のような情景が蘇るであろう。中村、犬塚の順で自分の右手に立つ彼らの左端に置かれた椅子に着座した漱石は、頭に右手を添えて幾分前かがみに右前方下を見つめる。次に彼らが去り、椅子に寄りかかり左腕で顔を支えた漱石は顔を少し上げて、右前方のもっと遠くに視線を投げかけた。その左手を頭から降ろし、傾いた頭を起こしながら、視線をもう少し低いところに走らせる。誰かの声の求めに応じて（それは写真師(8)の呼びかけかもしれない）、カメラに顔を向け視線を左に転じる。これを写真4から1へ逆に動かせば、正面を向いて写真を撮られていた漱石が顔を右に向けなおし、やがて右手を頭にやる、そこに中村と犬塚がやってきて自分の傍らに立つ、という風にも解釈できる。

この漱石の一連の動作に重要な役割を果たすのは、その右手である。左手は喪章を帯びて動くことはない。右腕の動きは、優雅に軽くにぎられた手の確かな質感と相俟って、そこに生きて存在する「漱石」を出現させている。満鉄総裁と理事の傍らで彼らとは明らかに違った姿勢（彼らは立ち漱石は坐る、あるいは彼らは顔をあげ漱石は俯《うつむ》く）で思索することを表現する彼が、彼らが去ったことも気づかないようにその孤独な「個」の思索に没入する。そして右手を下に下ろし、おもむろに正面に顔を向け、その左側に何かを発見して瞳をめぐらす。あるいは逆に、正面を向いて写真の被写体になろうとした漱石はその左側に何かを発見する、頭を右側に傾けながら視線を右下に移動し、俯き、そして頭を右手で支えさせる、そこに友人たちが歩み寄り写真に加わるが、より深く俯かざるを得ないような思索が彼を捉えて離さない。その彼の思惟を慮ることなく中村はくつろいだ姿勢で正面を見つめ、犬塚はさっき漱石が見ていた方を窺っている。この漱石の身体行為は、明らかに或るメッセージを含有する、あるいは与えることを前提にしている。

もちろんこの四葉の写真は写真館という近代的自己認知の装置が編み出した習慣的な身体技法によって出現したのであり、この「連続」も写真の組み替えによって何通りにも作成できるだろう。(9)しかし、漱石が右手と視線という肖像写真準拠枠（Frame）内での最小の「小道具」を通して表現した二方向の内面のドラマは、或る「時代精神」の煩悶の有り様《よう》を抽出していく。一つは「時代精神」の終焉、それも他の人間と決して共有できないそれに思いを巡らせる知識人が、その煩悶から目覚めて新しい「時代精神」を発見する希望のドラマとして、もう一つは「時代精神」の終焉に恬淡とその事実を見つめようとした生活人が、その重さに耐え切れず考えあぐね一切の他者の介入を拒絶して煩悶する絶望のドラマとして。それは、二十世紀という新たな世界への「煩悶」を集約するコインの表裏である。国家や民族が自明的な構造で民衆意識を籠絡した二十世紀初頭の「時代精神」、それは有名な「明治の精神」という漱石の日本近代化過程を表現する言葉で最も端的に表わされるであろうが、その言葉で統括された「日本人」概念が揺らぎ、自らの歴史性に漠然と浮かぶ思索的懐疑が、その文化的アイデンティティの上に萌しているのを、ここに読み取ろうとするのは、飛躍に過ぎるであろうか。

近代技術の達成として、つまり近代性（Modernity）の輝かしい勝利として出現したカメラが切り取ったのは、その近代性の発展過程に懐疑を抱く一人の知識人が生々しくも、身体を用いて表出した精神のドラマである。彼の文化的アイデンティティを疑わしくしているのは、明治近代化の「発展理論」が生み出した文化生産様式が、肖像写真のように持ち運び、複写、画一化され得るもので、それは僅かな右手と視線の動きによってしか、その差異を示すことができないのだという絶望からだろう。だが、一方にその僅かな身体的・視覚的意志がそれへの異和を申し立て、なおその生きた「経験」から文化構造そのものの原理的批判を可能にする私たちの希望を開いていく。明治末年代の二十世紀初頭、日本を覆った文化的多様性の承認のアプローチと、その文化様式の生産者・消費者としての自己の観察は、この明治の終焉という「不測の事態」によって明瞭な形を得たのである。

2　近代化主義と自己本位

明治期が「西欧近代」による「近代化主義」（Modernizationism）の受け入れと咀嚼、または馴致と克服に、そのほとんどのエネルギーを費やしたことは、結果的に文化生産のシステムを政治的、経済的コンテクストに脈絡づける方向に加担してしまった。近代資本主義が産業化の恒久的な「進歩・発展」に価値を置く以上、文化の植民地化（西欧を規範とする帝国主義化）は「発展諸段階」の必然として免れ得ない。マルクスが問題としたのはそこだ。

　精神的生産に於ても、亦物質に於る如く然り、個々の国民の精神的創作は、世界共通の所有となる、国民的偏執僻見は益々不可能となる、而して多数の国民的地方的文学の間より、世界的文学は隆興するなり……(11)

資本の世界規模的な市場拡大を背景に文化構造もまたそのシステム内に収納され、「西欧近代」の再生産構造とともに世界中を駆け巡ったのである。しかし、問題はこれが各個々人の「選択」によってなされたという点にある。ジョン・トムリンソンはマーシャル・バーマンを援用しながら次のように述べる。

　自己発展とは、安定性の本質的欠如、不断の変化、価値観の絶え間ない動揺などを意味する。この文化の運命が避けられないのは、まさしくそれが個人によって選択されたものだからである。伝統的信念の特徴を表すような形態の支配を望むことなどありえないのだ。たとえば、ひとたび人間が文化的多様性——他の文化にとっての物事のあり方——を経験してしまえば、人間の潜在能力が、不変の文化的行動——これまで通りの物事のあり方——という重荷だけによって制限されることなどありえないだろう。（中略）近代化というのは、人間の自己理解の条件を変えるという意味で、一方通行の旅と言えるのだ。（『文化帝国主義』片岡信訳、青土社、一九九七年、原著一九九一年）

トムリンソンが指摘するように一見自由に開かれた諸個人の文化的準拠枠の選択は、非西欧圏においては、資本システムに連動した「価値選択」となって意外なほどにあっけなく行使される。それは一方に、諸個人が文化の多様性に出会う契機を与えてもいる。最も、この多様性は実は「近代」の一元的価値認識に支えられた「一方通行」のもので、その「自己理解」の変容はまさしく「近代的人間」の創出に与《くみ》しているに過ぎない。

漱石はこうした近代化システムについての考察を、一九一一年（明治四四）八月に大阪朝日新聞社主催の四回の連続講演会のうち、一五日に行なわれた和歌山での回で、「現代日本の開化」と題して次のように述べた。

少なくとも鎖港排外の空気で二百年も麻酔した揚句突然西洋文化の刺戟に跳ね上つた位強烈な影響は有史以来まだ受けてゐなかつたと云ふのが適当でせう。日本の開化はあの時から急劇に曲折し始めたのであります。又曲折しなければならない程の衝動を受けたのであります。之を前の言葉で表現しますと、今迄内発的に展開して来たのが、急に自己本位の能力を失つて外から無理押しに押されて否応なしに其云ふ通りにしなければ立ち行かないといふ有様になつたのであります。（中略）時々に押され刻々に押されて今日に至つた許りでなく向後何年の間か、又は恐らく永久に今日の如く押されて行かなければ日本が日本として存在出来ないのだから外発的といふより外仕方がない。(12)

ここで漱石が展開した日本文化論は、常套的な伝統文化擁護論の冒頭のような趣きを呈している。しかし、近代化システムに内発的と外発的という区分を導入して表わそうとしたのは、「自己本位の本能」による「自己理解」が実は外発的なものに過ぎない、つまり「西欧近代」が提出する国民化のプログラムに沿った受容のあり方であると言っているのだ。そこには内発的な自己同定の葛藤も意欲も認められず、従って多様な文化構造を理解する「主体」は存在していない。漱石は「開化が進めば進む程競争が益劇《(ママ)》しくなつて」、その「生存競争から生じる不安や努力に至つては決して昔より楽になつてゐない」と、近代化の抑圧的側面を強調して、その外発的の様態について言及する。

あなた方と云ふ矢張り一箇の団体の意識の内容を検して見ると仮令《たとへ》一ケ月に亙らうが一年に亙らうが一ケ月には一ケ月を括るべき炳乎《へいこ》たる意識があり、又一年には一年を纏めるに足る意識があつて、夫《それ》から夫へと順次に消長してゐるものと私は断定するのであります。吾々も過去を顧みて見ると中学時代とか大学時代とか皆特別の名のつく時代で其時代々々の意識が纏つて居ります。日本人総体の集合意識は過去四五年前には日露戦争の意識丈になり切つて居りました。其後日英同盟の意識で占領された時代もあります。斯く推論の結果心理学者の解剖を拡張して集合の意識や又長時間の意識の上に応用して考へて見ますと、人間活力の発展の経路たる開化といふものの動くラインも亦波動を描いて弧線を幾個《いくつ》も幾個も繋ぎ合せて進んで行くと云はなければなりません。（同前）

ここで指摘されるのは、内発的な自己意識が集合意識によって疎外され、国家意識や政治・歴史認識のなかに安住して、真の自己意識の発現を果たし得ない状況への批判だ。この「集合意識」は、同時代の社会学者エミール・デュルケームが集合表象（Représentation collective）と名付けた、個人表象の自由な行使を拘束する外部的規範表象の概念に近似している。かつてイギリスの動物心理学者コンウィ・ロイド・モーガンの『比較心理学』（一八九四年）を援用して『文学論』（一九〇七年）で漱石が説明したこの「集合意識」は、「F・焦点的印象又は観念」の三分類の一つ「社会進化の一時期に於けるF」と概念規定された「所謂時代思潮」と同じであろう。しかし、ここで明らかなのは、『文学論』で「模擬的意識・能才的意識・天才的意識」とまた三種に分類して、最も少数で理解を得られにくい「天才的意識」への擁護を行なったのに反して、ここではそれを「内発的」自己意識として「集合意識」に対抗させたことである。

日本の現代の開化を支配してゐる波は西欧の潮流で其波を渡る日本人は西洋人でないのだから、新しい波が寄せる度に自分が其中で食客《ゐさふらふ》をして気兼をしてゐる様な気持になる。（同前）

この「食客《ゐさふらふ》」こそは文化的に他者化された主体認識を表わしているが、漱石はその「上滑り」な近代化主義を「涙を呑んで上滑りに滑つて行かなければならない」とした。集団が諸個人の意識に浸透して領有して「もはや話すのは単なる個人ではなく、彼のうちに肉となり人格と化した集団」（デュルケーム『宗教生活の原初形態』上、岩波文庫、一九七五年、原著一九一二年）となってしまう感情の生成を近代化システムの弊害と漱石は断じ、一方でそれを甘受するしか方法はないと言う。ユルゲン・ハーバーマスが言うところの「生活世界の植民地化」、物質的再生産という社会システム機能が文化的再生産機能をも支配的に制御して、個人主体のアイデンティティに危機をもたらすという現代世界の分析が、ここにシンプルながら先取りされていると言えよう。

その文学的集合意識とは「文学の時代精神」を先導するべき文化生産様式のことである。漱石にとって、それはどう生産し、どう確定し、どう敷衍していくかという問題に関心が移動していった。「型に背かないで行雲流水と同じく極めて自然に流れると一般に、我々も一種の型を社会に与へて、其の型を社会の人に則らしめて、無理がなく行く」（「中身と形式」、同年八月一七日堺での講演[13]）、あるいは「実現の出来る程度の理想を懐いて、こゝに未来の隣人同胞との調和を求め、又従来の弱点を寛容する同情心を持して現在の個人に対する接触面の融合剤とするやうな心掛」（「文藝と道徳」、同月一八日大阪での講演[14]）という言説には、その意志が明確にこめられていたのではないだろうか。

この『文学論』から「現代日本の開化」への推移に大きく関与したのは、恐らくこの年七月一日の日記に記された「ベルグソンの「時間」と「空間」の論をよむ」であろう。漱石の蔵書である一九一一年発行の英訳版『時間と自由』には「余ハ真ニ美クシイ論文ダト思ツタ」という書き込みがされているが、この読書体験は、漱石の「意識」に関するそれまでの考えを訂正させるに充分の衝撃力があったものと思われる。矢内原伊作は「機械観に対して人間の自主性を回復し、物質的なものに対して精神的なものの独立性を確保しようとする二十世紀思想全体の傾向は、ベルクソンによって最も果敢にかつ綿密にきりひらかれた」[15]と評したが、この出会いは十九世紀的な「近代価値」を疑問符に括って、二十世紀的なそれへと「身体」を用いて思索しようとする知的葛藤を漱石にももたらした。

漱石がベルクソンを知るのは、前年の修善寺の大患の予後を養っていた九月に読み終えたウィリアム・ジェームズ『多元的宇宙』[16]の第六講「主知主義に対するベルグソンの批判」を経由してのことと思われる。[17]小倉脩三の調査によると、一九〇二、三年（明治三五、三六）頃、漱石はジェームズの『心理学原理』『宗教的経験の諸相』を既に購入して読んでいて、『文学論』にも引用していたが、その哲学的側面に本格的に触れるのは『多元的宇宙』読了後である。チャールズ・パースとともにプラグマティズムを提唱したジェームズを、初め漱石は心理学者と捉え、また『多元的宇宙』を読んだ後もプラグマティストとしてではなく、徹底的な非二元論に立つ「純粋経験」を訴えた哲学者として迎えた。

日露戦争終結直後の一九〇五年（明治三八）には、東京帝大助教授で日本に新カント派の所謂《いわゆる》純理哲学を移入した桑木厳翼《げんよく》は、『哲学雑誌』一－二月号に連載した「プラグマティズムについて」でプラグマティズムを「偽哲学」と厳しく批判、これに反対する田中王堂との間に激しい応酬を繰り広げた。田中は一八八九年（明治二二）から九八年（明治三一）までアメリカに留学してシカゴ大学にてジョン・デューイに出会った。ここでプラグマティズムの洗礼を受け、帰国後『哲学雑誌』『丁酉倫理』《ていゆう》『明星』などに拠って文学・哲学・思想批評に、精力的にのり出した。彼の特徴はプラグマティックな生活意識の具現的形態として、審美的・象徴主義的芸術を構想した点にある。反自然主義の立場から、島村抱月とも論戦した。彼は論争の相手に斯界の第一人者を据え、完膚なきまで徹底して闘う姿勢を崩さなかったが、漱石もその対象とされた(18)。

プラグマティズムは、日露戦後の文化状況に瞬く間に浸透した。特に自然主義文学をめぐる理論化への行程において、それは反自然主義の理論的支柱となった感が強い。抱月とともに自然主義文学運動の中心となった長谷川天渓の「論理的遊戯を排す（所謂自然主義の立脚地を論ず）」（『太陽』一九〇七年十月）に論駁した木下杢太郎は、長谷川の「父祖伝来の宗教道徳哲学すべての遺物を大海に投げ棄てて直接に現実世界に直面」せよという乱暴・粗雑な論旨に丁寧に応え、「近来の実験心理学、又はプラグマチスムスの勃興という様なことは大に注意」すべきであろうとたしなめた。抱月は後に「生活の雑多な矛盾、それを過去、現在、未来の時をかけて何う統一するか、之れが根本の問題で、プラグマチズムではそれが解けて居ない」（「懐疑と告白」『早稲田文学』一九〇九年九月）と難じたが、一九〇七年（明治四〇）十一月『早稲田文学』では同時代の思想状況のなかで、哲学では「人間本位のプラグマチズム」（「梁川、樗牛、時勢、新自我」）が新しい「自我展開」に有効なものとして挙がっている。

こうした自然主義文学との対応・対抗関係は中沢臨川によって融和される。彼の「自然主義汎論」

『早稲田文学』一九一〇年九月）で、「現実主義に進んで行く間に、哲学も亦その手を引かれずにはゐられなかつた。現代に於てその傾向を最もよく現はしてゐるのは、ウェリアム・ジェームスのプラグマチズムである」と述べ、その類縁関係を指摘した。臨川はこの後、「ジェームスよりベルグソンへ」（『早稲田文学』一九一三年五月）や『ベルグソン』（実業之日本社、一九一四年）へとその触手を伸ばし、日本におけるベルクソン紹介の第一人者となった。また、西田幾多郎を逸することはできない。第四高等学校在学中の一九〇六年（明治三九）頃からジェームズに興味を抱いた西田は、論文「純粋経験と思惟、意志、及び知的直感」を一九〇八年八月に『哲学雑誌』二五八号に発表、これがやがて『善の研究』（弘道館、一九一一年）の第一編「純粋経験」となる。「直接経験の状態に於て、主客相没し、天地唯一の現実、疑はんと欲して疑ふ能はざる処に真理の確信があるのである」と、そこに記した瞬間が西田哲学の出発であったといえよう。

明治末の漱石をめぐる思想的、文壇的状況が、如何に主体、あるいは他者概念ということに執着・耽溺したかを考える時、ここに共通課題となったのは「自己」「意識」「自我」「他我」、そしてその「実現」と「発展」である。これらは「現実」の上にその存在を括り付けられている。漱石の近代化主義への静かな闘争は、西田と同様にジェームズへの純理論的な関心がその糸口をつけた。そして、そのことは自然主義という母体《マトリクス》を得て、文化生産様式への定着を試みた。自然主義文学運動の生真面目さが、その論理的苦闘を可能にした。西欧文化の飽くなき咀嚼の上に立脚した、反近代的思考への接近は、確実に後継する世代を育成した。次の引用はやがてロシア革命に逢着することになる二六歳の青年が残した文章の一節である。

物資文明の進歩、自然科学の発達、乃至生活の逼迫から、個人思想は呼びさまされて、強烈な自意識は募つて来た。個人の自由開放を求める心はそこから生れた。個人意識の覚醒と批判の智力の発達とから、精神界物資界のあらゆる権威法則を信頼することが出来なくなり、随つて幻象消滅の悲痛を感じ、現実世界の矛盾と醜悪とをまざ〳〵と見るやうになつた。(中略)これ等の事実から苦痛を感ずるのはいふまでもない主観の発動の結果である。自然主義思想に伴つて来る苦痛はつまり物資的人生観の圧迫に対する主観の動揺である。(片上伸「自然主義の主観的要素」『早稲田文学』一九一〇年四月)

自然主義文学論争が文学という制度内のみに留まる闘争形態ではなく、ここで見てきたように、同時代の文化生産に携わる知識人を対象とした近代化主義、文化生産様式をめぐる二十世紀初頭の文化的闘いであったことが、この片上の理解からも察せられよう。そして、それは必然として文化の多元的状況を気づかせ、そのなかの矛盾を深い苦悶と悲哀のなかで発見させていく。だが、それは自己と強制的に措定される帰属構造、国家との耐え難い断絶を感知させることにもなった。自己主体の同定にはこうした無力なまでの支配的な命題があったのだ。近代化主義への否定として出現するのは、自己主体の抑圧機構としてある国家を批判するだけではなく、非西欧文化からの西欧近代拒否、つまり国家主義への傾斜という不可避な命題をも起ち上がらせてしまうのだ。「自己」はここでまた引き裂かれるのだ。

3　自然主義・国家主義・社会主義

漱石の文学を現実遊離した「余裕小説」として執拗に攻撃した長谷川天渓は、一九〇八年（明治四一）に「現実主義の諸相」（『太陽』六月）で、一つの自然主義文学の帰結点を示す。天渓が論理的な思考力に恵まれなかった、あるいは『太陽』という発表誌の性質から筆をすべらせすぎたという理由は考えられるにしろ、この論旨にある種の一般性・普及性がある点を看過してはならないだろう。

各個人の自我は、此の国家主義を抱いて、而も現実とは何等の衝突をも見ぬ。我れ等は日本人であるから、日本々位の種々なる運動や、思想と、必ず一致しなければならぬのである。乃ち此の自我を日本帝国といふ範囲まで押拡げても、毫も現実と相離れ、或は矛盾するやうのことは無い。

そして、これは最後に「国民的文学」の勃興を促す「元来自然派の文芸は、現実に重を置くが故に、当然の結果として、国民性の表現とならねばならぬ」という文章で終わる。これへの直接の応酬は漱石はしなかったが、次の世代はこれを確実に、そして批判的に受けとめた。魚住折蘆《せつろ》は二年後の一九一〇年（明治四三）八月、つまり大逆事件から二ヵ月後の『東京朝日新聞』（二十二日、二十三日）に「自己主張の思想としての自然主義」を発表、「国家の元気がどうの、東洋の運命がどうのと云つて今更始まらない」と天渓を「噴飯」と笑った。これに刺激を受けた石川啄木は、その「自己主張」の「自己」とは一体どのような状況に置かれているかを熱く、そして切実に語る。

> 斯くて今や我々青年は、比自滅の状態から脱出する為に、遂に其「敵」の存在を意識しなければならぬ時期に到達してゐるのである。それは我々の希望や乃至其他の理由によるのではない、実に必至である。我々は一斉に起つて先づ此時代閉塞の現状に宣戦しなければならぬ。自然主義を捨て、盲目的反抗と元禄の回顧とを罷めて全精神を明日の考察――我々自身の時代に対する組織的考察に傾注しなければならぬのである。（「時代閉塞の現状」一九一〇年八月末頃執筆）[19]

かつて「最近数年間の自然主義の運動を、明治の日本人が四十年間の生活から編み出した最初の哲学の萌芽」（「弓町より」『東京毎日新聞』一九〇九年十一月三十日―十二月七日）とまで言い切ったこの青年が「自然主義を捨て」よと訴える、この煩悶、屈折は、明治末の、日本の文化そのものが抱え込んだ煩悶と屈折なのだ。文化生産の新たな組み替えの可能性の一端は閉じられたのである。[20]いや、それは大杉栄に、大正アヴァンギャルドの一群に引き継がれるための充分の素地を造ったということが、彼らの無念を救済することになるだろう。

漱石は明治の終焉を見届けた数年後、彼らの問いに応じようとした。国家が抑圧的機能の源泉となって個人主体を脅かすことへの嫌悪は、「私の個人主義」（学習院邦語部の依頼で一九一四年十一月二十五日に行なわれた講演、その筆記録は漱石の校閲を経て一九一五年三月発行の『輔仁会雑誌』に掲載された）となって言葉を得た。

一体国家といふものが危くなれば誰だつて国家の安否を考へないものは一人もない。国が強く戦争の憂が少なく、さうして他から犯される憂がなければない程、国家的観念は少なくなつて然るべき訳で、其空虚を充たす為に個人主義が這入つてくるのは理の当然と申すより外に仕方がないのです。

国家に対置される主体としての「個人」は、近代化過程の諸矛盾を止揚する最後の確実な「現存在」である。この講演の時、日本は第一次世界大戦に参戦していた（一九一四年八月二十三日に対独宣戦布告）。まさしく戦争はこの「近代化過程の諸矛盾」の極限表現である。十月十四日赤道以北の独領南洋諸島を海軍が占領、十一月七日には青島《チンタオ》を占領した。太平洋の島々で、中国の領土で戦われる近代西欧帝国主義の覇権代理戦争。この壮大な悲喜劇を感受する「感情」は失われてしまったのだろうか。十一月八日皇居前で英国大使館を中心に執り行なわれた「青島陥落祝賀提灯行列」の余韻が冷めない東京の、それもこの日本の政治的、経済的、そして軍事的中枢に坐る階級の子弟を集めた学校で、軍国主義への嫌悪を語る。日本人が「集合意識」によって陥った軍国主義の虚妄を突き、理性による自己奪還、「個人主義」の必要を説き明かした。

漱石はここで、西欧を中心化する近代化主義によってもたらされた非西欧社会の「屈辱」を転倒させる、軍事優先的国家主義という論理に対抗させて、「自己本位」という論理を語りだす。

然し私は英文学を専攻する。其本場の批評家のいふ所と私の考と矛盾しては何うも普通の場合気が引ける事になる。そこで斯うした矛盾が果して何処から出るかといふ事を考へなければならなくなる。風俗、人情、習慣、溯つては国民の性格皆此矛盾の原因になつてゐるに相違ない。それを、普通の学者は単に文学と科学とを混同して、甲の国民に気に入るものは屹度乙の国民の賞讃を得るに極つてゐる、さうした必然性が含まれてゐると誤認してかゝる。其所が間違つてゐると云はなければならない。たとひ此矛盾を融和する事が不可能にしても、それを説明する事は出来る筈だ。さうして単に其説明丈でも日本の文壇には一道の光明を投げ与へる事が出来る。（中略）それから文芸に対する自己の立脚地を堅めるため、堅めるといふより新らしく建設する為に、文芸とは全く縁のない書物を読み始めました。一口でいふと、自己本位といふ四字を漸く考へて、其自己本位を立証する為に、科学的な研究やら哲学的の思索に耽り出したのであります。

ここでの漱石の「転倒」は、近代化主義の止揚論理を、その出自たる西欧近代の文化、あるいは言語の内部で語らざるを得ない「矛盾」を避けることができなかった点にある。しかし、この「自己本位」を漱石はロンドン留学中に「啓発された」とこの講演で話したが、そこにはその「自己」

形成の大部分を「西欧近代」によって遂げてきた明治知識人が、その「自己」の一方に潜む異質なるものをイギリス滞在経験から相対化し、なおそれを「日本」という国家、民族、文化に安直に還元しない知的努力を行なったと述べたのである。これだけの知的操作によって引き出された西欧の「科学的な研究やら哲学的の思索」に耽ることによって確定されるアイデンティティの自己自給的奪還、という自閉的思考をどう解釈していくかについて、肯定、否定双方の多様な意見が提出されるであろう。しかし、それもまた多様な文化生産をめぐる世界理解の一つの形であったのは確かである。

クレオール的苦悩とも呼べるこの問題群に漱石が具体的に触れるのは、彼の「唯一の自伝小説」(21)である『道草』(『東京朝日新聞』一九一五年六月三日－九月十四日連載)である。『道草』は主人公健三の記憶によって視覚化される過去の風景、そして感情を起点に開始するベルクソンの「純粋記憶」にも似た識閾に至る現在の経験が描かれる。そこには「自分の事とは思へない」過去の記憶が連鎖して、日常という現在に存在する「自己」を再審問する心理の経過が微細に書きこまれている。それは「他者」との分別によって組成された「自己」の不透明性を剔出し、その錯綜する「自己」をあるがままに受け入れていく健三の軌跡が鮮やかに描出されたのである。ここで漱石は、本来は発話されない自分の記憶を言語に上らせることによって出現する「他者」のような「自己」を見出そうとした。だが、ここで呼び起こされる健三の「記憶」には、国家が一切刻まれていない。そこには日常の詳細な習俗や慣習のみが描かれている。この「自己」のみに限定された「自己認識」は、逆に不自然ですらある。

翌一九一六年（大正五）一月の「点頭録」（『東京朝日新聞』一月一日・十日・十二―十四日・十七日・十九―二十一日連載）で漱石はこう語る。

欧洲大乱といふ複雑極まる混乱した現象を、斯う鷲攫《わしづかみ》に纏めて観察した時、自分は始めて此戦争に或意味を附着する事が出来た。さうして重に其意味からばかり勝敗の成行を眺めるやうになつた。従つて個人としての同情や反感を度外に置くと、独逸だの仏蘭西だの英吉利だのといふ国名は、自分に取つてもう重要な言葉でも何でもなくなつて仕舞つた。自分は軍国主義を標榜する独逸が、何の位の程度に於て聯合国を打ち破り得るか、又何れ程根強くそれらに抵抗し得るかを興味に充ちた眼で見詰めるよりは、遙により鋭い神経を働かせつゝ、独逸に因つて代表された軍国主義が、多年英仏に於て培養された個人の自由を破壊し去るだらうかを観望してゐるのである。国土や領域や羅甸《ラテン》民族やチユートン人種や凡て具象的な事項は、今の自分に左した問題になつてゐない。

国土、領域、民族、人種の問題とは近代化主義の諸矛盾を「具象的な事項」として焦点化するであろうにもかかわらず、漱石は「今の自分に左した問題」ではないと斥ける。それは「個人の自由」と抽象化する事象の側のみから、近代化主義の問題を語ろうとする欲望のためであろう。だとすれば、軍国主義の具体的な結果にではなく、「個人の自由」の抑圧に問題の根源を見出す漱石の「態度」こそが、近代化主義の克服ということになる。

この「個人の自由」は恐らくはベルクソンが言う「具体的自我とその行ふ行為との関係」(『時間と自由』)を指しているのであろうが、そうした自我の実現を妨げ、保留し、躊躇させることが、つまり本来の「自己」の望むべき形として「純粋持続」のなかを生きる主体の可能性を奪われることが、最大の苦痛なのだとする論理展開にあって、こぼれ落ちてしまったものは何だろうか。

普魯西《プロシア》人は文明の敵だと叫んで見たり、独逸人が傍にゐると食つた物が消化《こな》れないで困ると云つたりしたニーチエは、偉大なる「力」の主張者であつた。不思議にも彼の力説した議論の一面を、彼の最も忌み悪んだ独逸人が、今政治的に又国際的に、実行してゐるのである。軍国主義の精神には一時的以上の真理が何処かに伏在してゐると認めても差支ないかも知れない。然し自分の軍国主義に対する興味は、此処迄観察して来ると其処で消えてしまはなければならない。自分はこれ以上同じ問題に就いて考へる必要を認めない。又手数も厭はしい気がする。自分はもつと高い場所に上りたくなる。もつと広い眼界から人間を眺めたくなる。さうして今独逸を縦横に且獰猛に活躍させてゐる此軍国主義なるものを、もつと遠距離から、もつと小さく観察したい。(「点頭録」)

ニーチェを登場させることで召喚されるのは、近代西欧哲学が突き当たった近代化システム過程での諸矛盾の止揚という反近代に向かった哲学的命題が、「個人の自由」を抑止する側に利用・搾取されてしまうことについて、漱石自身がどう考えているのかという疑問である。漱石はこれを

「考へる必要」がないと言い、「もっと高い場所」「もっと広い眼界」に立ちたいと論議を中断する。今行なわれている「戦争」を「もっと小さく観察」するという相対化のなかで、完成するのは「自己本位」の境地に「非常の自信と安心」(「私の個人主義」)を感じる私であろう。

しかし、そうした相対化とは西欧近代の混沌を非西欧近代が他者化して排除し、認識することすらを拒否して自閉することに他ならないのである。この光景から抜け落ちたのは、まさしく今戦われる戦争が、太平洋上の島々で、中国の島で、日本人の手によって、その西欧近代の近代化システムの勝利を代理していることへの、直接的な知覚(現実認識)と当事者性(是非を見つめる理性)を引き受ける「意志」である。

反近代化主義(Anti-Modernization)、また反西欧中心主義(Anti-Eurocenterism)は、反近代性(Anti-Modern)ではない。マーシャル・バーマンは次のように述べる。

> 近代の環境と経験は、地理的・民族的境界線、階級・国籍の境界線、宗教・イデオロギーの境界線をすべて横断していく。この意味で、近代性とはすべての人間を統一するのだといえよう。しかし、それは逆説的な統一、不統一の統一であり、我々を永久的な分裂と再生、闘争と対立、不確実性と煩悶の大渦巻きのなかに投げ入れる。近代的であるということは、マルクスが宣べたように、「堅牢なるもの皆散じて気化」(『共産党宣言』)するような宇宙の一部となることなのだ。(M. Bermn, *All That Is Solid Melts into Air: The Experience of Modernity*, Penguin Books, New York, 1988)(22)

バーマンは近代化にともなう矛盾、疎外、不確実性を考慮に入れながら、それでも近代性に常住する近代的人間を人間像の基本に据え、近代性を前近代的封建性に抑圧された人間の精神的解放として捉えている。それはトムリンソンが前に要約したように個人の自己決定のプロセスに運命づけられた「自己理解の条件」なのだ。漱石のいう「自己本位」が、近代化システムの諸矛盾から発しながら、ナショナリズムや国家主義的伝統回帰、文化的単一性への固執などへと向かわず、「自己理解の条件」として発現していることがここで説明できよう。

漱石は近代性を否定するのではなく、その「大渦巻き」に身を投ずることによって、その諸矛盾の多様な展開面に映じる各々の「自己」を不統一のままに受け入れたのである。その多様で可変的な錯綜体として出現した「自己」こそ、近代化システムから外縁化された主体を救済し、自らを中心化することが可能なのだと漱石は考えた。彼が「自己本位」という指標を獲得することによって得た「自信と安心」(「私の個人主義」)は、文化相対化の主宰者としての「自己」を、そこに確認できたからであろう。

ポール・リクールは、「自己理解」のための自己同一性という概念は、「思考実験のための広大な実験室(23)」と化した文学で試されるとして、次のように指摘する。

文学的フィクションでは、自己同一性の二つの様態(中川注・自己性と同一性)の関係にむかって開かれた変更の空間は広大である。一方の極では、作中人物とは同一として同定され再同定される性格である。それはほとんどお伽話や民話の作中人物の地位である。古典的な小説――『クレーヴの奥方』または十八世紀のイギリス小説から、ドストエフスキー、トルストイにいたる――については、それは、作中人物の変化を通して、同一としての自己同一性が消滅しないまでも弱まっていく、変更の媒介的空間を開拓した、と言うことができる。教養小説、さらには意識の流れ小説と言われる小説によって、反対の極に近づいていける。そこでは筋と作中人物の関係は逆転していると見られる。つまりアリストテレス的モデルとは逆に、筋は作中人物のために奉仕させられている。そのとき、作中人物の自己同一性は、筋とその秩序原則の統制を免れて、ほんとうの意味で、試練にかけられる。こうして作中人物が性格であることをやめた、想像的変更の極に達する。この極において、文学的フィクションが、分析哲学の難問事例との対決に応じる極限事例に出会う(24)。

ここでリクールが剔出するのは、近代以降の「自己性」と「同一性」が如何に想像的な領域で組成し、人格的自己同一性という「虚構」を形成していくかということだ。複雑で多様な「自己」という観念もまた、想像力のなかだけで生きる「現実」である。十九世紀末の文化状況に出現したこの耐え難き「自己」認知の苦しさは、明治末の思想状況を一変させた。日露戦争後の数年間の国家拡張の政治的欲望と実践が、国民の文化的アイデンティティを、安易に同定するのに寄与したことは疑いない。だが、その一方に大逆事件、朝鮮半島侵略という帝国主義化に伴う抑圧が、「時代精神」への懐疑を増幅させてやまない。その懐疑の実質を、その本性を見ようとした時、明治は天皇という一人の男の具体的な死をもってそれを曖昧にしてしまった。そこにはおそらくは考えられ得る限りの問題項が解かれることを待っていたであろう。漱石が明治の終焉とともに陥った混迷は、文化的アイデンティティ獲得の困難、近代化主義克服の迷妄、天皇制国家の文化的抑圧、植民地の恥辱への想像力などに対する接近を大きく迂回させ、結果として彼の目をつぶらせてしまった。そしてそれらは宛て先を失って未だ回収されないまま、今や文化的他者となって、漱石とは「切断」されてしまったのだ。

だとすれば、冒頭で掲げた肖像写真の漱石は「絶望のドラマ」を演じていたことになる。二十世紀初頭、ジェームズやベルクソンが挑んだ知的作業を同時代的に共有して思考した漱石によって呼び寄せられた人々、嶺雲、秋水、堺、王堂、抱月、天渓、臨川、西田、片上、折蘆、啄木、杢太郎、大杉、そして是公、犬塚、桑木とここに彼らの名前を列記してみれば、そこには幾つもの闇が広がる。一九一〇年（明治四三）十二月九日魚住折蘆チフスにて僅か二七歳で死亡、一九一一年（明治四四）一月十八日大逆事件により幸徳秋水死刑を宣告されただちに二十四日処刑、翌十二年（明治四五）四月十三日啄木肺結核にて貧困のなか二六歳にて死去、九月七日嶺雲脊髄病にて歩行も困難なまま病死。明治終末の視覚ページェントであった大喪の壮大な空虚を表象した式典を見届けないままに逝ったこれらの知の先覚者について、今私たちは充分の関心と尊敬を持続しているとは言い難い。

多文化主義の可能性はこの無念の死を無念でないとするところから始まらなければならない。あらゆる文化的他者はそれを他者とする一瞬の意識、あるいは意識にも上らせない空隙から生産される。そして、その限りない再生産によってその他者は初めから存在もしていなかったかのようにされてしまう。ある文化生産様式の連繋はここで断ち切られ、一つの価値にしか収束されない国家、民族、資本へと向かうのだ。こうした習慣化した無意識へと結果的に連帯したことへの責任は、漱石の顔をこちらには向けさせない。絶対的自己によってしか統御されない思索の閾に逃げ込んだ彼の「煩悶」を置き去りにして、「国民」は彼を「国民作家」と呼び慣わす。

そして、この漱石の近代化主義をめぐる未完の思索と、その痕跡である著作を何の検討も批判もすることなく、「国民作家」という日本型近代知識人の塑型へと定置させていった日本の歴史性・文化性そのものが、文化多元主義の可能性を阻む最大の障壁なのだ。四葉の肖像写真に刻み込まれた漱石の身体表現は、近代化主義の完成へとひたすらに邁進した二十世紀が必然的に抱え込んだ人間の諸矛盾、そしてその葛藤を表出しているのであり、その諸矛盾、葛藤は、彼と同時代を生き、そして斃れていった多くの他者の「声」を呼び覚まし、彼らへの「視線」を回復することに用いられるべきなのだ。そこからさらりと抜き取られ、千円札の肖像写真に加工された漱石の焦点を結ばない弱々しい視線に、その悲哀と恥辱、怨怒と悔恨を見取ろうとする私の視覚の想像力は奇矯にすぎるであろうか。だが、漱石を漱石たらしめている「国民的理解」の一端には二十世紀思想の可能性への探求を封殺した「国民性」という名の力が確かに働いているのである。

註

（1）服部紀訳、岩波文庫版（一九三七年初版、引用は一九九一年二三刷から）、なお原著は一八八九年刊行、東北大学の漱石蔵本を収めた漱石文庫には、一九一〇年刊のF・L・ポグスンによる英訳版、*Time and Free Will, An Essay on the Immediate Data of Consciousness*, S. Sonnenschein & Co., Londonが所蔵されている。

（2）荒正人「漱石研究年表」（『漱石文学全集』別巻、集英社、一九七四年）参照。ただし原武哲「喪章を着けた千円札の漱石」（笠間書院、二〇〇三年）には、九月十九日という考証がある。それによれば、漱石一人の写真と中村らとの集合写真の撮影日時が違う可能性があるが、本論では同日のものと仮定した。

（3）九月十二日付菅虎雄宛書簡に「昨十一日満鉄総裁中村君幷びに同理事犬塚君同道にて登山正式の挨拶を済し候」（『漱石全集』第一五巻、岩波書店、一九六七年）とある。

（4）註（2）に同じ。

（5）漱石は一九〇九年（明治四二）に大町桂月、笹川臨風らの編集によって嶺雲の病気見舞いとして出版された『むら雲』（日高有倫堂）に、求めに応じて「夢十夜」を寄嘱した。そしてこの年九月に中村の誘いで「満州」旅行に旅立った。その記録「満韓ところ〴〵」は十月二十一日から十二月三十日まで『東京朝日新聞』に連載された。

（6）大蔵省印刷局記念館（お札と切手の博物館）の教示による。

（7）ベンヤミンは「複製技術の時代における芸術作品」（『ベンヤミン著作集』2、高木久雄・高原宏平訳、晶文社、一九七〇年）のなかで肖像写真について次のように述べている。

「写真の世界では、展示的価値が礼拝的価値を全面的におしのけはじめている。もちろん礼拝的価値がまったく無抵抗に消えてなくなるわけではない。それは、最後の堡塁のなかに逃げこむ。すなわち人間の顔である。初期の写真術の中心に肖像写真がおかれていたのは、けっして偶然ではない。遠く別れてくらしている愛するひとびとや、いまは亡いひとびとへの思い出のなかに、写真の礼拝的価値は最後の避難所を見いだしたのである。古い写真にとらえられている人間の顔のつかのまの表情のなかには、アウラの最後のはたらきがある。これこそ、あの哀愁にみちたなにものにも代えがたい美しさの実体なのだ」。

（8）明治期写真界の黎明期を画する写真家小川一眞に漱石は学生時代から写真を撮ってもらっていた。松岡譲編

『漱石写真帖』（第一書房、一九二九年）の十九に「明治二十五年十二月」の学生服姿の写真がみられる。

（9）この問題を考えていくために、肖像写真という方法の発見について少し考えてみたい。一八四八年（嘉永一）に長崎の貿易商上野俊之丞が輸入したダゲレオ・タイプの写真機は、薩摩藩に買い上げられ、日本人による初めての撮影が一八五七年（安政四）に行なわれた。一八三九年にダゲールによってパリで公式発表されたダゲレオ・タイプの写真術が、一〇年を経ずして日本にもたらされ、二〇年足らずで日本人がその技術をマスターしたことは、この写真技術がグローバルな文化移動を思わぬ速さで進行させたことが了解される。写真が真っ先にその被写体として発見したのは人間と風景であった。一八四〇年にはニューヨークのA・S・ウォルコットは世界最初のポートレート・スタジオを開設している。肖像写真は自分の像をリアルに他者として眺める最初の体験であったに違いない。W・ベンヤミンは「視覚における無意識的なものは、写真によってはじめて知られる」（久保哲司編訳『図説写真小史』ちくま学芸文庫、一九九八年）と指摘したが、まさしくその「見えなかったものを見る」体験は、驚きであっただろう。同時に写真に撮られる、つまり「見られる」体験もそこに付け加わった。

初期の肖像写真は、それまで肖像画が伝統的に保持してきた「規範」を踏襲した。しかし、直ぐにそれらは役に立たないものになる。職業写真家にとって顧客の要求に応える、つまりはより美しく撮るという修正を施さなければならなかったし、またスーザン・ソンタグによれば、十九世紀に入って画家たちは「写実的な描出」（『写真論』晶文社、一九七九年、原著は一九七七年刊）よりも「描くこと自体」（同）に興味を惹かれるようになり、それまでの「規範」から撤退し始めていたからだ。肖像写真をただ被写体の似姿である輪郭を残すという地点から、大きく前進させたのはヴィクトリア期の画家で写真家であるダヴィッド・オクタビア・ヒル、あるいはフランスのナダールであろう。田中雅夫は「ヒルの表情の捉え方、手の扱い方はいまでいう演出を人物に対して試みているのであるが、その演出が単に人物を美しく表現するために行われているのではなく、人物の性格的なもののリアリティー（現実感）を強調するために行われている」（『写真一三〇年史』ダヴィッド社、一九七〇年）、またナダールについては「人物の瞬間にひらめく表情をとらえ、その人間の精神や性格を強く画面のうえに浮き出させよう」（同）としたと指摘している。つまり、十九世紀中葉には、対象の内面を表象するような方向に消像写真は向かったのである。ヒルは手が顔と同等にその人物の性格を表現することに気づいたし、ナダールは人間の顔は一瞬一瞬の時間の推移で変わるということを経験から学習した。初期の肖像写真は露出時間が長く被写体がぶれてしまうのを防ぐため、撮影の際には必ず写される人にポーズをつけた。それは写真師の裁量、あるいは技術力に託されていた。

日本にあって肖像写真は、遣欧米使節団のメンバーによってもたらされた。第二回遣欧使節団（一八六四年）の一行はパリのナダール写場でその肖像を残しているが、飯沢耕太郎はパリ自然史博物館に勤務していたL・ルソーが撮影した彼らの肖像写真が「人類学標本」（『日本写真史を歩く』ちくま学芸文庫、一九九九年）として撮られたと言っている。小沢健志編『幕末写真の時代』（ちくま学芸文庫、一九九六年）にその写真が掲載されているが、確かに人類学調査の撮影スタイルともいえるパスポート型の典型的な構図で写されている。ところが、第一回遣欧使節団（一八六二年）が同じナダール写場で写された各人のポーズは非「人類学標本」型である。例えばスヴランが撮った福沢諭吉は書机に頬杖を突くポーズでその思慮深い知性を、またナダールが撮影したものは左斜めに坐り下方に視線を向けて沈着で精悍な風貌を演出している。こうした肖像写真の二種の規範は、来日した外国人、例えばフランス人のベアト、ロシェ、オランダ人ポンペ、アメリカ人ブラウン、ウンシン、ロシア人ゴスケヴィッチなどの指導のなかにも生きていた。日本最初の肖像写真は市来四郎らが一八五七年（安政四）に撮影した島津斉彬であるが、薩摩藩が長崎から上野俊之丞を通して購入したダゲレオ・タイプによって撮影されたこの写真は上部が大きく空いたもので、構図的な工夫はなされていない。が、外国人専門写真家に指導を受けた層が直ぐに活躍を始めた。俊之丞の第四子でポンペに学んだ上野彦馬、ウンシンに学んだ下岡蓮杖などが輩出、一八六〇年代には既に人物写真の定形ポーズは完成していた。一八八〇年代にアマチュア写真も上流層を中心に普及し始め、一八八九年榎本武揚を会長とする日本写真会、一八九三年小川一眞、鹿島清兵衛などを会員とする大日本写真品評会などが設立、一九〇〇年代のアマチュア写真の隆盛を招いた。一九〇一年、尾崎紅葉は東京写友会を結成、文士たちは凝った写真を自ら撮るようになる。また、芸術写真といわれる絵画的な写真の流行がこの時期にあった。写真は記念として撮られるとともに、自らが撮影者・被写体となって構図を案出する可能性がここで獲得された。

(10) 漱石の肖像が複製技術によって膨張を繰り返している現在、彼が写真嫌いであったことはほとんど忘れ去られている。一九〇六年(明治三九)五月六日付の加計正文宛はがきに彼は、「写真といふものは十何年とつた事がない」と書いている。これはオーヴァーな表現としても、英国留学時の写真が集合写真を含めて一枚も残されていないのは、経済的な問題があったにしても奇妙と言える。幼時に患った疱瘡の痕が鼻の頭に残り、写真を撮る際にそれを気にしていたのは、例えば一九一五年(大正四)十月十一日の鳥居素川宛手紙に「幸に痘痕もうつらず結構の出来」からも分かるが、作家生活に入ってからも、取材写真を含めて残されている写真は多くはない。四枚の肖像写真に漱石自身の何らかの意味を考える根拠の一つとしたい。

(11) 幸徳秋水・堺利彦訳『共産党宣言』(『平民新聞』第五三号、一九〇四年十一月十三日発行、同日発禁)。原著『共産党宣言』は一八四八年発表。

(12)『朝日講演集』(一九一一年十一月刊)に所収。『漱石全集』第一一巻より引用。

(13) 註(12)に同じ。

(14) 註(12)に同じ。

(15)「『現代フランス思想』概説」『世界思想教養全集』第二三巻、河出書房新社、一九六三年。

(16)「日記」一九一〇年九月二十三日に「午前ジェームスを読み了る。好き本を読んだ心地す」の記載があり、また「思ひ出す事など」(『東京朝日新聞』一九一〇年十月二十九日―一九一一年二月二十日まで断続連載)三節にその詳しい経緯が書かれていて、これが漱石蔵書にもある『多元的宇宙』(*A pluralistic Universe*, Longmans, Green & Co., London, 1909)であることがわかる。

(17)『夏目漱石――ウィリアム・ジェームズ受容の周辺』有精堂、一九八九年。

(18) 田中王堂「夏目漱石氏の『文藝の哲学的基礎』を評す」『明星』一九〇八年二―三月。漱石はこれが収められた田中の初の評論集『書斎より街頭へ』(広文堂書店、一九一一年)の書評「田中王堂氏の『書斎より街頭へ』」を『東京朝日新聞』一九一一年五月二十三日「文芸欄」に発表している。

(19) これは生前には発表されることなく、死後出された遺稿集『啄木遺稿』(東雲堂書店、一九一三年五月)に収められた。
(20) 林淑美「文学と社会運動」(『岩波講座　日本文学史』第一三巻、岩波書店、一九九六年)に、明治自然主義運動・社会主義運動と大正期の社会主義運動との連続を考察するうえで、大正期に起こった前衛芸術運動(アヴァンギャルド芸術運動)の問題に注目すべきであるという指摘がある。
(21) 正宗白鳥「『道草』を読んで」『読売新聞』一九二七年六月二十七日。
(22) なお、初版は一九八三年刊。訳は中川。
(23)『他者のような自己自身』久米博訳、法政大学出版局、一九九六年。
(24) 註(23)に同じ。

なお、漱石の本文引用は岩波書店版『漱石全集』(全一六巻、一九六五―六七年)を使用した。

第三章　新感覚派という〈現象〉——モダニズムの時空

1　穿たれた発話「頭ならびに腹」

真昼である。特別急行列車は満員のまま全速力で駆けてゐた。沿線の小駅は石のやうに黙殺された。

横光利一の小説「頭ならびに腹」(『文藝時代』創刊号、一九二四年十月)は、この著名な冒頭を持つことによって「新感覚派」のアナグラムとなった。もっと厳密にいえば、この冒頭部分に集中する横光の描出行為そのものが、その命名の具体的な根拠となったのである。「新感覚派」が、あたかも内実を具備した文学運動であるかのような錯覚を伴って波及して確立していったのは、その徹底して「意味」の開示を拒否したこの「意味」の内実をもたない叙述の衝撃によってであり、だからこそ「意味」の開示に囚われた読み手の挑戦的な欲望を煽動していったのである。

しかしながら、何と空虚な叙述であろう。何かは書かれているのに、何も言っていない。一体ここには語り手は存在するのだろうか。それは正午きっかりなのか前後なのか、昼の太陽は出ているのかいないのか、晴れているのか曇っているのか、暑いのか寒いのかなどといった疑問を拒絶したところにこのセンテンスは放り出され、わずかなコノテーションの可能性さえも失われている。読者にとって「真昼である」と断定する〈語りの主体〉は、「真昼」という状況を提示する他には何も提示しないし、もしそれが事実でなかったとしてもこの他に手掛かりになるコトバは無いのだから、これが語り手、ないしは作者その人（〈言表行為の主体〉）の断定・感覚なのか、また登場人物（〈言表の主体〉）のそれなのかは、未だ判断保留である。いや、作者が〈語りの主体〉と同一化して進行しようとしているのか、またその〈語りの主体〉は作中人物（〈言表の主体〉）と一致しているのかなどの疑問には何も答えていないのだから、読者はその探索のきっかけすらつかめないのだ。

この問題を考えるためには、主語を欠いたミニマル・センテンスによる情報不足という理由を導くのが最も簡単な解釈かもしれない。しかし、前月発表した「無礼な街」（『新潮』第四一巻三号、一九二四年九月）の冒頭「街は祭りだ」、あるいは十月の「セレナード」（『大阪毎日新聞』十月八日－二十六日）の「R博士の帰朝祝賀会だ」ですら、「祭り」「博士」「帰朝祝賀会」から読者は〈言表の主体〉が「祭りや祝賀会」に参加するかもしれない誰かを推測させる手掛かりを提示していると感じることができる。しかし、この「真昼である。」は解読の欲望を無効にするほど〈意味〉を遮断している、あるいは遮断して回避しようと企んでいる。

「特別急行列車は満員のまま全速力で駆けてゐた。」で期待される前センテンスとの相互の〈戯れ〉は、何も生み出していかない。擬人法によって〈言表の主体〉は「列車」であるのはわかるが、「駆けてゐた」とする〈言表行為の主体〉の位置は曖昧で不確定なものである。「満員」は列車の内部に位置して見取っているのか、外部から観察している（窓から見える乗客数を線路際で見る）のか、あるいは天空から列車の屋根を透視しているのか、また少し無理をして解釈すれば列車に同化して、その車体のなかに乗客を内蔵する感覚を表現しているのか、コンテクストは容易に決定されない。注意深い読者はコンテクストの正確な読み取りという作業をしながらも、疾駆する列車の速度を想像するぐらいで手をこまねいているしか方途がない。「駆けてゐた」は状態を表わすが、その観察の担い手・〈言表行為の主体〉は、「満員」と決定する〈主体〉と同じものなのかどうかが解決されない限り、そう性急に判断はできない。

次の「沿線の小駅は石のやうに黙殺された。」でようやく手掛かりが見出される。「黙殺」するのが「特別急行列車」であるのは明らかであるのだから、この〈言表の主体〉は列車であり、そのスピードとともに「列車」の視線から「黙殺」という行為をしていることが了解される。それならば〈言表行為の主体〉はどこにいるのだろうか。少なくとも列車のスピードに身を委ねて随走する条件を課したいところだが、この列車が行き過ぎるのを遠望していたとしても一向に構わない。「石のやうに」という直喩が唯一その位置を類推させる手掛かりだが、「石」を「黙殺」する行為が、〈意味内容〉を十全に現前化するのか否かの判断は即座には下せない。この比喩を遂行する主体は「列車」でありながら、その比喩を作り出した〈言表行為の主体〉は明かされないからだ。

ここで冒頭のセンテンス、「真昼である」の〈言表内容〉は再検討されねばならない。「列車」は「小駅」に停車せずに「駆け」抜ける時間の推移のみが〈言表内容〉の大部分を占める三番目のセンテンスが置かれた以上、「真昼である」はこのパラグラフ全体を覆う設定になっていると類推すれば、冒頭センテンスの時間コードは「静止」をやめて、「真昼」という時間設定のなかで前に進行していく。だが結局のところ、それらの解読を定置させるに足る確かな根拠は曖昧に放置されている。ここでは「擬人法」という文体レトリックによる文意不明が問題なのではなく、この三つのセンテンスが何も指示しようとせず、その〈発話〉の意味が無効化されるほど、その言説を作り上げようとする〈語りの主体〉、および視線の位置関係が不明瞭なのである。〈意味〉の生成は抑圧されて、「閉止＝完結《クロージャー》」している。私たちがぼんやりとにしろ、あると想像しているメタファーやコノテーションは発生の起因を、このパラグラフはほとんど所有していない。〈言表行為の主体〉は〈言表の主体〉と同定もされず、また超越的な〈神〉の似姿としても存在していない。シニフィアンはうわべだけのコトバの〈意味〉を提出しただけで、戯れあうことも反発することもなく、わずかに図像的な字形とか、語句の活字が並ぶ様子とかが、シニフィエを生産するのではないかと類推させるにすぎない。

　が、〈時間〉と〈空間〉の経過、すなわち驀進する列車の速度と、そこに置き去られていく小駅の情景は、確実にそこに〈書記〉され、また読者もそれを〈知覚〉することが可能だ。つまり、見る〈主体〉と、見られる〈客体〉の間に存在する〈時空〉が、従来のリアリズムの手法（小説概念）に拠ることなく表現されているのだ。この「空間のアインシュタイン的観察者[1]」ともいえる視点の導入が、横光の文章に真のモダニティを与えた。

　だが横光自身はこれを小説全体に施す文体の力量を未だ十分に持っていなかった。

とにかく、かう云ふ現象の中で、その詰め込まれた列車の乗客中に一人の横着さうな子僧が混つてゐた。彼はいかにも一人前の顔をして一席を占めると、手拭で鉢巻をし始めた。それから、窓枠を両手で叩きながら大声で唄ひ出した。

「とにかく」と「かう云ふ現象」を一旦括弧にくくり、従来の安定的な小説的視点を導入したことで、ここで初めて〈言表行為の主体〉は顔を出し、〈話〉は動き出す。次のパラグラフは〈言表の主体〉である「彼」とそれを描写する〈言表行為の主体〉は明らかに近い場所に位置することが無理なく感じられ、ようやく読者は先ほどまでの居心地の悪い思いから解放される。安定的な小説の約束事に回収された読者はなるべく早めに冒頭のパラグラフを忘れようとする、あるいは無駄なものとして廃棄しようと努めるが、従来連続して捉えられてきた小説の〈叙述表現〉と〈意味内容〉の繋がりを思えば、すべてを読み終えたとき、いやでもそのストーリー全体の〈意味〉を求めるために、冒頭パラグラフに戻らざるを得ない。ストーリーの線状的《リニア》な進行を錯綜させたにもかかわらず、その冒頭部分は苦いあと味のような澱《おり》を読者に残す。小説全体を統御するコードの役割を担っていくその冒頭の空虚な叙述の衝撃は、表現形式が変容したのだということだけを読者に認識させる役割を担っているのだ。

コトバとコトバを連鎖させる（〈意味〉を生成させる）ために、これまで小説という形式が苦心してきた叙述の密度（〈話〉の速度規制）の制約を一挙に乗り越えて布置された冒頭部と次のパラグラフの断絶は、作者の側からいえばコトバを〈話〉の進行という全体枠に従って選択する縛りから解放させたであろうし、また読者の側からはコトバとコトバの間に設定された〈空所〉という、それまでそれほど大胆には設定されなかった大きな穴の出現によって多様な解読が許容されたかのように感じさせた。こうした作者・読者双方の小説の製作・解読コードの変換は、コトバが所与の〈意味〉を伴って連鎖しながら、〈言表の主体〉によって繰り出される〈話〉が進行し、結果的に〈言表行為の主体〉がコンテクストの〈意味内容〉へと誘導するという小説概念を粉砕してしまう。コトバが相互に連関しあわず、またセンテンス相互が遮断されているのにもかかわらず、進行していくコンテクストが、確かな実体を持った〈意味〉を現出させることは難しいのにもかかわらず、ミニマムなコトバのレベルで可変的に決定されていく〈意味〉は、それまで語り手が主に誘導してきた線状的《リニア》な小説の時間軸を歪ませ、自由にテクストの内外を出入する〈話〉の速度を実現する。つまりコンテクストの〈意味内容〉は、テクスト内のコトバと向かい合う読み手の直接参加・参入によって実現する。〈言表の主体〉、あるいは〈言表行為の主体〉を隠蔽して、極端に言い切れば、それらが存在しなくても成立する叙述表現（文体）こそは、〈主体〉と〈客体〉の二元的な把握が大きく転回した二十世紀芸術の潮流に身を浸した横光のコトバの〈発見〉であった。そしてそれは「新感覚派」というコトバの魔術のような命名によって見出された、母体言語《マトリクス》（看板としてしか機能しない言表の総称）に過ぎない。「新感覚派」とは文学の理論化活動の継続のなかで見出された発見物であったのだ。

2　母体言語《マトリクス》の発見

「新感覚派」という命名は、よく知られているように、当時突出した文芸批評家・理論家であった千葉亀雄によって与えられた用語である。「頭ならびに腹」が発表された翌月、千葉は文芸時評「新感覚派の誕生」（『世紀』一九二四年十一月）で、「現実を、単なる現実として表現する位置面に、さゝやかな暗示と象徴によつて、内部人生全面の存在と意義をわざと小さな穴からのぞかせるやうな、微妙な態度の芸術」として、『文藝時代』に登場した作家群に「新感覚派」の呼称を冠した。しかし、「新感覚派」と「頭ならびに腹」が結んでいくのは、片岡鉄兵が「若き読者に訴ふ」（『文藝時代』一巻三号一九二四年十二月）を発表した翌月まで待たなければならない。「彼は、急行列車と、小駅と、作者自身の感覚との関係を、十数字のうちに、効果強く、潑剌と描写せんと意志した」と彼が横光を評価した瞬間に、「新感覚派」と「頭ならびに腹」のアナグラムの駒は揃ったのである。片岡はこの文章で、「或る既成作家」が横光の冒頭部分について「徒に奇を衒ふ表現であつて、さういふ奇抜な表現法を以て新時代と称し、感覚的なりと主張するのは不可ない」と否定的見解を述べたことへの反発から執筆したと述べている（これへの反駁文、広津和郎の「新感覚派に就て――片岡鉄兵君に与ふ」（『時事新報』一九二四年十二月七日－十六日）にこの「既成作家」の名が宇野浩二であることを明かしている）。片岡は、広津から又聞きしたこの宇野の感想を既成作家の後退的態度の代表的言辞という論点に敷衍して、横光の冒頭センテンスと対決させる。それは

「急行列車なる「物」が、小駅に停らずに驀進していく「状態」を書いた」に過ぎないが、「彼は只潑剌と効果強く、状態を感覚的に描写したかった」のであり、「もし、その文章が感覚的に成功したら――渾身の感覚が、物の「動」の状態の上に潑剌と生動したらその文章は読者の同様の感覚を、幻想されたる物の状態の上に溶合せしめずに措かない。読者の感覚は――理想的の場合は渾身の感覚が――作者と共々に、一つの物の状態の内に、状態の底に、状態の上に、生命を得るのである」と、読者が共鳴する「感覚」の存在を片岡は強調した。

本来、それ以上の意味を付与することは無意味な「頭ならびに腹」冒頭部の叙述に、「意味」をもたせる行為、言説のパーフォーマンス（遂行行為）が施されていく過程にこそ、私たちは注意を向けなければならない。片岡はまだ「新感覚派」という呼称を用いず、「感覚」、あるいは「感覚の新発見」という類縁的言辞を使いながら、この冒頭部の存立意味を〈発見〉しようとする。いうなれば指示対象として浮上したそれへ、如何に母体言語《マトリクス》を与えるかという言説行為の模索が先行して、結局〈意味〉の定置は揺れたまま不確定である。

その方向に水をさしたのが、広津の「新感覚派に就て――片岡鉄兵君に与ふ」（前出）である。ここで広津は「「頭ならびに腹」と云ふ作物全体が、どんな風に新時代的な感覚的手法の勝利を主張し得るかどうかといふ事の方が、もつともつとずつと重要な事なのだ」と、「頭ならびに腹」のもっとも弱い点を突いた。

横光は小説の筋というコンテクストに関与しない冒頭の配置という文体戦略をもって小説に挑んだ。それはまさしく「現象」を主客の両面から叙述することだけが目的の〈表現〉である。「現象」

を純粋客観として捉えずに、その「現象」の〈観察〉という行為が、人間の生きている「感覚」をどう摑まえ、また転倒させていくかについて、横光は彼なりの「前衛」意識と交差させた。この小説を事故で止まってしまった列車を見捨てた知恵ある人々の「愚者性」と、そこに止まり続けた知恵足らずの「子僧」の「賢者性」の優劣とするのは、ナイーヴで常套的な小説の読みであろう。ストーリーは「頭ならびに腹」にとって解読要素の論点とはなり得ない、極端に言い切れば、冒頭パラグラフと掉尾のそれとの間に挿入される〈話〉は、代替可能な言説なのである。この小説の最終部に置かれた「列車は目的地に向つて空虚のまま全速力で馳け出した。」以下は、この列車が「空虚」という表象を乗せて「子僧」の歌声と共に冒頭部へと向かって走り去る「現象」のウロボロス的転回を表象している。小説の目的は、「現象」をどれだけ〈言表行為の主体〉、〈言表の主体〉から遠ざかって表現するかという冒頭部と終結部にのみ収斂している。その革新をめざす創作手法への果敢な試行は二十世紀的モダニティをいかに表現していくかという欲望そのものが奏でる、十九世紀小説に対する訣別を告げようとする白鳥の歌なのである。

　片岡はこの広津の論駁に対して、「新文学を論ず――広津和郎氏に答へて」で再度「頭ならびに腹」の意味づけを行なう。「新感覚派」の理論化への道の一つはここに拓かれたと言ってよい。

　（略）私にとつては、一つのセンテンスに各々独立した必然性があるのである。各々のセンテンスの上に働いた作者の心的活動や、各々のセンテンスの上の心的活動の推移に、その瞬間々々独立した必然性があるのである。そして、各々のセンテンスが、さうした必然性を持つて独立して働きながら相寄つた必然の結晶としての全体だと見るのである。（中略）少くとも新しい文学では、各々のセンテンスが積極的に働いて全体を作るのである限り、各々のセンテンスの独立性を認めてこれを廓大鏡にかけるのは最も重要な事となるのだ。そして、さうした私たちは、各々のセンテンスに生かされた作者の生命意志をたづねて全体の批評に及ぶのである。（『時事新報』一九二四年十二月十九日）

部分としてのセンテンスが「作者の生命意志」に支えられて「全体」を決定するという片岡の発言には、例えば現代のデヴィッド・ボームのホログラフィ理論を援用すれば、「部分」に「全体」が代象される、あるいは再現されるという認識のプロセスへの注意が発見されているのが感受される。ボームはデカルト以来の「部分」に分割する還元主義を否定して、分割不可能な「不断の全体性」への注視を喚起した[(2)]。片岡の文章は一見「部分」の独立性を主張しているようだが、「廓大鏡」をもってこの部分を詳細に観察し、そこに潜む全体の「生命意志」を把握せよという叙述によって感知されるのは、「部分」の「瞬間」での作者の「心的活動」、すなわちコトバを「静止した客体」の刻印とはとらずに、その「事象」の動態表出と考えているのではないかという推察である。ボームをいま一度登場させれば、彼が後年にもっとも力を注いでいる言語問題への発言、「あらゆる現代言語の文法や構文論に共通する主語－述語－目的語という文の構造がある。この構造は、すべての行為が主体という分離された存在において生起することを暗示している」（ボーム『断片と全体』佐野正博訳、工作舎、一九八五年、原著一九八〇年）は、〈主体〉を分離してあくまでも客体化しようという行為の限界性への指摘である。西欧語をモデルとしたこの見解は、主語を発話しないことの多い日本語の解読にあってこそ、特に意識を働かせることを要請されるのではないだろうか。広津と片岡の間に交わされた「全体」と「部分」をめぐる論争は、新旧の小説批評概念のずれだけにその相違があるのではなく、〈言表〉および〈言表行為〉双方の〈主体〉が所与の存在として定立することへの疑惑（それすらも読者によって規定される概念なのではないかという疑問）を背景に出現した、まさしく小説そのものの存立基盤を問う概念闘争であった。そこに時空の均質性のなかでは到底確定できない、動的な移動の感覚を含んだ横光の文章が介在して、その横光の〈意味内容〉を欠落させたコンテクストへ片岡は積極的に意味づけを敢行したのである。その母体言語《マトリクス》として「新感覚派」という言語は切り取られ、意味生成を要請され、「文学理論」となった。だが、もともとそこに何かがあったのではなく、千葉の「命名」という行為によって発見された文学意識の変革に意味を付託したのに過ぎなかったのである。

だから広津の「頭ならびに腹」冒頭部への論難、「自分が今望んでゐるものは、もつと健康な感覚主義だ。それこそ「時代感覚」のビリビリ張切つた感覚主義だ。——今の芸術は第三階級庇護の下に起つたものに相違ない。併し資本主義のこの爛熟から醸されてゐる腐肉の臭気に、芸術は芸術としての反逆を企てなければならない」（前出「新感覚主義に就て」）という言説の「内容的価値」、ないしは「目的」論に対して、片岡は「生活世界」の新たな認識の獲得という論点にはたどりつきながらも、「物の上に自己の世界を築いて、自己の神の支配を物の上に君臨させるのだ。象徴派が他力本願から来たイゴイズムなら、日本の新感覚派は自力本願から来たイゴイズムなのである。同じイゴイスチックな認識論は持つて居ても、その出発点がちがふ」（前出「新文学を論ず」）と駁して、「新感覚派」理論のマニフェストを宣言した。それは、片岡なりの母体言語《マトリクス》の発見であったのだ。

3　新感覚派の欲望

『文藝時代』創刊号（一九二四年十月）に掲載された今東光の「現象論としての文学」は文学理論としての「新感覚派」を考える上で、もう一方の有効な手掛かりを示している。

事実、物は視覚の圏内に於いて自ら思念されるものである。さうして更に知覚に於いて、透徹した鏡に映し出される鮮明な影像を見るであらう。そこから一歩、移動することが表現であるのだ。それゆゑに此の直接知覚の過程にひとつびとつの言葉が連結しなければならないものなのである。

ところで私どもは案外に、ともすれば暗示せられた対象にばかり関心する。さうすることは単に記憶による表現に終始することになつて仕舞ふ。しかも形体的なものの場合には、それが幾分かの可能性を持つてゐる。しかしながら抽象的なものの場合には、観念に就いての弁別的記憶を人間はもてるものではないのである。私は今までも、それほど傑れた知覚の能力を縷説しながら、私の狭い経験に徴し知覚と雖もそれほど事物そのものの本体と内容とを固定して考へ得るか否かを怪しむのである。

この逡巡への解決案は、既にこの年四月の『改造』に寄稿されたフッサールの文章のなかに見出せる。

（略）われわれは単に経験されたあらゆる実在だけではなしに、また自由なる想像的直感に於て想定されたあらゆる実在を、これを略言すれば、「経験的なるもの」の凡てを恰かも「純粋なる」数学者が、彼れの思惟の過程を通じて彼れに役立つべき、凡ての経験的物体、空間の形態、時間の大きさ、運動、及びその他に関して、それを為すと同一の方法に於て、取扱い得るものである（従つて、またこの方法に於て、それのアプリオリに溯進し得る）。（「本質研究の方法」）

フッサールの論文は前年一九二三年から『改造』に「革新　その問題とその方法」（一九二三年二月）、「個人倫理問題の最新」（一九二四年二月）と続いて日本に紹介されていたが、この「本質研究の方法」はそれらの「一般性質論」として発表されたものである。これは逆説的に「新感覚派」をめぐる論議に呼応している。同時代の日本の言説空間に併置された二つの叙述は、「感覚作用のいわゆる明証性なるものは、意識の証言に基づくものではなく、かえって「客観的」世界から来る偏見に基づくものである」（『知覚の現象学』竹内芳郎・小木貞孝訳、みすず書房、一九六七年）と語るメ[3]

ルロ＝ポンティによって統合されるのだ。物—視覚—知覚—言葉（表現行為）という過程のスムースな連動に疑惑を抱いた瞬間、フッサールの言う「判断停止」（エポケー）によって見出される「超越論的自我」への還元は、巧まずして今東光のなかで遂行されているのである。所与としてある「生活世界」への疑惑は、「新感覚派」の主要なテーゼではなかったか。文体革新とはその多面的な疑惑への解決試行の一面に過ぎない。今東光は理論化へと向かう「新感覚派」のなかで既に正確にその理論の本質を発見していた。

　片岡鉄兵が述べる「我々の時代の所謂「感覚的に」と志すのと、普通の感覚の新発見との間には、おのづから態度の差がある。前者が、物の見方、考へ方、取扱ひ方の自然の方向であると共に、それは全生活の最初の第一であるに対し、後者は一層享楽的であり趣味的である。前者が全然溌剌たる生命の飛躍であるに対し、後者は寧ろ頽廃的な努力である」（前出「若き読者に訴ふ」）は、「新感覚派」の命名者千葉亀雄の「や、もすると感覚の陶酔が全体の生命力を離れた一つの遊戯になり了るやうな危険」（「新感覚派の誕生」）という危惧に対する態度表明であると同時に、じつは「生活世界」の新たな把握を宣言していたことに留意しておく必要がある。言葉によって表象＝現前するこれまでとは違った生命の躍動への注視を訴える片岡に文学的な迷いはなかった。

　論理の立脚点を唱えればその具体的生活を問われるという「文脈ずらし」が介入した時、論争は終末的様態に突入するが、ここでランダムに並べられた論理の芽は、その母体《マトリクス》言語を論証するテクスト「頭ならびに腹」を生産した横光によって収奪を謀られる。今東光の「現象論」から出発した「新感覚派」理論は、片岡の宇野・千葉への反論において逸脱を伴いながら徐々に生成された。それとテクストとをどう整合させるかという横光のパラドキシカルな介入を抜きに「新感覚派」の見取図は描けない。〈言表行為の主体〉と言説内の〈言表の主体〉はどう関わるのか、あるいは関わらせるのかということへの横光の欲望は、背後に文学理論テクストの生産という極めて現代的な文学概念創出への欲望を隠していたのだが、小説を書くというパフォーマンスとしてその作品生成の遂行過程をテクストそのものによって晒すという「小説家の禁猟区」へと一歩踏み出したのもまた事実である。横光の文学理論が往々にして破綻、稚拙、韜晦と斥けられる理由は、文学テクストの二領域――小説と理論――を縦横に往還したいとする横光の欲望の二重性にあり、なおかつその各々の規範を分断して領有しようとしたところにある。この二領域は本来は一つであったろうし、また互換的なものであったろう。その止揚を果たす期待のうちにその形式は発見されたにもかかわらず、理論として規範化された時、相互を横断する「読解」はそれぞれのテクスト性――言語による意味生成――に搦め捕られ、理解を難しくした。横光をその悲劇的な殉教者とするナイーヴな見解も成立するが、横光が提示した文学理論を殊更に貶めて小説家としての完成度を称揚する論法はもはや破産している。ここでは〈書記されたもの〉でしか判断してはならないのである。

> （略）新感覚派の感覚的表徴とは、一言で云ふと自然の外相を剥奪し物自体躍り込む《ママ》主観の直感的触発物を云ふ。（中略）感覚とは純粋客観から触発された感性的認識の質料の表徴であつた。そこで、感覚と新感覚との相違であるが、新感覚は、その触発体としての客観が純粋客観のみならず、一切の形式的仮象をも含み意識一般の孰れの表徴内容をも含む統一体として

の主観的客観から触発された感性的認識の質料の表徴であり、してその触発された感性的認識の質料は、感覚の場合に於けるよりも新感覚的表徴にあつてはより強く悟性活動が力学的形式をとつて活動してゐる。即ち感覚触発上に於ける二者の相違は客観形式の相違と主観活動の相違にあると云はねばならぬ。(「感覚活動(感覚活動と感覚的作物に対する非難への逆説)」『文藝時代』第二巻二号、一九二五年二月)

ここで横光が述べようとしたことは、モノ、あるいは現象を認識する行程において人間の「主観」をどれほど関わらせていくかという問題である。言い換えれば、主観的「悟性」が「純粋客観」の自明性を攻撃できるかという戦略の発見がここで試されていたと言えよう。それは〈小説家〉横光にとって恐らく最大の関心事である〈言表行為の主体〉と〈言表の主体〉をどのように関わらせるかということに源をもっていたので、少なくとも文体革新の問題ではなかったはずだ。つまり、これは表現主体をめぐる問題の発端なのである。だからこの文章に続けて次に横光は「生活の感覚化」を訴え、西欧モダニズムの潮流を「新感覚派」に脈絡づける。

未来派、立体派、表現派、ダダイズム、構成派、如実派のある一部、これらは総て自分は新感覚派に属するものとして認めてゐる。これら新感覚派なるものの感覚を触発する対象は、勿論、行文の語彙と詩のリズムとからであるは云ふまでもない。が、そればかりからでは無論ない。時にはテーマの屈折角度から、時には黙々たる行と行との飛躍の度から、時には筋の進行

推移の逆送、反復、速力から、その他様々な触発状態の姿がある（後略）

ここでも明らかなように、横光はそれらを模倣しようとも、摂取しようとも言っていない。主観的「悟性」認識活動を触発する「質料」としての「感覚」は、そのモダニズムの作品群が示すテクストのなかに発見されるのではないかと、読者に自己の見解を突き付けているのだ。しかしその共時性への言及をアリバイ証明にして、日本のモダニズム文学運動のエピローグを西欧のそれへと直線的に結ぶ言説の詐術を、私たちは注意深く排除しなければならないであろう。その共時性はその思念の内容をもって考えなければならない。横光は眼前に置かれる様々な同時代的表現を観察し、それらの言説行為の推移に、自己の文学意識を一時委ねたに過ぎないのである。横光は「感覚活動」の末尾をこう結ぶ。

感覚のみにその重心を傾けた文学は今に滅びるにちがひない。認識活動の本態は感覚ではないからだ。だが、認識活動の触発する質料は感覚である。感覚の消滅したがごとき認識活動はその自らなる力なき形式的法則性故に忽ち文学活動に於ては圧倒されるにちがひない。何ぜなら、感覚は要約すれば精神の爆発した形容であるからだ。

「精神の爆発した形容」である「感覚」を横光は小説によって表現しようとしたし、それ以外を考えもしなかった。それは今東光の「直接知覚の過程にひとつひとつの言葉が連結しなければならない」という提示を、横光が理解できなかった証拠ともなる。横光は感官で把握するコトバ以前の表現には興味を及ぼさなかった。今が語ろうとする視覚的な認識に対しては、特に意識はしなかった。横光はあくまでもコトバに立脚して文学と、それを惹起する想像力の問題を考えていたのである。

4　「新感覚派」の行方

「文学理論」は活字になった瞬間に、マニフェストとして賛同者（ある時はエピゴーネン）を得る道と、論理的反駁の実験場に晒される道の分岐点に立たされる。横光が「感覚活動」を発表した翌月三月号の『文藝時代』（一九二五年三月）には赤木健介の「ベルグソンの所謂「エラン・ヴィタール」の尖端」に全人生、全存在を投擲せんとする新象徴主義という名称を、以後は用ひることにしたら妥当ではあるまいかと考へる」（「新象徴主義の基調に就いて」）という主張が早速に登場している。赤木のベルグソン援用は、大杉栄の「生の拡充」（一九一三年）に連なる「生命論」の創造的進化というコンテクストをここに導入しようと考えたからである。また伊藤永之介は「昨日への実感と明日への予感」（『文藝時代』一九二五年三月）を発表し、この後すぐに生田長江との間で新感覚派をめぐる論争を開始した。しかし、そこでは主に生田のポール・モーランの『夜ひらく』読解をめぐる新旧文壇論争が展開して、伊藤は新文学側のスポークスマンとして「新感覚派」を既成文壇と対峙する闘争拠点に位置づけた。もっと単純なものもある。同じ号の「万機公論」欄に掲載された相田隆太郎の「新時代と生活」は「新しい感覚をつくるのは新しい生活である。新しい独創的な感覚をつくるものは新しい生命である。だから新しい感覚の欲求は新しい生命と生活の欲求であらねばならない」と専ら自らの「生活改善」を披瀝した。若者にとって「新感覚派」の文学運動とは、精神的な「生活改善」運動でもあったのだ。

しかし、この同じ欄には「新感覚派」の理論化にとって最も打撃を蒙るであろう一文が秘やかに並べられていた。今東光の「時代語」である。

広い意味に於いて印象派も、後期印象派も、未来派も、ダダも、表現派も等しく感覚派と名づけ得るだらう。／けれども分類といふものは便利のために。さうして分類することによつて生ずる分野にそれの名称がとなへられる。／だから広い意味といふことは実際には存しないと言つて好い。／僕は、文字の上の感覚派と呼ばれるのを、どうにも素直に受け取ることが出来ない。／や丶もすると新しい芸術が論じられるのは、多くはその手法に就いてである。これが批評をする上には一番はいりやすいためであらう。／しかしエスプリに変はりはない。たゞエスプリは有無によつて決する。／呼称は何でも好い。たゞ芸術の大いなる興味の精髄は、霊魂の内部生活の秘密の現し方にある。／神経衰弱のために何も纏らない。

翌年には『文藝時代』を去ることになる今だが、実は早々と戦線離脱を宣言していたのだ。疲れが滲み出てくるような繊細な文章のためその真意を量ることが難しいが、「新感覚派」が理論化されるに従って、その言説の戯れが相互に醸成する〈意味〉と、自己の文学観との乖離がそこには表明されている。それに反して川端康成は同じ欄に「番外波同調」として「新感覚派の表現は、例えば、小さい時から洋装で成長した日本娘の姿形である。そして新感覚派以前の表現は、和服で成長した日本娘の姿形である。これだけでも大したちがいだ」とそのシンプルな理論音痴を暴露している。これまで私は敢えて川端を「新感覚派」の理論化状況から外してきた。彼の「主客一如主義」[4]の提案など引っ掛かる点は幾つかあるにもかかわらずである。川端の新感覚派理論への本当の理解はこの一文に尽きるのである。それは結局、彼は今の「霊魂の内部生活の秘密の現し方」に少しも悩まなかった、つまりは文学理論のコンテクストを必要としない才能に恵まれていたからであろうし、それだけの筆力を技能として既に身につけていたからである。殊更の理論化など彼には必要でなかったから、「新感覚派」の方法論について考えることもなかったのである。。

こうして「新感覚派」は文学理論として布置された。横光の「頭ならびに腹」と今東光の「現象論としての文学」は、その理論化のスタートに置かれた小説と評論というすぐれた実践例である。宇野浩二、片岡鉄兵、広津和郎、伊藤永之介、赤木健介を中継点に展開した言説行為のパフォーマンスというレースは、その一方のスターターの離脱＝懐疑をもって終了した。あとに残るのは、まさしく「分類」というラベル付けである。この年七月の『文藝時代』（第二巻七号）には「「新感覚派」といふ名称に就て」という特集が組まれ、千葉亀雄「名は所詮一つの概念」、横光「ただ名称のみについて」、金子洋文「新感覚「派」の解剖」などが並んだが、それらの総括的論文として置かれた片岡の「新時代は斯く主張す」はそのことを例証している。片岡の「主張」の薄っぺらさは「新感覚派の運動は、従来の日本の（或は世界の、かも知れない）文学界の主流として認められるリアリズムの価値判断への、反逆である。換言すれば、新感覚派は、この世界に新しい価値を創造することを、尠くとも野心に持つ文学論の上に立つのである」という一文で如実に実感できよう。マニフェストの残骸、あるいはマニフェストの粗悪な模造品としか言いようのない薄いコトバが、新感覚派を「分類」する。だから、その意義だの、役割などと概括すること自体が無意味となっている。この文章こそが、その書かれた内容を裏切って最も「新感覚派」から遠いことを私たち読者は既に知ってしまっている。私は「新感覚派」の理論生成は実質的にはここで終焉して、次の新たな展開、文壇ジャーナリズム内での運動体として機能し始めたと解釈している。つまり「新感覚派」という名が有効となるための文壇内運動が以後展開されることとなる。

ただそのなかで横光は、原理原則にこだわり続ける。一九二五年九月の『文藝時代』（第二巻九号）の特集「科学的要素の新文芸に於ける地位」という欄に「客体への科学の浸蝕」という文章を寄せているが、そこで

> 客観の物理的法則を構成すると云ふことは、時間と空間の観念量を数学化することだ。して、この数学にこそ真理の安全な面貌が現れるべきものとしたなら、われわれが一つの真理でさへもより多く認識してをく可き必要を感じるこれ《ママ》は何人と雖も了解出来得ることに相違ない。
>
> （中略）
>
> 文学上より見たる新しき価値、及び素質としての科学については、ここに決定的な断言を下

し得る一つの簡単な法則がある。それはわれわれ及びわれわれの時代の客観自体が、科学そのもの乃至は科学的な現象となつて示されて来たからだと云ふことだ。此のためわれわれの時代の主観の対象そのものが、科学乃至科学的なる表象に向つて必然的に進行した。云い換へるならば、われわれの客観となる客体が、科学のために浸蝕されて来たと云ふのである。客体に変化があれば、文学の主観がそれだけ変化を来たすと云ふ法則程度はいかなるものにでも分るであらう。

と、あくまでも母体言語《マトリクス》として発見した「新感覚派」という概念に、主体と客体の間に横たわる「時空」描写という新たな特徴を付与しようとする。「頭ならびに腹」冒頭で示された〈言表行為の主体〉と〈言表の主体〉の不確定な揺れは、こうして横光自身によって「時間と空間の観念量」という言葉に収納され、彼の命題になった。それはただ単に文体表現の模索という論点を離れて、極めて二十世紀的な〈主体〉（主観）・〈客体〉（客観）・〈意識〉（内面）・〈現象〉（時空内の出来事）への問い直しとその原理探求の欲望を導き出したが、それには当然同時代空間のなかでこれらの問題が共有されて、その具体的な理論化の方法について模索されていたことを考察しなければならないだろう。モダニズム文学理論をマルクス主義に単純に対置して考えるのではなく、二十世紀初頭のパラダイム変換を背景に共有された文学的モダニティ（モデルニテ）の多彩な思考実験の相互の〈交通〉（コミュニケーション・イクスチェンジ）に脈絡づける方が理解は早い。勿論ここで使用されたモダニズムは従来使われる狭義の文学流派での意ではなく、近代精神そのものへの懐疑を核に噴出した思考的転回であり、またその実験的試行である。

一例を挙げよう。一九二四年九月から翌年五月まで、菊池寛の文藝春秋社は「文藝講座」（第一期）一四冊を発刊したが、これにはそうした思考実験の意識が渦巻いている。瀬沼茂樹はそうした講座物について、「文学講座は文学講義録に端を発し、欧米諸大学の例に倣い、帝国大学の中に発達した講座制や課目制が、大正デモクラシイのおかげで、学問の解放または民衆化、書斎から街頭への趨勢に促されて、講義録に代わって講座として通用するようになった」（『日本近代文学大事典』第四巻、講談社）と書いているが、この「文藝講座」はその嚆矢である。芥川龍之介の「文芸一般論」・「文芸鑑賞講座」、里見弴の「小説講座」、川端「文章学講座」、小島政二郎の「日本文学史講座」、千葉亀雄「文芸評論講座」・「新聞紙学講座」など多彩な執筆陣と講座内容で人気を博し、第一期の会員数は一万五三六名を数え、第二期（一九二五年五月―十一月）第三期（一九二六年五月―十二月）と続けて刊行された。(5)

ここで注目すべきなのは、例えば芥川が「文芸は言語或は文字を表現の手段にする芸術でありま す。これをもつと詳細に言へば、（一）言語の意味と（二）言語の音と（三）文字の形との三要素により、生命を伝える芸術であります」（「文芸一般論」『文藝講座』第一号、一九二四年九月）として、言葉のシニフィアンとシニフィエ、および視覚表象（字形）の問題を提示していることである。また里見弴は文学の「表現」について、

例によつて定義めかして云ひますと、「表現とは総の存在の謂だ」――云ひ換へれば、総の

存在が表現なのです。かう云ひますと、いやに小むずかしくきこえますが、「現れるとは、そこに在ること、在るとは、もの、現れだ」こんな解りきつた、寧ろくだらないことになるのです。(「小説講座内容論」『文藝講座』第四号、一九二四年一月)

と、〈主体〉が見出す〈客体〉としての事象を、〈客体〉の側から照射することによって〈主体〉の〈現象〉的な存在性について説明しようとしている。それは急に出現したものではなく、同時代作家の漠然とした文学認識や意識の変化を、言語化する行程の途上に形成されていったものであり、またそれらは互換可能な実質を備えているのである。そして付言すれば、一九二二年前後からの数年が内容的価値論争(菊池寛、里見弴)、散文芸術論争(広津和郎、佐藤春夫、生田長江)、私小説論争(中村武羅夫、生田長江、久米正雄、宇野浩二、佐藤春夫、平林初之輔)、新感覚派論争(千葉亀雄、片岡鉄兵、広津和郎、生田長江、伊藤永之介、稲垣足穂)、目的意識論争(青野季吉、谷一、鹿地亘、林房雄、中野重治)と、さながら文学理論の実験場と化していたことを忘れてはならない。その果てに配置される一九二八年初頭に展開した芥川と谷崎潤一郎の「小説の筋」論争は無視されがちな論争だが、筋(プロット)と構成、文体と模倣(ミメーシス)、形式と内容(小説と物語)、読者と大衆(大衆文学意識)という多岐にわたる論点が提示され、文学理論の問題を考察する上で重要な論争である。文学を理論化しようとする欲望が、小説を解体して(物語か詩的散文か)、散文を分類し(私小説・本格小説・純文学の設定)、読者を浮上させた(大衆小説・通俗小説とジャーナリズムの勃興)のだ。この行程に「新感覚派」は深く関与している。この動態を理解しなければ、私たちは来るべき文学理論闘争の頂点、芸術大衆化論争、芸術的価値論争、そして形式主義文学論争の本質を剔出できない。これらをいわば一連の思考実験と位置づける視点なしに分析は不可能なのだ。「新感覚派」を文学流派、あるいはジャンルとして、分断・固定するポリティカルな文学史観はここでは機能しない。

目前に横たわる〈現象〉をそのままに表現したいというプリミティヴともいえる欲求から生起した同時代言語意識は、「新感覚派」という母体言語《マトリクス》を得ることで形を与えられた。〈現象〉はそれを〈現象〉として見出す〈主体〉の身体的関与（視覚・聴覚・感覚・知覚）によって〈現象〉となるのにもかかわらず、その〈主体〉は〈客体〉との相対的な位置関係によって決定づけられるという矛盾につきあたったその時代の文学者たちは、文学理論というテクストの枠組みを求めることでその問題を解決しようとした。そしてそこには不気味に変容していく世界構造への不安と期待が反発・融合・互換を繰り返しながら、なお重層的存在としてのその矛盾を受け入れようと身悶えしているのである。時代を覆う壮大な二十世紀モダニズムの言語実験とも響かせ合いながら、なおナショナルな文化状況にも、その矛盾の克服と融和を目ざして確かな足跡を残した。その意味で「新感覚派」は言葉によって生まれながら、言葉の外部との〈交通〉によって「生かされた」、そして「生きられた」経験の表象なのである。横光はその最も先端的な実践者であり、彼の「頭ならびに腹」はその具体的な思惟そのものである。近代の黄昏が囁かれた第一次大戦後の世界変容は、こうして関東大震災直後の喪失を経験した日本の作家たちにも、確実な形でしのび寄っていたのだ。

〈現象〉は苛酷な現実を開示しながら、一方にその〈主体〉の存立基盤としての〈客体〉を無限に異化し、時空すらも意識によって跳梁させる。〈主体〉と〈客体〉の狭間に潜む歪んだ時空の存在に気づいた彼らは最早後戻りはできない。彼らはモダニストと命名され、来るべき近代《モダニティ》の最も暗鬱な時代を、その時空の歪みとともに生きなければならなかったのだ。

註

（1）フレドリック・ジェイムソン「モダニズムと帝国主義」（E・サイードほか著『民族主義・植民地主義と文学』法政大学出版局、一九九六年）に、E・M・フォスターの『ハワーズ・エンド』冒頭部の分析があるが、汽車の速度と描写について、「その空間のアインシュタイン的観察者は、空間がその観察を可能にするまさにその瞬間に、その観察を変えてしまう風景の中を動いて行く汽車を観察するのである」という一節があり、そこから多くの示唆を得た。

（2）デヴィッド・ボームは静的な印象を伴うホログラムの概念を破るため、「ホロムーブメント」という造語でその動態の構造を扱う意志を表明している。

（3）「本質研究の方法」の註にそのことが記されている。なおフッサールの日本紹介は、一九一一年の西田幾多郎による「認識論に於ける純論理派の主張に就て」（『芸文』）が最も早いものとされる（細谷恒夫編『ブレンターノ　フッサール』世界の名著、中央公論社、一九七〇年、所収の細谷「現象学の意義とその展開」を参照）。

（4）「新進作家の新傾向解説」（『文藝時代』第二巻一号、一九二五年一月）。

（5）小田切進監修『文藝講座別冊』（大空社、一九九二年）の小田切進による解説から。

第四章　モダニズムはざわめく——モダニティと〈日本〉〈近代〉〈文学〉

日本におけるモダニズムを考えるためには、幾層にも捩《ねじ》れて接合するその理論的意味内容の不確定性を認め、あらたな措定の水準を思考しなければならないだろう。しかし、この作業に伴う「困難」について、私たちは既に多くを知っている。例えばモダニズムを語義定義する時には、必ず広義のモダニズム（歴史主義・伝統主義から脱却した合理主義的精神に支えられた近代主義、十七世紀以降の近代化の時代精神）と、狭義のモダニズム（一九二〇年代前後に展開した近代批判の視点を有する前衛芸術運動、未来派・表現主義・ダダイズム・シュールレアリズム、あるいは新感覚派・新興芸術派など）という二分法を用いる。しかし、前者にも制度としての近代への批判が込められている例は多くあるし、また後者に近代享受の快楽が描かれていないとは言い切れない。この二分法による分断は不可能であるし、その原因を年代設定の幅や地域性、概念規定の次元的相違にだけ帰する妥当性も持たない。両者の相関は明らかでありながら、反発し合い曖昧な境界を提示して、分節化を拒んでいる。

例えばマテイ・カリネスクが指摘するように、西欧文化圏でモダンの観念は古代（Ancient）／近代（Modern）の対立、例えばフランスで一六八七年以降にベルナール・ル・ボヴィエ・ド・フォントネル、シャルル・ペローらによって展開された「新旧論争」に代表される近代合理主義と歴史伝統主義の対立軸に見出すことができる。(1) またマルコム・ブラッドベリと、ジェームズ・マックファーレンが言及する、

主観的な思考を客観化し、精神内部のきこえない会話をききとろうとしたり、感じとろうとし、流れを止め、合理的な存在を不合理化し、予想される存在を馴染みのない非人間的な存在にし、異常で常軌を逸した思考をありきたりな考えに変え、日常生活を精神病理学的に定義し、感情的な思いを知的な思惟に変え、精神的な思惟を俗化し、空間を時間の作用とみなし、質量をエネルギーの一形態とみなし、不確実性を唯一確実な存在とみなすような対応がモダンの特質なのである。(2)

からは、十七世紀以降の近代合理主義・科学主義が二十世紀思想のコンテクストのなかで批判的に読み換えられたことを彼らは指摘して、モダンの概念実質の中心に「不確実性」を据えている。

一九九四年に刊行された浜田明編『モダニズム研究』(思潮社)はこうしたモダンの意味規定のアポリアを敢えて引き受け、欧米と日本における二十世紀初頭の芸術運動を中心に考察しようとしたモダニズム研究のアンソロジーである。ここで大石紀一郎はモダニズムの語源的母体、モダン(Modern)の意味生成についてドイツを中心に丁寧な整理をなし、また明晰な考察を施しているが、(3)「過去を志向する文化意識との対決と社会的に実現された近代性に対する闘争という二重の緊張関

係のなかで〈モダニズム〉は発展し、またそれと連関して〈modern〉の意味論的変化」が生じたことを指摘している。大石が挙げる「美的領域における伝統的な文化意識とモダンな文化意識との対立」と「社会的に実現されたモダニティに対する文化的なモダニティの緊張関係」という二つの対立軸は、確かに現在にあってはその双方が批判的に対象化され、絡まりあっているがために、逆に伝統主義への回帰なのか、前衛的ラディカリズムの所産なのか、直ぐには判断できない現象や作品が多く私たちの前に堆積している。

批判する対象が見えにくく判別しにくい状況のなかで、近代／モダン批判の準拠枠として浮上したポストモダンという用語について、柄谷行人は「ポスト・モダンは、モダン自体のパラドックスとしてしか存在しえない[4]」と述べ、「ポスト・モダンの思想家や文学者は、実はありもしない標的を撃とうとしているのであり、彼らの脱構築は、その意図がどうであろうと、日本の反構築的な構築に吸収され奇妙に癒着してしまうほかない[5]」と厳しく排した。また今村仁司は、彼の言葉に従えば、近代を「再記述」することは、近代システムの枠内で近代を「再記憶化」することだと述べ、それは結果として「近代システムの構造を強化し補強する[6]」こととなる陥穽への危険性を指摘している。そこで今村は「トランスモダン」という概念を提出する。

再記憶化や反復でない近代の再記述はありうるのだろうか。再記憶化でない再記述のアートないしテクネーにトランスモダンの名前をあたえてみよう。それは、もはやポストモダンとは違う形になるはずである。ポストモダンがモダンの内在的要素であるのだとすれば、トランスモダンは、モダン／ポストモダンの地平の外にでていなくてはならない。勿論、それは、この土俵と無縁になるとか、それを全く投げ捨てるというわけではない。transversalité（横断性）としてのトランスモダンは、この近代性の地平と構造の内部を横断するのだから、近代の構造の内部にとどまりつつ、外へと動くのである。(7)

しかしながら柄谷がポストモダン概念の虚妄性に言及すること、また今村がトランスモダンをポストモダンに代わる近代批判軸として設定しようとすること自体が、逆説的にではあるが実は近代／モダンという概念が既に一定の強度を持った意味内容を保持し得ないことを例証している。いや、この言葉はあまりに多くの記憶（Reminiscence）を付与されて、飽和して、溶け出しているのではないのか。

アンソニー・ギデンズは「われわれは、ポストモダニティの時代に突入しているのではなく、モダニティのもたらした帰結がこれまで以上に徹底化し、普遍化していく時代に移行しようとしているのである(8)」と述べたが、近代／モダンの問い直しは、こうした徹底化によって遅延され、抑圧されてしまっている。ならば、モダニズムを語るということは、事象を二項対立的な枠組みに分別・整理することではなく、またポストモダン論の「虚妄」と「内包性」を攻撃することでもなく、それらによって表象される近代／モダンの基層的構造への注視を、またその構造の網目に浮遊するざ、わ、め、き、への接近を如何に試みるかという「態度」の表出にしか意味はないだろう。それはこの現代にあって曖昧に存立する「主体」と名付けられた自己存在のトポスを確認する作業でもある。

ここで確認すべきなのは二つのモダン、あるいはモダニズムが歴史的近代／文学的近代、前近代／近代、西欧モダニズム／日本モダニズム、近代性の称揚／近代性の批判などといった二項に「非連続」に分断して抽出されてきたこと、またその二つを影響・受容・相関・交通という指標で安易に「連続」されてきたことを根本的に疑って、これらに代わってモダニズムを語り得る「他の選択」は有り得るのかという思考的立場の可能性である。モダニズムを自明の芸術的ジャンルとしたり、単純な近代批判の用語に定着させたりするのは、知的誠実を欠いている。少なくともこの行為を回避することによって生じる地平を共有することにしか、モダニズムを分析する根拠はないだろう。つまり、モダン、あるいはモダニズムを指標タームとして浮かび上がらせるものは、モダニティそのものの内実であり、それを問う自己／主体への懐疑的分析である。[9]

1　日本の〈近代〉と〈反近代〉

三好行雄は『日本文学の近代と反近代』（東京大学出版会、一九七二年）を出版するにあたって、一九五八年に発表した「芥川龍之介の死とその時代」（『近代文学鑑賞講座第一一巻　芥川龍之介』吉田精一編、角川書店所収）を採録した。決して標題の意図に即しているともいえないこの講座ものの解説論文を敢えて収録したのは、後に展開する日本近代文学における「反近代」の系譜の萌芽を三好がそこに意識していたことをうかがわせる。[10] 三好は「日本近代文学」の「近代」とは何かということを、概念的レベルで問題化したほとんど初めての近代文学研究者であるが、「漱石の反近代」

（初出『国文学』学燈社、一九六五年八月）で日本の「反近代」について次のように述べている。

日本における反近代は、反〈近代〉と反〈近代主義〉との二義性を宿命的に内包するとともに、両者を統一する別な視点からの反近代、いわば反〈近代的西欧〉を他の軸としてもつ可能性を否定できないのである。（中略）日本の近代が西欧的近代と同義語であった歴史的事実のまえで、近代における反〈西欧的近代〉はあきらかに自家撞着にすぎぬ。反〈西欧的近代〉の志向から日本的近代への展開は夢想でしかない。にもかかわらず、日本と西欧の落差が時間と同時に空間の差でもあった以上、それは思想や認識の成型としてではなくいわば原液質として、日本の近代と反近代とを連ねる座標系の原点の位置を占めたかもしれないのである。

この指摘は日本近代の特殊性（後発的近代性）と普遍性（世界同時代性）という二分法を回避して、「反近代」を「近代」に内包させ、「反〈西欧的近代〉」に日本近代の原点（「原液質」）を求めようとする思考であった。日本近代を「西欧的近代と同義語」とするような未熟な括りが唐突におかれたり、「西欧的近代」の概念規定が示されていない不満はあるものの、二義的に分かたれる力学を排して、「反〈西欧的近代〉」の系譜を摘出することによって「日本の近代」を生成した日本人の下部意識を考察しようとするのは、いわば現在のポストコロニアリズム論にも通底する読みであった。

しかし三好が折角そうやって問題化して浮上させたテクストとしての最晩年の芥川に対する評価は、例えば次の言及からもわかるようにネガティヴなベクトルへと向かっていた。

晩年の芥川龍之介が自己の文学観の否定をあえてして、志賀直哉の静的な〈「話」らしい話のない小説〉に、その具現した東洋的詩精神に脱帽した事実にも、大正期の一つの反近代の相が見出される。(「文学史の前提」『日本文学全史5〈近代〉』学燈社、一九七八年)

ここで三好は芥川の懐疑を「反近代の相」と感取し、「自己の文学観の否定」と捉えた。しかし、ことはそれほど単純であろうか。これは勿論「私小説」「純文学」、そして最終的には「近代の超克」へと連鎖していくべき重要な文学的課題であるのだが、芥川のこの地点での「懐疑」こそが、日本近代のモダニティの深層を構成していたのではあるまいか。そこには三好が「近代」を一枚岩のように確固たる構造として考え、「西欧の自己仮装から出発した」[11]とする近代認識が響いていたのであり、それは日本のモダニティ研究にとって大きな損失であった。三好が「芥川龍之介の死とその時代」で問題にした芥川と谷崎潤一郎の「小説の筋」論争は、決して三好が結論するような芥川の「いたましい矛盾」(前出「芥川龍之介の死とその時代」)を導き出したのではない。むしろモダニティそのものを谷崎とともに明確に問題化しようとした論争と位置づけることによって、初めてその芥川の意志は開示されるのである。

2 「小説の筋」論争のモダニティ

先ず「小説の筋」論争の発端を探ろう。一九二七年（昭和二）二月の『新潮』での「創作合評」で芥川は、「谷崎氏のは往々にして面白いと云ふ小説と云ふものに、其筋の面白さで作者自身も惑わされることがありやしないか」と「話の筋」が「純芸術的なものかどうか」という疑問を谷崎にぶつけた。一般にこれは同年一月の『文藝春秋』に谷崎が発表した「日本に於けるクリップン事件」へ向けられた評言だと解釈されている。しかし、この合評会ではもう一つ谷崎の小編「「九月一日」前後のこと」（『改造』同年一月）も対象とされている。もちろん、谷崎は『痴人の愛』以降、「友田と松永の話」（『主婦の友』一九二六年一月－五月）、「青塚氏の話」（『改造』同年八・九・十一・十二月）を書いており、それらを念頭に芥川の発言があったとも解されるが、「「九月一日」前後のこと」という作品の構造にはこの論争の基層的問題にわたる論点が内包されていた。

この作品をジャンル分類すれば、随筆あるいは身辺雑記ということになるだろうが、谷崎自身には小説の認識があったようだ。[12] 関東大震災時の体験を記したものだが、実は不思議な構成を持った文章である。冒頭に一九一六年十一月に『中央公論』に発表した「病蓐《びょうじょく》の幻想」という自作短編の一部が挿入されているが、その小説は九歳時に遭った地震の経験を描いたものである。この一節を読み返した「私」は地震嫌いの原因を自ら省て、家捜しや外出、外泊のたびに地震の備えをする性癖を持つようになったのだろうと語る。最後にいよいよ九月一日の関東大震災当日のことが語られるのだが、ここでは娘あゆ子、義妹せい子などの実名も登場して、日記風に八月二十七日からの記録が記されている。この文章には筋（プロット）らしい筋はなく、先ず異種テクストとして過去の小説の一部が切り取られて引用・コラージュ（自作の再帰的なインターテクスチャリティ）が施され、話者「私」によって再記述される。そこを起点に「私」は地震嫌いの因縁を語りだし、「話」は動き始める。が、「病蓐の幻想」が小説である以上、「私」と作中の「彼」を同一に語る行為は本来禁止されているだろうという読者の思い込みはあっけないほど簡単に覆され、谷崎自身に近似した「私」の語りは九歳時からクロニクルに延々と一九二四年九月一日に向かって動き出す。自分が体験した地震、地震にまつわる人々の言葉の引用、あるいは「私」の地震への恐怖心などで構成されるこの語りの中心は、「地震」そのものについて語るということでしかない。しかし、この「私」にまつわる地震をめぐる「話」の重なりは、「病蓐の幻想」で提出された、地震に遭遇した少年の非日常的な空間的感覚に統御されて、言表の主体である「私」のフィクショナルな生成を補強し、語りの差延を理由づけていくのである。こうした言表行為は、プロット構成の精緻さが主眼的な要件となっている「日本に於けるクリップン事件」などの筋を重視する犯罪小説とは全く違っている。芥川は少なくともこの二つの相反した谷崎の文章を前に置いて先の発言をしたのである。

谷崎は『改造』に一九二七年二月から連載を始めた「饒舌録」第二回でこれに反応、「筋の面白さは、云ひ換へれば物の組み立て方、構造の面白さ、建築的の美しさである」（一九二七年三月）として「凡そ文学に於いて構造的美観を最も多量に持ち得るものは小説であると私は信じる」（同）と芥川に反駁した。よく知られた言い回し、「構造的美観」という語句で説明されるプロットの巧緻さに小説の要諦を置く谷崎が、実のところ「「九月一日」前後のこと」のように言表主体と言表行為の主体が絡まりあって、異種テクストの言表主体へも同化を果たすテクストを生産していたことに、より深い注意を向けなければならない。これは「主体」が転位を繰り返しながら「地震」という現象を記述する行為であり、また言表内にコラージュされた他の言表がそのテクストを領略する叙述の実験をともなっている。こうした言表行為を自ら「古い」と斥けた谷崎であったが、ここにモダニティの可能性を見出すこともできたはずである。

谷崎は翌四月号の「饒舌録」第三回で「東洋主義」ということを言い始めている。関西移住後の谷崎を「日本回帰」とする論点があるが、彼が拠ろうとするのは三好のいう「〈反〉西欧的近代」に最も近い。彼の言う「東洋主義」とは西欧主義、即ち「西欧近代」に拮抗するものとして措定されている。しかし、そこを「日本主義」と命名させない何かが谷崎にはあったのであり、これは芥川の小説の方法への懐疑と同様に、すっきりと語り得ないものであった。理論的な整合を放棄して、むしろ「饒舌録」という言説の生産を通じて――ということは「「九月一日」前後のこと」に最も近似的などこまでもきりなく差延される「語り」を戦略として――日本近代の抑圧的な息苦しさを吐露するしか、谷崎は方法を持たなかった。この「語り」の方法を芥川もまた「文芸的な、余りに文芸的な」(『改造』一九二七年四―六月・八月)で試行している。モダニティへの批判的視点は、モダニティの新たな感取、模索にすぐに連絡してしまう。モダニティの両義性は対立項を生成しながらも、すぐに絡まりあって対立の要因をわかりにくくしてしまう。生活世界・生活意識の隅々にまで浸透したモダニティ概念は、主体としての「私」にいつも自己決定を迫ってしまう。が、その主体とは同定する主たる根拠を既に失って、状況や事象の反映として存在しているのだ。モダニティの再記憶化によって生じるそれへの擁護を回避するには、そうした再帰性への不断の監視を意志的に続行するしかない。芥川と谷崎が交差する〈場〉は、モダニティの強度（近代の所与性）が失われながらも、その再帰的な性質を用いて延命をはかろうとする時空間に築かれたのである。

だから谷崎の言う、

仮にわれ〱は科学の恩恵を蒙らず、物質文明の有難さも知らなかつたとする。さう云ふ世の中を考へて見るのに、必ずしもそれほど不幸ではない。汽車も電車もない代りには地球上の距離は今ほど短縮されてゐなかつた。衛生設備や医術が幼稚であつた代りには人口過剰に苦しみもしなかつた。大量生産の経済組織や機械工業がなかつたお蔭にはわれ〱の衣服調度は皆丹精を籠められたる手芸品であつた。かう云ふ世界も亦一個の楽園ではないか。人類の幸福に変りがない以上、それは必ずしも文明の退歩だとも云はれまい。われ〱は西洋に侵略され、国が滅ぼされる恐れさへなければ、実際それでも差支へないのだ。思へば西洋人は余計なおせつかひをしてくれたものだ。畢竟われ〱は滅ぼされても構はない気で東洋主義に執着するか、でなければ全く西洋主義に同化するか、二つの岐路に立たされてゐるのだ。此の意味に於いて東洋人は呪はれたる運命を荷つてゐると云はなければならない。（「饒舌録」『改造』一九二七年四月）

という立場は、「西欧近代」を超える準拠枠としての「東洋主義」に自らの主体を添わせようとする決意を語ったものである。しかし、この「東洋主義」は「西欧近代」によって発見された「どこにもない場所」の別称ともなっている。この言辞がプリミティヴにしろ、オリエンタリズム批判やポストコロニアリズム論、近代世界システムの発想に近い位相を獲得しているのは言うまでもあるまい。
芥川もまた文学ジャンルの組み替えのなかに、モダニティに「生きさせられる」主体の同定・定置を試みた。

「話」らしい話のない小説は勿論唯身辺雑事を描いただけの小説ではない。それはあらゆる小説中、最も詩に近い小説である。しかも散文詩などと呼ばれるものよりも遙かに小説に近いものである。僕は三度繰り返せば、この「話」のない小説を最上のものとは思つてゐない。が、若し「純粋な」と云ふ点から見れば、——通俗的興味のないと云ふ点から見れば最も純粋な小説である。もう一度画を例に引けば、デッサンのない画は成り立たない。(カンディンスキイの「即興」などと題する数枚の画は例外である。) しかしデッサンよりも色彩に生命を託した画は成り立つてゐる。幸ひにも日本へ渡つて来た何枚かのセザンヌの画は明らかにこの事実を証明するのであらう。僕はかう云ふ画に近い小説に興味を持つてゐるのである。(「文芸的な、余りに文芸的な」『改造』一九二七年四月、以下「文芸的な」と略記)

「「話」らしい話のない小説」の概念は、「西欧近代」が達成したリアリズムからの脱却を図った後期印象派の絵画と横断させることによって明晰な輪郭を結ぶ。パースペクティヴを消失し始めたその絵画群が、描く主体（Subject）〈画家〉と外光の反射をたたえる対象（Object）〈風景・人物・静物〉の交差によって成立したことを考える時、表現主体と表現対象の関係性は行為（Action）のさなかに生成するのであって、構成能力や技術というそれまでの前提的条件は行為遂行性に回収される。芥川の考えようとしたのは、まさしく言表遂行行為（書くこと）と言表（作品）の関係についてであり、それは主体の対象への認識や意識が不変の規則性によって実行されてはいないことを知ったための疑問であった。しかもここでもうカンディンスキーまでが登場しているではないか。対象物の形態の輪郭は溶け、色彩（それすらないときもあるが）が多様な主張をする「知覚空間」[13]によって構成された絵画の出現は、より芥川を疑惑に誘い込んだであろう。

林淑美はカンディンスキーの芸術的主張を次のように解読する。

見慣れたものの形や色からそこに隠されている事物の本質や意味に触れるのは、事物に対する自然的態度によってなすことはできない。それはただ経験を生きているだけで、経験の意味を取り出してはいない、事物に向かわせた志向的な意識を含む経験からそこに含まれているすべてを引き出し、主題化することによってその事物に再び出会うこと、そのようにして事物の本質に触れる芸術をカンディンスキーは求め、またそのように芸術に触れることを享受者に求めたのである。（「村山知義の「マヴォ」前夜、一九二二―一九二三」、栗原幸夫編『廃墟の可能性』インパクト出版会、一九九七年所収）

村山知義によって代表されるジャンル横断的な一群の若きマヴォの芸術家たちは、既に「知覚空間」の変容を認識していた。彼らのモダニティの表出はラディカルな前衛精神の実現に集中した。破壊、行動、棄却、奪還を繰り返しながら、新たな構築を目指した彼らと、芥川、谷崎の差を愚かな「新旧論争」に帰結させてはならない。林淑美が指摘したように、この一九二〇年代中葉は明らかに「私」をめぐっての現象学的認識が各自の思考に及んでいたのであり、各個のテクストの違いは形態の現われの差に過ぎない。だとすれば芥川が谷崎に要求した「詩的精神の深浅」（「文芸的な」一九二七年四月）は、そうした「志向的な意識」の要求であろう。谷崎はそれに

ぜんたい小説に限らず有らゆる芸術に「何でなければならぬ」と云ふ規則を設けるのは一番悪いことである。芸術は一個の生きものである。人間が進歩発達すると同時に芸術も進歩発達する。予め「どうでなければならぬ」と云ふ規矩準縄を作つたところで、なかなかそれに当て嵌まるやうに行くものではない。（「饒舌録」『改造』一九二七年五月）

と駁して芥川を斥けたが、「発展・進歩」という指標によって進行する近代の「大きな物語」へと期待を繋ぐ彼もまた、「志向的な意識」を対象に注ごうとしていたのである。

この論争の中心は構造的な骨格を持った小説（話のある小説）か、私小説（話のない小説）かという対立にはない。それはきっかけにすぎない。ここで二人が提出した問題は、モダニティの帰結

点としての「現代」を生きる（それは彼らにとって「書く」行為なのだが）「主体」がモダニティの表白を目指しながら、同時にモダニティの定義をはかるという難問《アポリア》であった。谷崎は前者を「西欧近代」、後者を「日本近代」として分別し、新たな「日本近代」の方向として「東洋主義」を提出したが、その彼自身はやはり「進歩・発展・進化」という近代の要諦の罠から逃れることはできなかった。谷崎からは「左顧右眄」（「饒舌録」『改造』一九二七年五月）としか見えない芥川の逡巡は、「近代」の二つの軸を往還する彼の「主体」認識をめぐる試行であった。それは可変的に生成して「主体」を探らせる。芥川は最後の谷崎との応酬でこう述べる。「僕は小説や戯曲の中にどの位純粋な芸術家の面目のあるかを見ようとするのである」（「文芸的な」一九二七年六月）。「芸術家の面目」とは「主体」の同定であり、認識論的な確認への行為を促す言葉である。そしてこの文章の最後には「新感覚派」という節が置かれ、「若し真に文芸的に「新しいもの」を求めるとすれば、それは或はこの所謂「新感覚」の外にないかも知れない」（同前）と、新感覚派の作家たちが「文体」という戦略で時空間の変容と主体の不確定性を剔出したことを評価した。それは同時代的な問題意識の共有を彼らの上に芥川が確認した瞬間でもあった。違うのは新感覚派が「日本近代」が体系化した「文学的伝統」との「切断」によって出発することができた[14]のに反し、芥川も谷崎もその「文学的伝統」の加担者としてその決済を義務づけられていたところだ。ここでモダニティの「連続」と「非連続」は交差し、捩れ、重層的な非決定へと変化を迫られる。その間隙に芥川は文字通り自らを消し去った。「自殺」という名の完璧な「主体」の抹消によって、日本〈近代〉文学におけるモダニティの可能性は、減じられてしまったのである。

3　モダニティの光と影

「小説の筋」論争が提示した多様な論点を整理してみよう。（1）筋と構成――話の統御と開放、（2）オリジナルと模倣――文体とテクスト、（3）形式と内容――ジャンル規範と語りの準拠枠、（4）芸術的価値――文学的ジャンルのヒエラルキーと表現主体の変容、という四つを取り敢えず抽出する。

（1）はこの論争の発端を告げるものである。一般に「詩的精神」と「構造的美観」の対立にその論点は収斂しがちであるが、谷崎の「日本の小説に最も欠けてゐるところは、此の構成する力、いろいろ入り組んだ話の筋を幾何学的に組み立てる才能、に在る」（「饒舌録」一九二七年三月）と、芥川の「僕の小説を作るのは小説は文芸の形式中、最も包容力に富んでゐる為に何でもぶちこんでしまはれるからである。若し長詩形の完成した紅毛人の国に生れてゐたとすれば、僕は或は小説家よりも詩人になつてゐたかも知れない」（「文芸的な」同年四月）という箇所の対立として読み替えてみたい。ここに両者が期せずして浮上させた文学的「規範」（Canon）軸は西欧近代の文学ジャンル設定に拠っているが、谷崎が取ろうとする「話の筋を幾何学的に組み立てる」方法は「話」の統御、制御の模索である。「「九月一日」前後のこと」で示した制御されずどこまでも遅延される「語り」を、谷崎はここで棄却する。一方芥川は小説の許容量に注目し、「語り」を制御せずに差延を続けていった時の、言説行為の「主体」を問題とする。西欧の「長詩形」で表象されるのはそうした差延の水準を意識しないままに統御するジャンル内の規範のことであり、その規範を構築する「主体」が言説行為のさなかでどれだけ自律的に、また自由に行為を遂行できるかという模索への関心が「詩的精神」という語の内実であろう。

（2）はこうした西欧のジャンル規範からの脱却が考えられている。谷崎は「西洋の文脈が這入つて来ると、日本固有の含蓄のある文章の味は、だんだん廃れて行く」（「饒舌録」同年四月）と述べ、文体が翻訳などの影響で「非常に煩はしい醜いものになつた」（同前）と嘆じている。が、芥川は「日本人は模倣に長じてゐる。僕等の作品も紅毛人の作品の模倣であることは争はれない」（「文芸的な」同年五月）として、「模倣を便宜とすれば、模倣するのに勝ることはない。（中略）しかも物質文明はたとひ必要のない時でさへ、おのづから模倣を強ひずに措かない」（同前）と言っている。この模倣をめぐる両者の対立は、結果的に叙述のレベルでの文体、特に日本的文体への考察が含有されているが、谷崎がオリジナルへの回帰（実質はオリジナルの創出）を主張するのに対し、芥川は文体の準拠枠が西欧近代によって制限される以上、テクスト内の視覚的な効果までを含んだ文体の進化を提唱する。

（3）はこの（2）の問題意識を具体化したもので、芥川の「近代の散文は恐らくは「しゃべるやうに」の道を踏んで来たのであらう」、「が、同時に又一面には「書くやうにしやべりたい」とも思ふものである」（「文芸的な」同年四月）という箇所からは、文体の規範という形式と、言説の意味内容の齟齬への解決が考えられている。これは書記行為の主体が、「語り」のレベル設定に如何なる決定権を行使すべきかという問題であり、また話し言葉・パロルにたいする文字言語・エクリチュールの優位的な価値への注目であった。そこには恐らく漢字という表意文字の運用への模索も含まれていたであろう。(15) 他方、谷崎は「小説と云ふものはもともと民衆に面白い話を聞かせるのである」(「饒舌録」同年五月)と、「話」と「語り」の不可分な関係に注目している。谷崎はこの「語り」を統御して構成する規範の任意性について語り、言表主体の「芸術的価値」意識の問題を浮上させている。

(4)は芥川の理論化されないまま放置された「純粋な芸術家の面目」に関わっている。芥川は勿論そこに文学ジャンルのヒエラルキーを無批判に持ち込むことはないのだが、「所謂通俗小説とは詩的性格を持つた人々の生活を比較的に通俗に書いたものであり、所謂芸術小説とは必ずしも詩的性格を持つてゐない人々の生活を比較的詩的に書いたものである」(「文芸的な」同年八月)というアフォリズムを残している。谷崎が「安価なる告白体小説体のものを高級だとか深刻だとか考へる癖が作者の側にも読者の側にもあるやうに思ふ」(「饒舌録」同年五月)とジャンルのヒエラルキーを批判して、「「話」のある小説ない小説もつまりはそれで、実際人を動かすやうな立派なものが出て来ればいいいも悪いもあつたものでない」(同前)と簡明に言い切っているのに対して、芥川は慎重にこの問題に対応する。その解答のヒントを与えるのは次の文章であろう。

文芸上の極北は——或は最も文芸的な文芸は僕等を静かにするだけだ。僕等はそれ等の作品に接した時に恍惚となるより他に仕かたはない。文芸は——或は芸術はそこに恐しい魅力を持つてゐる。若しあらゆる人生の実行的側面を主とするとすれば、どう云ふ芸術も根柢には多少

僕等を去勢する力を持つてゐるとも言はれるであらう。（「文芸的な」同年八月）

「去勢」された身体を抱え込むことによって、芥川は自らの芸術と実人生の相関を考えた。彼の理想とする芸術的な境地は、もともとはテクストのなかにしか存在しなかったが、この論争の経緯で知覚した〈身体〉と交通しあう空間認識は、自ずと彼の「主体」を変容へと導いたのである。芥川はこうも語っている。「僕は時々かう考へてゐる。――僕の書いた文章はたとひ僕が生まれなかつたにしても、誰かがきつと書いたに違ひない」（「続文芸的な、余りに文芸的な」『文藝春秋』一九二七年四月）。他我の峻別が判然としなくなること、そして自己を消去してしまうこと、この不確定に揺れる存在への深い疑惑は、一方にテクストへと同化して生き続ける宣言ともなっている。彼がいう「純粋な芸術家の面目」はこの地点にしか達成される可能性はなかったのである。

モダニティの光と影は、モダニストと呼ばれた前衛芸術家の上のみに兆《きざ》したのではない。むしろこうした転換期の狭間に「主体」という不可解な存在に気づき、迷いながら「生きた」人々の上により強く注がれた。つまり、彼らはこの時、所与の概念としての〈日本〉を、〈近代〉を、そして〈文学〉にも強い疑惑のまなざしを向け、自らの「主体」の存立を厳しく〈問題化〉したのである。

4　モダニティのテクスト性を編み上げる

歴史家でジャーナリストであるポール・ジョンソンは大著『近代の誕生』Ⅰ―Ⅲ（別宮貞徳訳、

共同通信社、一九九五年、原著一九九一年）のなかで、一八一五年から三〇年までを「近代世界の基盤がほぼ形成された時期」と規定したが、ウィーン会議・ワーテルローの戦い（一八一四－一五年）からパリ七月革命（一八三〇年）への経路を、彼は近代国際秩序の建設という枠組みで鳥瞰している。このさしたる根拠を持たない見取り図に、一方にJ・スティーヴンソンの炭鉱の坑内安全灯の開発（一八一五年）からスティーヴンソン社のマンチェスター－リヴァプール間の蒸気機関車の実用的運行（一八三〇年）という近代産業革命の急進的な進歩・発展の「物語」を重ねることによって、その論拠が補強されている。近代世界がその前の時代の分節化された世界観を乗り越え、世界構造を通底する近代理念（進歩・発展という物語・神話）を創出していった過程を、ジョンソンは通時的な歴史軸にまとわる厖大な「事実」の堆積から描写しようとした。そこには一切の批判的な視点は排除され、私たちが認知するモダニティの豊富な用例が雑多に羅列されている。

しかし、私たちは同時にそのモダニティがもたらした結果についても既に多くのことを知っている。イマニュエル・ウォーラーステインが一九七九年に提唱した「近代世界システム」（Modern World System）の概念は、いわゆる従属理論（Teoria Dependentista）を基に展開された世界解釈への試みだが、ここでウォーラーステインは世界が経済的大規模分業体制に覆われることによって生じた世界の不均衡な歪みが、近代世界の構造を構築していると言及している。つまり「進歩・発展」はヨーロッパ世界・西欧世界を中心とする理念的体系であり、周縁化される地域、あるいは半周縁化される地域との「距離・格差」によって成立するそれへの批判を表明した。こうした動向は、例えばエドワード・W・サイードの『オリエンタリズム』[16]（原著一九七八年）における、西欧近代によって分割される非西欧社会に対する植民地主義的視線への批判や、ベネディクト・アンダーソンの『想像の共同体』[17]（原著一九八三年）で言及される近代国民国家批判、あるいはジャン＝フランソワ・リオタールの『ポストモダンの条件』[18]（原著一九七九年）、ジャン・ボードリヤールの『シミュラークルとシミュレーション』[19]（原著一九八一年）などから理論化されていった、モダニティへの訣別を告知するポストモダン概念の提出という一連の近代批判に連絡し合って、現代（たったいま）の思想・芸術・学問、そしてもちろん文学および文学批評を形成している。

これらの理論構築に基層的な影響を与えた構造主義、ポスト構造主義、エスノメソドロジー、フェミニズム、ジェンダー論などの一九六〇年代以降の思想展開は、受容するにしろ、批判するにしろ、その内側に立たされてしまう近代的世界観（モダニティによって構築された世界構造・近代そのもの）の一元的理解の破綻を宣告し、もはや単一な視角から近代世界を語ることの不可能性についての留意を促すものであった。国家・国民・民族・女性・言語・文化、そして文学はここで問いなおされ、それは結果として近代／近代性を問題化（Problématique）せざるを得なかった。フレデリック・ジェイムソンは「テクストのイデオロギー」[20]（原著一九七五－七六年）でロラン・バルトの記念碑的評論『S／Z』[21]（原著は一九七〇年）を採り上げ、そこに徹底的なメタ注釈を加えることによって、対象とされたバルザックの『サラジーヌ』におけるモダニズムとリアリズムの対立を剔出し、その対立の要因である「テクスト性」（われわれが解読し解釈するテクストと見なす方法的仮説）の問題を浮上させる。ここでジェイムソンはバルト自身のテクスト『S／Z』を「ポストモダンの宣言として位置づけることが可能となる」として、バルザックの『サラジーヌ』が持つモダニティについて言及した。すなわち『サラジーヌ』の「テクスト性」（Textuality）を意識したバルトが考える、「テクストについて語る行為」をポストモダニティと見なしている。

ここで私は一つの偶然に気づく。『サラジーヌ』は前記のP・ジョンソンが近代の出発として措定する一八三〇年の作品なのだ。この奇妙な一致、恐らくジョンソンの視野にバルトは入っていなかったにもかかわらず、「一八三〇年」という年号がなぜここに現われるのかについて、私たちは考えこまざるをえない。私は「一八三〇年」という年をことさらに近代の始まりと措定しようと提案しているのではない。ジョンソンがヨーロッパ、アメリカの「歴史的事実」を中心に編んだその相互の関係性の照応によって見ようとしたことと、ロラン・バルトが『サラジーヌ』を近代テクストとして通時的な脈絡を捨象して抽出したこととが、期せずして「一八三〇年」を照らし出し、それをジェイムソンが言う「テクスト性」へと導いた。つまりここで起きていることは、歴史／文学、前近代／近代、近代／ポストモダン、近代性の肯定／否定、事実／虚構などなどのように二項対立的に抽出される〈対象〉が決して明確に分離していないことを教え、また通時的な連続として構造化されていないことに気づかせる。本来、歴史軸の通時的な「連続」と、空間軸の共時的な「非連続」は対抗するのではなく、「テクスト性」を持ったときに分節化されて、その「連続」と「非連続」の意味が問われる。「テクスト性」を浮上させて批評する〈主体〉の行為遂行性こそが、無自覚にも生きさせられてしまっている近代の分析を可能とするのであり、モダニティの内実はこうした分析の区点を横断的に見渡す共同性（複数の解釈者が「テクスト性」に向けて分析すること）によって見出されていく、と私は考えている。とするならばモダニティを語る行為は、こうした「連続」と「非連続」の双方にわたる局面を注意深く「問題化」する複数の視線を要求するであろう。

日本におけるモダニティを文学から語る上での困難は、こうした指標の提出が文学史的な力学に収納されがちな点にある。例えばモダニティの「連続」と「非連続」が明確な標章――一八六八年＝明治元年をもって、所与の時空間に措定されていると信じられていることにある。近代の受容とそれへの批判は、常に一八六八年によって分断された地点から語られ、一八六八年が常に事前に「問題化」されてしまっている。また、モダニティの「連続」と「非連続」は、また西欧近代（西欧世界を中心化するシステムとしての「近代」）との関係を所与のものとしてしまっている。すなわちその関係性は影響／受容、独自性／共通性の視点から語られがちである。しかし、これまで述べたとおり、こうした言説を新たに「テクスト化」する行為によってしか「事象」は語れないのであり、モダニズムとはまさにそのモダニティに「テクスト性」という条件を付与することに目的があったのだ。この実験の場として、「事象」の「連続」と「非連続」はその動態を観察されることになるだろう。言説のコンテクストは多声的で価値不決定的な装置と見なければならず、そこに「テクスト性」が胚胎する。この「テクスト性」の相互互換的な横断・交通によって見えてくる情景（テクスト／コンテクスト）が、モダニティの再現＝現前（Representation）を可能としていくのだ。

本稿で「テクスト化」された一九二七年は目的意識論争、形式主義文学論争、芸術大衆化論争などが「小説の筋」論争に併行して取り交わされた年である。また大衆文化と呼ばれるマス・カルチャー、サブ・カルチャーは社会・風俗・映像・スポーツ・都市などの多様な領域で構造化・組織化されていたのであり、「小説の筋」論争はそこにもまた連絡するであろう。これらを分断しないで、また客体（解釈しようとするテクスト、批評しようとするコンテクスト）を曖昧にしよう（所与の概念によりかかろうとすること）とする力に抗して、モダニティのざわめきに打ちふるえた一九二七年という〈テクスト〉を通時的・共時的コンテクストから編み上げることは可能なのだろうか。私は可能であると思いたい。なぜならモダニティの二律背反した意味規範（Paradoxical Canon）の検討をはかるのは、そこでしか成しえないし、その多層的な構造のざわめきのなかでしか可能ではないと信じるからである。

註

（1）マティ・カリネスク『モダンの五つの顔』（宮山英俊・栂正行訳、せりか書房、一九八九年）、原著は一九七七年、インディアナ大学出版局から *Faces of Modernity* として出版され、一九八七年に、ポストモダニズムに関する最終章が加えられて、デューク大学出版局から第二版として増補出版された。
（2）M・ブラッドベリ、J・マックファーレン「モダニズムの名称と本質」（M・ブラッドベリ、J・マックファーレン編『モダニズムⅠ』橋本雄一訳、鳳書房、一九九〇年、に所収）、原著一九八六年。
（3）「〈モデルネ〉の両義性と非同時性――ドイツにおける〈モダン〉の概念をめぐって」。
（4）『批評とポスト・モダン』（福武書店、一九八五年）、なお初出は『海燕』一九八四年十一―十二月。
（5）註（4）に同じ。
（6）今村仁司編『トランスモダンの作法』リブロポート、一九九二年。
（7）註（6）に同じ。
（8）『近代とはいかなる時代か？――モダニティの帰結』（松尾精文・小幡正敏訳、而立書房、一九九三年）、原著一九九〇年。

（9）この試みを遂行していくための手続きとして、モダン、あるいはモダニズムという用語使用に関しての私の考えを記したい。モダニズム（近代主義）を語ろうとすることがモダン（近代／現代）を対象化する行為であることは、最近もポストモダン概念の流通とともに顕示されてきた。当然日本にあっては訳語の問題が介入するが、用語運用の面については明らかな指標はほとんど示されてはいない。モダンの語源であるラテン語の〈MODO〉には「たったいま」という意が含有されているが、現在問題化されるモダン、モダニズムには、そうした同時代性への意識は稀薄で、言語母体にそういう意味は含まれていないと見るのが妥当であろう。また日本における用語としてのモダンには、「現代的であること。現代風であること」（『日本国語大辞典』小学館）という意味に大きく傾いた運用の経緯があり、モダニズムについても本論冒頭にも示したとおりの錯綜がある以上、そうして付加された意味の歴史的堆積を払拭する思考的転換の必要性が感じられる。そこで本稿では、それらに替わる用語としてモダニティ（Modernity）という概念語を使用したい。因にこの語義は「近代的であろうとすることから結果的に出現する条件・状態」（『ケンブリッジ国際英語辞典』ケンブリッジ大学出版局、一九九五年）と簡明に規定されている。

（10）三好はこれを後に『芥川龍之介論』（筑摩書房、一九七六年）に収録するにあたって「結論までが動」（同「あとがき」）くほど「ほとんど書きおろしに近い形にまで手を加え」（同前）、「遺されたもの——死とその時代」と改題した。この論文に対する彼のこだわりが了解される。

（11）「〈近代〉の円環が閉じる時」（『三好行雄著作集』第六巻、筑摩書房、一九九三年）、初出は『日本文学全史6〈現代〉』（学燈社、一九七八年）。

（12）「饒舌録」（『改造』一九二七年三月）に「合評会で宇野君が「九月一日前後のこと」を詰まらないと云つているのは、作者自身も同感である。正に「あれは小説ではない」のだ。「かう云ふものを見ると、此の人の文章は古くて常套的だ」と云はれても、一言もない」という言及がある。

（13）柄谷行人『日本近代文学の起源』（講談社、一九八〇年）に「後期印象派は、まだ遠近法に属しているとはいえ、そのような作図上の均質空間に対して「知覚空間」を見出している」という言及がある。この「知覚空間」は「現象学的な注視」と連絡して、キュービズムや表現主義の反遠近法の意識を構成したと考えられる。

(14) 前章「新感覚派という〈現象〉——モダニズムの時空」を参照のこと。

(15) 芥川は「文芸一般論」(『文芸講座』第一号、文藝春秋、一九二四年九月)の第一回で「漢字の視覚的効果に富んでゐること」を指摘して、「文芸」とは「(一) 言語の意味と (二) 言語の音と (三) 文字の形との三要素」によって「生命を伝へる芸術」であると述べている。

(16) 邦訳は『オリエンタリズム』(今沢紀子訳、平凡社、一九八七年)。

(17) 邦訳は『想像の共同体』(白石隆・白石さや訳、リブロポート、一九八七年)。

(18) 邦訳は『ポストモダンの条件』(小林康夫訳、水声社、一九八六年)。

(19) 邦訳は『シミュラークルとシミュレーション』(竹原あき子訳、法政大学出版局、一九八四年)。

(20) Fredric Jameson, "The Ideology of the Text" (*Salmagundi* Vol.31 - 32, 1975 -76, 1986)、邦訳は『のちに生まれる者へ　ポストモダニズム批判への途一九七一—一九八六』(鈴木聡ほか訳、紀伊國屋書店、一九九三年)。

(21) 邦訳は『S／Z　バルザック『サラジーヌ』の構造分析』(沢崎浩平訳、みすず書房、一九七三年)。

第五章　近代における視覚性の変容と「日本文化」

――高階秀爾「日本人の美意識」論

西欧文化と日本文化の関わりを考える上で、視覚性の変容という論点は避けて通れない問題である。例えば私たちは、現在三次元的な構成をすぐにイメージ化することができる。奥行きを認知でき、上下を峻別できるのは、こうした空間構成を近代知の基準としての西欧文化が見出したリテラシー（理解能力）を、私たちが獲得しているからである。近代以前の日本の絵画や彫刻がどこか「稚拙」に見えたり、「素朴」に感じたりするのは、このリテラシーが遍《あまね》く浸透し、私たちの空間認識を支配しているからである。そこに準拠しないものに、何らかの「違和」や「不統一」を感じるというのは、逆にそのリテラシーがわれわれの視覚認識を支配していることを証明しているのだ。西欧美術史を専門とする高階秀爾は早くからこの視覚性の変容に注目し、そのことが日本の近代化過程でどのような役割を果たしたかについて、西欧と日本の美術史、文化史の両領域を横断して、多くの仕事を残してきた。

彼の「近代美術における伝統と創造」（『伝統と現代Ⅰ　伝統とはなにか』学藝書林、一九六八年）という論文の冒頭に、古代エジプト人が何故三千年もの間、顔と下半身は横向きで上半身は正面を向いているという「不自然」な人間像を描き刻みつづけたかということに言及して、このように述べている。

彼らが表面視と側面視とをごちゃまぜにしたような人間像を描いたのは、技術が拙劣だったからではなくて、事実そのように人間を「見て」いたからである。そして三千年もの長いあいだそのように「見て」いたのは、彼らがいずれも「先輩や師匠」たちの作品を通して人間を見ることを学んだからである。(中略) エジプト人たちのあの様式化された人間像は、実はそれなりにきわめて写実的なものだったといっても良いのである。

古代エジプトの視覚的な対象把握が今のわれわれの方法とはまったく違ったものであったとしても、対象を写実的に描写しようとする点では同じ意識が働いていたであろうことを高階は強調する。視覚映像が透明に絵画や彫刻に反映するということは、考えてみれば不可能なことである。

人間の表象化という能力が、ある時代の、ある共通な視覚認識の方法によって行使されていることを、われわれは往々にして忘れがちである。対象把握は生理的な「見る」という行為の純粋なあらわれではなく、対象を「物質」から「意味あるもの」に転換する作業であり、それが人間の表象化能力である。この表象化はある時代の、ある地域の共通の視覚認識に準拠している。それが民族文化、国民文化などとして、ある地域や時代の特徴的な文化形態を概括できる理由でもあろう。が、一方に一つ一つの作品は複製のように同じものにはならないで、その製作者の内的想像力に密着した表象化による「個性」を持つことは、「美」という抽象的概念を考える上で重要なポイントであろう。

それでは、こうした時代や地域によって相違する「美」の概念と、一つ一つの作品が個別に内包する「美」の概念は関係しているのだろうか、矛盾するのだろうか。つまり、「美」は時間や空間の制御のなかで変容する概念であり、それを普遍的概念として存立させることはできないのではないか、あるいは「美」というものは普遍的な概念であり諸形式の違いは偏差にすぎないのではないかという、二つの疑問がここに置かれよう。高階の「日本人の美意識」という論文は、こうした問題意識を底流に秘めた考察であり、視覚的な認知がいかに日本人の意識を形成したかという、代表的な日本文化論の一つである。

1 「日本人の美意識」と日本文化論

この「日本人の美意識」の初出は、一九七〇年六月号の『国文学　解釈と教材の研究』に掲載された「美術にみる日本人の美意識」であり、後に高階の著書『日本近代の美意識』（青土社、一九七八年）に、タイトルを変更して収録された。一九七二年に高階は『日本近代美術史論』（講談社）を著わし、明治期以降の洋画導入に際しての旧来の日本絵画との離反と伝承、あるいは葛藤と融合を主題としたが、この『日本近代の美意識』でも西欧美術研究の該博な知識をもとに、多くの日本人の画家や文学者を採り上げて、その主題を展開している。こうした研究意識の出発について、同書の「あとがき」に高階はこう記している。

私が日本の美術家たちの足跡に興味を持つようになったのは、西欧の勉強を通じてであった。最初の留学時代以来、西欧の文化というものにいわば手探りで触れて行きながら、私は次第に自分自身のなかに存在する日本というものに気づかされるようになったと言ってよい。

一九五〇年代の戦後の混乱にあった日本を離れ、数年にわたるフランス給費留学生としての彼の体験は、おそらくは遠藤周作や辻邦生、加賀乙彦らの海外留学生活と重なり合うであろう。のちに遠藤は『沈黙』（一九六六年）を、辻は『安土往還記』（一九六八年）を、遅れて加賀は『高山右近』（一九九九年）を書いたが、ルネッサンス期の西欧世界と初めて接触をもった日本人がどのようにそれを把握したかというモチーフは、高階の美術史研究と共通したものであり、西欧文化の圧倒的な中心性・支配性に立脚しながら、自らの出自としての日本を相対化するという作業を、この一群の人々は果たした。これはおそらくは国家的な、あるいは民族的な誇りの回復というよりは、自分自身のアイデンティティの確認であったのではなかっただろうか。揺るぎのない西欧文化と自己の同一化をはかりながらも、そこから零れ落ちてしまう自分と西欧文化の「差異」を、ホームシックや文化コンプレックスと解するのは間違いである。もっと根源的な問題をはらんでいたからこそ、これらの作品、そして高階の仕事は生み出されたといえる。

高階は留学時代（一九五四―五九年）に初めてノートルダム大聖堂を見た時の感動を次のように語っている。

七百年の風雨にさらされた大聖堂は、黒々とした巨大なかたまりを天に聳えさせていたが、しかしその時の私の印象は、不思議に明るく澄んだものであった。そして、何かまったく予期しなかったような、思いがけない世界が眼の前に開けたという感じがした。(「「美しさの発見」について」『美しさの発見』新編人生の本11、文藝春秋、一九七二年)

このあとに彼はその「思いがけない世界が眼の前に開け」る経験を、学生時代に訪れた河内の観心寺を見たときの感動と同質の「心のふるえ」であったと続けている。それは「本当の「美しさ」を発見した時の心のおののきとでも呼ぶべきもの」(前出)である。ここで高階は日本の仏教建築と西欧のキリスト教建築との類似を語ろうとしているのではない。つまり、そこに共通の「美」を見る自己主体の確立に眼を注いでいるのだ。アナロジー(比較)として「美」を認識するのではなく、絶対の「美」を感受するその主体の構築にこそ高階の関心はある。その意味で彼は、人間に共通する「美」の概念の表象は可能だという側に立っている。特に「美」を感知する心情、感覚の普遍的な共通性を抽出しようとしている。

しかし、このことと在来の文化伝統との関連をどのように考えていけばいいのか、普遍的な「美」の基準はそうした自己主体の確立のみによって築かれうるのかという疑問が、ここに残る。高階はこれを日本の文化伝統の諸形式を用いて検討し、そこで得られた解釈を西欧文化の脈絡に位置づけて比較し、なおその相関のなかから「美」が多様な認識の上に築かれる概念であることを論証しようとした。そして、その「多様性」は西欧文化の「美」概念と背馳しながらも、普遍的な「美」を語る媒体となっていると結論する。以下、高階の文章に随伴しながら、その経緯を見ていきたい。

2　日本文化を語るということ

先ず、高階は冒頭で言葉のレベルでの「美」の基準の変容を指摘する。大野晋の『日本語の年輪』（有紀書房、一九六一年）は一九六六年に新潮文庫に収められ、現在までロングセラーを続ける日本語論だが、奈良朝、平安朝期に成立したと考えられる日本語の五七の語彙から、その意味の変遷をたどって、日本文化、日本人の特徴を述べようとしたものである。また、金田一春彦の『ことばの博物誌』（文藝春秋、一九六六年）も、のちに『ことばの歳時記』（一九七三年）と表題を替えて新潮文庫に収められたが、大野の著書と同様に言葉の意味の変遷から日本文化の独特の感覚を指摘したものである。どちらも広範な読者を得た一般的な日本文化論であるが、これを援用することによって高階は、「美しい」という語に見られる日本人の美意識の特徴として「小さな者に寄せる愛情」があったことを抽出して、西欧における美意識との比較を試みている。

高階はギリシャ文化、つまり西欧文化の源流として捉えられるヘレニズム文化を比較の対象に設定し、それらが圧倒的な力（神々とか英雄と結びついた人間を超えゆくような絶村的な力）との結合において「美」を認識したのに対し、日本では小さなもの、弱いものに対する愛情表現が、やがて「美」を意味するようになったことを指摘する。そこに日本人の美意識の特殊性を見出している。

その実例として箱庭、人形など、細部に綿密な意匠をこらした日本の在来芸術を紹介し、日本絵画へとその筆を及ぼしていく。

ここで高階が例とするのは室町末期から江戸期に制作された『洛中洛外図』である。これは現在百点近くが確認できるが、その最も著名なものは現在米沢市上杉博物館に蔵される国宝『上杉家本洛中洛外図』である。これは一五七四年（天正二）に織田信長から上杉謙信に贈られたと伝えられるもので、狩野派四代目の狩野永徳（一五四三－九〇年）によって描かれた桃山期を代表する屏風絵である。そこには都である京都の市中・郊外の景観が、四季折々の行事や自然とともに六曲一双の屏風のなかに描写され、二千五百人に及ぶ様々な階層の人間が老若男女を問わずに登場している（小沢弘・川嶋将生編『図説　上杉家本洛中洛外図を見る』河出書房新社、一九九四年参照）。高階は天上から見る俯瞰図（「洛中洛外図」は雲間から下界を見下ろすという構図をとっており、各情景の仕切りには抽象化された華やかな金彩の雲が描かれている）という形をとりながら、その一つ一つの情景は画家の視線から綿密に対象描写されている点に注目し、西欧のルネッサンス以降の遠近法ではとらえられない当時の視覚性を指摘する。つまり、全体構成としてそれを一点から統御する画家の視点はここにはなく、画家はその場面場面を移動しながら対象を細密に至近距離から観察し、その集成として全体の画面があるということを説いた。それは平安・鎌倉の絵巻物にも共通する描写概念であるとも付け加えている。

こうした視覚認識と方法は、おそらく最も西欧絵画と対立する箇所であろう。高階はこれを日本文化の特質と結びつけ、そうした細部へのこだわり、小さなものに寄せる関心と、その帰結としての「寄せ集め」に文化特徴を見出す。そして、細部描写の緻密さにおいて西欧と匹敵する技術的達成を江戸中期の画家で、写実画法を基本とする円山派の祖、円山応挙（一七三三―九五年）と、江戸後期の浮世絵画家である葛飾北斎（一七六〇―一八四九年）を例に挙げ、その残された写生帖のなかに見ている。

しかし、そうした細部の集積がいきおい「装飾的」になり、上代で感受されたと大野が指摘する「美」概念の一つである「きよし」（簡素できよらかな様子）と矛盾することについて、高階は「もうひとつ別の流れ」として、「わび」「さび」という欧米でもよく知られた美意識を挙げる。それを彼は「貧しさの美学」と名づけた。極度に余剰や過剰を排した、例えば能や茶道にある「否定の美学」について、時の覇権者秀吉が千利休の家に見事に咲き乱れる朝顔の花のことを聞き及んで早朝に訪れた時、利休が庭にある朝顔を全部摘み取って、茶室にただ一輪朝顔を活けて迎えた話を例にとって説明する。この話は茶人久須美疎安が、舅の藤村庸軒の茶道の師匠であった利休の孫、千宗旦から採取した『茶話指月集』（一七〇一年〔元禄一四〕）のなかにあるもので、人口に膾炙した逸話である（ただし、おそらくは伝説であろうと言われている）。侘び茶の神髄を表わすようなこの話の真意は、奢侈や豪華を否定して究極にまで切り詰めた状況のなかで「美」の存在を感知するべきだということを伝えているのであろう。

こうしたミニマリズムとも呼ぶべき禁欲性と美意識の結合を、高階は「日本的なもの」であるとして、ギリシャ神話の「パリスの審判」での、アフロディア、アテナ、ヘラの三女神の「美競い」の逸話と対照する。パリスは美の女神であるアフロディアを選ぶのだが、アテナが力と智恵、ヘラが富と権力の女神であるということを考えれば、「美」が力や富と等価に考えられていた西欧の美意識の伝統がそこにあったと高階は述べる。それとは全く相反した「貧しさ」「否定」に「美」を見出した日本人の感受性は全く彼らのものとは違っているのであり、滅んでいくもの、移ろいやすいものへの日本人の共感は「きよし」という語義が持つ意味とも合致して、それがどのような変遷をたどろうとも、現在まで日本人の美意識に受け継がれ、日本人が持つ「行動の基準としての倫理観」を形成しているのではないかというのが彼の結論である。

この論文の最後の箇所で高階は近松門左衛門の心中ものを例にとり、「死」の美化もまたこの「きよし」への傾斜であっただろうと言っているが、そうした滅亡の美学のようなものを含めて、上代以来の伝統のなかで綿々と受け継がれてきた「美」への感受性を、今一度考え直してみる必要があると彼は強調している。

それでは、そうした過去への遡及、つまり日本文化の伝統性に培われた「美」と、主体の感受性、つまり絶村的な普遍性としての「美」との関係はどのようになっているのであろうか。高階は『洛中洛外図』における視覚性のリテラシーの変革を述べた箇所で、その細部描写への固執が、ある種の文化の枠組みを超えて普遍的な「美」の価値を生み出す要因となっていると言っている。

たしかに、一定の視点から眺めた視覚世界という意味での写実的な表現はそこにはない。しかしその代り、細部の観察は、綿密であり、応挙や北斎の写生帖に見られるように、西欧の優れた芸術家に劣らぬほど「写実的」なのである。

高階は「西欧の優れた芸術家」と比べることによって『洛中洛外図』の「美」を伝えようとしている。われわれが既に持ってしまっている西欧近代を基準とするリテラシーのあり方を問い直すのは、その基準で判断された価値をもってしなければならないという矛盾を、高階はここで冒してしまっているが、一方にその特色を伝えるためには、こうした西欧との比定という手続きのほかに手がないことを読者に示唆している。その作業の連続の果てに、「美」を普遍とする鍵があることを高階は証明しようとした。

それならば、その鍵はどのように獲得されるのか。それはおそらくは西欧近代が「発見」した視覚の技能を学習し、それを相対化し、自らのうちに位置づけていく訓練によってであろう。その過程で見出される文化の「差異」を思考することがここでは要請されている。つまり、今われわれが立つ場所はまさしく西欧近代の価値の体系に根ざしたものである以上、それを起点に「伝統」と呼ぶもののなかにある、普遍性に根ざした「美」の発見を志そうとするのが、高階のもくろみということになる。

そこに西欧の「美」に拮抗しうる日本の「美」の感受が成立し、また美意識の特殊性が証明できるという考え方に対して種々の意見はあるだろうが、日本文化論を成立させるためには、世界を統治する西欧近代の知の価値認識を対比させるしか他に方法はないのである。一九七〇年というこの時期において高階がとった方向はごく当たり前なものであり、言語、文学、絵画などの西欧と日本の双方にわたる広範な文化現象を素材に、日本文化を説明しようとした、知的な営為であることは確かだ。

しかし、われわれはそれから三十年余りの歴史的経験を持ってしまった。こうした日本文化論を成立させる様々の状況が変化し、あまりにも多くの不幸な異文化理解の実態が、世界のあらゆる場所から発信されている。二十世紀末は、そうした近代化過程の様々な矛盾が噴出し、われわれのあらゆる価値基準に対する異議申し立てが行なわれたことを想起しなければならない。あらたな視覚性の変容をめざすアヴァンギャルド運動や、「美」概念のレッテルを張り替えようとするマルキシズムやモダニズムの帰結を既にわれわれは知ってしまっている。

にもかかわらず、われわれが「日本文化」を語る語り口には、高階がとったように、「日本文化」を西欧との偏差のなかで特殊に見出し、再びそれを西欧の価値認識に接応させて位置づけるというプロセスが、無意識に媒介されてしまうのだ。そして、その認識の主体としての自己、すなわち「美」を概念化して普遍化へと導いていくような「近代知」を具有した自己の存立・確定が、この「日本文化」を語る資格として要求されているように思う。しかし、現代において「日本文化」を相対化するという作業が、こうした手続きによって行なわれ得るとは私にはどうしても思えない。そもそも「文化」というものが孤立した民族や国家の特有の・個別の・特化された概念として抽出できうるのか、という疑問もここから生まれてくる。

しかしまた、世界が西欧文化の覇権のなかで一元化され、われわれはその網の目から逃れられないという論にも容易には組し得ない。その西欧近代の中心性への批判は、往々にして論者を日本というナショナルな場所に引き戻し、その固有性を独自の論理体系のなかで「創造」してしまう過ちを、われわれは日本の歴史のなかで何度も見てきた。そのどちらにもよらないで「日本文化」を語ることはできないのか。そのことを念頭におきながら先を進めたい。

3　日本文化論のアポリア

この文章が発表された一九七〇年六月の『国文学　解釈と教材の研究』は「近代日本の美意識」という特集号である。日本文学研究者を中心に構成されているが、他に高階（美術）、林光（音楽）、尾崎宏次（演劇）、梅原猛（哲学）が稿を寄せている。私が特に興味を持ったのは林の文章である。「音楽にみる日本人の美意識――日本人にとっての音の世界の感じかた」と題されたその論考は、われわれを戸惑わせるに充分な内容を提示しているからだ。林は先ず、はじめて能を見たときの感想から筆を起こし、日本の在来芸術が持った「音の世界の感じかた」について述べる。

それ〔中川注・音ないしは音楽の面での、日本人の感じ方の特徴〕は、音を感じる、あるいは音の世界を感じる場所・空間あるいは時間というものを自在に設定できる、とりわけ自然のなかにそれを見出し、また同時に自然のなかの音をそのまま《音の世界》のなかの存在と感じることができるような自由さ、といったようなものだろうか。

ここで林はこのことが西欧音楽との絶対的な非融和を招いたのだとする。日本における西欧音楽理解の過程は、結果において「大きな感じかたの違いというものを見えるようにしてきた」歩みだと結論する。この日本現代音楽を代表する作曲家の慨嘆は単なるペシミスティックな韜晦だけではなかったであろう。彼は日本に交響曲のような器楽曲が定着しなかった理由として日本語の問題を挙げる。「コトバ」そのものが歌を生み、歌が広く音楽のタイプを生んでいく西欧と、眼で読む韻文から「語り」「謡う」というように発展した日本との決定的な落差を指摘しながら、こう述べる。

両者がつながらない限り、日本人の現代音楽というものはあり得ないだろうし、だが、コンテンポラリイなものを求めることとナショナルなものを求めることと、両方の心情を満足させることはむずかしい。

この絶対的な共約の不可能性への言及は、聴覚芸術と視覚芸術の違いとか、西欧芸術受容への技術的問題とかいうような単純な構図に還元されるものではなく、異質なるものを知的に理解することが果たして「理解」なのであろうかという根本的な懐疑を提出したものとみるべきであろう。また、現代の西欧文化に準拠するもの（コンテンポラリイなもの）が、日本的なもの（ナショナルなもの）を導き出し得ない、逆にいえば日本的なものが、現代のスタンダードになり得ないことを指摘することで、林は日本人作曲家としての苦悩を語っている。林と高階はともに「コトバ」を起点にして、かくも反対の未来像を描いたのである。

この二つの見解は、近代以降の日本で繰り返し論議されてきた日本文化論の主要なテーマであろう。学習で築かれた自己主体の確立によって西欧の表現、つまり「普遍的」な表現は理解可能になるという意見と、自己主体そのものが既に日本という文化体系によって制御されてしまっている以上、それへの理解は不能であるという意見は、対立しながらも共依存しあっている。高階が日本の独特の美意識を強調しながらも西欧絵画を描写技術の「達成」と比定したり、林が日本の音に対する「特殊」な美意識を肯定的に描出しながらも西欧音楽との絶対的な隔絶を嘆くのは、人間の表象能力は基本的には共有されると確信するからである。そこには「美」という極めて個的な知覚作用を世界共通のものと一般化し、普遍化してきた西欧近代の圧迫がなかったと言い切れようか。また個人主体はこうした内的想像力の統括者として自在に操作しなければならないという西欧近代の知のテーゼを信じきってはいまいか。

　もちろん、現在のわれわれはそれ以外の方法によって「美」という抽象化された概念を考えることができない。それは現代の「知の構造」が西欧近代の価値認識の上に立脚し、それとの偏差のなかで各地域の固有文化が語られてきたからである。そのことを徹底的に追及した最も代表的な著作が、エドワード・サイードの『オリエンタリズム』（平凡社ライブラリー、一九九三年、原著一九七八年）である。中近東（オリエント）に西欧が描くイメージを投影して、どこにも実在しない「オリエント」を西欧社会が長く表象し続けてきたことについて、サイードは厳しく批判する。「日本文化」という言葉自体が、「日本」を相対化して何らかの脈絡に、（多くは西欧近代との比定によって）位置づけなければならないという命題を強い、そのことが無意識に何かを「外部」として設定してしまうメカニズムの非論理性を問わなければ、こうした文化の独自性や伝統性、固有性という問題は考えられない。つまり、「日本文化」を語るということの前提には、これまで安定的に意味を保ってきた「日本」や「文化」という言葉自体の蓋然性を再審問しなければならないのだ。「日本」が日本人性と直結して考えられたり、「文化」が人間に共有された価値だと考えたりするのに、根拠はない。そうするのは国民国家がアプリオリに存立するとか、日本人だから日本文化が理解できるとか、文化は平和のために重要だとかいうような言説によってであり、それは「思い込み」に過ぎないのだ。

では、その「思い込み」を排して考えていくには、どんな方法があるのかという次の課題が、現在のわれわれの前に突きつけられている。それへのアプローチとしてポスト・コロニアル理論やカルチュラル・スタディーズ、またはジェンダー・スタディーズまでをも含めて新しい学問の諸領域が出現したのであろう。とはいうものの、これもまた「西欧発信」ではないかという批判を読者は持つであろうが、現在西欧文化圏の内部に起こっている文化規範の脱構築と再定義化を一つの拠り所にして、この茫漠とした問題を考えたいというのが私の立場であり、私の言葉を用いれば、そうした「西欧近代の語法」の強度を「脱臼」させる諸言説のなかに、「日本」ないし「日本文化」を参入させることでしか、近代化過程で派生した「日本」ないし「日本文化」の諸問題を思考することができないのではないか、というのが率直な感想である。それはおおまかにいえば、動的な歴史の時間的配列（西欧近代の拡張による世界の西欧化）と静的な個々人の内的意識（地域社会に根差した在来の価値を認識する主体）がどのように関連し、どのような「現実」を構成しているのかということに、私が多くの関心をもつためであり、「美」「美意識」というようなものがそこから切り離されて存立するとはとうてい思えないからだ。私たちは自分たちが思うほどに「日本」や「日本文化」を、「西欧」や「西欧文化」を知りはしないのである。

4　視覚性の変容と日本文化

いま少し高階の文章を読んでみよう。先ず、彼が美意識の変遷に関して用いた古代からの言葉の語義内容の変化についてだが、言葉が時代とともにその意味を変えていくのはよくわかる。しかし、その変化は何によって起こるのだろうか。そしてわれわれが今「美しい」という語で指し示そうとしているのはどんなものなのだろうか。古代の「うつくし」が「小さな者に対する愛情」を表現することと、今われわれが壮麗なイタリアの都市を、豪華に着飾ったハリウッドの女優を「美しい」と表現することとの間には、視覚認知において大きな違いがある。しかし、「ウツクシイ」という言葉が意味する領域が時代のなかで限定的であったとしても、それにかわって「綺羅」とか「はなばなし」とかのたっぷりとした豪奢な「美」を表現する語も存在したのであり、今われわれはその「美」をも「ウツクシイ」という語に包摂して表現しているのだ。

「小さな者に対する愛情」だけが「美」の意味内容ではなく、上代の人々もまた「美」の基準を様々に持ち、現在でもそれは理解を共有している。「小さな者」が可愛くきよらかで純真な「美」であると感じるのも、過剰なまでな壮麗さに「美」を感じるのも、言葉が先行してその「美」を「分節」（どの言葉でその概念を社会が共有する言語体系にのせるか）するのではなく、「美」という概念そのものを表出する過程のなかで「分節」されるのであり、やがて室町期に「うつくし」がほぼ今使われる語義と同様になったという推移は、美意識の変容ではなく、言語体系の変化によって意味内容の再編があったと考えるべきではないだろうか。つまり、「美」を感知する能力と、この語義再編のレベルは同一には論じられないのではないかということである。その場所で行使される人間の表象能力によって言葉が「分節」されることと、歴史の通時的な連続のなかで言葉の「分節」の変化が起こったこととは、一見関連しているかのように見えるが、言語体系の変容が表象能力の変容だと断じるいかなる材料もわれわれは持ち合わせていないのである。

では「美」の表象とは何か。そこであらゆる人間が時代や地域を越えて共通に感知できる絶対・普遍の価値を共有しているのであろうか。この問題を高階が本文で用いた『洛中洛外図』を例にとって考えてみよう。彼は細部への緻密な描写を取り上げて、それが「小さなもの」に「美」を見出す日本人の美意識と密接な関連があることを指摘した。大野晋が「クワシ」も上代の「美」の概念のひとつであったと述べていることを、この傍証としている。高階はここで、再三主張してきたように、西欧絵画の、特に近代以降の遠近法からは遠く隔たった画法が、「西欧の優れた芸術家」に劣らない写実性を持ち、彼らに拮抗しうる芸術であると主張する。もちろん、彼はそこに「美」の表現の共通性を見出して、リテラシーの変革を西欧世界に求め、同時に現代の日本人の「美」を感知する力がいかに「西欧化」されてしまったかを強調した。

ところで美術史家の千野香織は『上杉家本洛中洛外図』について大変に面白い見解を述べている。これは現実の京の都を描いたものではあるが、「あくまでも理想化された都、ユートピアとしての都」（「日本の絵を読む――単一固定視線をめぐって」『物語研究』第二集、新時代社、一九八八年）として描かれているものであって、決してある時代や時間の瞬間を切り取ったものではないのにかかわらず、描かれた景観がどの年代であるかを確定しようとする研究が主流であることを批判して、次のように述べる。

日本の絵画は、多くの場合、異時同図的に描かれていると考えてよい。それはつまり、過去、現在、未来と移り動いていく時間のなかにあって、現在という単一の視点からではなく、過去も未来も含めた複数の視点から、画中の情景が捉えられているということである。

ここで千野はその「視点の自由さ」を日本絵画の特徴として認め、これと対立する絵画としてルネッサンス以降の一点透視による遠近法を用いたヨーロッパ絵画の例を出す。

ルネサンス期の人々は、線的遠近法によって表現される均質で数学的な秩序のある世界を好み、それが現実世界の客観的、普遍的な再現だと信じていた。そうした考えは、その後も長くヨーロッパの精神世界で生き続け、近代科学を生み出す基礎となった。（中略）単一固定視線からある瞬間の世界の姿を捉えた映像が客観的、普遍的であるという考えは、今もなお、人々の心のなかに根強く生き続けているようなのである。（同上）

ここで千野は二つの論点を提出している。ひとつは『洛中洛外図』がその視線の多様性によって芸術の範疇ではなく歴史資料として見られてしまっていること、もうひとつは遠近法にみられるような西欧近代の価値認識が客観化・普遍化の基準となって『洛中洛外図』のような表現方法を排除してしまっていることである。ここには強固な「客観」、あるいは「普遍」という概念への手ばなしの信奉と、それを形成したヨーロッパの価値意識と、それに対する批判が語られている。千野は明らかにこの両者の共約不可能性を訴え、むしろ排除されてしまった日本絵画のほうに「美」の所在を探るべきことを力説したのだ。

一見千野の見解と高階のそれは同じように見える。しかし大きく違っているのは、千野は両者は同一の次元で比べられないとするのに対し、高階はリテラシーの習得によってそれが可能だとしている点である。「美」はそれを感知する前に、既に習得してしまった規範によって決定されてしまうという、先の言語の問題とは逆のことがここに出現する。それは簡単に言語表象と視覚表象の違いだと言い切ることは短絡である。この両面が「美」の概念を形成しているのだ。つまり、「美」が普遍的な価値を持つという思考そのものが、果たして成立しうるのかどうかということを問わなければならないのだ。「美」を感知する極めて個的と思っていた自分の心情が、西欧近代の合理的な視覚によって制御されていると気づくのは、ただ単純な視覚性の運用についてではなく、実は西欧近代の中心的な統御のなかに、自分の身体が晒されていたということへの目覚めである。それは同時に自分が他の「美」の認知の方法を獲得できる可能性の始まりでもある。そしてまた、「西欧近代」と総称して語ってきたものがいかに実体のない表象であり、真実には「西欧近代」そのものの複雑な苦悩や混迷、錯綜を理解することなく、今自分が則っている「規範」の別称として考えてきたかを明らかにしていくだろう。「日本文化」と総称するものもまた、この構造の自明化に伴う「思考の空白」を名指すものとして再考する必要に迫られている。

5　表象能力としての文化把握

「美」は常に善なるもの、良きものとして語られる。しかし、「美」は「醜」や「凡」を排除することによって成立していることを忘れてはならない。「文化論」の語りには必ず他から特化された「美」が含まれている。それはニューヨークの摩天楼の構築的な美しさから、津軽の刺し子がつくる気の遠くなるような手仕事の美しさに至るまで、規模や形態がいかに違おうとも「美」という点に集約されて特権的に語られる。利休の逸話にあるような「貧しさの美学」であっても、それは「美」という場所から眺められた時、貧乏ではなく豊かな内面的成熟として称賛される。そしてそれは国家や民族の誇りに転化されて、政治的な意味すらも帯びていってしまうのだ。

日本文化論の陥穽は書き手も読み手も同時にある文化環境にいやおうなく封じ込められてしまうことだ。そこで「文化」の特質を語れば、決してそうではなくても日本の優位性を語って、国家をまるごとに肯定する詐術にはまってしまう。反対にそれを批判すれば、今あるこの近代を肯定することになる。どちらも批判するというのは、自分の場所を自覚しない無知となる。このような八方塞りのなかで模索するのが「文化」を語るという行為なのであろうか。その疑問を解決していくためには、「美」への意識の違いが、民族や国家に収奪されない語り口を見出していくより他に手はない。それならばどうやって、それはなされていくのだろうか。

「美」という言葉が必然的に提起する優越性は、その「美」を規定するなにものかの強制力によってなされるが、一方に個々人の日常のなかで見出される「美」、例えば道端の赤く色づいた落ち葉や、来信の絵葉書を飾るスケッチを美しいと眺める行為のなかにも見出される。落ち葉を拾って本の頁に挾んだり、絵葉書を額に入れて壁に掛けるのも、「美」を優越的な力として感じるからである。それでは前者の「美」は間違いで、後者の「美」がその「美」なのであろうか。それは前に述べたように「美」の両面なのである。「うつくし」という語が包括しきれなかった語義が「キラ」や「ハナバナシ」という他の音に寄宿するように、人間の視覚に投じられた物象は多様な表現をもって次から次へと転移を繰り返しながら、その意味内容を保持していく。だから、ある規範的な力によって「美」を表現するコトバから切り離されてしまったコトバにも、「美」を表象する語義は秘められているのだ。それを日本人の感受性が変容したと即座に断定することはできないのであるし、この論議にはのぼらない「ピリカ」(アイヌ語)や「ちゅら」(琉球語)もまた「美」の表象・表現としてあることを忘れてはならない。

「美」が人類共通の超越的な善として設定されていることは、それがあたかも超然と世俗から切り離された、純粋に透明なものであると考えることに繋がる。そこに「普遍性」というタームが出現する契機がある。が、先に千野が述べたようにその「普遍性」を決定するのは誰なのかという問い、そしてその「普遍性」からこぼれ出てしまうものは「美」ではないのかという問いは、主導的な西欧近代の価値規範を批判し、前近代の視覚性を再評価しただけでは、解答は得られない。千野が問題とするのは、われわれ自身の視覚認識についてである。『洛中洛外図』を歴史資料とみなして、合理的な時空間の整合性を求めようとすることが、まさしくわれわれ自身が屏風絵の見方を変質させている張本人であることを暴いていく。実際にそこに「美」を認知するのは、「想像力」を駆使したあとに表われる「表象能力」の領域においてである。この屏風絵が長い間、「風俗画」として分類され、芸術絵画の下位に置かれてきた経緯もまた、この視覚の「表象能力」の欠如によるものであろう。

この「表象能力」に関する深い洞察を、私は戦前の歴史学者浜田青陵の『日本美術史研究』（座右宝刊行会、一九四〇年）のなかに見出す。浜田はこの著作で、文献にしか現われない織田信長からキリスト教宣教師ヴァリニャーニに贈られ、のちにバチカン教皇グレゴリオ十三世に献上された安土城を描いた『安土山屏風』の幻の画面を想像し、一九三〇年に発見された西欧画の模写である隠れキリシタンの礼拝用絵画『原田本マリヤ十五玄義図』から、ルネサンスのキリスト教絵画と日本の八世紀の阿弥陀浄土変相図『當麻曼荼羅』の同質性を指摘する。圧巻は九州のキリシタン諸大名が派遣した天正遣欧使節団（一五八二－九〇年）や支倉常長（一五七一－一六二二年）に言及して、かれらが最盛期のヨーロッパ・ルネッサンスに触れた時に、

　私どもが今日西洋を見物してその美術や物質文明に驚くよりも、その驚き方が少なかつたらうと思ふのであります。それで例えば建築にしても彼らは平素桃山式の立派な御殿を目撃して

居つたのですから西洋の建築の壮麗なものに対しても大して驚かなかつたらうと思ふ。（初出・『開国文化』一九二九年四月）

と、その考えを披瀝している。これは日本文化の優位性を誇示しているのではなく、彼がその「想像力」を駆使して得た「表象」としての支倉常長や遣欧使節の少年たちを、今一度自分の身体に戻し、彼らの眼となって彼らの時代を活写した瞬間である。もちろん、そこには厖大な学習があったろうし、西欧経験も必要であったであろう。しかし、ここで浜田はヨーロッパを生きた場所として再現し、そこに生きた日本を「表象能力」によって対峙させたのである。これは如何にも心躍る作業ではないだろうか。「驚かない」というのは無感動や侮蔑を表わしているのではない。その「美」が翻訳の機能を用いなくても共感されたということである。このことを浜田は、西欧の「美」概念と日本の「美」概念の相違から括りださないで、それらを等価に並べ「美」の範疇に置くことで説明した。それは「美」概念から排除してしまったものに注目することでもある。西欧との差異をもって構築された「美」概念によって堅牢に守られる固有文化としての「日本文化」に固執する限りでは、この発想は浮かばなかったであろう。

6 「普遍」としての日本文化

高階が「パリスの審判」を引用しているのは示唆的である。ギリシャ神話にあるこの著名な挿話は、トロイ戦争のもととなった故事をホメロスが再話したものである。オリンポスで挙行されたティティスとペレウスの結婚式にゼウスは不和の女神エリスを招待しなかった。怒ったエリスは宴席に一個の美しい金の林檎を投げ入れる。ゼウスの妻で結婚と秩序を守る女神ヘラ、戦争と技芸と知恵の女神アテナ、愛と美の女神アフロディアが、この林檎をめぐって争う。「一番美しい者がこの林檎の所有者である」と三人はゼウスに審判を迫る。ゼウスは困ってその裁定をトロイの王子パリスに委託する。ヘラは広大な領地と絶対の権力を、ヘレナは勝利と智恵を、アフロディアは地上の人間界で一番美しいヘレナ（トロイのヘレン）との結婚を、パリスに約束した。パリスはアフロディアを選ぶ。ルーベンスやクラナッハらによって数限りなく西欧絵画の題材とされたこの寓話が指し示すのは、富や権力、勝利や智恵を斥けて愛と美をパリスが選んだことの意味である。その選択によってパリスは滅亡するのだが、「美」があらゆる価値認識の最上のものに位置しながら、その「美」への欲望は数限りない困難を招くというこの古代人の認識は、「美」が安定的な表象作用をもたないことを物語っている。

「美」そのものは一律の価値体系をもっていない。「普遍性」として語られるのは、その価値がいつも優位におかれるからである。「美」は可変的なものであり、その可変性は逆に様々な「美」の形を、様々な「美」の現象を、そして様々な「美」の感情を構成する。この多様性のなかで思考するということは、特殊・固有・独自などの統辞によって「日本文化」を語ることの限界を示すであろう。

ただぼんやりと見えていたかに思える視覚性に注目し、「想像力」の羽ばたきのなかで発見される自己主体の認識を問い直しながら、自らの「表象能力」と呼ぶものに絶え間ない更新を加え、そこに生まれた新しい感情に言葉を与える終わりなき連続からしか、抽象化された概念に生きた力を与えることはできない。そして、それは今ある「美」とか「普遍」とか、「日本」とか「文化」とか呼ばれる言葉の意味内容を熟考し、反対の「醜」とか「特殊」とか、「西欧」とか「自然」とかと呼ばれるものにまで押し広げて再審問をし、その限界を知り、なお自らとの対話を続けていく持続のなかからしか、答えは見出されないのだ。それは今逃れようもなく、現実にそこにある表現や言葉に安住しないということでもあるし、またその表現や言葉が現実を構成していることにもっと関心を払わなければならないということでもある。

しかし、ここで私は「美」とか「普遍」という概念が役に立たないものだと非難するために、あるいは「日本文化論」は無意味だということを主張するために、これを書いているのではない。「美」とか「普遍」という概念項が日常の生活にとても重要だからこそ、「日本文化」という語義に含みこまれる多様な可能性に期待を寄せるからこそ、この大きな矛盾を抱えた世界に生きるわれわれの現実に即して、それを思考する必要があると言いたいのだ。

つまり、「視覚性の変容」とはそれを語る人間の語る場所を指示する。だからその指示する内容を疑わなければ、あたかも「普遍的な視覚性」があるかのように誤認してしまう。が、それをただ可変的な移ろいやすい流行のようなものだと解すれば、この人類の歴史が刻んだ「表象」への営みはすべて否定されてしまう。人間の視覚表象は実に多様な現象を生み出した。「近代」の終盤を生きる人間にどのような「現実」が与えられたのかという問題が、その「視覚性の変容」を語るための出発となるであろう。それによって「日本文化」へのアプローチは可能になっていくに違いない。美しきものが隠す醜きもの、良きものの背後に秘される悪しきものを思考していく意志を失ってしまえば、どのように「日本文化」を語ったとしても、その行為は虚しくなってしまうのだ。日本文化論が成立していくためには、それだけの条件が必要なのである。「普遍」性とはそれが成就したときに初めて有効なものとなるのだろう。

第二部　視覚のなかの文学的想像力

第六章　ヴィジュアリティのなかの樋口一葉
――文学的想像力とシネマ‐イマージュ

一九三九年（昭和一四）五月三十一日、東宝映画は当時東洋一と謳《うた》われた客席数四千の有楽町・日劇で大作『樋口一葉』を華々しく封切った。併映はダニエル・ダリュー主演の『暁に帰る』で、出演者の高峰秀子が出演する「たけくらべ」の実演がついた。主役の一葉には前年新興キネマから東宝に移籍し、人気、実力ともに日本映画界のトップ女優であった山田五十鈴がキャスティングされ、共演者に子役から少女スターとなった高峰秀子、美男俳優として人気の高かった高田稔、またベテランの脇役　英《はなぶさ》百合子、清川虹子、沢村貞子、新人の堤真佐子、北沢彪らが配された。監督には無声映画時代から活躍するマキノ映画出身の並木鏡太郎が、脚本は新進の八住利雄があたっている。この年十月一日から施行される映画法（四月五日公布）を直前に控えながらも、映画人の芸術的・職業的良心が発揮された優れた映画作品の一つであるが、興行的にも初日に日劇で売上げ五千円を突破し、この直前に大ヒットをとばした『エノケンの鞍馬天狗』（近藤勝彦監督）、『上海陸戦隊』（熊谷久虎監督）二本立てには及ばないものの、上々のすべりだしを記録した。(1)　しかし、映画史や映画研究でこの作品に言及する事例は多くはなく、また一葉研究の側からも今井正が監督した『にごりえ』（新世紀映画・文学座、一九五三年）や五所平之助監督の『たけくらべ』（新芸術プロダクション、一九五五年）に比べ、触れられる割合は低い。

確かにこの演出をした並木鏡太郎は小津安二郎や黒澤明クラスの「巨匠」ではもちろんなく、今井、五所といった「名匠」でもなかった。彼らの作品のように頻繁に上映を繰り返されるということはない。並木は嵐寛寿郎の鞍馬天狗や右門捕物帖シリーズといったアラカン映画や、戦後の『憲兵とバラバラ死美人』（新東宝、一九五七年）など新東宝「きわもの」路線に手腕を発揮した娯楽作品の監督というイメージが強い。まして、一九六〇年の『花嫁吸血鬼』（新東宝）を最後に映画監督から退いた並木を、どのように再評価したとしても「巨匠」「名匠」と呼ぶことはないだろう。しかし、一九二六年（大正一五）、マキノ映画の総帥マキノ省三に脚本『照る日くもる日』を採用されて以来、九八年の長き生涯の終わりまで映画という芸術形式の可能性に並木は拘り続けた。並木の遺作となった自伝的小説『京都花園天授ヶ丘――マキノ撮影所ものがたり』（愛媛新聞社、二〇〇三年五月）のなかで、自身をモデルとした主人公真吉にこんな言葉を語らせている。

映画界に集まった文学青年崩れや、知識階級からのアブレ者たちにしても、活動写真が映画と呼ぶにふさわしい芸術への発展可能の萌芽を感覚的に悟って、この新芸術の完成を信じて、行動に踏みきった青年たちである。不良文学青年崩れだからと、知識階級になり損ないの集団だからと、卑しめてお高く見下ろしている者より、行動的なこの青年たちこそ褒められるべきではないか、とも、真吉は思った。

昭和初頭、マキノ映画に集まった青春群像がもった熱気は、映画という新しい表現媒体に触れた大衆の興奮を代弁している。(2) それは活動写真と呼ばれた大衆文化に驚異的な方法的発展と技術的革新を促した。瞬く間に民衆の想像力を刺激してやまない優れた装置となった。しかし、活動写真から映画へと歩んだ行程をポピュラー・カルチャー（娯楽）からハイ・カルチャー（芸術）への高次化、あるいは発展・成長などと単純に見取るのは間違いであり、他の芸術領域では到底果たし得なかった視覚性（Visuality）という〈思考の生産装置〉をあらたに発見させた点にこそ映画は注目されるべきであろう。その意味で本格的な映画製作に着手した明治末期からわずか三十年足らずのちに作られた『樋口一葉』は、文学研究者である私にとって興味尽きることのない映画であると同時に、未だ描かれていない樋口一葉という作家の空白部分を埋めるための、有益な視覚テクストでもあるのだ。

1　映画と文学の間で

映画『樋口一葉』は一葉の日記と、「十三夜」「大つごもり」「たけくらべ」「にごりゑ」の四作品をもとに八住利雄がオリジナルに創作した脚本のストーリーに従っている。伝記的事項と作品世界を交差させて描こうとするのはめずらしくなく、特に私小説的な文学作品を映画化する際には、しばしばとられてきた方法である。また一人の作家の作品を、複数繋げてシナリオ化することも多い。一葉作品の映画化は一九二四年に日活京都で撮られた三枝《さえぐさ》源次郎監督の『たけくらべ』が最初である。劇作は一九一八年に歌舞伎座で上演された真山青果脚色『にごりえ』を嚆矢として、久保田万太郎、北条秀司、蜷川幸雄（久保田万太郎脚本から堀井康明が脚色）、井上ひさしなどの脚本・演出で新派、新劇、商業演劇などが上演してきたが、一九八〇年代に蜷川の舞台作品『にごりゑ』（一九八四年、帝国劇場初演）は「十三夜」「にごりゑ」「たけくらべ」「わかれ道」を同一の舞台空間で混交したのが注目され、井上の『頭痛肩こり樋口一葉』（一九八四年、こまつ座初演）が一八九〇年（明治二三）八月十六日の盂蘭盆会から一八九八年（明治三一）、一葉の母多喜の新盆までの時間の流れのなかで一葉の半生涯を描く意表を突いた設定で好評を得た。このほかに山内久脚本『にごりえ』（フジテレビ、一九六四年一月、山本富士子主演）から大藪郁子脚本の評伝ドラマ『樋口一葉われは女なりけるものを』（NHK、一九八五年、大原麗子主演）など、テレビ台本・ドラマとなった一葉は枚挙に暇がない。

しかし、映画『樋口一葉』が他を圧する特色をもったのは、作家以前の一葉が彼女の作品群の登場人物と同一の場所で生きていたことを表現するために、八住の脚本がリアリティとフィクションとの境界を消滅させて同じ時空間のなかに連鎖させたことと、演出の並木、またスタッフの時代考証と再現が現在では求められないほどに卓抜していたことにある(3)。そうした視覚の直接的な提示、いわば明治二〇年代の緻密な再提示・再表示は、それを見る観客に同時代空間を理解させるという一次的な効果を超えて、一九三九年の「日常」を相対化して、それまでには考えもしなかった思考の冒険を見る者に体験させていったのではないだろうか。樋口一葉という生きた身体が、観客の身体に送り返される瞬間を、この映画は随所に刻んでいる。そのことは一葉の生涯が悲劇的であったというメッセージには収束されない問題を、おのおのに考えさせるということである。それはまさしくいまだ言語化され得なかった文学的表象があらたな器を得て具現化されるということであり、文学的想像力が根底に持つ、意識の能動的な力が動き出すということでもある。簡単に主要なシーンを紹介しながらそのことを考えてみたい。

全体はおおまかに三つのパートに大別できる。第一パートは萩の舎で学んでいた一葉が職業作家としての自立を求め半井桃水《なからいとうすい》との恋愛をあきらめるまでが、第二パートでは経済的自立をめざして大音寺前で小さな商いを始める一葉の病にたおれるまでが、第三パートでは文学に一身を捧げようと決心して「たけくらべ」を執筆するまでが描かれている。つまり、作家以前の一葉から市井の庶民との交渉を通じて文学的覚醒を遂げる主奏部分にまで、明治の恋愛、結婚、家族、子供、セクシュアリティなどの問題項が副次的な語りとなって全体が進行している。ここで重要なのは各シーンでの衣装、セット、小道具、また役者の挙止にまで及ぶ時代考証の正確さである。明治生まれのスタッフが多く協力する現場がそうした再現力を可能としていた。

もちろん、八住の脚本から彼が一葉関係の先行研究を多く引用したことが了解される。が、当時未だ新世社の『樋口一葉全集』（一九四一年七月－四二年一月）は出ておらず、おそらくは馬場孤蝶編纂『たけくらべ〈真筆版〉』（一九一八年十一月）、『縮刷一葉全集』（博文館、一九二二年六月）、『一葉全集』（春陽堂文庫、一九三三年四月）、伊藤整編『樋口一葉文学読本　春夏秋冬』（第一書房、一九三八年五月）、長谷川時雨編『評釈一葉小説全集』（冨山房文庫、一九三八年七月）などを参照したものと思われる。むしろ、この映画が公開されたあとに、今井邦子『樋口一葉』（万里閣、一九四〇年七月）、石山徹郎・榊原美文『評釈・伝記　樋口一葉』（日本評論社、一九四一年三月）、新世社版全集の刊行、和田芳恵『樋口一葉』（十字屋書店、一九四一年十月）、板垣直子『評伝樋口一葉』（桃蹊書房、一九四二年八月）、樋口悦編『一葉に与えた手紙』（今日の問題社、一九四三年一月）など、陸続と一葉研究が進展したのである。

八住は一九〇二（明治三五）年大阪に生まれ、一九二六年に早大露文科を卒業、主婦の友社に指導教授片上伸の紹介で入社するが、一年を経ずして退社、以後ロシア文学や英文学の翻訳で生計を立て、一方で築地小劇場などを中心に戯曲の翻訳をした。イリヤ・エレンブルグ『けれども地球は廻っている』（原始社、一九二七年）、ヴィクトル・シクロフスキー『文学と映画』（同、一九二八年）などは八住の初訳である。一九三六年に東宝の前身ＰＣＬの重役森岩雄から、新進の劇作家森本薫、三好十郎などとともに、映画シナリオを書かないかとの誘いがあり映画に関係するようになる(4)。エノケンものの脚本などを経て、初めて本格的な文芸映画に手を染めたのがこの『樋口一葉』であった。のちにシナリオ作家協会の理事長としてシナリオ作家のトップに立つ八住のいわば出発点ともなった作品であり、なにより東宝の大作への抜擢であった。八住脚本の特徴は、先述したように一葉の年譜的事項と作品内人物の交差が縦横に図られて、一葉の同時代空間と作品内世界が融合してプロットを形成している点にある。その視線は徹底して下層庶民に焦点化されていることに留意したい。八住がシクロフスキーなどロシア・フォルマリズム、メイエルホリドなどのソ連演劇の翻訳に従事したこと、築地小劇場に関わる活動のなかで左翼芸術運動に触れ、千田是也、村山知義らと交流をもったことが、この『樋口一葉』のシナリオ作成に影響を与えていたのである。

2　錯綜する時間

この映画内の時間は伝記的事実と照合させれば錯綜している。厳密な一葉の考証を旨とする人であれば、この映画は「間違っている」と評価するだろう。しかし私は、この時間の錯誤――もちろん八住の戦略であり、映画的手法を完遂するための装置でもあるのだが――が、一葉の作品そのものを解読していくための重要な論点を照らし出していったのだと考えている。以下、主要な場面について考察を加えてみたい。なお、［　］の形で評伝的事項、引用先など事実関係についての注釈を入れた。なお、ここでは明治のみは時代の感覚を伝えるために元号を用いた。

第一パート、映画冒頭で主人公樋口夏子（山田五十鈴）は雨の中、半井桃水（高田稔）の家に、書き上げた雑誌『武蔵野』のための原稿を届けにいく［「につ記」明治二五年五月九日に、「三時頃に至りて小説完備す（中略）半井うしがり行」とある］。半井が不在だと言って、帰りかけていた中島塾の同輩、野々村さく子［一葉と半井を引き合わせた友人、野々宮菊子がモデル］と出会うが、彼女を道に待たせて半井邸を訪れると半井は在宅していて、野々村に会いたくないので居留守をつかったと言う。半井に招じ入れられ持参した原稿「五月雨」［明治二五年七月二十三日発行『武蔵野』第三編掲載］を渡す。半井は『東京朝日新聞』の連載小説「胡砂吹く風」［明治二四年十月二日―二五年四月八日『東京朝日新聞』一五〇回連載、明治二五年十二月金桜堂から『朝鮮小説胡砂吹く風』として出版］を執筆中であるのが机上の原稿からわかる。夏子は半井に借金を手紙で申し込んでいたのが二人の会話から推測されるが、半井は「小説を書くためにはもっと人と知り合え」と言って尾崎紅葉に紹介の労をとろう［「日記　しのふくさ」明治二五年六月七日に「尾崎紅葉に君を引合せんとす」との半井の話があったことが記載］と、申し出る。そして夏子の持参した「五月雨」冒頭を音読する。その様子を夏子を待ちあぐねた野々村が覗き見る。

帰路、夏子は和洋煙草商「辰己屋」に寄り、母への土産の刻み煙草「雲井」を買う。若主人の録之助と、彼の思慕する中島塾での同輩のお関の噂をする。録之助が読んでいた『東京朝日新聞』を見て、夏子は半井の「胡砂吹く風」の感想を彼に聞く。カメラは新聞紙面に注がれ、それが連載七三回の紙面［明治二五年一月五日掲載、映画中の挿絵カットは実物と同じ、桃水痴史名義］であることが観客に示される。店先には和洋の煙草宣伝の引き札が壁一面を飾っている。

図　映画『樋口一葉』の宣伝写真（『キネマ旬報』第675号、1939年3月21日）

ここで一葉は明治二五年五月九日に半井宅を訪れているのだから、半井が四月八日に連載の終わった「胡砂吹く風」を書いているはずはない。一葉日記によれば紅葉への仲介についての話は六月七日であり、六月十五日にその話を断わり、六月二十二日に別れを告げるというのが、一葉の実際の行動であった。また、帰路では「十三夜」の作品世界に入って、「辰己屋」（八住が名づけた屋号）という「和洋煙草屋」で録之助が『東京朝日新聞』を見ているとなっている。原作「十三夜」でのお関の述懐に「行々《ゆくゆく》はあの店の彼処に座つて、新聞見ながら商ひするのと思うてゐたれど」とあるが、お関ではなくて録之助が新聞を読んでいるシーンとなっている。読んでいる作品は半井のものであり、しかも明治二五年一月五日分の「胡砂吹く風」である。原作「十三夜」には車夫となっている録之助が、煙草屋の若旦那としてしゃきしゃきと働いているシーンは勿論ないが、自暴自棄に陥った録之助のイメージしかない原作と違い、視覚的に再現された小説「十三夜」の前日譚は、鮮やかに録之助のもう一つの姿である人あたりの良い商人の日常を伝えている。

また、この続きのシーンで、中島塾に例会のために行くと、野々村が門人たちにまいた半井との噂のお陰で、中島先生（英百合子）が夏子を叱責するという事態が発生する。「娘分になってもらいたい」と思っていたのにこれでは、と嘆じる中島に、半井のもとに行くのは生活のためであると夏子は訴えるが、中島は納得しない［「日記　しのふくさ」明治二五年六月十四日の項に中島歌子から半井との関係を問い詰められたことが書かれている］。そこに、奏任官原田との婚約が整ったお関とその父が挨拶にくる。

ここでも野々村さく子のモデルである野々宮菊子は萩の舎のメンバーではないのだから、噂の発生に関しては創作となるのだが、一葉日記には、野々宮が夏子に嫉妬して噂にしたと半井が言ったことが言及されているので、萩の舎でのスキャンダルと野々宮を合わせて、八住は同一画面におとしこんだことがわかる。また貧しくて教育を十分に受けることができなかったと、原作では描かれるお関を中島塾の同輩とするのも、もちろん創作である。この二つの八住の創作によって、中島塾をとりまく環境と、録之助が属する環境の分別が明瞭に示され、この二つを結ぶ存在としての一葉の位置が了解されることになる。帰宅した夏子に渋谷家の三郎との縁談が、支度が整わないだろうからと先方に断わられた経緯をかきくどいて母がかんかんに怒る［「日記　しのふくさ」明治二五年九月一日の項に山崎から渋谷との縁談を持ち込まれた母が、過去に婚約破棄されて非常に立腹した経緯を回想するくだりがある］場面で、「私はもう人にはすがらないで自分一人の力で生きていく」というせりふがある。中島塾からも半井からも、また結婚からも離れて一人で生活を立てていこうという決意が、ここで示されることになる。

　梅が咲き鶯が鳴く季節に、夏子は高島田、小紋長着、友禅羽織姿で半井に別れを告げに行く［「日記　しのふくさ」明治二五年六月十五日に「まことに昔しの御殿風覚えて品のよき髷の形哉」と半井の伯母と従妹が誉めそやす記述がある。高島田は、中島の母が亡くなり、その十日祭が十四日にあり、結っていたもの］。この別れは日記では六月二十二日で、映画で春先の二月末か三月に設定されているのも錯誤であるが、半井への他の訪問がいつも雨か雪であるなかで、この日は麗《うら》らかな天気であることが、夏子の決意と相俟って効果をもたらしている。つまり、恋愛、結婚という女性ジェンダーの規範を離れようと決意する夏子が、その女性性を一身に引き受けた高島田姿で梅の木の下に佇むショットは、山田という当時随一とうたわれた美貌のスター女優の身体を通して、相反する想いの振幅を際立たせていくのである。それは萩の舎的女性共同体からの離脱であるとともに、半井が属する男性によって運営される文学職能集団からの離別宣言でもある。それをもっとも女性らしい姿、たおやかな陽の光、梅の香り、鶯の囀りで表現するところに八住シナリオの巧緻はあり、だからこそ録之助が読む半井の連載小説は一月五日の日付である必然があったのだ。

3　揺れるジェンダー

八住が指摘するこのジェンダー認識の揺れから、ジェンダー分別の抑圧のない世界への模索は、現在一葉研究で論じられているテーマの一つである。[5]八住はお関への辛辣な視点を隠さない。第二パートで、吉原で荒物屋を始めた夏子が仕入れの途中で人力車に乗り込むお関と原田を見かけ、思わず身を隠す場面がある。お関はにっこりと恥ずかしそうに原田に笑いかけ、幸せな新妻となっている。しかし第三パートでは、突然夏子のもとを訪れ、やはりこの結婚は間違っていた、幸せな日は一度もなかった、と夏子の店先で泣き崩れ、録之助の消息を尋ねる。車夫となった録之助が夜鳴きそばやで酒をあおるカットが挿入され、現在の録之助の境涯が示される。ここで上昇婚というジェンダー規範に則ったお関の失敗があらわにされ、そのジェンダー規範に従うことの虚しさが描写されている。お関の原田への微笑を見てしまった夏子は、お関の愚かさを批判しながら、一方で自身恋愛の苦い思い出を回想する。

夏子のこの揺れは半井を雪の日に突然訪ねるという行動に現われるのだが、これは第一パートでの高島田姿とは打って変わって、御高祖頭巾《おこそずきん》、紬の上下、別珍ショール、高下駄という姿[6]に身をやつして挙行される。半井の妻が丸髷、黒じゅすの羽織で帰宅し、半井の結婚を知らなかった夏子は衝撃を受ける。帰路、呆然と雪の道を泣きながら歩く。帰宅すると母が、漢学の先生の後妻の話を知人が持ってきたと嬉しそうに夏子に告げるが、妹邦子の「お姉さまが可哀想よ」との言葉に、夏子の憂いは一挙に爆発して、部屋にかけこみ慟哭する。映画の終わりに近いシーンでの揺り戻しは、病の床についた夏子と看病する邦子のやりとりによって、新たな覚醒をもたらす。作家一葉の誕生を告げる終盤を、八住は次のようなやり取りでしめくくった。

夏子「この一、二年の間にいろいろなことを聴いたり見たり味わったりして私もう長いこと生きていたような気がするの、何とかしてその真実が探りたい、私のような貧しい弱い女でも、この世のなかで生きていたことが、何か意味があったようにしておきたいの」
邦子「お姉さま、何か意味があったようにしておきたいって」
夏子「私、小説を書くわ、一生懸命になって何もかも打ち込んで」
邦子「でも、体だけは大事になすってね」
夏子「私、死にゃあしないわ、立派な小説が書けないうちは。私どんなことにも負けはしない、身も心も小説に打ち込めさえしたらどんなことにも負けはしない」

外界の女性ゆえの陥穽に小突き回されながら、吉原前の下層庶民との密着した生活から見出した、生きる「意味」を書き尽くそうという決意に至る一葉を通して浮かび上がるのは、自己主体の実現と女性身体の相克であり、ジェンダーの解き難い困難である。しかし、その困難ゆえに表現者としての一葉が誕生する過程がこの映画では焦点化されているのだ。一見、貧困からの脱却というドラマとして見られがちな一葉の人生について、映画は芸術への強い志を獲得した文学者・一葉の誕生というナラティヴを表出した。だから、この映画で夏子は常に冷静な観察者なのだ。

　こう考えていくと、今までの一葉文学の謎として論議されてきた問題がこの映画ではやすやすと解決されているのは当然だという気がしてくる。例えば小説「大つごもり」における下女お峰の盗みを主人の放蕩息子である石之助は見ていたのかいないのかという疑問について、この映画では暖簾のかげから覗く田島屋の若旦那の姿によって見ていたとされる（戦後の今井正の『にごりえ』の脚本を担当した八住の弟子である水木洋子も、お峰を石之助の眠る部屋で盗みを働かせて、石之助がお峰を救った仕立てにしている）。石之助は『樋口一葉』のなかでは、夏子が仕入れに行く荒物問屋田島屋の若旦那として描かれ、銘酒屋「菊の井」の馴染みである設定になっており、お峰は吉原を流す新内の太夫・おりゅう（沢村貞子）の妹おきくという設定になっている。夕闇とともにガス灯に火が入れられ、どこからか俗謡「法界節」［明治二四、五年ごろから日清戦争時まで流行した］の歌が聞こえてくる。銘酒屋「菊の井」に田島屋の若旦那があがっている。そこに新内流しのおりゅうがやってくる。酌婦（清川虹子）が若旦那に「明け烏」を頼んでもいいでしょうとねだる。おりゅうが三味線を弾いて美しい声で歌う。太夫は手ぬぐいをかぶり、襟に提灯をさしている。日記「塵之中」明治二六年八月三日の項に「毎夜廓に心中ものなど三味線に合せてよミうりする女あり」とあり、その風体を「水浅黄にうろこ形のゆかたきて帯ハ黒じゆすの丸帯をしめ吉原かぶりに手ぬぐひかぶりて柄長の提灯を襟にさしたるさま小意気」とあるが、八住は一葉作品には出てこないおりゅうという人物を一葉日記から引用して映画のなかにのみ登場させた。並木およびスタッフは見事にその風体を再現した。太夫の家に場面が変わり、母を求めて頭が痛いと泣き叫ぶ子供を看病する太夫の妹おきく（「大つごもり」のお峰に相当する）が映し出される。太夫は夏子の店で子供のみやげを買う。たまたま夏子の店に立ち寄った隣の車宿の車夫（嵯峨善兵）の口から、このおりゅうという太夫は夫を亡くした後も身持ち固く子供を養う貞女だとほめそやす。

若旦那は『武蔵野』や『文学界』を愛読する文学青年であり、夏子の店で彼女が一葉であることを知る。夏子はおきくを女中に雇ってほしいと依頼する。この人々の関わりのなかでおきくの犯罪は行なわれ、若旦那により彼女の救済がなされるのだ。ここには一葉を取り巻く世俗の矛盾が集約的に語られている。犯罪の根拠は貧困という記号だけでは究明されつくさない。おきく、おりゅう、若旦那、そして夏子という世の中からあぶれてしまった人間の生きる根拠の模索がここでは探求されているのだ。おきくはおりゅうの子供を救うため、おりゅうは病気の子供を養うため、若旦那はもてあました生を文学でやりすごすために葛藤している。その矛盾を夏子が統括し、自らの生の根拠としていく過程がここには描かれている。つまり、そうした根拠の持ち方を肯定するためには、若旦那はおきくの犯罪を見なければならなかったのだ。

4　子供たちの辛いつとめ

別の例をとろう。「たけくらべ」の美登利の初店説である。一九八五年に佐多稲子が提起した

「「たけくらべ」解釈の一つの疑問」(『群像』一九八五年五月)は大きな波紋を投げかけ、前田愛らとの論争となった。映画『樋口一葉』で美登利は「客扱い見習い」となっていて、非正規で客をとるために廓に入る設定となっている。このシーンは跳ね橋の前で美登利(高峰秀子)が肩上げの麻の葉模様の大振袖に桃割れという半玉姿に盛装して立っているショットから始まる。少しためらったような美登利を大門の前で遊ぶ少女たちがじっと見詰める。美登利は彼女たちに寂しそうな視線をやり、急ににっこりと破顔する。廓の手代が下げる跳ね橋を母とともに渡り、跳ね橋は再び上げられる。閉められた大門越しに吉原の仲通りを何度も、振り返りながら歩く美登利の姿がロングショットで映される箇所は、俯瞰のカメラで固定され、小さくなる美登利をいつまでも映し出す。ここでの演出は、美登利が子供たちの時間から別れて、あらたな境涯への、あきらめだけではない決意をその笑いによって表現しようとした。戦後に五所平之助監督、美空ひばり主演の『たけくらべ』の脚本を八住は書くが、ここではシナリオにはっきりと「初見世、美登利」の紙を大黒屋の前に示している(『映画評論』第一二巻七号、一九五五年七月)。ちなみに原作にはないお吉という吉原の廓上がりの荒物屋筆やの女主人を登場させ、山田五十鈴に配役した。

また、大黒屋の寮の玄関に水仙の造花を誰が挿したかという論議では、真如ではなく脇役の三五郎にその役目をふっている。飲んだくれの父親と病気がちな母親をもった三五郎はいつも子供を背負っている。それを横町組の長吉たちがいじめる。夏祭りの夜、さんざんに殴られる三五郎を助けてやろうとした美登利は、投げられたわら草履でしたたか頬を打たれる。それを見た三五郎は猛然と多勢の敵に殴りかかっていく。一層ひどく打ちのめされる三五郎を救うのは、近所の子供の知らせで駆けつけた夏子である。やさしく三五郎を介抱し、悔しいと泣き叫ぶ美登利を慰める夏子は、またすぐにおきくのために田島屋に向かう。

夏子は常にこの社会の矛盾に立ち会う役目を、この映画では課せられている。夏子は寡黙にその役割を淡々とこなす。正月になって三五郎は父に連れられて品川の工場に「辛いつとめ」に出る。その途中に三五郎は美登利のいない大黒屋の寮の門格子に水仙の花を挿すのである。その水仙と田舎道をとぼとぼと歩く三五郎親子がカットバックされ、通りかかった夏子がこの水仙を拾うショットへと向かう。憂い顔の夏子のクローズアップは、「辛いつとめ」を分かち合う子供たちへの労りであり、悲しみであり、何よりこの社会矛盾への身を切るような怒りであったであろう。おきく、おせき、おりゅう、若旦那、録之助らと連環を結ぶこの不幸せは、どこにも持っていきようのない解決不可能なものである。だからこそ、作家になろうと夏子は心を決めるのである。それは「雛鳥」という表題を筆で消して「たけくらべ」と改題する夏子のシーンで締めくくられる。つまり、この映画は樋口夏子という女性が、身体と感情の葛藤を繰り返しながら、作家一葉として新たに生まれ出る物語として描かれている。その主旋律は、閉じこまれた幾多の明治民衆の生の実感を背景に湛えることによって、美しいメロディを奏でることができたのである。

5　視覚という想像力

一葉その人をもテクストに組み込んで仕上げられたこの映画が、一葉の作品を解読していったのは何故だろうか。直接的には映画にしか可能でなかった視覚的な効果が挙げられるだろう。先ず、一葉の衣裳を例にとってみよう。第一パートでは夏子は束髪に造花の髪飾りをつけ小紋長着に無地羽織であるが、中島塾のメンバーと遜色のない令嬢風である。束髪は一八八〇年代、明治二〇年前後には中上流階級に波及して流行となった（江馬務『日本結髪全史』立命館出版部、一九三六年四月）が、第二パートでは無地紬《つむぎ》長着、縞羽織に髪は小さな銀杏返しと、下町の商家の娘風となっている。第三パートでは小さな銀杏返しから花月巻風の巻き髪で紬の上下を着用し、独特の雰囲気を出している。特に御高祖頭巾で半井を訪ねるシーンは時代を超えた浮世絵のようであり、凛々しい清潔さを出している。

またセットは半井の郊外の隠居宅のような瀟洒な家、録之助の辰己屋や荒物問屋田島屋などの商家、吉原前の侘しい商店と裏店など、長火鉢、銭函、引き札、新聞などの小道具を含めて、詳細に復元されている。圧巻は太秦《うずまさ》の京都東宝撮影所に組まれた吉原のオープンセットで、吉原一を誇った角海老の時計台や立ち並ぶ洋館造りの妓楼、ガス灯などが見事に再現されている。他に忘れてはならないのは物売りや新内流し、子供たちの歌、人力車の走る音、夏祭りの掛け声などの音響が随所に散りばめられて、明治二〇年代の雑踏の音が映画全体に挿入されていることである。しかし、こうした視覚的、聴覚的な状況の再現だけがあらたな解釈の可能性を生み出していったのではない。俳優の具体的な身体を規定するシナリオと演出は最も重要な要素である。

実は八住のシナリオ、並木の演出は、この映画が公開された当時の批評家からは不評であった。大黒東洋士「東宝映画抄論」（『キネマ旬報』六八四号、一九三九年六月二十一日）は「エピソオドの羅列と説明にのみ汲々として、時に本筋は忘却され、遂に最後までエピソオドと本筋が背中合せになつたま丶である」と述べ、大塚恭一「樋口一葉」は「結局この作品は山田五十鈴の容姿と演技を中心とする風俗映画」（『映画評論』一五七号、同年七月）とし、また北原行也「樋口一葉と道化の町」は「一つの風俗としての此の映画を受け入れることは出来るが、いやしくも『樋口一葉』といふ題名を掲げて、一葉の創作生活を描いた映画であるとは、到底云ふことが出来ないのである」（同）と演出、脚本の双方にわたつて投げられた厳しい批判は、この映画のわかりにくさにその原因があったのであろう。一葉という芸術家を表現するのにその芸術的な側面での追求が足りないと難じる鉾先は、主演の山田にも及び「山田五十鈴の一葉は芸人にはなれるが芸術家ではない。尤もそんな女優はこの国にはゐないと云つてゐ丶のだが」（滋野辰彦、新作紹介欄から、『キネマ旬報』六八三号、一九三九年六月十一日）という差別的な演技評もあった。

私はこの不評自体がこの映画の先駆性を証明しているように思える。ジル・ドゥルーズは晩年の大著『シネマ』(7)で、映画を実際の運動（映画の外に存在する運動、すなわち具体的な演技や撮影など）を機械（カメラや映写機など）を用いてフィルムに複製することであるとはとらずに、映画自体がイメージというものを生産する実際的な運動であると考えた。それをドゥルーズは「運動‐イマージュ」と呼び、さらに「知覚‐イマージュ」「行動‐イマージュ」「情感‐イマージュ」とに分類している。つまり、先ず映画は直接的な視覚経験をイメージとして知覚し、そこに反応して映画内の時間の系列《セリー》を統合して出来事の脈絡をイメージとして認知する（「行動‐イマージュ」）。観客はその映画のイメージを受け取るとともに自らがイメージを生産していくという意識の運動を行なうのだ。しかし、クローズアップのようにそうした時間系列を無視して運動を中断させるショットは、「行動 - イマージュ」を混乱させ動揺させる。このものいわぬ主人公の憂い顔の意味は何なのだろうか、床の間に置かれた壺を映し出すのはどうしてなのだろうか、と。

意識そのものの意識を考える観客の中断は、その出来事を内的な「思考」として形成していく過程である。それは「時間 - イマージュ」の出発である。時間そのものを物質的な表象に向けていくような意識。ドゥルーズは、それを戦前のハリウッド映画のような時系列の定法に従った映画とは違う戦後映画の特徴としてとらえている。言い換えれば、それは「身体」そのものが、「思考し得ないもの」を思考するという経験である。言及し得ないもの、説明できないもの、決定できないものとしてわだかまっている人間をとりまく表現は、視覚が潜在的に抱えもつ身体に及ぼす衝撃(「思考力を喚起するショック」noochoc)は、その逡巡に悩む具体的な日常的身体を離れて、それまでには考える起因も方法も体系も持たなかった「外の思考」を思考する「身体」(「精神的自動機械」automate spirituel)を生み出していく。

ジル・ドゥルーズが『シネマ』で展開した映画という装置の、不可思議な力への理論的アプローチは、そのまま文学的想像力という問題系に送り返されている。映画『樋口一葉』を「間違った」伝記的事実と作品内物語から抽出されたエピソードの羅列であると見たとき、この作品は不可解なものとなるであろう。だが、例えば線的なストーリーだけを追わずに、各エピソードの各々に埋め込まれたり折りたたまれた「意味」を丁度ウェブページをクリックするように開けていったならば、そこには多様な解釈の可能性を孕んだ恐ろしいまでに多量で微細なナラティヴが出現するのだ(8)。それはテクスト上の表層を注釈するだけではなく、深層に隠された意味を思考しなければならないという、テクストからの要請を喚起する。

映画『樋口一葉』が優れているのは、その断片化したナラティヴを理解／思考する契機を、観客／読者に確かな視覚映像を伴って与えている点にある。それはまさしく解釈という「制度」のなかで窒息してしまった文学テクストをめぐる思考をあらたに問い直す契機を、同時に与えているのである。観客が身体の経験として捉えた明治の視覚的再現は、そのなかに生きた女性作家・樋口一葉と、彼女の作品のなかを生きる人々を同時代空間に蘇らせることに成功した。そしてそのことによって一葉というテクストが無限の可能性を開いているのだということを観客は、実感として信じることができるのだ。それは文学的想像力が決して減じることなく私たちの世界を覆っていることの証明であり、文字テクストだけにその想像力は行使されているのではないことを気づかせてくれる。映像のなかに生息する映像にしか可能でない豊かな想像力もまた、自らを発見していく文学的な想像力と呼ぶことができるほどに、人間の想像力はあらゆる場所や時間によりそって生起するのである。

註

(1)『キネマ旬報』第六八三号(一九三九年六月十一日)に「前回ほど盛況は求められないが、初日の五千円突破は予想以上のすべり出しである」という記事がみられる。

(2) 並木は新藤兼人との対談のなかでこのようにも発言している。「僕は浅草をほっつき歩いていてわかりましたよ。何かやりたくてうずうずしている連中がわんさかとね、たまたま自分の才能が発揮できるのはね、映画しかないと」（新藤兼人「一スジ二ヌケ三役者　日本シナリオ史２」『講座日本映画２』岩波書店、一九八六年）。

（３）映画監督で映画史家の内藤誠は「『一葉の時代』の画像」（『シネマと銃口と怪人――映画が駆け抜けた二十世紀』平凡社ライブラリー、一九九七年）のなかで、馬場孤蝶、長谷川時雨、鏑木清方らが映画『樋口一葉』に協力したことを実証的に指摘して、「現在の映画人には羨ましいほどの時代考証」と述べている。なお、同論は映画『樋口一葉』研究に関する最も重要な論文である。

（４）『八住利雄　人とシナリオ』（日本シナリオ作家協会、一九九三年）所収の八住の長男白坂依志夫作成の年譜を参照。

（５）拙稿「わが如きもの、わが如くして過ぎぬべき――近代女性文学と語る欲望（２）・樋口一葉」（『論究日本文学』七六号、立命館大学日本文学会、二〇〇二年五月）でその問題を論じた。

（６）大西巨人はこのシーンについて「雪の日における女性の内面の寂寥と外面の華やぎ」を指摘している（大西巨人ホームページ http://www.asagi-net.or.jp/~hh5y-szy/onishi/shun-89.htm）。

（７）この概念についてジル・ドゥルーズの『シネマ』を参照した。原著は第一巻 *L'Image-Mouvement*, Editions de Minuit, 1983, 第二巻 *L'Image-Temps*, Editions de Minuit, 1985 である。なお内容についてはミネソタ大学出版局から一九八五、一九八九年に出版された英訳版による。またその解釈にあたってはロベルト・デ・ガエターノ『ドゥルーズ、映画を思考する』（広瀬純・増田靖彦訳、勁草書房、二〇〇〇年。原著一九九三年）に多くを負った。

（８）ジャネット・H・マレー『デジタル・ストーリーテリング――電脳空間におけるナラティヴの未来形』（有馬哲夫訳、国文社、二〇〇〇年、原著一九九七年）を参照した。

第七章　健三の「記憶」・漱石の「記憶」――『道草』との対話

1　「記憶」のなかの「自分」

『道草』が夏目漱石の実際に起こった家庭内の出来事を素材に、自らが虚構化した「唯一の自伝小説[1]」であるという見解はほぼ事実であろうし、またそう解釈されるべき根拠が漱石その人の伝記的事項のいたる箇所で発見することができる。イギリス留学から帰国した一九〇三年（明治三六）から一九〇五年（明治三八）頃まで、即ち『我輩は猫である』執筆時期を軸に、一九〇九年（明治四二）に起こった養父塩原昌之助の突然の金銭無心、あるいは一九一四年（大正三）頃に頻繁に起こった妻鏡子との心理的葛藤のプロセスを小説の枠組みとして導入しながら、一九一五年（大正四）に完成したこの作品が、漱石の作品系列のなかでは際立って異色なテクストであることは間違いない。『道草』を他の漱石作品と分かつのは、職業作家・漱石が作家以前の「自分」――誰のものでもない私の「記憶」を私有する人――を、「作家」――誰もが共有し得る物語へと「記憶」を記述する人――として叙述しようと意志した時に、必然的に引き受けざるを得なかった創作行為のアポリアを、テクストから排除することなくすべて描写した点にある。そして、そのことが「自分」

を小説という枠組みに投入した自然主義、またやがて「私小説」と呼ばれることになるテクスト群からも遠く隔てて、『道草』を二十世紀思想的転回の瞬間を留めた真に独創的な作品とした。

自然主義が陥った隘路について、自然主義文学理論のオピニオン・リーダーであった島村抱月は一九一六年（大正五）十一月の「自然主義運動の意義」（『早稲田文学』）で次のように述べた。

自然主義と云ふものが、一種の型に陥つて其欠点を暴露して来ると共に、所謂真実を求める声は一歩を進めて、自然主義が憚《はばか》つてゐた未来に対する要求、自己以外、若くは自己以上のものに対する要求をも同じく真実の中に加へんとするに至つた。

ここで抱月は、自己の客観化、彼の言葉に従えば「其の鬱結した想ひそのまゝを、第三者の地に据ゑ、之れに自己の経験が率ひ来たる人生の背景を被らせて、自由に、心静かに、其情想の味を味ふ」（「芸術と実生活の界に横はる一線」『早稲田文学』一九〇八年九月）という「自己」とは、決して過去の経験の集積によって統合された実体としてあるのではないということに気づいたことを、告白している。「自己以外」「自己以上」のものに仮託すべき「要求」とは、「自己」の「未来」に対する要求であり、それもまた「真実」を描出していくのだと抱月は語る。漱石もまた『道草』を書くことによって「過去の我は非我と同価値」（「創作家の態度」『ホトトギス』一九〇八年四月）とするかつての思惟に修正を加えた。

この抱月を、そして漱石を捉えた小説への意識変化は、二十世紀初頭の言語的転回に身を浸した文学者の思想的位置を証していく。テクスト外部に位置すると信じてきた作家自身の過去の「記憶」は、内部を生きる登場人物の「記憶」となって恰《あたか》も他者の「記憶」として振る舞いだす時、その「記憶」の内実の真偽を確かめるために、再びその「記憶」を喚起して検証する「自分」がいることに作家は気づく。そしてその対話が結果としてもたらすその「記憶」の共有性は作家と登場人物、その登場人物と読者の問にも成立していく。この「記憶」の語り出しが、他者の「記憶」となった自己の「記憶」を再審問し、その「記憶」が表象しようとする未来の「自分」を確実な存在者として浮かび上がらせていくのだ。絶対的他者として小説内の時空間を生きる健三との「記憶」をめぐる対話は、過去の「自分」を語ろうとする漱石の「記憶」を刺激せずにはおかない。「自分」のみが所有すると信じてきた「記憶」を、他者に委ねることによって発現した裂け目は、漱石その人の自己同一性を揺るがしていく。漱石の「記憶」の領野で偏在的に見えかくれする複数的自己は、それを恐ろしいものとして遠ざけようとする健三という「設定した自己」だけにではなく、お住のなかに、島田のなかに、お常のなかに、健三を取り巻くあらゆる登場人物のなかに受肉していることを、そして『道草』を読む読者のなかにも、もはや各々の固有名を離れて存在することを明かしていったのだ。

「記憶」が語り出す、他の誰でもない、それでいて、他の誰にもなることの可能な「自分」とは、誰なのか。

漱石のこの問いは『道草』のあらゆる箇所に鳴り響いている。この時、テクストの内と外を分かつ境界の溶解は、作家の安全装置として常に意識されてきたテクストの独立性（外部性）を保全せず、むしろ自我の複数性を証明する生々しいタブローとなる。このタブローは書き込みが可能なのだ。作家はタブローと化したテクストに、自己自身の「記憶」を投入して、同一的な自我の探索を試みる。その作業は「自分」が他者の「記憶」のなかに生きて確かにその「存在」を主張する「錯綜体」であることを気づかせていったであろう。『道草』とは、自己の「記憶」によって生きている「自分」を、他者の「記憶」によって構築される「自分」と対話させ、そこに顕現する「自分」を統一的な自我を模索する探索者（他と我に引き裂かれた二元的な極点を彷徨する主体）として主張せずに、自己が幾つにも断片化されていることを描こうとした、極めて特殊なテクストである。

ここで健三のみならず、お住ら登場人物も、ただテクスト内を生きる存在ではなく、作家・漱石の「自分」そのものなのであり、そう認知された「自分」も生活者・金之助自身の「記憶」を介在して出現した他者性を刻印された複数としての「自分」に過ぎないのだ。この多面的に錯綜する「自分」は統合者としては成立せず、今「在る」身体はいかにも無力である。が、『道草』で見出されたのは、それらを統合する絶対的な「主体」としての自己という認知こそが無力なのであり、今「在る」身体は、そうした「錯綜体」としての複数的な自我を無条件に受け入れる器としてあるのだということだろう。漱石は止めることのできなくなった「記憶」の連鎖を、テクストに書き留める経過のなかで、それを発見していったのである。

2 「記憶」の私有性

『道草』の最も重要な登場人物である健三の養父島田平吉の最初の印象は次のように語られる。

然しそれにしては相手の方があまりに変らな過ぎた。彼は何う勘定しても六十五六であるべき筈の其人の髪の毛が、何故今でも元の通り黒いのだらうと思つて、心のうちで怪しんだ。帽子なしで外出する昔ながらの癖を今でも押通してゐる其人の特色も、彼に異な気分を与へる媒介となつた。（一）（『道草』本文の節番号を示す。以下同じ）

健三に「異な気分」を与えるのは、「其人」のあまりの変らなさである。健三の「記憶」にある「其人」は、日常生活で慣習的に体得した「記憶」の修正も必要ないほどに「無変化」のままである。このことが健三の膨大な過去の「記憶」を呼び出し、そしてそれへの検証を迫っていった。[2]「其人」の最初の認知が「帽子を被らない」という特徴でなされているのは、今社会的地位を獲得して「山高帽を被つた」自分の今の姿との対比で、身分の差異を強調するためのメタファーとして機能しているという解釈は妥当だろう。が、ここで健三は見えない帽子を何故見たのだろうか。それは明らかに過去の一時期に「帽子」を被らないその男への嫌悪、あるいは羞恥の代償として、その男に被らせたかった「帽子」があったことを想像させる。その想像上の「帽子」が知覚として働かなければ、「目鼻立」だけで充分にその男の認知は果たせたであろう。その見えない「帽子」は、やがてかつてその人によって自分のため購われた「浅い鍋底の様な形をしたフエルトをすぽりと坊主頭へ頭巾のやうに被る」（一五）帽子を思い出させていく。寄席の手品師がその帽子に指を突き立てた子供の頃の「記憶」すらも鮮やかに蘇らせていくのだ。こうして健三は「記憶」の連鎖に身を委ねていく。

見えない「帽子」で惹起した健三の「記憶」は、初めは具体的な「モノ」と密接に結び付いている。無帽の男に出会った健三はそのことを相談するために姉の家に赴く。そこで彼は姉の歳を取った顔を見る。

古い額を眺めた健三は、子供の時の自分に明らかな記憶の探照灯を向けた。（四）

「記憶の探照灯を向け」る矛先は、自己の過去にである。しかし、それは今実際に「在る」具体的な姉の「古い額」を見るという視覚性に支えられている。一時的な知覚作用が過去へ遡行することを、私たちは経験的に知っている。事前に過去の「記憶」が素材として年代順に投げ出されていたわけではない。一つの極めて個人的な「記憶」が過去から視覚を通じて召喚されることによって生起した「自分」と他者との過去の関係性のドラマは、何十年の時を経てもほとんど変わることなく再現される。姉お夏とその夫比田との子供時分の他愛ない日常の諍《いさか》いが思い起こされ、その懐かしい暖かな「記憶」をもたらしてくれた姉夫婦に、現在の「自分」は「大した好意を有つ事」（四）ができにくくなっているのを発見する。それを「不快」と思う健三を漱石は叙述する。ここで過去は現在とない混《ま》ぜになりながら、健三のすぐ次に来る近い未来を方向づけていく。姉との会話の途中で健三は「昔の記憶を夫《それ》から夫へと繰り返」（八）し、「二十年前の光景を今日の事のやうに考へ」

（同）るのだ。島田と幼時に暮らした家、その周囲、島田が建てた貸家、裏の湿地がまざまざと健三の眼前に立ち現われる。それは「平生の我」（九）ではない。だがそれが「我」でもあることを健三は自覚せざるを得なくなっていく。

　島田の代理人として金の請求に来た吉田との会見の後、健三は「不図斯うした幼時の記憶が続々湧いて来る事」（一五）に気づく。「凡てそれらの記憶は、断片的な割に鮮明に彼の心に映るもの許《ばかり》」（同）であり、その光景の鮮明さに比して「其頃の心が思ひ出せない」（同）ことに健三は疑問を抱く。今の彼が求めているのは、彼が忌避してやまない島田に一片でも愛情が持てたならという願いだろう。だが彼のなかには映像として確かに実感できる「図像」としての「記憶」は書き込まれていても、「其頃の心」という「心象」としての「記憶」は再現されない。健三の「探照灯」は「モノ」の媒介を超えて、「自分」という未知なる未来を抱えた存在へと直接に向けられていく。だからこの「記憶」は妻お住に告げられることはなかった。まさしく「記憶」の私有性を探索することによって、健三はその「図像」と「心象」が一致しない「記憶」を自ら引き受けようと決意したのだ。

　このテクストには「記憶」の様々なレベルが描かれている。「モノ」を介在して想起される「記憶」[3]や、物理的時間の推移を経ることによって劣化する（忘れる、覚えていない、思い出せない）かのように思える「記憶」[4]は、実は真の「記憶」ではなく、過去の経験を反復して現在に順応させようとする自発的な運動能力、言葉を換えれば習慣化した「知覚」そのものである。それに対して時間の侵食とは無関係に強く固定化、潜在化して純粋に過去の「自分」を認識させる「記憶」

がある。アンリ・ベルクソンはそれに「純粋記憶」と名づけた。

> 記憶を再発見して、私たちの歴史の一時期をよび起こそうという場合、私たちは、現在から離脱することによってまず過去一般のうちに、ついで過去の或る一領野に私たち自身を置きなおす独特な働きを意識する。これは手探り仕事であり、写真機の焦点合わせにも似ている。けれども私たちの記憶は、まだ依然として潜在的状態にある。私たちはそのようにして適切な態度をとりながら、その受け入れを準備するだけだ。しだいにそれは、凝縮していく雲のようにあらわれてくる。それは潜在的状態から現実的状態へ移る。そしてその輪郭がおぼろげに姿をあらわし、その表面が色彩を帯びるにつれて、それは知覚を模倣しようとする。しかしそれは深い根によって、依然、過去につながれたままであり、もしそれがひとたび実現されて、自己の本源的な潜在性を感じないとすれば、すなわち現在の状態でありながらも現在とはっきり対照をなす或るものでないとすれば、私たちはけっしてそれを記憶として再認しないだろう。(アンリ・ベルクソン『物質と記憶』(5) 第三章)

ベルクソンが述べるとおり、「純粋記憶」は今生きる「現在」と峻別された純粋な「過去」であると同時に、その直後に過去へと飛び去って行く「現在」を構成する。この無変化な「過去」は現在の「自分」の存在を逆照射して、未来の「自分」を予想するだろう。その意味でそれは「自分」の「現実感」を構成している。健三の「記憶」も島田の見えない帽子という「モノ」によって切り開かれてから、幾多の学習を重ねて、この「純粋記憶」の閾《しきい》へと誘われていった。

3　不快という「感情」

『道草』本文の三八節で健三は「事件のない日」を迎えながらも、かつてのような「生きてゐるうちに、何か為終《しおお》せる、又仕終せなければならないと考へる男」（二二）ではなくなっていた。三八節から四四節にわたる長い幼児期の回想は、『道草』のプロットを構成しながら、実は「記憶」そのものをめぐって記述されているのだ。「追憶を辿るべく余儀なくされた」（三八）健三はこう考える。

彼は自分の生命を両断しやうと試みた。すると綺麗に切り棄てられ《ママ》べき筈の過去が、却つて自分を追掛けて来た。彼の眼は行手を望んだ。然し彼の足は後へ歩きがちであつた。（三八）

幼時に過ごした「大きな四角の家」、その近くの「赤い門の家」、そこから続く「長い下り坂」の先の「掛茶屋の様な雑な構《かまえ》」の茅葺き家。波及する「記憶」は幼い「自分」が過ごした家を炙《あぶ》り出し、茅葺き家の庭の池へと至る。そこにひそかに忍び込み緋鯉を釣ろうとする。

彼を水の底に引つ張り込まなければ已《や》まない其強い力が二の腕迄伝つた時、彼は恐ろしくなつて竿を放り出した。さうして翌日静かに水面に浮いてゐる一尺余りの緋鯉を見出した。彼は独り怖がつた。……

「自分は其時分誰と共に住んでゐたのだらう」

彼には何等の記憶もなかつた。彼の頭は丸で白紙のやうなものであつた。（三八）

柄谷行人はこの健三の突然に蘇生した緋鯉への恐怖の「記憶」を、「これはたんに存在していることを、対自的にとらえた瞬間の恐怖にほかならない。（中略）彼が彼自身の存在（自然）とは乖離し異和として存在するという了解の投射」（「意識と自然」『群像』一九六九年六月）と説明した。この「恐怖」は幼い健三が数十年にわたって誰にも語る事なく私有してきたものである。それは人間が根源的に抱え持つ、自己を超越する「存在」への懐疑と畏怖を呼び起こし、その「記憶」は恐怖で凍結し、固定される。しかし、ただそれだけではない。この回想が「……」で一旦中断され、現在の健三の「自分は其時分誰と共に住んでゐたのだらう」という疑惑に一旦差し戻されることで、その「記憶」を共有する一切の他人を失っている「自分」を発見した「恐怖」が同時に語りだされたのだ。他人が登場しないことによって現実感は稀薄にならざるを得ないが、緋鯉を釣った時の確かな手ごたえ（触覚）、その引きの強さへの恐れ（感覚）、そしてそれが水面に浮かぶ情景（視覚）という一連のまざまざとした実感は、動かしがたい事実となって、現在の「自分」を生かしている。

本来「記憶」の私有性とは、「自分」を「記憶」の唯一の所有者として如何なる「他者化」をも拒否することによって保全されているものである。「他者化」を拒否するとは、少なくともそれを言語によって明示しないという自律的な意識によって保護されることだろう。しかし、健三はその「記憶」を内的言語として立ちのぼらせようとした。漱石は二者に分裂した彼自身、つまり作家・漱石が生活者・金之助の過去の「記憶」を観察するという手法をとらなかった。何故なら、「記憶」を私有する健三は、生活者・金之助の似姿や作家・漱石の創造物であることを停止して、「記憶」を共有してともに模索する仲間となったからだ。その意味で「記憶」は「自分」が「自分」であるという自己同一性を認識させながら、また一方にそうして発見されるために、「自分」が実は他者の知覚、意識、身体から生成された総体として組成されていることを気づかせていく。絶対的他者(それはまた絶対的「自分」でもあるのだが)の語り出しを求めて健三は「純粋記憶」への旅を続ける。それは同時に作家・漱石の小説を書くことの意味を求める旅でもあった。

三九節で健三自身は「其時代の彼の記憶には、殆ど人といふものの影が働らいてゐない」と感じる。家や風景、疱瘡《ほうそう》、芝居見物という「記憶」の連鎖のなかから抽出された「自分」は孤立した存在である。つまり、「モノ」に媒介された表層的な「記憶」によって導き出された「過去」は、他者との関係性、およびそこに纏わりついていたはずの「感情」の質を表現しようとはしない。比田夫婦との思い出のように暖かなものも、現在の健三は「三分の一の懐かしさと、三分の二の厭らしさとを齎《もたら》す混合物」(二九)と思い、当時の「真の感情」を探し出してはくれない。その意味で二三節でお住が問う、島田の娘お縫さんと健三との縁談が不調に終わってしまった理由をめぐるやりとりの場面での、健三の感慨は示唆的である。

健三の子供の時分の記憶の中には、細君の問に応ぜられるやうな人情がゝつた材料が一つもなかつた。（二三）

恋愛という「人情」すらも思い出されない「殆ど人といふものの影が働」かない「記憶」が、にわかに動き出すのは三九節の中盤からだ。つまり他者との関係性のドラマのなかにその「記憶」が突入したとき、「記憶」は深層に至り、ベルクソンが言う「純粋記憶」を召喚する。そこには自己の「記憶」であって「自分」のものではないような、フロイト以降であれば「無意識」と呼ばれるであろう意識を描写していく。

健三が「モノ」との接触によって得た「記憶」が劇的変化をするのは、「西洋人」の登場によってである。昔住んだ「変な宅」に間借りしたその外国人を養母お常が「化物と同居でもしてゐるやうに気味を悪がつた」（三九）ことを思い出した健三は、そのお常の「悪意」を感知することで、島田たちと共にした生活で育んだ「自分」の「感情」を次から次へと手繰り寄せていく。健三は島田夫婦が共にすさまじい吝嗇家であるのにもかかわらず、健三を溺愛して何でも買い与えたことを思い出す。そして健三はそれらを与えられた時の「感情」をにわかにはっきりと取り戻していくのだ。写し絵を貰った時の喜び、新しい独楽《こま》に時代をつけるために河岸際の泥溝に埋めたときの不安などが呼び寄せられ、あらたに島田とお常夫婦に対する当時の健三の「感情」が写し絵のように再現されていく。お常の健三に傾注する愛情とは違う所有意識を、健三は「忌み悪《にく》ん」（四一）でやまない。この「心の束縛」（同）は健三に「ぼんやりした不満足の影を投げ」（同）かける。

いくら御常から可愛がられても、それに酬いる丈の情合《じょうあい》が此方に出て来得ないやうな醜いものを、彼女は彼女の人格の中に蔵《かく》してゐたのである。さうして其醜いものを一番能く知つてゐたのは、彼女の懐《ふところ》に温められて育つた駄々ツ子に外ならなかつたのである。（四二）

健三の過去の「記憶」は過去の「感情」を引用しながら鮮やかに実体化され、そこになお彼にしか私有され得ない特殊な心持ちを見出させていったが、一方に健三によって再現されたお常は彼の抽象化された「忌み嫌う心」（四二）のメタファーとなって普遍化・一般化がなされている。それは漱石が小説の「技術」として登場人物を相対化したのではなく、コンテクストの進行によって見出された「感情」を自省的に叙述した瞬間に、漱石という書記行為者が立ち会ってテクストとされたのだと、私は考える。この節に続いて叙述される健三の「記憶」は、島田の浮気と、それに伴って進行したお常との不和、別居、離縁を暴いていくが、それは健三とお常の絶対的な関係の不全・不能を浮き彫りにしていく。お常の呪詛にも似た島田への恨みと、それに反比例する健三への執着は、幼い健三に「不愉快の念」（四三）のみを募らせ、「愛想を尽か」（同）さざるを得ない。漱石は島田夫婦との生活、別居、そして実家への帰還までの健三の「記憶」に、現在という、書いている地点からの如何なる「注釈」の声も挟まないで叙述した。最後に漱石は健三を漱石自身と共有する「現在」に立ち戻らせる。

「考へると丸で他《ひと》の身の上のやうだ。自分の事とは思へない」
健三の記憶に上《のぼ》せた事相は余りに今の彼と懸隔してゐた。それでも彼は他人の生活に似た自分の昔を思ひ浮べなければならなかつた。しかも或る不快な意味に於て思ひ浮べなければならなかつた。（四四）

ここで健三はこれらを思い出すのが「不快」だと述べている。それは思い出すのも不愉快な「過去」という意味であろうが、同時にそれは「不快」という「感情」そのものが「記憶」のなかで生き続け、持続していることを表わしている。ベルクソンは『時間と自由』のなかで、感覚を空間的な質量によって計測されないものと規定した。その時の「不快」の強度は数量化されたり、他と比較されて計量化できるものではないのにもかかわらず、私たちは慣習的にあの時の憎しみは今回よりも強かったという具合に、恰《あたか》も物理的に説明できるかのように思ってきた。健三の「不快」は現在に至るまでその強度を保った、決して減じることのない「記憶」の物質的側面なのだ。健三が「記憶」によって導き出したのは、まさしく過去の「不快」という「感情」が少しも減ぜられることなく持続して、「自分」のなかに生き続けている現在であり、それが将来にも続いていくという確信に支えられた未来である。

ならば、その「記憶」を葬り去り、「記憶」の持続がもたらした「不快」（純粋記憶）と、そこから生起する今の「不愉快」（直接的過去の知覚）から逃れる術はないのであろうか。この全く位相の異なった「記憶」に囚われた健三は、その解消と克服を思索の霧に分け入りながら実践していく。

4 「記憶」と日常的慣習

ベルクソンの『物質と記憶』第三章にあるエピソードが、「人が溺れかかつたり、又は絶壁から落ちやうとする間際に、よく自分の過去全体を一瞬間の記憶として、其頭に描き出す事がある」として、四五節に引用されている。(6) 時々健三のもとを訪れる青年に彼はこう語る。

人間は平生彼等の未来ばかり望んで生きてゐるのに、其未来が咄嗟に起つたある危険のために突然塞がれて、もう己《おれ》は駄目だと事が極《きま》ると、急に眼を転じて過去を振り向くから、そこで凡ての過去の経験が一度に意識に上《のぼ》るのだといふんだね。(四五)

健三はこのベルクソンの「記憶」に関する説を青年に紹介（この紹介は『道草』全体のプロット進行にはいささか唐突である）することで、彼のこれからを指し示す。このような「危険な境遇に置かれたものとして今の自分を考へる程の馬鹿でもなかつた」(四五)と、いまが死と比肩するような「危険な境遇」にはないという現状認識を示しながら、ベルクソンの思惟にすがろうと試みる健三自身、あるいは漱石その人自身が暗示されている。ベルクソンはこの後に続けて「記憶」についてこう述べている。長くなるが重要な部分であるので引用する。

自己の生活を生きるかわりに夢みるような人間存在は、おそらくそのようにして過去の生涯の数限りない詳細な事情を、あらゆる瞬間にその視界から洩らさないであろう。また反対に、この記憶を、その全所産とともに斥ける人は、その生活を真に表象するかわりにたえず演じているであろう。彼は意識をもつ自動人形のようなものであり、刺激を適切な反応へと受けつぐ有用な習慣の傾向に従うだろう。第一の人は特殊なものはおろか、個別的なものからさえも、金輪際はなれることはあるまい。彼は各々のイマージュに時間における日付と空間における場所をそのままあたえながら、そのイマージュが他と異なっている点を見つけて、似ている点を見ないであろう。反対にもうひとりの人は、いつも習慣によって動かされるわけで、ある状況の中に見てとるものといえば、先立つ状況と実際的に類似した側面のみであろう。一般的観念は思い出された多数のイマージュの少なくとも潜在的な表象を予想しているから、おそらく普遍的なものを思考する能力はないにしても、それにもかかわらず普遍的なものの中を彼は進むだろう。習慣は行動にたいして、一般性が思考にたいするのと同じ関係にあるからである。(7)（強調原文）

ベルクソンがここで言おうとしているのは、「純粋記憶」によってのみ人間は生きていくことはできない、何故ならそれは「夢みるような人間存在」であり、「自己の生活を生きる」ことにならないからと言っている。それなら「近過去の記憶 ― 知覚」によってだけ人は生きられるのか。それは「有用な習慣の傾向」に従って生きることだが、それは「実際的に類似した側面」のみを状況から抽出することだけに意識を働かすことになってしまう。ベルクソンは、その二つが「内部的に相互浸透(8)」しつつ生きていくのが「正常な生活(9)」だとした。健三はこの道を模索していく。

四六節以降、健三は自分の慣習行為、つまり日常生活に眼を注ぎ始める。その眼はいきおい生活の伴侶者、お住に集中することになる。島田の「見えない帽子」によって開始された健三の「記憶」をめぐる思索の実験は、ここでお住という協力者を獲得する。直接的な生活という「生の場所」に還元された「記憶」は、果たしてどのように健三の自我認識を再構成するのであろうか。それまでもお住との齟齬は健三を苦しめてきた。それは幼時の「不快」とは違う次元の「不快」を健三に与えている。しかし、健三にとってそれは殊更に「改める必要を感じ得な」(一一)いものだった。それまでも言表行為者の叙述とも、お住の内面の声とも、判然としない描写が挿入されてきたが、四七節では完全にお住本人の意識内容として描かれるようになる。

細君は突然自分の家族と夫との関係を思ひ出した。両者の間には自然の造つた溝があつて、お互を離隔してゐた。片意地な夫は決してそれを飛び超えて呉れなかつた。(四七)

お住はこの思いを口に出して健三に語ったのではない。心中の思惟となったこの言葉は、お住の心を他者の側から叙述したものである。しかもそれはお住の「純粋記憶」の表層がこぼれ出た瞬間でもある。呑み込んだ言葉は、健三に「自分」を悟らせていく手掛かりになっているのだが、漱石は何故それを健三がお住の内面を推測するという形で表現しなかったのであろうか。全知の語り手という解釈は簡便にこれを処理しようとし過ぎる。

ここで漱石がベルクソンを知るきっかけとなった哲学者を媒介させてみよう。

何ものかに作用するということは、その中に入りこむということである。しかしこれは自我からぬけだして、その他者となることであるが、これは自己矛盾的である等々。ところが我々はみな、実際には、こういう意味での、自分の他者である。つまり、生身のものとして、論理ができないというしわざを、やってのけるすべを知っているのである。（ウィリアム・ジェームズ『多元的宇宙』第六講「主知主義に村するベルグソンの批判」[10]、強調原文）

ジェームズはヘーゲル的な超越的絶対者を否定した。経験の諸相のなかで他我が同時的に決定する意識の連続が、世界の構成要素となっていることを彼は強調する。もし、漱石がこの主張を受け入れたとするなら、『道草』の語りの問題は分かりやすくなるだろう。健三のお住に対する意識は、お住の健三に対する意識と互換可能なものであり、そこで「他者」と認識される相手は、また「自分」の一部でもあるのだ。漱石はこの互換化の可能性を表象するものとして、お住の心象を挿入する。だが、これは健三の意識でもあるのだ。こうした「他我」の峻別が不明確になる語りの目的が、主観と客観を分かつ二元論の否定にあったことは充分に想像できよう。

ジェームズはフェヒナーを引用して次のようにも述べている。

私の私自身の意識と、君の君自身の意識とは直接には、はなれていてお互いのことを知らないけれども、より高い意識、すなわち人類の意識においては知られ一緒に用いられるのである、と考えなければならない。この人類の意識の中に、私の意識と君の意識とは、その構成部分としてつらなるのである。(11)

日常の瑣末な雑事に「高い意識」が宿るのではない。苦痛にも似た、健三には「不快」としか感じ得ない日常生活の経験の諸相こそが、「記憶」の慣習的行為を打ち破り、「人類の意識」へと「他我」の峻別を乗り越えて進む唯一の「生」の確認方法であることを、彼はここで学習する。健三のこの思想的転回は、お住との実際の夫婦関係を改善しない。だが、お住もまた健三と同様にこの具体的な日常の「生」を持て余し「不快」のなかで生きているのだ。だからこそ、健三はお住への注視をやめない。その日常を分かち持つことによって、「自分」のようでありながら他者とも互換される「自分」の存在意識を、複数化した「自分」を通じて生活世界に関連させようとする。健三はそうした二人の関係をこう考える。

二人は二人に特有な因果関係を有つてゐる事を冥々《めいめい》の裡《うち》に自覚してゐた。さうして其因果関係が一切の他人には全く通じないのだと云ふ事も能く呑込んでゐた。(五二)

お住のヒステリーは健三を悩ませる最大の障碍だが、彼は「彼女の実在を確かめなければ承知（五一）できない。そしてやがてそれが「慈愛の雲が靉靆《たなび》」（七八）くものとして自覚され「二人の仲を和らげる方法」（同）となる。お住がヒステリーの発作でその全存在をかけて示そうとする「生」の要求は、形を換えた健三自身の意識である。彼はお住の日常からは想像のできないようなそのエネルギーにたじろぎながら、それと等価の内的な「憤怒」を自身が抱え持っていることを知っている。また、彼はお住がつぶやく「新らしく生きたものを拵え上げた自分は、其償ひとして衰へて行かなければならない」（八五）という深い「悲哀」も彼自身のものとして感知している。だから、彼はお住の死を恐れてやまない。お住の出産に彼は狼狽する。「死のやうな静かな光」（八〇）をたたえたランプのもとで、健三はお住から子供を取り上げる。『道草』のなかで最も象徴的に示された生と死の交錯のシーンは、健三の内的な存在意識を外部へ開かれた「高い意識」へと飛躍させる。健三は新しく生まれた子供と産後の不調から回復したお住を前に「人間の運命は中々片付かないもんだな」（八二）と独りごちる。それは「不快」から発せられた言葉ではない。不治の病に冒されたお縫の病状に触れた健三が感じた「人類に対する慈愛の心」（六二）や不遇の兄に対しての同情、喘息に悩む姉への哀れみと同種の、倫理に支えられた「感情」である。それは「不快」の影をどこにも落とさない全き透明を保った美しいものだ。

　だが、日常はそこが到達点ではない。この境地を味わった健三は再び日常のルーティンワークに戻らなければならない。日々のこの意識の往還、そして「記憶」の反復によって人間は生かされている。ベルクソンが告げるとおり、この二つの極（それはもともと一つのものの両面なのだが）の

「内部的浸透」が、日常を形成しているのだ。健三は他者のもののような「記憶」を発端に開始したこの心的体験を経て、こう自分に問いかける。「御前は必竟何をしに世の中に生れて来たのだ」（九七）。あれほどに「慈愛の心」を傾けたお住とは、また小さないさかいを起こして彼女を苦しめている。島田の相変わらずの金の無心に加えて、養母お常までが出入りを始めた。そして、また思い出したくもない幼時の「記憶」が誘い出された。物品のように島田と実家の間を回された挙句、実父からも邪険に取り扱われた「記憶」がこの小説の冒頭のように小説の終盤でもまた健三を悩ませる。

彼は過去と現在との対照を見た。過去が何うして此現在に発展して来たかを疑つた。しかも其現在の為に苦しんでゐる自分には丸で気が付かなかつた。（九一）

この繰り返しは断じて後退ではない。そうした進化の発想とは逆の繰り返しこそが「生」の実相であることを健三はもう理解している。だから、実父が「厄介物」（九二）と「慳貪《けんどん》に調子を改めた」（同）恨みも、また健三の「自我」を構成しているのであり、健三はその恨みを訂正しようとはしない。次兄の遺品の時計が約束と違って自分のものにならなかった時の長兄や比田夫婦に対する憎しみも、お住に「執念深い」（百）と難じられても、健三はその「感情」の強度を偽らない。

よし事実に棒を引いたつて、感情を打ち殺す訳には行かないからね。其時の感情はまだ生きて

ゐるんだ。生きて今でも何処かで働いてゐるんだ。己が殺しても天が復活させるから何にもならない（百）

ここで健三は「天」という名で物質的な肉体が消滅をしても存在する「感情」の持続を説明すると同時に、日常世界に投げ出された「モノ」によって複数の他者から組成された「自分」の現実的存在を表現しようとした。ジェームズはその存在の在り方を以下のように語っている。

物質的事実は、私たちが現にそこに生きていると実感するような体系の形態をとるためには、現象するのでなければならず、そして、物質的事実のなまの現実存在につけ加えられる現象するというこの事実こそが、私たちの有する意識、あるいはおそらく、汎心論的仮説に従っていうなら、物質的事実が自分自身についてもっている意識と呼ばれる。（『根本的経験論』[12]）

だから健三はこの小説の最後に「世の中に片付くなんてものは殆どありやしない。一遍起つた事は何時迄も続くのさ。たゞ色々な形に変るから他にも自分にも解らなくなる丈の事さ」（百二）とお住に語るのだ。物質的事実に付加された「現象」によって惹起される人間の意識は「色々な形」で現実を生産する。このそれぞれは全く異なった形態をとりながら、一つの「意識」へと向かっていくのだということを、健三は思い、また期待する。お住には健三の言うことの意味が分からない。だが、彼女は生まれたての赤ん坊の頬に幾度か接吻を浴びせ、「御父さまの仰しゃる事は何だかちつとも分りやしないわね」と子供に語りかけるだけだ。健三の日常の「不快」、強い強度を持続させる「記憶」に保存された不愉快な「感情」と一繋がりにあるお住の無理解は、子供への無償の慈愛の行為と合わさって表現される。健三の「自我」はお住の無理解ばかりを「認識」したのではなく、そうした慈愛という美しいものをも抱え持った「感情」をお住と自分が共有し、「お住と一体となって生きていることを証明している。[13]

『道草』はこうして終わる。恐らくは健三の過去、現在、そして未来にもわたるであろう苦悩は継続するだろう。だがそれは多面体としてある意識の一面を担っているに過ぎないことも、既に健三は知っている。近代が構築した二元論的視点が、「記憶」の耐久性のなかで揺らぎ、混ざり、そしてやがて溶解していくことに、健三は抵抗しなかった。だが、それは「諦観」や「回避」「遅延」からではない。このやがてすぐに現象学を生むことになるであろう「他・我」の境界をめぐる思考的推移、それはベルクソン、ジェームズら同時代人が共有した懐疑の追求そのものなのだが、これこそが健三を「生かして」いったのである。言葉を換えれば、漱石はベルクソンらとともに、その懐疑の根源をめぐって共通の語る場所を『道草』の上に実現した。

『道草』は、その健三の思惟の経過を、作家・漱石が作家以前の私有された「記憶」の上に視覚として留め、「純粋記憶」の連鎖の諸相として描いた、真にユニークな実験小説なのである。

註

（1）正宗白鳥「『道草』を読んで」『読売新聞』一九二七年六月二十七日。

(2) 越智治雄「道草の世界」(『文学』一九六九年十一月)に、この箇所について「時間が凍結したまま、過去が現れる」という指摘がある。

(3) 二五節に、「古い本」を読みながら思い出す「懐かしい記憶」は「越後屋の暖簾と富士山」とが「彼の記憶の焼点」となっている。また三一節には、古い自分に関する証書や証文類の「書付の束」を見て「是等の遠いものが、平生と違つて今の健三には甚だ近くに見え」るように思うのが、これに当たるだろう。

(4) 島田に関することをお住に話したかどうかを「忘れてゐる」(二二)、病床でその間の「記憶といふものが殆どない」(一〇)と語られる「記憶」は、まさしくこれに当たるだろう。

(5)『ベルグソン全集』第二巻(田島節夫訳、白水社、一九六五年所収)一五一頁。『物質と記憶』の原著初版は一八九六年。なお、漱石が所蔵していたベルクソンの初めての著書『時間と自由』は『物質と記憶』に比べると二元論的観点が残存している(V・ジャンケレヴィッチ『アンリ・ベルクソン』増補新版、阿部一智・桑田禮彰訳、新評論、一九九七年を参照)。

(6) この引用該当箇所は次の部分と思われる。

　ある種の夢や夢遊状態における記憶力の「高揚」は、ごく普通に見られる事実である。この場合、消滅したと思っていた記憶が、驚くほど正確に再び現われてくる。私たちは、完全に忘れていた幼少時の光景を、ことこまかにすべてまざまざと再び体験する。習ったことさえもはやおぼえていない言葉を語ったりする。しかしこの点で、何より教示に富むのは、溺死者や縊死者が突然窒息する場合、ときとして起こることだ。蘇生した人がのべているところでは、眼前で、ほんのわずかな間に、生涯の忘れられていたすべての出来事が、もっとも微細な事情にいたるまで、起こったとおりのそのままの順序で、つぎつぎあらわれるのを見たということである。(前掲『ベルグソン全集』第二巻、一七四―五頁)

(7) 引用は註(6)に同じ。

(8) 註(6)に同じ。

(9) 註(6)に同じ。

（10）吉田夏彦訳、『ウィリアム・ジェイムズ著作集』6（日本教文社、一九六一年）「第六講」一九八頁より引用、原著は一九〇九年刊行。なお東北大学に所蔵されている漱石蔵書の文庫にこの原著初版は蔵されている。

（11）引用は註（6）に同じ。「第四講」一一九頁。

（12）ウィリアム・ジェイムズ『根本的経験論』桝田啓三郎・加藤茂訳（白水社、一九九八年）一七五頁。

（13）樋野恵子は「『道草』論——『自然の論理』について」（『文学』一九七三年七月）で、この箇所に触れ、「漱石は確実に健三とお住の双方を見わたせる地点に立っている」と指摘しているが、賛成である。ただ私は、漱石が健三とお住の統括者として上にいるのではなく、この三者が同じラインに立って、「自己」の様々な「面」となっている、と考える。

付記

『道草』の本文は『漱石全集』第六巻（岩波書店、一九六六年）から引用した。なお、ウィリアム・ジェームズに関しては島田厚、重松泰雄、小倉修三、奥野政元諸氏の先行研究を参照した。

第八章　多喜二・女性・労働――「安子」と大衆メディア

小林多喜二の「安子」を読み終えたとき、読者は安子やお恵、その母親のお兼や兄の三吾、山田や佐々木といった主要な登場人物ばかりでなく、「素人淫売」の山上ヨシや、安子と山田を匿《かくま》ってくれた由三親子、あるいは名前も与えられなかった「管理人の妾」である親切な豆撰《まめせん》工場の女監督、留置場で出会った奥様風の四、五十の「きちんとした女」、そして安子たちとは敵対する村の巡査、吉峰の健ちゃんや留置場の看守すらも含めたテクストを生きる人々がその後どのような人生を生きたのかと、決して明るくはないであろうという予測を背後にしのばせながら、深い物思いにとらわれるであろう。それは「安子」が未完であるからだけではなく、私たちは既に歴史によって彼／彼女らの運命の大半を知識として知ってしまっているからでもある。が、歴史によって決定され類型化されてしまった彼／彼女らの行く末を夢想だにしなかった小林多喜二にとって、その一人一人は彼とともに同時代の苦悶を分かつリアルな実体であり、だからこそそれぞれの生の可能性を実現させようとする希望そのものであった。

「一九二八年三月十五日」（『戦旗』一九二八年十一―十二月）、および「蟹工船」（『戦旗』一九二九年五―六月）によって鮮烈な衝撃を社会に与え、プロレタリア文学、およびプロレタリア文学運動に身を挺し、そして一九三三年二月二十日東京・築地署にて拷問死するまでの数年間に凝縮された多喜二の生もまた、歴史が結果として編み上げる物語化への固定（ただし、これは歴史そのものの罪ではなく、対象を歴史化しようとする解釈者の意識、手順の問題である）による実体からの乖離を免れ得ない。固定された物語として語られる多喜二は、その物語のフレームをなぞりながら流布し浮遊し増殖し、やがて「タキジ」と表音される記号に転換され、プロレタリア文学、および運動のイコン、あるいは国家弾圧の殉教者となって、彼の眼が見た、彼の耳が聴いた、彼の声が叫んだ身体と意識の発話は、かき消されてしまった。

作品を解読するということは、読む者による作品の書き換えであるが、既に物語化されてしまった「タキジ」を具体的な身体と意識を具備した「多喜二」に差し戻し、その主体を囲繞する困難と、またそれと等価の希望によって書記された言説に注目することである。それは歴史化することの本来的な意義である解釈する者の現在を、歴史化される対象の側から逆照射して、その連続性と断絶性に潜む読む者の根強い思い込みによるクリシェ、常識、通念などなどの滑稽さや愚かさを同時代にあっても、また現在にあっても発見し、告発することになるだろう。私たちは歴史による「必然」（決定されてしまった運命）から逃れられない。だが、その逃れられない「必然」によってしか現実の残酷な愚昧を認知することはできない。ある主体や言説の歴史化とは物語化（歴史の「必然」を「必然」として固定化すること）の欲望を遠ざけ、主体自身の、言説そのもののなかに重層的にたたみこまれた錯綜をテクストに転換し、歴史を生きた実体として再表示する行為であろう。文学は物語化という類型化・固定化に力を貸しながらも、一方にその所与の物語を転覆・阻害して、新たな物語の叙述を可能ともしてきた。この両義性こそがプロレタリア文学を特徴づける重要なファクターであった。その意味で「安子」は多喜二自身の描かれざる物語への新たな参加であり、誰にも簒奪されない物語の新しい形式への模索となっている。多喜二にとって「安子」は彼が生きる時代を歴史化しようという試みであると同時に、それを自らが望む歴史の「必然」のあるべき姿に書き直そうとする行為そのものの過程である。それは自らに課したマルクス主義による世界の書き換えという命題の実践として多喜二に強く認識されたばかりでなく、そのことによって「安子」はいま読者の読解の多様性を誘発するテクストとなって私たちに再提示されているのである。

1　大衆性・大衆化とは何か

「安子」は一九三一年八月二十三日から十月三十一日（十月十八日を除く）まで『都新聞』に「新女性気質」という題名で一回の休載も、また伏せ字、発禁もなく、六九回にわたって連載された。多喜二にとって初めての一般新聞への連載であり、これにかける意気込みを多喜二は次のように語っている。

われ〳〵も自分たちを取り巻いている周囲の横なり縦なりを一寸見たゞけでも、如何にも今のこの「困難な時代」をそのまゝに表現しているような沢山の特徴的なタイプを持った無数の男や女を発見することが出来る。

私は失敗してもい、から、今度の小説の中では、この大それた仕事に手をつけてみようと思ったのである。――この小説にはそういう意味で二人の女が出てくる。だから、それはキット諸君とは「赤の他人」では無い筈だと、私は信じている。（「「新女性気質」――作者の言葉」『都新聞』一九三一年八月二十一日）

ここで多喜二は「困難な時代」の表象としての人物を造形しながらも、それが読者に近接したリアルな実体として認知されることを訴えている。この呼びかけが敢えてなされたのは、『都新聞』がそれまでのプロレタリア文学関係の媒体とは桁違いの巨大なメディア媒体であったからであろう。既に『中央公論』『改造』などの総合誌や『読売新聞』『東京朝日新聞』などの一般紙誌に新進作家として小説、評論を発表していた多喜二ではあったが、『都新聞』に連載小説を持つということには特別の意味があった。『都新聞』は中里介山『大菩薩峠』正・続の連載（一九一三―一四年）で一時代を築いた新聞ではあるが、高木健夫『新聞小説史　昭和編1』（国書刊行会、一九八一年）によると、「花柳ダネと相場欄に特色を持って『花柳新聞』といわれていた『都』」と、一九二五年（大正一四）当時、評されていたことが記されている。こうした状況の打開もあって一九二二年（大正一一）に第五面に開設された文芸欄はこの年に第一面に進出、都新聞の目玉として評価されていった。この文芸欄の仕掛け人が上泉《かみいずみ》秀信で、多喜二への連載依頼をした編集者である。自らも評論、劇作をする上泉は多くの新進文学者との交流があり、次々と斬新な企画を実現していった。それまで伊原青々園ら編集幹部の合議できめられていた連載執筆者の選定は、一九二九年（昭和四）から文芸欄の関係者によってなされるようになり、龍胆寺雄、尾崎士郎、小島勗《つとむ》ら、他紙が主軸とする直木三十五、白井喬二、吉川英治などの大衆小説作家とは異なる新しい書き手を一面に起用していった。併せて挿絵に硲《はざま》伊之助、恩地孝四郎、安宅《あたか》安五郎などの著名洋画家を投入して、視覚的に新鮮な効果を発揮した。上泉がターゲットとしたのはリベラルでモダンな都市中産階級であり、発行部数は『朝日』『毎日』などには遠く及ばないが、知的な読者層への発信という戦略で他紙との差異化をはかったのである。

上泉がプロレタリア文学に好意的であったのは一九三〇年前後の『都新聞』文芸欄からも明らかだったが、多喜二に一面連載小説を依頼するのはそれなりのリスクを覚悟したであろう。また多喜二らプロレタリア文学側からは、都会的な「ブル新聞」と認知される同紙に執筆するのはそれなりの戦略があったであろう。一九二八年の三・一五、二九年の四・一六の大弾圧後、極度に活動を制限されたナップ（全日本無産者芸術連盟）は三一年十一月にコップ（日本プロレタリア文化連盟）に再編されるが、その直前七月に日本プロレタリア作家同盟（ナルプ）の書記長に就任した多喜二にとってこの時期は、文学における実践という課題を実際の政治運動のなかに見出していった闘いの時期であった。この年蔵原惟人は『ナップ』に「プロレタリア芸術運動の組織問題――工場・農村を基礎としてその再組織化の必要」（一九三一年六月）、「芸術運動の組織問題再論」（同八月）を発表、非合法共産党における文化政策を打ち出した。これは一言でいえば、文化運動の政治化、および組織化である。広範な非政治的一般労働者を組織化して政治参画へと赴かせる方針はそれまでにも芸術大衆化問題、芸術的価値問題でも論議を重ねてきたが、これほどあからさまにプロレタリア文化運動の大衆化として既存の大衆文化様式への接近とその換骨奪胎を提唱したことはなかっただけに論議を呼びながらも、コップ再編へと繋がる道筋をつけた。それは反動的なブルジョア的、社会ファシスト的文化生産様式との闘争という前提を持ちながらも、それらと競合していくという難題をプロレタリア作家に押しつけたのであるが、既に文壇に一定の場所を得ていたプロレタリア作家たちにとって、作品を発表すること自体が常にこのような競合の現場に立ち会わされることでもあった。

この蔵原の方針転換が前年八月に参加した第五回プロフィンテルン（赤色労働組合インターナショナル）大会における大衆組織化の情宣・教化に関するテーゼの都合の良い焼き直しであり、より広範な労働大衆層の組織化によるナップの組織強化という目的を持っていたのは明らかである。それはかつて「芸術運動当面の緊急問題」（『戦旗』一九二八年八月）で「芸術運動の指導機関と大衆のアジ・プロの機関とを断然区別しなければならない」と強引に芸術大衆化論争を終結させた蔵原が、「組織は極めて自由かつ大衆的なものでなければならぬ」（「プロレタリア芸術運動の組織問題」）と未組織労働大衆を通俗的な文化を通じて企業内に組織せよと指令した矛盾そのものに現われている。これが弾圧後の現状に即した運動組織理論であるという説明こそが蔵原の指導者的教条性を暴露していくのである。蔵原が自ら任じているプロレタリア大衆の組織化という目的のなかで、彼自身が見失ってしまったプロレタリア大衆という名の下に一括される人間の肉感的な把握、言い換えれば大衆の一人一人がそれぞれに抱え持つそれぞれの愚かさにも似た苦悩や行動こそが、その組織化を妨げてしまうことに理解が及ばないところに、プロレタリア文化運動組織化の失敗と破綻、そしてその悲劇性に倍する蔵原の責任はあったと見るべきであろう。

多喜二が蔵原の教条性から免れるのは、まさしくその「肉感的把握」に優れていたからである。「プロレタリア芸術運動の組織問題」に呼応して書かれたかに見える「安子」は、蔵原のいう未組織労働大衆の組織化という「指令」を主題としながら、多喜二が把握する労働大衆、それももっとも看過されてきた女性に照準を合わせることによって、蔵原の「指令」の限界を意識しないままに糾弾していくことになった。宮本顕治は「どうしても書かれねばならぬところが書かれないで、大して必要でない場面が不必要に力がこめられている」（「『新女性気質』について」『都新聞』一九三一年十一月八−九日）と作品を批判したが、宮本が「不必要」としか感じない「留置場や、検束や、家庭生活」（同）の場面にこそ、多喜二の描きたい労働大衆としての女性の問題があったのである。この宮本の反応から、蔵原と同様に大衆組織化を、上からの教化と宮本が考えていたことがよく了解される。「階級的生活の具体的描写がない」（同）という宮本の非難は、文学があたかもプロパガンダの先兵としてしか価値を持たないと考えていたに違いない彼の本音を暴露し、多喜二が描こうとする階級的にもっとも困難を抱えている安子、お恵ら下層女性の日々の逡巡を、具体的に理解しようとしない傲慢な彼の指導者的教条性を露呈している。それは安子やお恵に対する屈辱であるばかりでなく、蔵原、宮本に代表されるプロレタリア文学運動理論と方針に忠実であろうと呻吟した多喜二への屈辱でもある。

多喜二が上泉の申し出を受諾したのは、ナップの方針転換によって広範な大衆組織化の要請が出現したことにあるのは間違いないが、主たる理由は『都新聞』という媒体が下層大衆の現実にシンパシーを抱く都市中間層を読者としていることに期待をもったからではなかったか。抑圧の当事者に向けられた啓蒙的読み物を期待する蔵原や宮本とは違って、多喜二は当事者のリアルな生活実感を描出することによって、当事者のみならず社会矛盾の「不正」に共感し得るリベラルな中間層を自らの作品の読者として獲得しようとした。そのことは結果において成功しなかった。だが、安子やお恵が決して「赤の他人」ではないこと、小市民的な安逸感に充足することへの疑問を訴えて、彼女らの日々の逡巡こそが状況を変えれば中間層自らの逡巡でもあることを、多喜二は主張した。ここには社会において最下層に位置づけられた女性に焦点を据えることによって現前化する資本主義の諸矛盾と、それを生み出す権力の不正配置によって不当に搾取されるシステムの様相が微細に書き込まれている。それは生産様式、生産過程などの基盤をなす家族がそうした国家の圧力に対して如何に無力であるかを表象しながらも、一方でその家族という単位そのものがシステムの再生産を補強してしまっていることを、稼ぎ手を失った安子一家の窮乏と、その打開という小説のプロットによって表現している。多喜二は安子とお恵、そして母親という女性のみとなってしまった「不完全」な家族が蒙る苦難を、金融恐慌後の社会不安のなかに生きる都市中流の「普通」の人々に提示して、実は彼ら自身とて脆弱で不確かな生活基盤の上に立っていることに気づかせようとし、プロレタリア大衆とは自分でもあるのだというメッセージを発信したといえよう。それが多喜二における大衆化論の止揚であった。

プロレタリア文学運動の組織方針として、この年七月に日本プロレタリア作家同盟の書記長に就任した多喜二は「新女性気質」連載直前の『都新聞』に、「緊急の課題」(一九三一年八月十六―二十日）を発表した。そこで「菊池寛や講談倶楽部の愛読者から、『ナップ』『文戦』の読者までも含めた全然新しい「文学サークル」を広汎に組織」して労働者の組織化を促進すること、そしてそのために「種々雑多な質」「多様性」をもつことの必要を弁じた。それは運動理論的な繋がりとしては、蔵原がかつて放ったプロレタリア文学創作理論、「プロレタリア・レアリズムへの道」（『戦旗』一九二八年五月）を逸脱していた。その矛盾について多喜二は次のように述べている。

> （略）お筆先のように云われるプロレタリア・レアリズムが、一体具体的にはどんなものであるかに就いては一言も云われない。一切を貫徹するプロレタリアートの眼をもって、あらゆる現実をレアルに写し出すことにはちがいないのだが、これだけをお題目のように繰かえしているのでは、ちっとも問題の解決にはならない、（中略）我々が何時でも要求することは一つ一つの具体的な問題についての解決である。（強調原文）

蔵原の方針転換をサポートする目的を持ちながら、この文章は期せずして蔵原の理論が実のところ創作にとって何の有効性も果たしていないことを明らかにしている。「一つ一つの具体的な問題についての解決」とは多喜二自身が見出そうと試みる創作動機そのものである。人間の生きた日常生活のみに、それにまとわりつく社会的、政治的、文化的諸問題は具体化されて、明るい解決への方途が模索されるということを、多喜二は「創作メソード」として言語化したといえよう。その自覚に立脚した初めての作品が「新女性気質」、のちの「安子」なのである。

2　他者としての女性

多喜二の初期作品には、淡い恋愛感や性欲との葛藤、また田口タキとの交流から見出した酌婦や女中など下層女性労働の問題が描かれていたことに、いまではあまり注意を払われなくなっている。多喜二と彼が愛好してやまなかった映画に対する新しい研究の必要とともに、多喜二の全体像を摑むためには、ここに重要な論点があると考えている。「安子」の原題、「新女性気質」には安子とお恵という違った女性のタイプを分類して描く意図があったという言及があるが、それはただ女性の性質をタイプ分けして実践運動との相関を考察するということだけではなく、一人の女性のなかに様々な「気質」が渦巻いていることを指し示す意味があったように思われる。お恵はおとなしく古風で優しい娘ではあるが、一家の生計ばかりか、安子の生活をも担わなければと考えるような芯の強いたくましさがあるし、闊達で行動力に富む安子にしても、実際活動のなかで立ちすくむ弱さが書き込まれている。単一的に類型化されない主要登場人物の造型にあたって、多喜二は自らの初期作品からその性格の特徴を引用している。

お恵という名前は「万歳々々」（『原始林』一九二七年四月）、「最後のもの」（『創作月刊』一九二八年二月）、「一九二八年三月十五日」（『戦旗』一九二八年十一－十二月）など、多喜二作品に登場する女性名として馴染み深い名である。初期作品の男性主人公名である龍介がほぼ一貫した語り手の特徴を持つのとは違って、「お恵」という名はそれぞれに別の背景、人格、境遇をもっている。「万歳々」では女中、「最後のもの」では女学校を中退して豆撰工場の女工になる少女、「一九二八年三月十五日」は活動家の妻という風に互いにすぐには結びつかない。しかし、「安子」を媒介させた時、そこには多喜二が描こうとした女性像が輪郭を結んでいく。「万歳々々」の女中のお恵は「何時までもそのま、黙っている」従順な女性として、「最後のもの」のお恵は「されるがま、にされているより仕方のない」と自暴自棄に陥る女性として、「一九二八年三月十五日」では夫の活動に「それが一体どの位役に立つんだろう」と生活を案じる妻として描出されている。この女性たちの無教育からの自信のなさ、ぎりぎりの貧困との葛藤、生活に密着した逡巡のどれもが、「新女性気質」のお恵に流れ込んでいる。そうしたごく「普通」の下層労働女性の具体的な生活実態と実感をお恵に担わせながら、多喜二は一方にプロレタリア労働運動に携わることによってその苦難の解決を果たそうとする新しい女性像としての安子を提示し、対照させた。

多喜二の創作ノートには「具体的な生きた人間として描くこと」として、お恵を「色浅黒、赤い、少ない、ちゞれた毛。背がひくい。むッつりや。—然し、綺麗な可愛い女」、安子を「白い、華かな、髪の毛の黒い女。快活」と外貌を記し、お恵を「ジミ」、安子を「積極性」と分けて対比させていたことがわかる。このノートには「新女性気質」で書かれなかった続きの構想が示されていて、二人を東京に逃れさせ、「この二人の姉妹を主として、背景に組合の運動を描いていく」とある。その際に、お恵も安子も「女給」にしようという考えが多喜二にあったことがノートに書かれているのに、注目しなければならない。

多喜二の初期作品に画期的な光を当てた小笠原克の「小林多喜二・初期の作品」(『藤女子大学国

文学雑誌』第一号、一九六七年二月）は、「〝多喜二＝タキ〟世界」という重要なキータームを導入して、多喜二と恋人田口タキとの交流のなかから認識した人間観から、初期作品群を読み解こうとした。「曖昧屋」（一九二五年十一月十九日擱筆付、ノート稿）、「酌婦」（一九二六年八月十日擱筆付、『曖昧屋』改稿ノート稿、一九二七年九月十四日加筆）、「瀧子其他」（『創作月刊』一九二八年四月）に至るタキをモデルとする私小説的な作品系列に早くから注目した小笠原は、この改稿過程で変容していく主人公の性格と境遇を、多喜二自身のタキへの思いの揺れであると指摘した。自分たちの苦しみが「無駄でなかった」と考えようとする純情な「曖昧屋」の妾《めかけ》から「こゝでは当り前の理屈なんか通用しないんだから」と嘆慨する「瀧子其他」の瀧子への変貌は、社会の下層へと追いやられていく女性のあらゆる社会矛盾を一手に引き受けた、またいやおうなしに引き受けさせられた存在へと視点を注入していく多喜二その人の経験でもあった。その出発は多喜二のヒューマニズムに根ざした女性への憐憫《れんびん》であったことは確かであるが、タキを通じて知った売春という堅牢な資本システムの残酷な実態が、いかに女性自身の身体のみならず内面をも搾取していくかに及んでいく多喜二の考察は、初期作品の一つのモチーフとして重要である。この「瀧子もの」の系列が「新女性気質」の後半に準備されていたのではないかという推論をノートから立てることができる。

お恵という物言わない女性主人公と対照的な安子を登場させることによって、この作品はある解決を示唆していく。それは瀧子が「瀧子其他」の最後で自分たちに降りかかる困難を嘆きながらも「第一土台を直してか、らなけァねえ、何んだって駄目さ。根本が間違ってるんだもの」と語らせたその先を進めていこうという試みである。お恵は瀧子の嘆きと願望を引き継ぐ存在として、田口タキその人の引っ込み思案で自信不足の性格さえも引き継いで造型されたと考えれば、その反対に持ち前の頭の良さと積極的な明るさを武器に果敢に闘おうとする安子には、多喜二の理想とする生活者としての女性像が反映している。安子は勇気をもって歩をすすめるお恵、あるいはその底流に引用されている瀧子の望むべき未来なのである。しかし、この新たな女性類型が蒙る困難について、多喜二はやがて「党生活者」で前景化するが、運動内での女性の実践に関する限界についても踏み込んでいる。創作ノートには安子について「マルクスのマントをきた近代的な浮薄な女になってゆくこと。女ルージン。」という記述があり、これが安子の性格づけという風にこれまでとられがちであったが、これは「新女性気質」の続きで舞台となる予定であった東京に出てからのことであり、むしろ冒頭に登場する裁判所での「すっぽりと黒いダルマ・マントをかぶった子供のように小さい女」や、兄を訪ねた刑務所の待合室で会う本を読む女など、やがて安子が近づいていく運動のなかで活動する知識階級の女性をあらわしたものと思われる。そこには、上京後に多喜二が出会った伊藤ふじ子ら都会の女性活動家にもった多喜二のイメージが投影されて、一種の憧れとそれに等価の気後れ、そして何より実際の活動で必ず侵入する男女間の性的問題から導かれた彼女らへの否定的な印象が介在している。多喜二はこの印象から、安子を都会の「浮薄な女」への変貌というプロットを用意して描こうとしたのであろう。だからこそ逆に「安子」におけるお恵の素朴ではあるが真摯な人生への懐疑や、安子のやむにやまれぬ運動への純朴な傾倒が浮かび上がり、彼女たちによって引用された様々な虐げられた女性という表象は、そこからの脱出を期する希望そのものの具体となって、単純ではあるが力強いストーリーを構成したのであろう。それは書かれなかった後半部の、複雑に絡み合っていくであろう様々な女性たちの声の基調をなす主旋律なのだ。それはまさしく多喜二にとって、いつも他者として外縁においやられていく女性を描写するのみではなく、生きた存在として自らに関係づけていく行為であり、そのことによって、自らが関わった不幸な女性たちが簒奪された未来の可能性を、もう一度彼女たち自身のもとに奪還しようとするのである。「安子」には単線的なストーリー展開という批判が付きまとうが、それは多喜二が新聞小説という媒体のために簡略化したからでも、通俗小説の方法を踏襲したからでもなく、文学において商品と恋愛の消費者としてのみ描かれがちな女性一般を、具体としての日々の日常生活から把握すればどのように見えてくるのかという問題を、強く意識したからであろう。商品消費の場面はほとんど描かれず、恋愛は自己回復の気づきとしてのみ用いられるこの「安子」が単線的だととらえられるのは、まさしく女性がいつも商品と恋愛という市場の対象物としてしか描かれてこなかったことの表われである。多喜二がそこを省いたことによって現出するのは、社会的、文化的、経済的に他者化されてしまっている女性の現況であり、だからこそその脆弱な足場を認識して、共闘しようとする「女性」の新たな方向が示唆されるのである。その視点から「安子」を読めば、このテクストにはプロット相互のみならず、メディア発信のあり方までが複雑に絡み合うような仕掛けが、随所に仕組まれていることがわかる。

3　視覚メディアのなかの「安子」

「新女性気質」連載第一回の紙面構成は、この時代が女性をどのように位置づけていたのかを解する好個の事例である。一面が文芸欄であった『都新聞』はこの面が先ず社会に向けられた。小野武夫「高原の部落より」(三)、辻山春子「奥多摩の宿の夜」という旅行エッセー、佐藤春夫の「アッパッパ論」という風俗短評を中央に、左上には連載で女性作家、著名人をルポする「日盛りと女流」という連載、この日は神近市子で、丸く囲まれた写真には彼女がミシンを踏むところが掲載されている。そして中段に「新女性気質」の第一回、大月源二の挿絵は裁判所の待合室で角巻きに包まれたお恵と母親がダルマ・ストーブにあたり、代書屋の老人が二人を見ているところが描かれている。下段上は誠文堂の広告欄で「赤津誠内先生　一代の快著」と題された『性典』の広告が女性の半裸身の写真を入れて載せられている。惹句は「魂もとける人生の歓喜」、あわせて「女を知る事は人生学の一頁だ」とする島田広『女性典』も広告されている。下段下には平尾賛平商店「粉白粉レート」「水白粉レート」の広告、化粧をする和服のモデル写真が付けられている。

ツーリズム、女性衣服、セクシュアリティ、化粧などがランダムに並び、それらとは最も遠い内容を持つ「新女性気質」というタイトルは、まるでそれらを「女性」という表象のもとに統括するかの如くおさまっている。多喜二と同郷で少年時からの友人であるプロレタリア美術家・大月源二の挿絵は大変好評を博したもので、彼の代表作となった。多喜二が大月を推薦し、上泉が無名であった大月を抜擢したのであるが、版画のような太いタッチで描かれた挿絵は、タイトル上の刑務所の高い壁を描いたカットとともに強い印象を紙面に与えている。全六九回、多喜二、大月は一度の休載もなく二人三脚で連載を続けた。「新女性気質」は明らかにこの挿絵、また副次的にはこの紙面を彩るさまざまな視覚媒体とのコラボレーションによって成立している。多喜二が作家同盟の、

か云はなかつた。安子は何時でも姉に（半分は、大概の妹が持つてゐる姉への甘えからでもあつたが）おッかぶせるやうな口のきゝ方をしてゐたが、心の何處かでは姉にある「恐さ」を感じてゐた——今、ハッと安子はその恐さに打ち當つた、と思つた。
「……ねえ……。」
安子はゆつくり云つた——
「姉のことね、それを使はせて

では強いことを云つたが、考へてみれば、姉が云ふやうに、[illegible]はずみではないかとも思つた。若しものことがあれば、姉も母も自分も大變なことになるわけだつた……。どうしたものだらう？

けれども、他方から考へれば、組合の人が何べんも云つたことがあるし、又借た本にも書いてあつたやうに、この仕事は非常に「秘密な」[illegible]

図　「安子」連載 30 回の紙面（『都新聞』1931 年 9 月 21 日）

大月は美術同盟の仕事で多くの時間をとられている最中にもかかわらず、多喜二が口頭で物語内容を伝えると、大月はすぐに作画するという連携のなかで作成された。

大月は後年、「ナップの運動の革命化と警察の弾圧の凶暴化とは、しだいに作者の創作のテンポを乱し、ついには明日の小説の原稿を今日になって入手し、時には明日の分の筋書きだけを聞いてさしえを描くという場合が多くなった」（「多喜二と私」『北方文藝』一九六八年三月）と回想している。この挿絵が明らかに作品の一部をなしていることは、初出紙面をたどればすぐ了解される。大月は登場人物を「現実の女性の中からその原型」を探るべく、安子は明治製菓の喫茶部の少女を、母親は多喜二の母セキを、また兄三吾は多喜二の実弟三吾をモデルにイメージをつくった。小樽の風景、北海道の風俗は自身の「記憶と想像」で描いたと先の回想記に大月は書いている。今、挿絵だけを通して見ても、この小説のプロットのあら筋が理解できるほど説得的である。大月は連載二一回（一九三一年九月十二日）では文字を入れて漫画のふきだしのように場面説明をし始めたが、三〇回（九月二十一日、前頁図）にはとぼとぼ歩くわびしげなお恵と安子を見守るかのようなローザ・ルクセンブルグの姿を描き込み、三四回（九月二十五日）には「プロレタリアの女は断ち切らねばならない二重の鉄鎖を持つてゐる」という作品中で用いられた語句を援用したアフォリズムのようなものさえつけているのである。この日の下段広告欄が早稲田大学出版部『早稲田高等女学講義』であるのも象徴的である。一見、小説への越権のように見えかねない挿絵の自己主張は、作品の内容を説明するだけではなく、見事なまでにこの小説が追求する女性の可能性という目的を視覚化している。

視覚的な効果を十全に担った大月とのコラボレーションによって、この小説の複層的な構造はより充実していく。従来、お恵、安子の佐々木、山田との恋愛という軸で読まれてきたこの小説が、実はここに多く登場してくる地方の労働階級の女性、あるいは実際の運動のなかの女性たちの居住まい、風俗、身振りというものを視覚化して、それを読む中間層、中産階級の女性たちに送り届ける役割を果たしていたのだ。先に述べた「すっぽりと黒いダルマ・マントをかぶった子供のように小さい女」は勿論、逮捕された安子が収監された監獄で同房した丸髷の女性も描かれている。こうしたさまざまな女性たちの実際のたたずまいから読者は何を受け取ったのであろうか。

この小説のもうひとつの主題は組合運動であり、そこから派生する新労農党問題である。「安子」は一九二八年冬から二九年秋に至るほぼ一年間の話であるが、三・一五事件の弾圧後の組合運動が四・一六事件によってより窮地に追い込まれるなかで、合法政党として新労農党の発足が大山郁夫、上村進、細迫兼光によって二九年八月に提案され、『新労農党樹立の提案――親愛なる全国の戦闘的労働者農民諸君の前に』(同人社、一九二九年八月二十一日)という赤い表紙のパンフレットが全国に流布した。三九回(九月三十日)には、十一月に挙行される創立大会に代表を送るか送らないかで紛糾する、安子、山田が関わる小樽の労働組合の場面で、このパンフレットを掲げる委員長が描かれている。一九三一年七月に結成された労農党、全国大衆党、社会民主党合同派の三党合同による全国労農大衆党がファッショ的性格を持っていることへの危惧が、こうやって作品のなかに文字と画による説明を繰り込むことで示され、その政治的な方向が説明されている。

女性と労働、女性と組合運動という主題を、新聞の広告紙面に日々踊る日常生活のさまざまな消費物に挾んで、多喜二と大月は、生きた物語として世間にぶつけていった。それは実際に動く歴史の流れを押しとどめ、見直し、再構築していこうとする営み、試みであった。多喜二はその作家的な出発時から眼を注ぎ続けた女性の問題系によって「安子」を書くことで、女性主体に対する社会の根拠なき思い込みを、下絵が絵の具の底から浮かび上がるようにあきらかにしていった。後続の物語で描かれるはずであった都市の底辺女性労働や性産業、革命運動の女性たちの問題は、当時にあって解決することのできない必要悪としてしか認知されていなかったが、もし多喜二、そして大月がこれを書(描)いていたら、その解決の糸口はもっと多く提供されていたに違いない。勿論「安子」一編は、彼女らの過酷な運命を救うことにはならなかったが、だからといって多喜二らが何もしなかったとは言えないであろう。

「安子」は明らかに文学史という歴史的空間に封じ込められ、その上に或る「評価」のもとに忘却されようとしているテクストである。その忘却は単に現在忘れられているというだけでなく、同時代において既に棄却されようとしていた。しかし、それでもなお、多喜二が大月とともにぎりぎりの条件のなかで試行・志向した女性・労働、その解決という戦略を無駄であったとは思われない。なぜなら現在の私たちのすぐ近くにも、まったくの「赤の他人」ではないお恵や安子が居るからである。多喜二の希望に満ちた未来への願望は、彼女たちの現在にこそ活かさなければならないだろう。多喜二が拒み続けた事象を記述の対象としてのみ考えるような「歴史化」への誘惑は、あらゆる機会に私たちに襲いかかる。プロレタリア文学の規格化・定式化（文学の歴史化）と、多喜二その人のイコン化（男性プロレタリア作家の理想化）という方向を拒絶して、未だ解決されないままに持続する現代の政治的、社会的、文化的諸状況に埋め込まれている不正を、隣人としてのお恵、安子から感知する力を得ることが、これからの「プロレタリア文学研究」の要諦であり、文学研究の可能性なのではないか。「安子」はその呼びかけに応えることを待ち続けているテクストなのだ。多喜二の理想の宛先は現在もなお読者にさし向けられている。

註　小林多喜二の『都新聞』掲載文（「新女性気質」本文など）は初出から、それ以外の多喜二の文章の引用は『小林多喜二全集』（新日本出版社、一九八二年）に拠った。また、『都新聞』関係は土方正巳『都新聞史』（日本図書センター、一九九一年）を、大月源二関係は金倉義慧『画家　大月源二』（創風社、二〇〇〇年）を参照した。

第九章　視覚という〈盲目〉――多和田葉子『旅をする裸の眼』の言語実験

1　見えないものを視る

映された目、意識のなくなった身体にくっ付いている。何も見えていない。視る力はカメラに奪われてしまった。名前のないカメラの視線が、文法を失った探偵のように床を嘗めてまわる。
（『旅をする裸の眼』講談社、二〇〇四年）

見ているはずのものが見えていないという「視覚の不明性」について、多和田葉子は『旅をする裸の眼』冒頭部で余すところなく描いた。カメラという媒体によって映された「目」は、それを見る主人公の視覚によって認知されているが、その「目」は「何も見えていない」。その「目」を凝視するもう一つの「視線」であるカメラがその「目」を描きだしているのを、主人公は理解している。「何も見えていない」スクリーン上の「意識のなくなった身体」となった小説の主人公の主体は、「何も見えていない」という約束のもとで働くカメラの「視線」と同化して床へと移動して「床を嘗めてまわる」。「名前のないカメラの視線」と主人公は同一化して「何も見えていない」目から離れてしまったのだろうか。それとも、もともと「何も見えていない」目を映し出す「カメラの視線」に沿ってただ追っているだけの、空虚な身体の所有者に主人公はなってしまっているのだろうか。何より小説の話者は何を見ているのか。映像上のヒロインの「目」そのものなのか、ヒロインの「何も見えていない」という状況なのか、散乱する家具やスタンドといった映像が描き出すモノなのか、それとも白黒画面に点滅する光の量なのかは、混然としてすぐには答えられない。また、それを読む私たちがこの短い文の重なりから何を見た、あるいは見ようとしているのかは、そこで描かれた引用としての映画『反撥』（ロマン・ポランスキー監督、一九六五年）を観ない限り、まったくわからないのだ。だが、そのことがここで描かれた「目」が「何も見えていない」状況であることに近似して、視覚の遮断と認知の回避を表象することになっている。

「何も見えていない」ことを視覚によって表現しようとするカメラの矛盾は、私たちの視覚が持つ両義的意味を開示する。「見る」という行為は生理的機能であると同時に、主体の内的想像力という意識の問題に関わっている。それを文学・言語によって表現するということは、視覚性（Visuality）と文学的想像力（Literary Imagination）をめぐる実験的な試みを遂行することだ。生理的機能としての「目」が透明に描き出すと信じてきた外界・他者が、実のところ内的意識として作動する「眼」が欲望する、自己という内部・主体の照り返しであり、その内部・主体もまた外界・他者の多様な反映物として存在するという認知システムの過程に、言語はどのように関与してきたかについて、多和田は提示している。言語が描き出す視覚の領有をめぐる言説は、視覚がもたらす図象的・映像的事物を参照しない限り了解されないという限界を表明し、さらにその言語活動は図象的・映像的事物を想像するという行為に読者を誘う。「見えていない」ものを視るということは意識の領野に蓄積されている情報を索引するという行為だが、それはおそらく多くの場合「そのもの」と正確には一致しないであろう。にもかかわらず、私たちがそれに近いイメージを構築できることについて、従来、例えば次のように考えられていた。

もしイメージの新しい言語が別の方法で使われたら、そのことによって新しい種類の力が生まれるだろう。言葉が無効になってしまう領域で、我々はそのことによって、より正確に自分の体験を説明し始めることができるだろう（見ることは言葉の先にある）。個人的な体験だけでなく、過去の我々の関係の本質的、かつ歴史的な体験をもである。これは生に意味を与えようとし、自らが活動的な人間になれる歴史を理解しようとする体験のことを指している。（ジョン・バージャー『イメージ――視覚とメディア』伊藤俊治訳、parco出版、一九八六年、原著一九七二年）

しかし、見る行為が言語の先にあるとするならば、多和田が描出する「見えていない」ものを見／視る行為を言語に置換することは不可能である。そこには「個人的な体験」も「本質的、かつ歴史的な体験」も一切ない、まさしく時間も場所も奪われた経験でしかない。その経験はおそらくは、西洋文化（啓蒙の文化）にとって、知識は主として視覚（照明）と結びついてきた。視覚は、感覚の中では最も遠隔的（おそらく最も聾的）であり、客観的および科学的（価値判断から中立的な）な知の理想を支えている。物事の本質や真実を見通すのが眼である。それを基礎にして、視覚（ひいては視覚テクノロジー）の優越性それ自体が西洋文明の本来的な卓越性の反映であると確信することが可能となった。（ケヴィン・ロビンス『サイバー・メディア・スタディーズ――映像社会の〈事件〉を読む』田端曉生訳、フィルムアート社、二〇〇三年、原著一九九六年）

というような視覚優位主義的言説や、「あなたの視覚的経験は、あなた自身が構築したもの」と主張するドナルド・D・ホフマンの

物体や各部分があらかじめセット詰めになった視覚世界が、最初から用意されているわけではない。あなた自身が、あなたの視覚世界を、そしてその中の物体や各部分を、構築しているのだ。あなたが細心の注意を払って構築をおこなっているため、その結果つくりあげられた各部分は、視覚世界を旅して物体を認識する際に、大いに役に立ってくれる。（『視覚の文法――脳が物を見る法則』原淳子・望月弘子訳、紀伊國屋書店、二〇〇三年、原著一九九八年）

というような認知科学に基づいた解釈から、零れ出てしまう地点を示すことになるだろう。確かにロビンスが言うように、西欧中心主義的な視覚の行使は知や情報の優位的な価値獲得を可能にした

し、またホフマンの言及するように、脳が視覚を構築し外界を構成しているということは強固に信じられている。

だが、多和田のテクストが投げかけるのは、絶対的に視覚から遠ざけられながら、視覚でしか感知できないと思われてきた認識・意識を言語によって表現できるのかという疑問であり、逆に言語を持たない主体が視覚で得た情報・事実は意識に蔵された視覚イメージによって表象できるのかという疑問なのだ。視覚と言語は互いに補い合った現実認識・対象認知の「道具」として考えられてきたのだが、この小説ではその片方を失った情景を設定することによって、この相補関係が実は虚偽ではなかったのか、そもそもその認知する「現実・対象」とは何のことを指すのかという、小説の発生、および映像の発生を根源的に問おうとする作業を行なっている。

十三の章に分かたれたこの小説は、カトリーヌ・ドヌーブの出演作品を追い続けるヨーロッパに拉致されたベトナム人女性の語りによって構成され、各章には主人公の時間と映画とそれの制作年が付されている。第一章「一九九八」は"Repulsion 1965"(『反撥』)、最終の第十三章「二〇〇〇」は"Dancer in the dark 2000"(『ダンサー・イン・ザ・ダーク』)である。この最終章で盲目の女性「犬を連れた奥さん」はセルマという女性にこのように語る。

視力っていうのは裂け目みたいなものなんですよ。その裂け目を通して向こうが見えるんじゃなくて、視力自身が裂け目なんです。だからまさにそこが見えないんです。目が見えないことはいいんです。ただ、わたしが盲目と知ると、すぐ自分の人生の物語を長々と話して聞かせようとする人がいるんで困るんです。わたしはもう他人の人生話には興味がないんです。

既に主人公のベトナム人女性「わたし」すら登場しないこの最後の章で、視力自体が「裂け目」であり、それゆえに「見えない」のだとする語りには、私たちの日常が視力の優位的な機能を信じているだけであり、実は何も見てない・視《み》えてないことを暴露している。見るという行為が見ないことと等価であるとした時、即ち「盲者」の側から転倒させた時、今まで自明のこととして疑いもしなかったことへの懐疑がふつふつと浮かぶ。視覚を所有する私という「主体」、その「主体」が言語で表現する客観化された「事実」、その「事実」を認知する私の「視覚」、などと言って表わしてきたものが、視覚と言語という対立的に布置しながらも相補的に理解してきた錯誤によって生じた架空の思い込みではなかったのか、という恐ろしいような考えが消しがたく湧き上がってくるのだ。

ジャック・デリダはこの視覚の顚倒と言葉の関係について次のように言っている。

言葉というものは、vocable（原注・ラテン語で「声」を意味するvoxの派生語）ともいうように、聞かれるものだということをつねに想起しなくてはならない。音声現象は、それ自体としては、見えないままである。言葉は、われわれのうちの、空間というより時間を予め占拠するのであり、それはただ、盲者から盲者へと、眼の見えない人用の信号のように向かうばかりではない。言葉というものは実際、たえず、それを構成するところの盲目性のことをわれわれに語っているのだ。言葉が自らを語るということは、すなわち、盲目性について、盲目性から

語るということである。(『盲者の記憶』鵜飼哲訳、みすず書房、一九九八年、原著一九九〇年)

ここでデリダは、言葉が視力を持たないということは、視覚の経験として認知されてきた情動が、視覚なくして経験できるのだということを語ろうとしている。視覚は仮設であり、もはや見ていないもの、あるいは未だ見ていないところこそが視覚の原点であり、言葉もまた「盲目性」においてこそ言葉となりうる。情動はまた内的な想像力と言い換えられるが、それは「盲目性」においてこそ力を発揮するのだということをデリダは説いている。つまり、脳神経系の伝達によって果たされる視覚の自律的な認知システムという考えにも、意識に内蔵された視覚イメージの言語変換による想像力の定置という考えにもよらず、視覚、言語の双方が予め「盲目性」を内包し、ゆえに言葉が役割を担っていることを語ろうとしているのだ。多和田が「裂け目」として表現した視覚もまた「盲目性」の比喩であり、言語によってその「盲目性」の起源をたどろうとする作業に、映画という近代が発明した視覚装置を用いたことが、このテクストの成功を導いた。

2 「盲者」としての視覚

ぼくたちはともにユダの罪の意識を実感するように強制された。なぜだろう? いかなる目的でそのように仕組まれたのか? ぼくはその疑問にたいする解答がフィルムのどこかにあることを本能的に悟った。もし、あのとき、それをあえて言葉にしていたら、(自分が口にした意味もじゅうぶんにわからぬままに）答えは映画というメディアそのものに潜んでいると口走ったことだろう。ぼくはそれまで、語るべきことを伝えるためにかくも映画であることが必然である作品に接したことがなかった。それは劇場と呼ばれる暗黒の空間と、別世界に通じる扉であるスクリーンと呼ばれる光と影の踊る長方形の平面と、そして脈打つ映像をむさぼり食う人間の目という催眠的証人を必要とする。（セオドア・ローザック『フリッカー、あるいは映画の魔』田中靖訳、文藝春秋、一九九八年、原著一九九一年）

映画が人間の視覚の延長として誕生しながら、それがあたかも怪物のように変容してしまったことを、ローザックはその小説の一部に明瞭に描き出した。暗闇の中で平面のスクリーンに映し出された光と影の交差をむさぼるという行為に「ユダの罪の意識」を重ねるローザックの筆は、映画という視覚体験の「盲目性」を思わぬ形で露呈させる。一秒間に二四コマ（無声映画では一八コマ）の画像が連続することによって起こる錯視を利用したエンターテイメントが、本来は事物・事象の「活動」を「見る」積極的意志にあったのがやがて「催眠的証人」という受動的参加へと後退するのに、たいした時間は必要なかった。そして何より、光で構成されていると信じられている映画が、実は影のなかに潜んだ可視化できない何ものかによって観客の身体を籠絡していたことに、この小説は迫っている。コマをつなぐ切断面、あるいは認知できない一コマに映像を潜ませることは、通俗的にはサブリミナル効果としてよく知られているが、この映像が身体に働きかける効果については言語化できない潜勢力となって観客の意識にもぐりこみ、身体に印を刻みこむのだとローザックは主張している。

第一章で採り上げられるロマン・ポランスキーの『反撥』のシーンでは、ヒロインのキャロルが夜ベッドの中で恋人とのことを考えている。キャロルの身体は強い光に照らし出されているが、まわりは漆黒の闇に包まれている。突然、踏み切りの警報が鳴り、場面は一転して過剰な光の中に投げ出され、スクリーンは光に満たされて何も見えなくなる。この間にせりふはまったくない。このシーンの解釈は多様だ。キャロルの性的欲望が幻視する意識の混乱とも、何か超常的現象によって起こったポルターガイストともとれよう。だが、ここで留意しなければならないのは激しい光の交差によってもたらされる観客の不安である。

人形、人形もうひとつ、ぬいぐるみ、花瓶、サボテン、テレビ、電気コード、バスケット、ソファーの隅、じゅうたん、ビスケットのかけら、角砂糖、古い家族写真。みんなの絆を確かめあって見つめあっているのに、一人だけ何もない空間をじっとにらんでいる少女の目、その目を、どんどん大きく映し出していくと、ぼやけてきて、紙にできたシミのようになってしまう。ひっくり返されたソファー、倒れた箪笥、廃墟になった部屋の光景を見ても、何が起ったのかは分からない。（第一章）

主人公「わたし」は「何が起ったのかは分からない」。直接的には光の氾濫にたじろいでいるのだが、視覚は見ることを拒否されたという混乱のなかで二重に傷ついているのだ。このシーンが既にその予兆をたたえていたことは、キャロルの目、それは「何も見えていない」のだが、その目が目とわからないまでにクローズアップされて、その目にアイデンティファイすることが不可能となってしまうショットから了解される。目という、視覚の根幹と信じられているものからの遮断は映画史の輝かしき記念碑である『アンダルシアの犬』（一九二八年）で明瞭に示された。冒頭の剃刀で目を切り裂くショットこそ、視覚の「盲目性」を直接的に表象している。監督のルイス・ブニュエルは彼の自伝で、フィゲーラスのサルバトール・ダリの家に泊まりに行った時に話し合った二人の夢からこの映画が生まれたと語っている（『ブニュエル　映画、わが自由の幻想』矢島翠訳、早川書房、一九八四年、原著一九八二年）。夢がしばしば超越的な幻想を提供することよりも、目を閉じているのにもかかわらず視覚として出来事を生起させることに、私たちは注意を払うべきであろう。何故ならその夢は他者の視覚を奪うことで、自己の視覚的体験を満たしているからである。それはおそらくは映画という形式の本質的な側面を表象している。『反撥』での観客の不安は、事態がわからないことではなく、視覚が本来的に不確かな暗黒を含んでいることを気づかせるからである。その身体の経験はあからさまに存在の不確かさを明瞭にし、身体に投げかけられたこの攻撃は、キャロルにではなく自分に向けられているのだという危険を察知させる。

マーティン・ジェイはデリダの「暴力と形而上学――E・レヴィナスの思考に関する試論」を援用しながら、「われわれがイメージや模造《シミュラークル》が充満する世界に生きるようになればなるほど、現実の暴力は、多くの場合、まさにこうした視覚の屈折を経てわれわれのところにやってくる」（『暴力の屈折』谷徹・谷優訳、岩波書店、二〇〇四年）と言っているが、「光の屈折」のようにキャロルに投げられた暴力は、そのまま観客である「わたし」にその暴力の悪意を伝播させ、「触覚的暴力の比喩的な類似物以上」（同）のものとなって作用するのである。視覚を認知としか考えなかったことへのこの処罰は、『旅をする裸の眼』の全体を覆うテーマといえる。「わたし」の不安定な状態は、キャロルの心理的な強迫観念とは違って、まさしく家もなく国籍もなく言葉もまったくわからないという具体的なものであるのだが、その「わたし」に向けられた具体的な暴力をはるかに凌駕する悪意は、光の連鎖と闇の強度の点滅によって「わたし」の眼を裸にし、ある覚醒へと導いていく。ベトナムからやってきてドイツに拉致され、間違ってフランスへと漂流する「わたし」の視覚と言語は予め奪われてしまっているのであり、その植民地主義的な配置の不当を訴えかける如何なる正義もここでは行なわれないということを、この小説は冒頭で確定させているのである。

ジェイは同著に収められた「正義は盲目でなくてはならないのか？」という文章で、ヨーロッパの正義を表わす女神ユスティティアが十五世紀終わりごろから目隠しされた図像として寓意されたことに触れている。正義が盲目であり、暴力を容認するとされてきたこの図像解釈にジェイは「たかが人間による正義は、誰の魂が救済に値し、誰の魂が値しないかなど、明確に見抜く力を持ち合わせているはずがない。不完全な一般的法と、それを適用する人間の具体的な判断は、いかにしても、いつも、絶対的な究極的正義にはいたらない」という新しい見解を加えた。しかし、このジェイの指摘はヨーロッパの植民地から拉致されてきたベトナム人の「わたし」には適応されない。比喩的にも具体的にも、絶対的に主体の存立を奪われてしまった「わたし」が初めて見た映画とは、そのことを思い知らせるための装置であるからだ。だから「わたし」が受ける処罰は、「わたし」

という存在を生み出した彼らの歴史の闇を照らし出し、彼ら自身の「盲目」を逆説的に攻撃するのだ。それはまさしくデリダが志向する「光の暴力」に対抗する別の「光」による攻撃を指標していることになる。

第三章「1990 Tristana 1970」では、ブニュエルが監督した映画『悲しみのトリスターナ』が採り上げられるが、ここでも切り取られるのは非言語的コミュニケーションである。

あなたはお下げを垂らして、ピオニール隊員の少女のようにも見えるし、昔のフランスの絵本に出てくる活発な少女のようにも見える。あなたの名前はトリスターナ。トリスターナはろうあの少年と話をする。唇と指だけで話をする。トリスターナはわたしとも話をしてくれるに違いない。そう思うと、心が落ち着いてくる。（第三章）

聾唖《ろうあ》の少年と出会い無言の意志の伝達を交わすのだが、「わたし」はそれが自分だけのコミュニケーション技法であるのだと感知する。そう感じるのは「わたし」が「盲者の視覚」という顚倒の方法を既に獲得していたからだが、ここで新たに「聾者の聴覚」という顚倒を加えて、「唇と指だけで話をする」という身体的な技法を学習している。それは「わたし」に最終的に与えられた抵抗の姿勢でもある。話さず、聞かず、身体という確実に残された最後の財産を用いてコミュニケーションを行使しようとする「わたし」の完成を伝えるのは、資産家の老人との結婚、そして彼の死によって裕福な未亡人となったトリスターナのもとに再び訪れた少年との交渉のシーンである。

少年は、ジャケットの前をあけるような仕種をする。トリスターナはその仕草を真似して、ガウンの前をあけて見せる。少年は大きく目を見開いて、震えながら後じさりし、背後の藪に消えてしまう。まるでフィルムを逆回ししているみたいだと思う。（第三章）

足を失ったトリスターナが、その身体の欠損を再びやってきた少年に挑戦的な眼で見据えながら敢えて見せつけることは、過去の無垢な時代を懐かしむとともに、今の自分を肯定することだというのが、少年の怯えから伝わってくる。少年の聾唖という「欠損」を自らの片脚の「欠損」にアイデンティファイしたトリスターナは、ここで少年を退却させ、トリスターナの傲岸な挑発は、カトリーヌ・ドヌーブという女優の身体を通して、「わたし」を触発する。それはトリスターナまたそれを演じるドヌーブによって表象される西欧の残酷と悪意に感応するということである。「わたし」は少年に、そしてやがてドヌーブにも同化しながら、ドヌーブを克服しようとするのだ。ドヌーブが演じるトリスターナが映像という視覚の引用なくして言語のみによって描写されることに、この小説の読者に対する視覚の「盲者性」は強く作用するであろう。そしてそのことは、遮断を通してしか「わたし」の状況を説明できない言語の「盲者性」を曝露させることになる。だから、この交換の儀式は映像の追認ではなく、「フィルムを逆回し」するようにこの映画を再審していく。認知の確かさは、見ない／見えないものによって証明されていくのだ。「わたし」のドヌーブへの投企を通じて、映画は新たな意味を付与された。

3　視覚と言語の身体把握

近年、視覚性をめぐって展開している研究において、視覚は、あまりにもしばしば自律的で自己弁明的な問題として提起されてきた。視覚性というカテゴリーを特権化することは、この概念を今日見るように知的に有効なものたらしめてきた専門化や分離の力を無視してしまうという危険を冒すことになる。このように、視覚的なものの領域を構成しているように思われるものの多くは、実は他の諸力や権力関係の効果なのである。同時に「視覚性」は、容易に知覚や主体性のモデルに転換しうるが、そうしたモデルは、より豊かでより歴史的に決定された「身体化」という概念からは切り離されてしまう。（ジョナサン・クレーリー『知覚の宙吊り――注意・スペクタクル・近代文化』岡田温司監訳、石田治寛ほか訳、平凡社、二〇〇五年、原著一九九九年）

クレーリーの視覚性に関するこの見解は、多和田の『旅をする裸の眼』が描こうとすることと同じ意識を共有している。以下、このことを響かせ合いながらテクストをたどってみたい。

この小説が視覚と言語からも隔たれた地点を描いていくための重要な素材は「血」である。それはもっとも身体的なものでありながら、外部に流れ出ることによって不気味で不穏な他のものに変換する。それは「わたし」のヨーロッパから遠く隔てられた他者性を表現しているのと同時に、視覚や言語を超えた身体のみによって表出し得る〈存在〉を主張するのだ。

吸血鬼なんて、ベトナムではもう、暗喩としてしか出てこない。たとえば、「利子」は、人間の血を吸って肥えるので一種の吸血鬼だと言われた。私営企業の経営者や麻薬取引き人も吸血鬼だと言われた。でも、パリの映画館にはまだ本物の吸血鬼がいる。暗喩などではない。そういうことなら、吸血鬼になってしまってもいいような気がしてくる。血を吸われて、仲間になって、吸った血をミリアムと分け合いながら生活できるなら、その方が今よりずっといい。吸血鬼になりたい。(第四章)

一九八三年、トニー・スコットの初監督で公開されたアメリカ映画『ハンガー』は、不老不死の血と永遠の美を、伴侶(デヴィッド・ボーイ)に与える女吸血鬼ミリアムを描いたカルト的作品である。ドヌーブは吸血鬼ミリアムとなって自分に興味をもった女性化学者サラ(スーザン・サランドン)を誘惑するが、この女性同士の性愛を「わたし」は女性共同体の分配と感じる。互いの主体の交換はより高度の確証を要求して、他者との血の交換という最も身体的な方法を発見する。主体がほとんど不確かな「わたし」にとっては魅力的なことであるが、それは一方に民族的アイデンティティ、および文化的アイデンティティの強制ともなってしまうことにも気づいている。「わたし」は、ヨーロッパに暮らす亡命ベトナム人のグループに辟易し、ドヌーブに重ね合わされた「わたし」を選択しようとするが、この裏切りはますます「わたし」の行き場、居場所を喪失させていく。ドヌーブによって表象される堅牢な西欧文化の鉄鎖を打ち破るのは、「血」に表わされた家族や民族、国家という錘《おもり》である。これを交換するということこそが自己存在の独自性を表明するという、植民地的なねじれがここにはある。

ドヌーブが演じた映画には思いのほかに「血」が描かれていることを考える時、このねじれはドヌーブという西欧の側にも反映していることがわかる。『反撥』ではエステ・サロンに勤めるキャロルがマニキュアの最中に初老の客の指を切ってしまい、また恋人を殴打して頭から血を流させ、『ヴァンドーム広場』では突然葬式の最中に鼻血を出す。『ハンガー』はその集大成ともいえるが、注意したいのは監督のトニー・スコットが『反撥』と同様に、ドヌーブの目をカットバックしながらシーンを構成していることである。血と眼によって織り成される細かなカットバックは不安を連鎖させているが、多和田のテクスト内で、その不安はこのように書かれる。

彼女〔註・サラを指す〕は別のことが恐いようだ。自分がそれまで猿を実験動物にして異常な現象の研究をしていたのに、今度は自分自身が異常な現象になってしまって、研究対象になってしまった。自然科学者としてそれに耐えられなかったのだと思う。もし研究者がある朝起きてみて、実験用のねずみに変身していたら、その場ですぐに自殺してしまうだろう。わたしならねずみとして殺されるまでそのまま生きていくだろうけれど。（第四章）

ここでは「わたし」の存在の不安は明らかに映画『ハンガー』がどのようにして「わたし」の不

安を共有するかということに振り替えられている。自身が見られる存在となって標本のように凝視される植民地に注がれる西欧の眼の暴力をいとも簡単に転覆させ、実験用ねずみに変身するサラという比喩のもとに「わたし」の不安を表現して、なおその恥辱に耐え得ない西欧の脆さを「わたし」なら「そのまま生きていく」と嘲笑する。

この宗主国と植民地の非対称的な対応は第五章の「インドシナ」で集約される。ベトナムの皇女を養女にしたプランテーションの女経営者エリアーヌに扮したドヌーブは養女を溺愛する。植民地への視線の非対称は、この女性共同体によっていとなまれる擬似家族の運命そのものなのだが、「わたし」はその運命のコンテクストを捨象して、ドヌーブの顔のみに眼を注ぐ。

これは家族小説の革命だ。エリアーヌは嫉妬しない。自分の恋人を捨てて、もらい子を優先する。と、わたしは思った。でも、この映画を四回目に見た時には自信がなくなってしまった。スクリーンに映されたエリアーヌの顔が見ているうちにどんどん浄化され、わたし自身の思い込みが洗い去られてみると、そこには表情というものから解放されたすばらしい自由だけが残った。解釈の仕方を押しつけてこない。特にあなたの顔が大写しになると、映画の始まる前のスクリーンのように、どんなことでも可能だという気にさせてくれる。スクリーンの中の顔は何も言わない。わたしが勝手に物語を作り出して、その顔に映写していたのだ。(第五章)

「わたし」はドヌーブから言語を奪い、視覚に映じる顔をスクリーンに転換して、自らの「物語」

を構築していく。ドヌーブの身体、それも彼女を認知する最大の根拠である顔だけを抽出して平面として存在する白いスクリーンに見立て、自分に繋がってくる実在の感覚、いうなれば存在の確証を得ようとする。顔、あるいは眼、そして血という身体を手がかりにして「わたし」はポスト植民地主義以降の西欧の混沌を表出しているともいえる。彼らもまた不安と焦燥に投げ出され「存在」を確かめられないのだとすれば、「インドシナ」の奇妙な自己充足的な破綻の物語は了解されていく。視覚、そして言語の価値や認識をも含んだ非対称性は、植民地への西欧の語りがどのように暴力的かということばかりではなく、そこに置き去りにされた女性たちの恥辱という苦汁を嘗めさせながらも強靱に生きていく姿を浮き彫りにしていく。

第六章のテーマとなる一九八八年公開の映画『夜のめぐり逢い』は「わたし」には物足りない。だからドヌーブが演じるヒロイン・フランスに、「インドシナで革命の波にもまれるあなたに達するまで、あと四年。用意はできていますか？　革命を待っているのですか？」と問いかけ、それでもドヌーブを追うことをやめられない自分をこのように分析する。

スクリーンの上のあなたのところ以外には生き延びる場所がなかったから、いつも映画に通ったのだと言っても誰も信じてはくれなかったでしょう。映画熱、映画依存症の理由は難しくて、説明できない。これまでは、言葉ができないから答えられない、と自分に言い訳しながらずっと過してきた。でも今はもう、この言い訳は通用しない。ベトナム語で言えばいいのだから、問題は言葉じゃない。（第六章）

この「言葉」になりえない部分こそが、視覚と言語の「盲目」である。これに「言葉」を与えたからといって何の解決にもならないのだ。問題はドヌーブによって繰り出される「わたし」の、そしてドヌーブが演じる西欧女性の身体の危険だ。それはクレーリーが述べるとおり「視覚的なものの領域を構成しているように思われるものの多くは、実は他の諸力や権力関係の効果」なのであり、その「諸力や権力関係」は身体がさらされる危険においてしか感知できないのである。多和田は続く章で、ドヌーブを通じて暴力にさらされるあらゆる周縁化された女性のアーキタイプを指摘していく。

> 女は樹木の枝から縄で両手を釣り下げられている。さっきの地主の息子が、女のドレスの背中を引き裂くようにして開いて、むきだしになった背中を、コウモリたちに長い笞で打たせる。あなたはこの刑罰をうめきながら甘受する女の役を演じている。演じるってどういうことですか？　あなたはインドシナで、植民地の現地の使用人を笞で打ったことを後悔しているから、その罪をあがなうために笞を受けているのですか？　搾取者の階級に生まれてしまったのは本人の責任ではないでしょう。地主の息子は自分が打たれればいいのに、なぜあなたを打たせるのでしょう？　笞は風を二つに切り、女は叫びをあげ、痛いだろうと思うのだけれど、まるで参加者全員が生暖かい架空の暴力に浸っているようで緊張感がない。（第七章）

一九六七年公開のブニュエルが監督した映画『昼顔』での白昼夢のシーンは、残酷な女性に対する男性の処罰のように見えながら、ドヌーブが演じるヒロイン、セブリーヌは甘い快楽を享受している。典型的な男性の夢想に貫かれたこのシークエンスを「わたし」は「生暖かい架空の暴力」としか考えられない。女性の快楽、男性の支配の双方を「架空の暴力」と呼ぶことによって、そこに真の暴力の行使が隠されていることを「わたし」は告発する。

第八章で「わたし」はヘロンというおかしな名前の日本人（外国人が誤認する日本語をそのまま使うことによって「わたし」の漠然とした外界認知が描かれていると考えることができる）から偽のパスポートを買い、タイに出国しようとするが、空港で捕まってしまう。記憶喪失の振りをして病院に収監されるが、そこの職員に借りた一九七六年のクロード・ルルーシュによって撮られた『愛よもう一度』のビデオを観ていた時に思わぬ事態に遭遇して混乱する。

わたしは操作機のストップのボタンを押した。その時、これまで見たこともなかったようなことが起こった。カトリーヌの動きがふいに停止した。物語は中断され、あなたの顔の細部が、はっきり見えたのです。いつも映画館では、あなたはどんどん動いていって、わたしの網膜の間から漏れていってしまうのです。でも、今、わたしはあなたの動きをとめることができるのです。ぎょっとして、部屋から飛び出した。どこへ行くのかは、自分でも分からなかった。

（第八章）

「わたし」の驚愕はドヌーブを自分もまた支配できるのだという気づきから派生したのだが、網膜のすきまから漏れていたはずの視覚をはっきりと認知した驚きでもあった。ビデオの一時停止という機能は映画が網膜の残像によって動いているというマジックを露わにしてしまうのだ。「わたし」はドヌーブを支配することができる。視覚の領有が、支配と被支配を決定づけることの暴力に「わたし」は動揺する。ホームレスとなった「わたし」はかつて自分を助けてくれた娼婦・マリーに再会して助けられる。「わたし」は再び映画館の暗闇へと戻る。そこだけが安心を得られるからだ。

映画館の暗闇の中で、わたしの身体はやっと他の人たちの視線から守られる。シネマのマーがわたしを包む、粘膜の中に。太陽の暴力から救ってくれる。可視性という暴力から。スクリーンの中で人生が展開されていく。まだ死んでいない人間たちの人生。お互いに、殴り合ったり、交わりあったり、泣いたり、汗をかきあったりしている。何があっても、スクリーンは乾いたままだ。スクリーンは舞台みたいに奥行きがない代わり、自分の中に光源を持っている。（第九章）

映画館が暴力からの避難先であるというこの一節は、同時に映画という装置が観客とスクリーンの視覚の交差を表面上は装いながら、実はスクリーンが視線を観客に落とすことはないという厳然たる事実を明らかにしている。見ようとする対象は永遠にこちらにまなざしを投げかけることなどないという事実の前に観客は無力だ。しかし、だからこそ、この視覚の不在こそが安全を保証している。観客同士もまた他者に視線を投げかける暇もない。ここでは自己主体などという主張を行なう必要もない。他者が不在なのだから。

『夜の子供たち』（第九章）に登場する大学教授マリーは西欧の知的中心性への、『終電車』（第十章）でのレジスタンスに関わる女優はナチスのホロコーストに見られる西欧道徳の退廃性への、『ヴァンドーム広場』（第十一章）での女宝石商は西欧の寡占的資本への、『イースト／ウエスト　遥かなる祖国』（第十二章）での東欧からの亡命女性は東西冷戦構造の政治的抑圧への非難というように、多和田は西欧世界が累積させてきた暴力の諸相を映画に沿わせながら描出する。しかし、結局のところ、第九章の一節に示されたように、スクリーンは決してそのことを解決はしない。解決はしないがそれらの「暴力」から守ってくれるのだ。

この視覚の無化、そして言語の不可視性に満たされた映画館の空間こそは、女性が蒙ったジェンダー規定から暴力を浮上させて、身体の可能性を認知させ、回復させている。ディアスポラとして浮遊する「わたし」の身体は、まさしく歴史的な構築物であると同時に、女性一般が共有するディアスポラ性そのものである。それはドヌーブが演じる役が西欧近代史をなぞっていながら、強烈なまでに女優ドヌーブその人の身体を通じて、女性性を主張していることからも明らかだ。質感をともなって空間を支配し、他者の身体への侵入や接触をたやすくおこなってしまう映画の本領は、この視覚と言語の遮断、だからこそそこに焦点化された想像力の発生を、多和田はこの小説の結び、第十三章で見事に表現した。『ダンサー・イン・ザ・ダーク』の主人公セルマ（ビョーク）と同様に盲目となり、キャシー（ドヌーブ）に伴われて映画館に行くのだと語る、映画と実生活が混ざりあってしまった「犬を連れた奥さん」は、「わたし」の転生後の姿であるかも知れない。交換された各自の存在は最後には一つとなって、アイデンティティから放逐されたものの、「盲目」性、「聾啞」性の可能性について思考する契機を、ここに見出していくのだ。ここで考えるべきことは、視覚、および言語の可能性を探ることではなく、盲目とされてしまった側から、沈黙させられてしまったものの側から、視覚および言語を再構築した時、身体という最後の砦である領域はどのような想像力を可能ならしめるのか、そしてそれは主体とかアイデンティティという言葉で語られてきたものを、どう読み替えていくのかということだろう。

多和田の『旅をする裸の眼』は映画をたどりながら、視覚および言語の不可視性を追求している。作品のなかに置かれた視覚テクストとしての映画はこの作品を補完しているのではない。このテクストに描かれた映画は、主人公「わたし」の輪郭を造型していくための読者の想像力を直接的な身体的知覚の体験へと還元し、そこに展開する暴力や支配という「諸力や権力関係の効果」を身体の痛みや傷として刻印するためのものなのだ。だからこそ、裸に剝かれた眼は旅を続けなければならない。多和田葉子は言語によって視覚を表象する困難ばかりでなく、そのどちらもの可能性と不可能性を提示して、他と孤絶した視覚認識、言語意識によって獲得された身体からの想像力に委ねられた真にユニークな作品を完成させたのである。

付表　『旅をする裸の眼』に使用されたカトリーヌ・ドヌーヴ出演の映画フィルモグラフィ

第一章（一九八八年）*Répulsion*（『反撥』）　製作年　一九六五年、役名 Carol Ledoux、監督 Roman Polanski　脚本

Grand Brach&Polanski
第二章（一九八九年）*Zig Zig*（*Zig Zag*）（『恋のモンマルトル』） 製作年 一九七五年、役名 Marie、監督・脚本 D&S Laszolo Szabo

第三章（一九九〇年）*Tristana*（『悲しみのトリスターナ』） 製作年 一九七〇年、役名 Tristana、監督 Luis Bunuel、脚本 S. Julio Alejandro&Bunuel

第四章（一九九一年）*The Hunger*（『ハンガー』） 製作年 一九八三年、役名 Miriam Blaylock、監督 Tony Scott、脚本 James Costigan, Ivan Davis

第五章（一九九二年）*Indochine*（*Indochina*）（『インドシナ』） 製作年 一九九二年、役名 Eliane、監督 Regis Wargnier、脚本 Erik Orsenna&Louis Gardel

第六章（一九九三年）*Drôle d'endroit pour une Recontre*（*Strange Place for an Encounter*）（『夜のめぐり逢い』） 製作年 一九八八年、役名 France、監督 Francois Dupeyron、脚本 Dupeyron & Dominique Faysse

第七章（一九九四年）*Belle de Jour*（『昼顔』） 製作年 一九六七年、役名 Severine Serigy、監督 Luis Bunuel、脚本 Jean Claud Carriere

注記：第七章にはこのほかに『反撥』と、*Les Parapluies de Cherbourg*（*The Umbrellas of Cherbourg*）（『シェルブールの雨傘』） 製作年一九六四年、役名 Genevieve Emery、監督・脚本 Jacques Domy が引用されている。

第八章（一九九五年）*Si C'etait a Refaire*（*If I had to do it all over again*）（『愛よもう一度』） 製作年 一九七六年、役名 Catherine Berger、監督・脚本 Claud Lelouch

第九章（一九九六年）*Les Voleure*（*Child of the Night*）（『夜の子供たち』） 製作年 一九九六年、役名 Marrie Leblance、監督 Andre Techine、脚本 Techine & Gilles Taurand

第十章（一九九七年）*Le Derniére Métro*（*Last Metro*）（『終電車』） 製作年 一九八〇年、役名 Marion Sterner、監督 Francois Truffault、脚本 Truffault & Suzanne Schiffman

第十一章（一九九八年）*Place Vendôme*（『ヴァンドーム広場』） 製作年 一九九八年、役名 Marianne、監督 Nicole

Gracia、脚本 Garcia & Jaques Fieschi
第十二章（一九九九年）*Est-Ouest*（*East-West*）（『イースト／ウエスト　遥かなる祖国』）製作年 一九九九年、役名 Gabrielle、監督 Regis Wargnier、脚本 Sergi Bodrov & Louis Gardel
第十三章（二〇〇〇年）*Dancer in the Dark*（『ダンサー・イン・ザ・ダーク』）製作年 二〇〇〇年、役名 role Kathy、監督・脚本 Lars von Trier

第三部　映像の言語・身体の知覚

第十章　女性労働表象としての〈聖なるビッチ〉
――ジョーン・クロフォードとハリウッド映画産業の文化構造

「私はビッチを演じるのが好きよ。ビッチはすべての女性のなかにいるし、すべての男性のなかにもいるのよ」

――ジョーン・クロフォードの箴言から

養女クリスティーナ・クロフォードの回想記『マミー・ディアレスト』(一九七八年、William Morrow & Company Inc.)を原作に、ハリウッドの黄金期を代表するスター、ジョーン・クロフォードの私生活を描いた『愛と憎しみの伝説』(劇場未公開、原題 *Mammie Dearest*、一九八一年)のタイトル・バックは、朝四時を指す大きな目覚まし時計が鳴り響くショットから始まる。それを止めたジョーン(フェイ・ダナウェイ)は洗面所に向かい、顔に巻いたフェイス・リフト・バンドを外して入念に温水で顔と腕を洗い、次に氷を満たした洗面器にざくっと手を入れて顔に擦りつけるように当てる。ここまで一切女優の顔は映し出されない。撮影所へ仕事に向かう儀式のようなこのシーンは、大スターの美貌への我執というメッセージを伝えるためのものであるが、注意深く見ればストイックに自己管理する職業人としてのジョーンの姿勢を見出すことも可能である。もちろん、その年の最低のアメリカ映画に贈られるゴールデン・ラズベリー賞で、一九八二年度の作品賞、主演女優賞、助演女優賞など五部門を制覇したこの映画は、大女優が養女を虐待しつくす一種のホラー映画としてカルト的な位置を確立した映画であることは承知している。が、ハリウッドという特殊な環境にしか起こり得ない例外的な事例だと理解しながらも、女性労働における価値認識の基本的な矛盾が、製作者の意図を超えてこぼれ出た映像テクストとして再検討する必要があると思える。

例えばジャック・ワーナーから加齢と、それに伴う映画観客動員数の低下（ボックスオフィス・ポイズン）を理由に解雇を言い渡されたジョーンは、深夜、邸宅の庭園に咲き誇った何百本ものバラを狂ったように剪定鋏で切り落とす。養子たちもたたき起こされてそのバラを片付けさせられる。そのプロットは狂的な怒りを子供にも共有させようと強いる自己中心的なジョーンの過激な個人的性格の描写が目的であるが、一方には美貌と人気の衰えに伴う使い捨てという残酷なハリウッド・システムそのものへの行き場のないジョーンの正しい怒りの表明でもある。自己のそれまでの一八年間に及ぶ映画会社メトロ・ゴールドウィン・メイヤーへの献身と功績を評価しないスタジオ・システムへの非難は、女優が美貌の衰えとともに廃棄される社会システムへの強烈な異議申し立てと重なっているのであるが、それよりなにより時代が要請する新しい女性規範を作成し続けたハリウッドが（それがどんなに身勝手な男性の願望や夢想に支えられているとしても）、忠実にまた勤勉にそれを演じ続けたジョーンを裏切ったことこそ、彼女の激しい憤怒の原因であったのである。

だが『愛と憎しみの伝説』は、ひたすらにスターというイメージに固執して、母性も女性性も人間性すらもかなぐり捨てた一種の性格破壊者として、ジョーンを描いた。まさしく彼女は英語ののしり言葉、「ビッチ」（Bitch）そのものなのである。「雌犬」という意味から派生したこの言葉が持つ意味は多様である。意地悪でずるく自己中心的、ふしだらで多情で、優しさや母性のかけらもなく、自分の利益のためには人を傷つけることなど何の痛痒《つうよう》も感じない救いようのない悪女。それは男性が、意のままにならない女性を非難する悪口であると同時に、女性もまた我慢ならない同性を排除する最終通告の言葉である。ジョーンはこれらの意味のすべてを、この映画で一身に引き受けた。テレビの深夜枠などで未だアメリカでも日本でも繰り返し再放送されるこの作品は、ジョーンのビッチ性を強調し、女性性への反逆者として彼女を断罪するが、一方にそのビッチ性ゆえにアンチ・ヒロインとして稀にしか存在しないスターの聖性を補強させ生きながらえさせている。(1)「聖なるビッチ」とでも称すべき両義性こそが、ジョーン・クロフォードを現在に至るまで生き延びさせてきた理由とも言えよう。

十九世紀末に生まれた映画が瞬く間に巨大な産業へと変身し、辺境の地であったハリウッドに富を集約させるのに僅かな時間しかかからなかった。この映画産業において最大の商品は俳優であった。特に女優はその時代の女性の新しい美やモラル、理想を具現化する重要な存在であり、もっとも高額な報酬を獲得する職業となった。一九一〇年代後半にほぼ確立したスター・システムは、二〇年代にはハリウッドの卓抜したメーキャップ技術や豪華なコスチュームに包まれたあらゆるタイプの、あらゆる国籍の白人女性たちをスクリーンに登場させ、大スターと呼ばれる特権階級を産み出していった。観客はニッケル貨一枚を握り締め、束の間の夢を買う。それはまさしく映画のなかに息づく女優の身体や演じられる物語を「所有」し、「支配」しようとする欲望なのだが、同時に光と影の連鎖のなかにゆらゆらと揺れる幻のような、どこにも実体のない女優の幻影や虚構のストーリーに「所有」され、「支配」される経験でもある。女優は映画の素材ではなく、映画の要素そのものなのである。特にスターはもはや一人の具体的な人間として存立することが不可能なほどに、きらびやかなゴシップやスキャンダルに彩られて世界を席巻した。ハリウッドは社会の欲望を具現化する文化構造として機能した。スターはハリウッドが発信する価値、豊かさや美、正義や真実の具現者、行為者、実行者としてイメージを作成され、絶対の権力を持った。

しかし、アレクサンダー・ウォーカーは、サイレントからトーキーへの移行に際して、この俳優が絶対的な優位性を誇ったスター・システムは崩壊していったと述べている（Walker, 1974=1988）。声という生理的な機能がタイプ・キャスティング（製作者から一方的に役が振り当てられるシステム）を可能にする、すなわち多様な役を演じられたサイレントとは違って、声と容姿によって特徴づけられた役のみを俳優はスタジオから受けるしかないという、映画会社が俳優を管理し、支配するシステムへと変化したのだ。一九二〇年代末の経済恐慌は映画興行収入の低下を促進し、また一九三〇年にハリウッドは自主的に「映画製作規定」（ヘイズ・コード、あるいはプロダクション・コード）を作成して、俳優に課す契約条項の「倫理条項」を強化したことは、俳優が製作会社の「商品」であることの宣言でもあった。一九三四年からはすべての映画は、撮影開始前に脚本を「映画倫理製作規定管理局」（ＰＣＡ）に提出してその許可を求めなければならなくなった。キリスト教系団体などから厳しく映画での暴力、性的表現の規制を要求されたハリウッド映画産業は、「表現の自由」の抑圧よりも、ボイコットによる減収をはるかに恐れたのである。そのためには私生活を含めた厳しい自己管理が俳優に要求され、大衆の望むイメージを破壊しないように、細心の注意を払わざるを得なくなった。もっとも、「大衆の望むイメージ」は具体的にはどこにもなく、ハリウッドが作成する期待されるべきアメリカ国民、例えば正義や道徳、倫理の実行者としてのヒーローとか、こうあって欲しい（欲しくない）女性像を創出するプログラムの歯車に俳優が組み込まれたことを証明したにすぎなかった。ウォーカーはこのシステムについて、「スターの世界の全機構は、スターを創造し鼓舞し、彼を偶像化しつつも一方で服従を命じ、独自の個性を要求する一方で順応を強要するような非整合な圧力を持つのだ」（同前、三二四頁）と述べ、「二十世紀の奴隷制度」（同前、二九五頁）と呼んだ。このことがハリウッドにしか成立し得なかった「ハリウッドの語り」とも言うべき映画文法を生み出した要因と言えよう。

が、紋切り型で陳腐に堕しかねないハリウッド映画の類型化についてデヴィッド・ボードウェルは、「目標を志向する主人公、統一性とリアリズムの原理への依存、時間的・空間的一貫性の機能、不可視の観察者の重要性、結末の恣意性――それぞれは製作と受容の社会的・歴史的プロセスの痕跡を持っている」（ボードウェル、一九九九年、一九四頁）と整理した。それらが美や正義、道徳や異性愛の神話を構築していくのだが、ボードウェルが述べるように「観客は知識、記憶、推論のプロセスに従って形式と意味を構築する」（同）のであり、ジョーン・クロフォードの「ビッチ性」は、女性労働をハリウッドの文法がどのように表象してきたかを探るとともに、どのように女性労働の社会的・歴史的認知がなされてきたかを、考えさせる手立てとなるであろう。そして何より重要なのは、ジョーンという具体的な身体が、女性労働におけるジェンダー配置の矛盾を突きつける素材となってスター・システムを生き抜いていったことを、どう考えるかということである。それは彼女の私生活を追跡するということを意味するだけではなく、ハリウッドの文法に従った映画のスクリーン上で彼女が発信した文法破壊ともいえる行動を読み取ることを要請するであろう。ジョーンはハリウッドにおける最も忠実な労働者であると同時に、最も過激な掟破りなのである。

1　踊る娘――フラッパーとパーティ・ガール

ジョーンが例えばメアリー・ピックフォード、リリアン・ギッシュ、セダ・バラ、グロリア・スワンソン、クララ・ボウ、ノーマ・シアラー、グレタ・ガルボ、マレーネ・デートリッヒ、ジーン・ハーロー、シャーリー・テンプル、ジュディ・ガーランド、ベティ・デイヴィス、キャサリン・ヘップバーン、ヴィヴィアン・リー、イングリッド・バーグマン、マリリン・モンロー、エリザベス・テーラー、オードリー・ヘップバーンなど伝説的な大スターの一人であることは疑いないが、日本で彼女はそのようなステイタスや賞賛、人気を充分に獲得しているとは言い難い。そのこと自体が分析に値するのだが、ジョーン・クロフォードは無声映画の時代から活躍し、ライフ・スタイル、ファッション、恋愛などの新しいモデルをアメリカの観客に示し、四十年以上にわたってタイトル・クレジットのトップを維持してきた女優である。ピックフォードやギッシュが得意とした無知なほどに純情なヒロイン、セダ・バラの妖気漂うエキゾチックなヴァンプ（一九二〇年代ハリウッド映画の定番である妖婦）、ガルボやディートリッヒが演じるミステリアスなファム・ファタール（運命の女性）や女スパイ、あるいはキャサリン・ヘップバーンやノーマ・シアラーが演じる中産階級の知的な女性は彼女の演じる範疇にはなかったが、職業や恋愛に悩みを持つ等身大の同時代女性を年代ごとに演じ、なおスター・イメージを大衆に与え続けた女優は他にない。僅かにベティ・デイヴィスやキャサリン・ヘップバーンが彼女と同様にハリウッドを生き延びたが、後で述べるように彼女らのように傑出した演技力をもって観客を納得させたのではなく、あくまでもスターそのものとして振る舞い、また観客に認知されていったことは驚異的ですらある。一九三二年から三六年にかけては興業収入の高い俳優のベストテンに常にランクされたが、その後ボックスオフィス・ポイズンとして忌避された後も、演技派などと呼ばれることもないままにスターであり続けた。男性俳優に比べ女優ははるかに寿命が短い。ガルボは引退したことでイコンとなったが、反対にジョーンは存在を主張し続けることで、ハリウッドのもう一つのイコンとなったのである。

最盛期、映画会社メトロ・ゴールドウィン・メイヤーでの彼女の役柄はダンサー、工場労働者、タイピスト、ファッション・モデルなどで、多くは働く女、貧しい女が社会上昇して幸福を摑むというハッピー・エンディングのドラマであった。勤勉、誠実という自助努力が、美貌による男性からの救いの手と相乗的な効果を引き出して、成功へと導かれるストーリーは、多くの観客の支持を得たといえる。男性観客は美貌の女性が幸福を求めて努力する美徳を、女性観客は職業人としての自覚を持てば幸福への階段をステップアップするチャンスに恵まれるという夢を、スクリーン上のジョーンに見出したのである。

ジョーン・クロフォードは一九〇四年三月二十三日、テキサス州サン・アントニオのフランス系カナダ人労働者トーマス・ル・スールの娘として生まれた。本名はルシール・ル・スール。生年については一九〇六年、一九〇八年などの諸説もあり、ハリウッドのプレス・リリースでは一九〇八年生まれとしているが、最新の伝記である『ジョーン・クロフォード――精選伝記』（Quirk & Schoell, 2002）では一九〇四年説を採っている。(2) 幼時に両親が離婚、母はボードビリアンであったビリー・カッサンと再婚して、オクラホマ州ロートンにジョーンを連れて移住するが、カッサンとカンサスシティで離婚。以後彼女は洗濯婦として働きながら、ジョーンを育てた。カレッジを一学期で中退したジョーンは、デパート店員などをするが、アマチュアのチャールストン・コンテストで賞金千ドルを得たことに自信をつけ、シカゴの二流クラブでプロ・ダンサーとして働き出した。やがてニューヨーク、ブロードウェイのミュージカル『イノセント・アイズ』（*Innocent Eyes*）のコーラス・ガールにスカウトされ、夜はハリー・リッチマンのナイト・クラブで働くようになり、その時にMGMのタレント・スカウトに誘われて映画界入りした。デヴュー以前の履歴について、ジョーンの公式伝記(3)ではこのように叙述されている。これ自体、ハリウッドが描く望ましい経歴である。貧しい家に生まれ育った娘が、努力と美貌、勤勉を武器に階級上昇して成功を掴むストーリーは、ファンの期待を裏切らない。(4)

彼女のスターレットとしての地位を確立した『三人の踊子』（*Sally, Irene and Mary*, 1925）では、体重を落とし、メークアップをハリウッド風に変えた。身体改造を伴うスターへの階段のお手本は、ガルボやディートリッヒのスリムな体や、一本一本付け睫毛を植えるような微細なメークアップである（ガルボやディートリッヒもそのメーキャップによって「作成」された）。しかし、ジョーンの持ち味はそうしたハリウッド・イメージの外貌とは別の親しみやすい庶民性にあり、陽気な働く

図1 『踊る娘達』のジョーン (Alexander Walker, *Joan Crawford*, Harper & Row, 1983)

娘としてショップ・ガールの愛称で人気を増した。この作品で芸名の全米募集をして、ジョーン・クロフォードという名前が誕生した。

一九二五年から二八年にかけての四年間にジョーンは二六本ものサイレント映画に出演しているが、その多くの役柄はダンサーやショップ・ガール、ウェイトレスである。一九二八年にジョーンの人気に着目したMGM社長、ルイス・B・メイヤーはジョーンを『踊る娘達』(*Our Dancing Daughters*)の主役に抜擢し、当時の代表的なフラッパー像[5]を好演してスターの地位に昇った。この映画でジョーンは中産階級の令嬢を演じるが、映画自体はのちのジョーンの矛盾を予告するかのように、錯綜に満ちたテクストとなっている。主人公ダイアナ(ジョーン)は社交界で誰知らぬもののないフラッパーとしてダンスを踊り、酒を飲み、煙草を喫い、ボーイフレンドと派手に遊びまわる。一刻もじっとしていない躍動する身体をジョーンは鮮やかに演じている。しかし、本当に愛する誠実なベン(ジョン・マック・ブラウン)を友人のフラッパー、アン(アニタ・ペイジ)に奪われ結婚されてしまった。失意のダイアナはヨーロッパに向かうことを決意する。そのさよならパーティの夜、アンはベンに隠れてボーイフレンドと遊びに行こうとして、それがばれてベンを怒らせてしまう。酒に酔っていたアンは、ダイアナが未だ夫のベンを狙っていると満座のなかで侮辱する。ダイアナは毅然として「ずっと愛し続ける」と「立派な態度」で宣言するが、アンはおさまらず悪態をわめき続ける。混乱したアンはパーティ会場を掃除する中年女性の労働者たちにまで悪罵を浴びせかける。それはフラッパーの存在への社会的評価の二面性を代弁するものとなっている。アンは「あんたたちはどうして働くのかい。あんたたちにきれいな娘はいないのかい。きれいな娘は金持ちの男が金を投じる価値を持っているんだよ。私のお母さんはよくそのことを知っている。私はすべてを持っている。ダイアナには何もない」と階段の上から床を磨く女性たちにわめくが、その直後階段から転げ落ちて死んでしまい、ダイアナはめでたくベンと結ばれる。

このご都合主義のストーリーで注目したいのは、美貌を鼻にかけない活発でさっぱりした気性のフラッパーであるダイアナは称揚できても、アンのような浮薄で傲慢なフラッパーは処罰されるというところである。踊りながら下着を見せつけても、男を楽しませ一途に一人の男を思い続ける純情さを失くさないかぎり男性は許すが、アンは勤勉な女性労働を嘲笑したために文字どおり消されてしまった。ダイアナもアンも同じように陽気に浮かれ騒いでいるように見えながら、実はそこには厳格な倫理規範が引かれている。つまり、ダイアナは男性の望む性的に解放された新しい女性としてのフラッパーであり、アンは男性をだまし破滅させるビッチ予備軍としてのフラッパーなのである。ダイアナの活き活きとしたチャールストンは、躍動する身体を自由に行使する女性の喜びの表現ではなく、男性の視点に「商品」として流通させるための媚態へと意味は変換されてしまった。(6)

経済恐慌後の女性の自立に伴う労働環境の変化をハリウッド映画は描いたが、最終的には「有利な結婚」という夢を実現する女主人公のサクセス・ストーリーにとってかわっていく。女性映画はそれを様々な組合わせを用いて啓蒙した。その根底には「ビッチ」という言葉で表わされる、男と対等に闘う一群の女性たちへの、男性たちの恐れと不安があった。性的に骨抜きにされるだけでなく職場まで奪われる不安が、彼女たちをどうにか規格にあった女性像、家庭をうまく切り盛りする健康な主婦に回帰することを強制したのだ。それでなければ映像のなかで滅亡していった敵役の女性たちは救われようがない。ジョーンはやがて、こうして男性の計略に敗北していった女性たちの屈辱、悲嘆の記憶を、戦後のフィルム・ノアールの作品で再話していくことになる。

2　働く女——ワーキング・ガールとソサイエティ・ガール

一九二九年、ジョーンはダグラス・フェアバンク、メアリー・ピックフォード夫妻の息子で僅か二十歳のダグラス・フェアバンク・ジュニアと周囲の反対を押し切って結婚し、名実共にハリウッド王朝の一員となる。一九三〇年にはMGMのトップスター、グレタ・ガルボのメークアップを参考に後々までの彼女のイメージとなる顔貌を得た。またMGMのデザイナー、エイドリアン(7)が衣裳を担当し、彼女のトレード・マークになる肩パットを強調したスタイルを確立して、トラップのついた靴とともに全世界にそのスタイルを流行させた。スーツ・スタイルを基調にした堅いイメージは働く女性の象徴であるが、実際にはこの極端にデザイン化された男性的なスタイルは動きやすいものではなかった。この年、ゴールデン・コンビとなる新進のクラーク・ゲーブルと共演した『蜃気楼の女』（*Possessed*）は、フラッパーを卒業したジョーンの転機を告げるものとして、代表作のひとつに数えることができる。

ダンボール工場の労働者として働くマリアン（ジョーン）は工員の恋人もいるが、日々の疲労に満ちた生活への漠然とした不満にさいなまれている。踏切で汽車の通過を待っていると、汽車の窓のなかに豪奢な都会の生活が蜃気楼のように提示される。汽車の窓越しに見知らぬ乗客の男がマリアンにシャンペンを勧めながら、こう言う。「世の中には二種類の人間しかいない。こっち側とあちら側の二つしか」。マリアンは意を決して郷里を出奔しニューヨークに向かい、そこで仕事を得ようとする。訪ねたオフィスで弁護士のマーク（ゲーブル）と出会い、すぐに一緒に暮らすようになる。数年後、マリアンは華麗な衣装や宝石にくるまれて、ドイツ語やスペイン語の歌をピアノで弾きながら歌う有能な社交界の女主人となっている。マークが知事候補になったとき、女性スキャンダルによってそのチャンスをふいにしないように自ら身を引くが、重要な演説会で反対派がマリアンの存在を非難したのに抗議して、彼を心から愛していることを会場で宣言し、静かに会場を出る。マークは彼女を追ってきて、しっかりと彼女を抱きしめる。

女性の階級上昇が男性の経済力と社会的地位に拠るといういかにもわかりやすい展開ではあるが、ここで重要なのはそれに匹敵する女性の価値は、豊かな教養と男性への純粋な愛情であるというメッセージが繰り返し表われる点である。前半の労働に疲れたマリアンが投げやりでだらしない印象で演じられているのに反し、後半では彼女は毅然としたてきぱきした女性に変身している。ここで下層の女性労働として登場する工場労働は、人間性や品位を抑圧する装置と見なされ、後にマークを助ける彼女の社交界での活躍は明らかにもっとも適切な女性労働として肯定的に描かれる。その労働をもって、マリアンは充実した幸福感を得ているのだ。だから、日々の労働でくたくたになっているはずの観客は、結末でマークに抱かれるマリアンを見て、自分のたちの労働が映画のなかで全否定されているにもかかわらず、マリアンが社交界という華やかな女性労働に立ち戻るであろうというハッピーエンドに満足して映画館を出るのである。このエンディングはあまりに民衆をばかにしているのだが、一方には今の自分の辛い労働から解き放たれたいという願望をジョーンが代行して達成してくれているのだとして容認するのだ。このパラドックスこそがハリウッドを支える原理の一つでもある。(8)

一九三二年にオール・スターによって製作された『グランド・ホテル』では初めて念願のグレタ・ガルボとの共演を果たし（もっとも、同じ画面に登場することはなかったが）、ガルボのプリマドンナに対してキャリア・ウーマンの秘書フレムッヒェンを演じた。ジョーンは盛りを過ぎた鬱的なスターを演じたガルボとは対照的に、セックス・アピールも仕事の要素と割り切る美貌の秘書を活き活きと演じている。次の『令嬢殺人事件』（*Letty Lynton*）では富豪の娘レッティを演じたが、そのファションはレッティ・リントン・スタイルとして爆発的に流行した。ジョーンは最先端の女性の二つの型である、ばりばりと仕事をする女性と、自由に恋愛を楽しむ有閑階級の女性を、自分の得意な持ち役としていった。

そうしたジョーンが次に企てたのは演技派の女優として文芸大作に出演することであった。ユナイテッドに借り出されてサムセット・モーム原作の『雨』でジョーンは初めて娼婦役に挑んだ。この作品は一九二八年にグロリア・スワンソンの主演で映画化された無声映画版、また後にはリタ・ヘイワース主演で作られたリメイク、『雨に濡れた欲情』(一九五三年)があるが、これらと比べてもかなり出来の良い作品であるが、公開当時は不評であった。ジョーン自身もこの作品について「私は何故このような許しがたい演技をしてしまったのかわからない」(Newquist, 1981: 78) と述べているが、ウォーカーが「彼女のファンは、この役の彼女を下品で凡庸だと感じた」(walker, 1970=1988) と説明しているとおり、観客が彼女の役や演技を好まなかったことがジョーンの記憶では最優先されていることが推察される。男性の性に関する欺瞞的な二重規範を厳しく断罪したこの映画で、ジョーンの登場はセンセーショナルであった。先ず扉に指輪とブレスレットに飾られた右手、次に左手、そして扉から出された右足、左足の順にワンカットずつ映し出され、次にくわえ煙草の濃いメーキャップに彩られたジョーンのクローズアップが画面を一杯にするショットは、冒頭のぽつぽつと雨が南洋の植物の上に落ちて、瞬く間に豪雨となるシークエンスと対になって、主人公サディ・トンプソン(ジョーン)の誘惑に満ちた性的退廃が、荒々しい自然の生命力と重なりあうように見事に表出されている。だが、それは同時に南半球の植民地を自堕落な不道徳の記号として転換するところに始まる、根深い非文明への恐怖感をサディに重ねていくことにもなるのだ。サディを演じるジョーンへの観客の不快感はただ単純なミス・キャスティングによるものではなかった。観客は同じモームの原作による娼婦役(『痴人の愛』一九三四年)を、ベティ・デイヴィスには許したではないか。デイヴィスがこの役で演技派としての地位を確立したのに比べると、ジョーンは『雨』での演技が優れていただけに、不運であったと言わざるを得ない。再びMGMに戻ったジョーンは、ハワード・ホークス監督の『今日限りの命』（*Today We Live*, 1933）でゲーリー・クーパーを相手役に、没落する旧家を切りもりし、従軍看護婦になるけなげな英国娘を演じて、『雨』の汚名を雪《そそ》ごうとした。三〇年代のジョーンは、ハリウッド・システムが要求するタイプ・キャスティングとハリウッド文法による通俗的なハッピー・エンディング・ストーリー、例えば二人の結婚候補者を相手に最後には「真実の愛」に気づいて「選択」する未婚の女というクリシェを、延々と手を変え品を変え演じ続けることになる。

一九三三年の『ダンシング・レディ』（*Dancing Lady*）はクラーク・ゲーブルとの共演だが、ショー・ビジネスの世界に生きるダンサーを主人公に、ハリウッドのゴージャスな娯楽ミュージカル映画となっている。制作にはデヴィッド・セルズニックがあたり、フレッド・アステアとのダンス・シーンが評判となった。ジェニー（ジョーン）は踊子であやしげな寄席で半裸体で踊り、逮捕される。警官に裸がなぜ悪いとつっかかっていく向意気の強いフラッパーのジェニーを富豪のトッド（フランチョット・トーン）が気に入って救い出すが、彼の援助を「商売女ではない」とはねつけブロードウェイに進出する夢を話す。トッドに馬鹿にされたのに奮起して、ジェニーはレヴューの演出家パッチ（ゲーブル）に接近してどうにか役を得ようとする。やがてパッチに才能を認められスターの代役として舞台に立つ機会を得たジェニーは、トッドの横槍を克服して成功する。ここではまた裸体になるのも厭わないが、貞操は堅く、伝法で鉄火な女というステレオタイプをジョーンはらくらくと演じた。ダンス・シーンや歌もかなりありハードな役であったが、ジョーンが人気を保った理由の一つである自在な身体表現が如何なく発揮されて、MGMが得意とする娯楽大作として成功を収めた。実生活ではこの年にダグラスと離婚した。

一九三四年の『私のダイナ』(*Chained*)では南米航路の船会社の有能な社長秘書に、『蛍の光』(*Sadie McKee*)では女中からキャバレーの踊子に転進する女性に扮した。これらは、貧しい出自から富豪の求愛を受け豪奢な生活に入るという展開であるが、真実に愛し合える相手を選択して虚飾を振り捨てていくというテーマが共通している。が、『蛍の光』ではジョーンが持つ過剰性、画面をはみ出して迷走していくようなハリウッド映画の文法破壊が随所に見られる。セイディ(ジョーン)は料理人の母親とともに富豪の屋敷に女中として奉公しているが、近くの工場で働くトミー(ジーン・レイモンド)と恋仲である。彼が濡れ衣で解雇されたのを機に一緒にニューヨークに出奔するが、安宿の隣室にいた歌手ドリー(エスター・ラルストン)にトミーを奪われて、一人都会に放り出されてしまう。やむなくクラブの踊り子兼タバコ売りになったセイディは、そこで料理人の子から身を起こした富豪でアルコール中毒の中年男ブレナンに出会う。トミーや自分とも幼馴染である屋敷の若主人でブレナンの顧問弁護士マイケル(フランチョット・トーン)は、セイディの生き方には常に批判的だが、彼の反対を押し切ってブレナンと結婚する。セイディは豊かな生活を手に入れるが、ブレナンのアル中はひどくなるばかりである。彼の病気を治そうと決意したセイディはマイケルとも協力して、自分を軽視する使用人を叱りつけて治療を果敢に実行していくが、ブレナンが完治すると自分の役目は終わったと別れを告げて去る。ドリーに捨てられて今は結核のサナトリウムにいるトミーの最期を看取るための別離であった。独りになったセイディは大晦日の夜、母を引き取った豪奢なアパートメントでマイケルを呼んでパーティをするが、この時にマイケルへの真実の愛を確認する。このヴィナ・デルマーの小説をもとにした映画について、『ニューヨーク・タイムス』の映画評では「ジョーンは役を良くこなしてはいるが、彼女が登場する場面はあまりにも啓蒙的でいらいらさせる」としているが、捨てられた労働者階級の女性が、母親にも似た献身的な介護と助力をもって二人の男に仕え、ご褒美のように富裕な青年と結ばれるストーリーにほとんど見るべきところはない。女性を偶像化し、隷属化し、なお男性の性的対象として美しくゴージャスであれとは、男にとって都合が良すぎる。

しかし、ジョーンの各場面でのショットは、陳腐なコンテクストを超えるある種の激しさを表現している。例えば、ブレナンをアル中から救い出すため、女主人としての権威と抑圧を使用人たちに宣言する箇所では、彼らの自分たちと同じ階級じゃないかという軽蔑、軽視を覆すために眉間に深く一本の筋を刻み、支配的な女主人の癇症で気難しい性質を厳かに誇示する。硬質なジョーンの顔貌にはその筋が美貌を損なうことなく並存している。笑いを忘れた彼女の気難しさは使用人たちを威圧して、落ち着かない気分にさせることに充分に成功するのだが、マイケルとの関係においてもかつては使用人であったかもしれないが、いまは対等なのだということを主張するのに、この筋は大いに活用される。彼女のこの怒りは一体どこから湧き上がり、どこに向かおうとしているのか、観客にはすぐには了解できない。が、ブレナンの禁酒を成功させ、トミーをサナトリウムに見舞い彼を許すシーンは、セイディのエネルギーが「良いこと」に使われたのだと思わざるを得ない。セイディの不条理な怒りは観客には本当には理解されないのだが、理解したかのように錯覚してしま

うのである。(9)

つづく『結婚十分前』(*Forsaking All Others*)、一九三五年の『男子牽制』(*No More Ladies*)、『私の行状記』(*I Live My Life*) でジョーンは、労働者の役から離れ社交生活をおくる令嬢(ソサイエティ・ガール)を演じた。それはもはや結婚が仕事になったからだ。そこにはゲーブルかロバート・モンゴメリーか(『結婚十分前』)、フランチョット・トーンかモンゴメリーか(『男子牽制』)、ブライアン・アハーンかフレッド・キーティングか(『私の行状記』)を結婚相手に選ばなければならない、それだけが悩みの女性しかいない。『蛍の光』での無意識な反逆は封じ込まれ、生活に不安のない女たちはただ愛の成就を考えているのだという、ハリウッドの女性へのステレオタイプ化にジョーンも巻き込まれていく。メロドラマと女性映画は重なり合って、ハリウッド映画の典型を形成している。やがて女性の身体的な狂いを焦点化したフィルム・ノワールという犯罪映画が四〇年代に現われるのだが、(10)その寸前のところでジョーンは迷走を始める。一九三六年には、三五年に再婚した性格俳優フランチョット・トーンの影響でコスチューム・プレイに挑戦し、『豪華一代娘』(*The Gorgeous Hussy*) に出演した。そこでジョーンは宿屋の娘から南北戦争期の陸軍長官夫人になったペギー・オニールを演じた。次の『空駆ける恋』(*Love on the Run*) にいたっては、アメリカの富豪令嬢でヨーロッパの公爵家に嫁ぐ予定のサリー・パーカーが新聞記者のマイケル(ゲーブル)と恋に落ちるという『ローマの休日』ばりのストーリーである。ジョーンは大スターとして華やかな容姿を観客に与える「任務」と、彼女の持ち味とする下層労働者の社会的上昇という役イメージとの乖離のなかで必死に模索を続けていた。現実にはジョーンのスター・イメージは上昇の一途をたどり、ゴージャス・グラマーの代名詞となっていたのだから、下層労働者を演じること自体が無理となってきていた。加えてエイドリアンによってデザインされるコスチュームも、最早日常性を超えたアーティフィシャルなトップファッション性が強調されて、それがジョーンのトレードマークになっていたことも、いっそうジョーンの矛盾を増幅させていた。それは画面を食い破りそうな厳格さ、気難しさ、手強さ、激しさが鼻につき始めたということである。ジョーンは何よりファンの動向、嗜好に敏感なスター(11)であったからこの課題に向き合ったが、この年あたりから徐々にジョーンのキャリアに衰退の影が忍び寄ってくるのである。ちなみに三五年から三八年のスターのマネー・ランキングのトップは、女性性の一切から無辜《むこ》で、穢《けが》れを知らない天使、子役のシャーリー・テンプルである。

3　犯罪の女――フィルム・ノワールへの道

一九二〇年代末の経済恐慌に伴う家庭の崩壊はアン・リヴィングトンの『救済を受ける身』(Rivington, 1934=1989)でも明らかなように、ごく平準的な中産階級にも容赦なく襲いかかってきた。音楽家であった夫が楽団の解散で失職し、たちまちのうちに救済局からの生活保護のチケットに頼るようになる夫婦の話などは、珍しいものではなくなっていた。三〇年代には家計の足しにするために多くの女性たちが外に出て働かざるを得なくなったが、その賃金は男性よりも低く、女性の雇用を促進した。男性は女性の職場進出が男性失業の直接の原因だとさえ非難した。一九三〇年に一〇五〇万人以上の女性が賃金労働に従事し、一〇年後には一三〇〇万人に達したといわれる。一九三三年にルーズヴェルト大統領のもとでニューディール立法が公布・施行され、女性はこれへの積極的な参加者となったが、立法自体には女性労働の保護は盛り込まれず、相変わらず最低賃金は男性よりも低かった。映画産業も一九三五年には消費減退の影響から冷え込みが始まり、ますます俳優たちはスタジオ・システムに支配されるようになっていった。スタジオ側から提示されるシナリオを拒否しにくくなり、与えられた役で観客と批評家の双方を納得させなければならなくなったのである。

一九三七年の『真珠と未亡人』（*The Last of Mrs. Cheyney*）、『花嫁は紅衣裳』[12]（*The Bride Wore Red*）は説教くさい厳格なジョーンの女性イメージを払拭するかのように、どちらも犯罪すれすれのフェイクなヒロインを演じている。『真珠と未亡人』は公爵夫人の有名な真珠を盗むために富裕な未亡人を装う窃盗団の一味フェイ・チェイニーに、『花嫁は紅衣裳』では酔狂な伯爵によって与えられた紅いドレスを着て貴婦人に化けるキャバレーの歌手アニーに扮している。ジョーンが得意とした労働者階級の女性と、ゴージャス・グラマーのイメージが合体した新しい役柄である「似非《えせ》淑女」をらくらくと演じたものの、彼女独特の威圧的な存在感は示されず生彩のない出来となった。この年にスペンサー・トレイシーとの共演で『*Mannequin*』（日本未公開）を撮るが、これまでのジョーンのイメージを反復しながらも、やはりここでも犯罪の影がちらつくようになっている。貧しい生活に疲れた工場労働者ジェシー・キャシディ（ジョーン）は家族の抑圧から逃れるために結婚するが、その結婚式のパーティで知り合った独身の資産家ジョン・ヘネシー（トレイシー）からの求愛に次第に心を動かすようになる。そのことを知った詐欺師の夫エディ（アラン・カーティス）はジョンの資産を狙ってジェシーに結婚を勧める。ジェシーはマネキンという先端的な職業に就きジョンを誘惑するが、徐々にジョンの誠実な愛に目覚め、エディと別れることを決意する。前半部でジョーンは疲れきった前途のない工場労働者を的確に演じたが、それは過去の自分の役柄イメージを再生産したに過ぎず、後半部でのエイドリアンの華麗な衣裳に包まれた、見られることだけに徹したジェシーの人物造形とは明らかに断絶して、凡庸な出来の映画となった。このジョーンとは思えない自信のなさはどうしたのだろうか。

ジョーンがまさしくその中心的な役割を担った「女性映画」というジャンルについて、モリー・ハスケルは四つのポイントを提示している（Haskell, 1987=1992）。第一に夫や恋人、子供のために犠牲となるヒロイン、第二に不治の病などでそれを隠したまま死んでいくヒロイン、第三に複数の男からの求愛を真実の愛を見つけて選択するヒロイン、第四に他の女性との愛する男性をめぐって競争するヒロインをテーマとするものが、「女性映画」では重なり合いながら反復しているという指摘は、ジョーンを考える上でも有効である。女性映画のあらゆる特質を体現してすべて演じたかのように思われるジョーンだが、ハスケルが指摘する第二の項目はまだクリアーしていなかった。ジョーンは『椿姫』（一九三七年）のガルボや、『愛の勝利』（一九三九年）のデイヴィスのように悲劇的な死を演じてはいないのである。ハスケルはジョーン自体がジャンルであると述べているが、ジョーンの画面を圧倒する身体には死が刻印されていない。この健康さこそがジョーンの持ち味であるとともに、一九三八年にはボックスオフィス・ポイズンと呼ばれる不人気なスターとなる要因だったといえる[13]。

ゴールデン・コンビのゲーブルと組んだ一九四〇年の『Strange Cargo』（日本未公開）では、『風と共に去りぬ』で国民的なスターとなったゲーブルのセックス・アピールを借りながら手強く生き残りを賭けた。仏領ギアナで酒場の歌手をするヒロイン、ジュリーを、次に『The Women』のジョージ・キューカー監督と組んで『Susan and God』（日本未公開）の、夫も娘も省みず勝手気ままに世界を放浪する浮薄なブルジョア夫人スーザンを演じた。どちらも興行収入は良くなかったが、ジョーン自身は「もし、いつの年もこんなに素晴らしくこんなに違った二本の映画に出られるのだったらどんなに良いでしょう」（Newquist, 1981）と語っている。一方は無口な鉄火肌の植民地で生きる女、それは『モロッコ』のディートリッヒの系譜を引くヒロイン像であり、もう一方はプレストン・スタージェスやエルンスト・ルビッチに代表される軽快で洒落た都会の饒舌で自己完結した中産階級の女性というヒロイン像であるが、この二つのヒロイン像は表面上の違いを超えて、強靭な精神や身体に支えられた健康さを共有している。ジョーンはまさしくジョーンというジャンルを見つけたのである。

次にジョーンが挑んだのは、恐らくはハリウッド史上で類を見ない特殊な役柄であった。一九四一年、ジョージ・キューカーと組んで、フランシス・クロワッセの戯曲を原作とする『女の顔』（*A Woman's Face*）でジョーンは、顔の半分が火傷に覆われたアンナ・ホルムという犯罪者を演じたのだ。幼時に酒飲みの父によって顔の右半分にひどい火傷を負わされたアンナは、その容貌のため世間を厭い、プロの強請《ゆすり》屋をして生計を立てている。髪の毛や帽子で隠している顔を見られることを極端に嫌う彼女は、少しでも顔のことに触れられると逆上してピストルに手を伸ばすほど攻撃的で暴力的である。しかし、自分が強請《ゆす》っていた男トルスタン（コンラッド・ヴェデット）が、その傷をものともしないで愛を囁きかけたことにアンナの堅い心も解け、トルスタンを愛し始める。整形外科医グスタフ（メルヴィン・ダグラス）の妻ヴェラ（オサ・マッセン）の、浮気の証拠になる手紙を取り戻したいという依頼に携わったアンナは、ヴェラの屈託のない美貌とエレガンスな服装に嫉妬して、法外な報酬を要求するためグスタフの屋敷を訪れる。ヴェラともめるうちにグスタフが帰宅してアンナは彼に捕まってしまう。が、グスタフはアンナの火傷に興味を抱き、手術してアンナに美貌を与える。トルスタンに美しくなった顔を誇らしげに示しながら、彼との愛を成就したいと願うが、彼は彼の富裕な伯父の家の家庭教師になって財産継承者の小さな甥を殺すことをアンナに命じる。躊躇しながらその言葉に従ったアンナは子供の可愛さにどうしても殺すことができず、ついにトリスタンが少年を殺そうと連れ出したのをグスタフとともに追って、トリスタンを殺してしまう。裁判所でその正義のための罪を証言したアンナは、グスタフの誠実な愛を手に入れる。

主演女優の顔に大きな傷を与えるという、それまでのハリウッドにはありえなかったヒロインがここに誕生した。女性映画の観客にとって、その傷は女性の「病」として捉えられたであろう。ハスケルの女性映画の条件で唯一満たしていなかった「病気の女」をジョーンは手に入れたのである。容貌が傷で損なわれた女性は死に至る「病」を抱えているのだという映画のメッセージは、これまでのハリウッドの文法に従っている。しかし、精巧なメーキャップによって創造されたジョーンの二つの顔、「美しい」左半分と「醜い」右半分は、アンナの二面的な性格のメタファーであると同時に、「美しさ」というハリウッド映画の鉄則を、女優自らが破壊する自爆的な行為でもあった。ジョーンは容貌ゆえに犯罪に手を染める女性の屈折した心理を前半で示すとともに、手術後、誰からも美人と言われるようになっても有頂天にはならないで謙虚な性質を緻密に演じた。「醜さ」は悪であり、「美しさ」は善であるという単純な図式では描かれない。それはヴェラにランプをあてられ容貌を嘲笑された時に、アンナが怒り狂ってヴェラの顔に何度も何度も平手打ちを食わすシーンに凝縮して表現されている。ヴェラの無礼は、取り澄ました美人があたかも天与のものとしか思わずにその容貌を使って様々な特権を得ていることへの、醜いとされてしまった女たちの与える懲罰となっている。だから、アンナは美人になってから善に目覚めたのではなく、美人のなかにある驕りをも糾弾するスーパー美人として再生しているのである。浮気をしながらグスタフを手放そうとしないヴェラが、最後にはかつて軽蔑したアンナにグスタフを奪われてしまうというハッピーエンドは、観客の願望とも重なっている。顔の傷という負性を負ったアンナはアンチ・ヒロインであるが、その「病」を精神的に保持し克服しようと意思するアンナは、純正のハリウッドのヒロインである。その両義性ゆえに極めて新鮮な新しいヒロイン像は誕生したのだと言えよう。

この映画はまず裁判所の場面から始まり、登場人物が全員そこに集い、証言をするという形式で進行する。フラッシュ・バックと、証言者の回想であるヴォイス・オーヴァーがプロットを構成する形式は、言うまでもなくフィルム・ノワールの特徴を備えている。が、中村秀之が指摘するとおり、フィルム・ノワールとは一定の固定的なジャンルでもなく、また一定の作法を持っているわけでもなく、そこで分類され布置される概念化と実践の諸形態こそが、フィルム・ノワールという

「言葉・記号」を可能にする（中村、二〇〇三年）。中村の分析によればメロドラマも同様に曖昧な意味しかなく、殺人メロドラマが原＝ノワールであろうと述べている。『女の顔』はまさしく原＝ノワールとしての徴《しるし》を全編に帯びた映像テクストである。ジョーンが演じることによって過剰な生命力と頑強な意志力が画面に出てしまう逸脱を効果的に利用するには、フィルム・ノワールや後に述べる心理的変調を扱った亜種としての女性映画にジョーンは進むしかなかったのだろうが、この方向はジョーンが創ったのではないかと思えるほど、彼女の資質を縦横に活かしている（もっとも、これらが成熟してステレオタイプ化していくとともに、彼女はまた逸脱していくのであるが）。

ジョーンは、自身「最悪」と評する『*When Ladies Meet*』（一九四一年、日本未公開）を最後にMGMを去り、コロンビアで『*They All Kissed the Bride*』（一九四二年、日本未公開）を、再びMGMで『*Reunion in France*』（一九四二年、日本未公開）、『*Above Suspicion*』（一九四三年、日本未公開）という戦時協力映画を撮ったが、どれも彼女の方向を満足させるものではなかった。一九四四年、『ハリウッド玉手箱』（*Hollywood Canteen*）に賛助出演のようにカメオ出演したほかは、ほとんど仕事が来なくなった。

4　嘆きの母――アンビシャス・ウーマンとドミナント・マザー

一九四五年『ミルドレッド・ピアース』（*Mildred Pierce*、日本未公開、ただしテレビで『深夜の銃声』『偽りの結婚』などの題で放映）は、当初ワーナーの女優であるベティ・デイヴィス、ロザリンド・ラッセル、アン・シェリダンなどにオファーされたが、十六歳の娘を抱える母親役は容易に引き受け手がなかった。『深夜の告白』（一九四四年）で犯罪メロドラマの代表的な女優となっていたバーバラ・スタンウィックが興味を示したが、ジョーンがこの主演を熱望してカメラ・テストまで受けて、ようやく決定となった。『深夜の告白』と同じジェームス・ケインの原作を用いているが、原作中には殺人がなく、またはじめはフラッシュバックもヴォイス・オーヴァーも使用する予定ではなかった。つまり、明らかにフィルム・ノワールと後年に指摘される分類に適合させるために加工された映画なのである。『マルタの鷹』（一九四一年）、『深夜の告白』（一九四四年）、『ローラ殺人事件』（一九四四年）、『飾窓の女』（一九四四年）、『欲望の果て』（一九四五年）と代表的なフィルム・ノワールの作品を並べたとき、『ミルドレッド・ピアース』が他と決定的に違うのは、ハンフリー・ボガード、エドワード・G・ロビンソンなど主人公の男性探偵が犯罪を実証していくのではなく、犯罪をフラッシュ・バック／ヴォイス・オーヴァーによって告白しようと試みる女性が、その語りによって徐々に無実を明らかにするという展開にある。加藤幹郎は「フィルム・ノワールと女性映画、そしてギャング映画（「年少犯罪もの」）という三つのジャンルの融合」（加藤、一九九六年）がこの映

図2　『ミルドレッド・ピアース』のジョーン（同前）

画にはあり、本来、これらは反撥しあう要素（フィルム・ノワールは女性を好まない、ギャング映画は女性に好まれない）を互いに持っているのにもかかわらず、この融合によって新たな語りの戦略が巧まれていることを指摘した。ジョーンはのちに男性俳優の主たる領域・聖域である西部劇にも主演している（『大砂塵』一九五四年）が、この越境性を可能にするのは彼女が男女の役割を交換しても不自然でないほど、性をも超越した存在になっていったからであろうか、あるいはジョーンの特殊性という限定的な現象なのか。その答えを見出していくために、作品を見てみよう。

平凡な主婦ミルドレッド（ジョーン）は夫バート（ブルース・ベネット）が失職しているために、料理のケータリングの内職をしながら、二人の子供たちの教育費を稼いでいた。夫はそんな彼女に嫌気がさして、他の女性のもとへ去る。ミルドレッドは生活のためにウェイトレスになるが、たちまちのうちに頭角を現わし、夫の友人であったウォーリー・フェイ（ジャック・カーソン）の助けを借りてレストラン経営に乗り出す。大成功を収めた彼女は資産家モンテ・ベラゴン（ザカリィ・スコット）と結婚し、娘たちに上流の暮らしをさせた。だがわがままに育った姉娘ヴェダ（アン・ブライス）はモンテと関係を結び、母を裏切る。その果てにヴェダはモンテとのトラブルで彼を殺してしまうが、母に助けてくれと哀願する。映画はミルドレッドが警察に出頭して回想する語りで構成されており、徐々に娘の犯行が明らかになる手法をとっている。ここでは犯行の実行者を割り出していくというフィルム・ノワールの語りよりも、経済的に自立して成功した女性があまりに子供たちを甘やかして、母としての役割を怠り家庭を崩壊させてしまったという女性映画の語りが優位に置かれていて、これまで多くのフェミニズム批評への恰好の標的となってきた。職業的に成功した妻は、もはや家庭には帰れない。夫も子供も犠牲にして得た虚飾に満ちた報酬は、大事な家庭を失ってしまうことなのだ。この極めてわかりやすいメッセージが初めから映画には設定されている。

映画はこのように始まる。モンテが何者かに撃たれ「ミルドレッド」とつぶやく。次に走り去る車。海岸の桟橋にたたずむ高価なミンクに包まれたミルドレッド。殺人の偽装をするために自分に気のある友人ウォーリーを連れて海辺のビーチハウスに戻り、彼を現場に置き去りにして帰宅するミルドレッド。次から次に示されるショットで観客はミルドレッドの犯行を確信する。そこに警察がやってきて彼女に夫の死を告げ、同行するよう要請する。取調室で自分の過去を語り始めるところで、フラッシュ・バックによって物語は語り始められるが、ようやく最後に冒頭の連続したショットが、巧妙に組み合わされた偽のコンテクストであることが明らかになる。脚本、映像、編集のそれぞれが協力し合ってミルドレッドを冤罪に陥れているのだ。観客への秘密の提示と解読は、冒頭に悪意が書き込まれていたのだ。それを隠したのはもちろん、男性的な視点である。

しかし、この脚本は初め女性脚本家キャサリン・ターニーによって書かれていたことに少し注意を払う必要があるのではないだろうか。この脚本には経済的に充分の援助を怠らないために必死に働き続ける母が、結果的に子供に裏切られていく「嘆きの母」という母物女性映画の原型が秘められている。そこにロナルド・マクデューガル、アルバート・マイィッツなどの男性脚本家が同じ原作者ジェームス・ケインによる『深夜の告白』の成功を見て犯罪メロドラマの要素を加え、さらにケイン、そしてウイリアム・フォークナーがマッチョな男性視点をつけ加えていったことによって、ミルドレッドの矛盾、豊かな母性を備えながら男性を凌駕する社会的野心を達成するという、どうにもわかりにくい人格が形成されていったのではないだろうか。それは『女の顔』で既に両義的な女性表象を演じきったジョーンにとっては、親しみやすいキャラクターであった。母性と野心は共存しうるのであり、それを矛盾へと導くのは愚かな娘の好色であったり、経済能力を欠いた前夫の無能であるのであり、ミルドレッドは結局何も矛盾せず、だから本当は何にも傷ついてなど、いないのである。ハスケルは「クロフォードは肉体的にも心理的にも自らを台なしにすることを拒み、役柄からはガッツを、母‐娘関係からは階級対立を引き出した。彼女は優しい母となるが、その唯一の欠点は（それが欠点と呼べるならだが）娘を愛しすぎたことだ。エロティックな暗示を伴う娘（アン・ブライス）への執着は、この作品の最大の魅力となっている。それは隠された自己愛の表現であり、クロフォードの真価とも言うべきナルシズムの様相を帯びているのだから」（Haskell, 1987=1992: 218）と、母性と野心の相克と矛盾という男性が描こうとしたテーマを否定して、ジョーンの自己完結した強靭さが当初の目的をいとも易く覆してしまったことに言及している。かつてジョーンが演じた仕事にも性にも自由である女性像への観客大衆の憧憬という幻影を砕き去った、極めて苦いフラッパーの二十年後の姿である。フラッパーの娘に悩まされる「嘆きの母」という監督マイケル・カーティスや男性脚本家の意図は、失敗したと言うべきであろう。ジョーンはハリウッドが押し付けた戦後の女性に対する男性的価値認識――戦争が終わり男たちは帰還して女性たちから職場を奪い主婦化を強制したこと――を自らの身体表現によって転覆させたのである。ジョーンは性を越境して男性領域に侵入してビジネスで成功したことへの罰を受けるふりをしながら、同時に男性の身勝手を糾弾し、嘲笑さえしているのである。ジョーンはこの作品で第十八回アカデミー賞主演女優賞を獲得して、見事なハリウッドへのカムバックを果たしたのである。

5　病んだ中年女性――マッド・ウーマンと精神病院

アカデミー賞という華やかなカムバックを果たしたジョーンであったが、女性規範からの逸脱性は増幅され、もはや脚本で示される目的を超えて、別の意味を付与するようになっていった。しかしそれは、彼女の意志するところではなかったであろう。ジョーンのトレード・マークである美貌は、絶え間ない手入れによって維持されていたが、観客を威圧する存在感にもますます磨きがかかり、やがて自己パロディの要素すら加わってきた。のちに自己のスター・イメージをパロディ化するようなB級映画で文字どおりのビッチを演じるが、戦後の一連の作品にはその萌芽が既に見え隠れするようになる。第二次大戦後、より厳しく道徳的コードが強化されたハリウッドの映画産業にあって、ジョーンが演じる逸脱した主婦や母親はジョーンその人への興味と重なった窃視的欲望を喚起させていったのだ。(14)

一九四六年の『ユーモレスク』は、富裕な資産家の妻であるヘレン・ライト（ジョーン）が新進の才能あるヴァイオリニスト、ポール・ボレイ（ジョン・ガーフィールド）を後援し、彼への思いを募らせて、遂には自殺する話である。ここでジョーンは年下の男性を経済的に庇護するという従来のジェンダー規範に収まらない女性像を演じた。不倫に悩む人妻というメロドラマのつくりであるが、ここには女性がその性欲望を実現するためには経済力だけでは足りず、社会からの倫理的叱責をも考慮に入れなければならないという教訓が示されている。彼女が職業を持たないということは、その性的欲望を否定される条件となっているのだ。メアリー・アン・ドーンは映画が「女性的セクシュアリティを境界や限界に対する過剰な関係としてたえず定式化し、また、定式化し直している」(Doane, 1987=1994: 163) と述べているが、その最終的な「処罰」は結果的に同性をも含めた社会的な女性セクシュアリティへの規範設定が極めて厳しいことを表わしている。『ミルドレッド・ピアース』で女性が経済活動に入ることを否定しながら、そのセクシュアリティの実現に向かって進むヘレンをも否定したのである。それは戦後に高まってきた家族主義・家庭主義の強化に伴って、ジョーンが演じる女性を「モンスター/怪物」へと仕立て上げる第一歩であった。決して死なないジョーンをヘレンの溺死という「処罰」によって抹殺しようとすることで、ハリウッドは彼女の抵抗を封じたのである。ヘレンのこういう形での死はジョーンという女優にとっては非現実的で無駄な人生の処理としか写らない。ジョーンはヘレンの絶え間ない飲酒や落ち着かないいらいらとした態度でそれを表現した。つまり、倫理的な要因での尊厳を求めた崇高な死という脚本の要請を、神経症的な落ち込みという病理学的な方向に持っていってしまったのである。自己実現を阻まれた女性の身体と精神の違和によるサイコ・メロドラマという新しいジャンルがジョーンに与えられた瞬間である。

一九四七年の『失われた恋』は町を白髪のみじめな女性（ジョーン）が彷徨うシーンから始まる。女性は記憶を失くしており、精神病院に収監される。医師に問診されるままに過去をたどっていく。ここからフラッシュ・バックでストーリーが始まるが、彼女ルイーズは資産家ディーン（レイモンド・マッシィ）の心を病んだ妻ポーリーンの住み込み看護婦であったが、ポーリーンはルイーズと夫との間を疑って激しい嫉妬をルイーズやディーンにぶつける。ルイーズは近くに住むディーンの友人で技師のデヴィッド（ヴァン・ヘフリン）と性的関係を持っているが、彼は結婚をしてくれない。ルイーズの思いは募るばかりだが、家庭を持つ気のないデヴィッドは冷たく彼女を拒絶する。ポーリーンが自殺して、請われるままに子供たちの世話をし始めたルイーズは、やがてディーンの後妻になる。思春期の娘キャロル（ジェラルディン・ブルックス）の反発もあったが、それもうまく処理して文字通り一家の中心になった彼女のところにまたデヴィッドがあらわれ、キャロルと親しくなる。デヴィッドへの偏執的な愛、キャロルへの嫉妬、ポーリーンを死に追いやったのではという贖罪感、愛なきディーンへの罪悪感などがない交ぜになって幻聴や妄想に悩まされるようになったルイーズはついにデヴィッドを殺してしまう。精神病院のベッドの上でそこまで思い出して、ルイーズは絶叫する。彼女を迎えに来たディーンは薬で昏々と眠るルイーズの傍らに立ち尽くす。

ジョーンのこれまでの映画の特徴である職業女性の苦悩、階級上昇への野心、母子の相克、二人の男の間でゆれる感情、若さへの拘りと嫉妬、満たされない愛への焦燥感、セクシュアリティの飢渇感など、すべてがこの映画には投入されている。ここには精神病理的な強迫観念というジョーンのテーマが余すところなく描かれている。満たされない女、満たされることに貪欲な女、家庭の幸福に満足しない女の最後に行き着く場所は精神病院であるというあからさまな男性の「処罰」が治療という名を借りて断行されるのだが、この時期にアメリカでは精神分析が映画に盛んに導入され、心理メロドラマという分野が確立しつつあった。実際の精神病治療における物理的な治療、前頭葉削除（ロボトミー）などの外科手術が盛んになった時期でもある。ルイーズが精神病院に収監されるシーンはまさしく過剰な生への願望を持て余した女のエネルギーが爆発して、崩壊していく情景を活写している。しかし、ディーンが「幸せそうに眠っている」とルイーズを許する最後のシーンを見ると、結局彼女にとって一番安心できる場所は精神病院となっていることがわかる。ここでジョーンは女性性を逸脱したことにより、男性社会から処罰される「ビッチ」を演じたのだが、彼女の根底を貫く強靭な健康さは逆にあらゆる男性の楔《くさび》から解放されたルイーズの自由を表象しさえしてしまう。これは男性にとっては脅威ではなかっただろうか。

『哀しみの恋』（*Daisy Kenyon*、一九四七年）、『*Flamingo Road*』（一九四九年、日本未公開）、『*It's a Great Feeling*』（一九四九年、日本未公開）、『*The Damned Don't Cry*』（一九五〇年、日本未公開）と過去のジョーンのタイプ・キャスティングへ送り返されたかのような凡庸なメロドラマに出演したジョーンは、『*Harriet Craig*』（一九五〇年、日本未公開）で幼時に父親から捨てられたことによってトラウマを抱える冷酷で自己中心的なヒロイン、ハリエットを演じた。誰をも愛さず、ただ家庭に執着する彼女は、一種のタイラントとして描かれている。また『突然の恐怖』（*Sudden Fear*、一九五二年）では、高名な女優マイラ（ジョーン）が若い俳優レスター（ジャック・パランス）にだまされて結婚し、命を狙われるというストーリーである。ここでは年齢による美貌の凋落と、セクシュアリティの危機が描かれている。パランスの若い恋人イレーネ（グロリア・グラハム）の存在がジョーンの生命を危うくしているのだが、女性が年を重ねるに従ってモンスター化して、彼らの嫌悪を呼び起こすという構図が描かれている。ここでジョーンは皺や染みをアップでとらせ、加齢による男性からの拒否を表現したが、自らの恐怖が容貌の衰えから起こる強迫観念ではないかと自問自答するところに、マイラの心理的ダメージはあり、徹底的にヴァルネラビリティ（暴力誘発性）に襲われるヒロインを表現した。

ジョーンの過去のイメージを模倣するような役どころは、与えられた脚本がそのようなものばかりであったからだが、年齢に応じた新しい役柄を彼女のために創出する想像力は、ハリウッドにはもう残っていなかったと言ったほうが正確であろう。戦後のフィルム・ノワールによって拓かれた心理的に追い詰められていく中年女性の内的な不安という題材も、ジョーンは容貌や性的魅力の衰えを強調してメークしたし、年下の恋人へのおずおずとした中年女性の屈辱的なアプローチも的確に演技した。しかし、ジョーンの威圧的なアウラは男性を脅かして不安にさせる強さを醸成した。その意味で一九五四年に公開された『大砂塵』（*Johnny Guitar*）は適役であったと言えるかもしれない。バーバラ・スタンウィックなどの少しの例外を除いて女性が主役になれない西部劇というジャンルで、女牧場主のエマ（マーセデス・マッケンブリッジ）と対立する酒場の女主人ヴィエンナを演じた。男の世界である西部の無法地帯を生きる女とは、男性の性的対象か家事代行者でしかないが、ヴィエンナは自ら男装してエマを相手に銃で戦うのである。そのキッチュな特異性が今この映画をカルト・ムーヴィとして著名にしているが、ジョーンのキャリアにとっては必然の役柄であったとしか言いようがない。何故ならハリウッドが与えようとする男性を脅かす過剰な女性たちへの処罰は、ジョーンには効果を果たさずに不発に終わり続けたからだ。西部劇の主役という、いわば名誉男性としてハリウッドに認知されたものの、ジョーンはここでも逸脱をしていく。明らかにエマは地域社会の犯罪を抑止しようとする善玉なのだが、その強権的な態度には男性的な父権主義が濃厚に漂っている。そのエマを倒すことに渾身の力を注ぐヴィエンナは、男性を手玉に取り味方につけながらも、結果においてその父権的権力の行使を破壊しようと試みる孤独なフェミニストなのである。これは女性同士の闘いなのではなく、男性権力と結託して自らの延命を企図する女性への、女性からの処罰なのであり、ジョーンは男装という隠れ蓑を用いてそれを実行した。

一九五五年、ペプシコーラの重役アルフレッド・スティールと、ジョーンは四度目の結婚をした。アレフレッドはこれまでの結婚生活にはなかった心理的、経済的な安定を彼女に与えた。ペプシの事業にも積極的に加わり、絶大の宣伝貢献をした。『*Queen Bee*』(『女王蜂』一九五五年、日本未公開)で周りの人々を破滅に追い込んでいく強権的な南部の女家長エヴァを演じたが、この役によってジョーンのビッチ・イメージは確立した。しかし、この役がどんなに馬鹿げているか、そしてジョーンがどんなに嫌がっていたかについては、ジョーン自身の発言が残っている。

『女王蜂』(*Queen Bee*)で私は『女性たち』(*The Women*)で演じたよりひどい、全くのビッチを演じる機会を得ました。本当にうつろな九十分間のために。正直な気持ちですが、私が果たすべきことをきっちりと守って死ぬシーンで自分自身を憎んで撮り終えたのです。それは全く気の滅入ることでした(事実、個人的にもこの映画のタイトルがそれ以来私を表現するのに使われたようです。それはほめ言葉にはならないですね)。(Newquist, 1981: 106-7)

ジョーンはビッチを演じたことに文句をつけているのではない。彼女が主張したいのは、エヴァはビッチでもなんでもない、ただの男性的家父長制の代行者であるということだろう。『大砂塵』で折角それと闘ったのに、またハリウッドはなし崩しに男性が描くビッチ・イメージをジョーンに押し付けて、挙句映画の最後で勝手に殺してしまったのだ。ジョーンのこうした違和感は、ハリウッドを生き抜いて中年を迎えた二十世紀初頭に生まれたスター女優たちに共有されていた。グロリア・スワンソンは一九五〇年に『サンセット大通り』で自己戯画化した主人公の大女優ノーマ・デズモンドを演じ、ベティ・デイヴィスは同じ年に『イブの総て』で舞台女優マーゴ・チャニングを演じたが、最早これらのスターたちは自分自身を演じるより他に役がないかのように、ハリウッドの示す女性規範は多様な女性らの生き方を表示することに、怠惰でストックが少なかったのである。

6　聖なるビッチ――「モンスター」としての女性

一九五六年にジョーンはロバート・アルドリッチに出会う。アルドリッチはロックフェラー一族に繋がる東部の名門家庭に一九一八年に生まれ、ＲＫＯに助監督として入社、チャーリー・チャップリン、ジャン・ルノワール、ジョセフ・ロージーなどの監督作品についた。一九五三年に監督第一作の『*The Big Leaguer*』を監督した新進の演出家は、フィルム・ノワールのカルト的秀作として後に評価された『キッスで殺せ』（*Kiss me Deadly*、一九五五年）を撮り終えたところであった。

彼と組んでジョーンは『*Autumn Leaves*』（『枯葉』）を撮る。ミリー（ジョーン）は教養あるタイピストの中年女性である。父の介護のために婚期を逸したが、身持ち堅く清潔に生きている。偶然にレストランで同席した若者バート・ハンソン（クリフ・ロバートソン）の熱心なアプローチに負け、結婚する。しかし、この年下の夫には前妻ヴァージニア（ヴェラ・マイルズ）がおり、ある日ミリーのもとに乗り込んでくる。若く美しいヴァージニアに圧倒されながら、彼女からバートが精神的な障害を抱えていること、財産問題でトラブルを抱えていることを知らされる。ヴァージニアからバートの父（ローン・グリーン）に会うことを指示されたミリーは彼に会いにホテルに行くが、そこでヴァージニアと彼が関係を持っていることを知ってしまう。やはりホテルに来たバートもそれを知って精神的に落ち込んでしまう。ひどいバートからの暴力に耐えながら、ミリーは彼を守っていこうと決意する。彼を精神病院に入院させ治療費のために必死に働くが、彼が完治したことを知ったとき、もう自分は彼には必要ではないと悟る。バートはそんな彼女に今まで以上に誰よりも愛していると告げる。

ここでジョーンは、狂的なビッチというハリウッドが押し付ける役柄とは全く違った献身的な女性を演じた。アルドリッチはビッチ・イメージを持つジョーンにこの役を演じさせたことについて「私はクロフォードを賞賛しています。彼女は自分自身が調合したメソッドを持っている女優です。しかし、私はこの役を映画のバランスを欠いてしまうような、さえない中年女性になるようには彼女に要求することはできませんでした」（Miller&Arnold, 2004）と語っている。一見、ジョーンがアルドリッチの演出計画を裏切ってきれいな中年女性を演じようとしたかのように受け取れるが、そのようにさえない中年女性には決してなり得ない素材として、ジョーンをこの作品に欲しかったのであろう。中年女性と若者の間に突然起こった恋愛というテーマ自体が不穏な影を抱え込んでいる。結局、観客が心配するような手ひどい裏切りや犯罪、またミリーの精神的ダメージはこの映画にはついに登場しなかった。ミリーはかつてのジョーンが演じた役のように、狡猾な年下の恋人にだまされも殺されもしないし、バートと共振して精神を病んだりも心理的な圧迫で混乱もきたさない。精神病院にも刑務所にも入らずに、母性的な聖女のままで映画をまっとうすることに、観客は実は肩透かしを喰ったであろう。だが、この裏切りこそがこの映画の特異性を際立たる要因なのだ。イヴ・モンタンがヒットさせたシャンソン「枯葉」の、アメリカでの流行に便乗して作られたこの典型的なメロドラマにアルドリッチは幾つかの仕掛けをほどこした。冒頭で、淋しいが清く暮らすミリーはピアノ・コンサートに行く。若いハンサムな青年ピアニストがショパンを演奏するのだが、そこで観客は観客席で舞台を熱心に見つめるミリーと、『ユーモレスク』のヘレンを重ねるだろう。あるいは『女の顔』でアンナがトリスタンに魅かれるのはこのショパンを通してではなかったか。いや、『*Sadie McKee*』だって、『失われた恋』でだって、ヒロインは不実な男を音楽があったから愛したのではなかったか。何かが起きそうな予感がする。急にあたりは暗転し、ミリーにのみ照明が当たりフラッシュ・バックが始まる。父の看護のために恋人から交際を断わられた挿話が回想される。しかし、アルドリッチは観客の予測を裏切って、何ごともなくミリーを劇場から歩道へと送り返す。帰り道に立ち寄ったレストランでたまたま同席するのがバートとの出会いである。ここでさっきのピアニストとの「遭遇」で予感された、年下のハンサムで感じの良い青年との恋愛がようやく作動し始める。

つまり、アルドリッチはこのようなフェイントをかけて、プロットの滞留やずらしを随所で行なうのである。ミリーの病気の父というトラウマの提示は、実はバート自身の狂気の根幹にある父へのトラウマの予言である。そのバートは妄想的な被害者意識からミリーに発作的にひどい暴力をふるうが、それは年上の女が若い男と恋愛することへの世間の懲罰のように見える。しかし、本当は妻を寝取った父へ向かっているのは明らかである。ミリーは母のように見えるが、本当は父の代理である。また女で妻であるから不実なヴァージニアの代理にもされてしまう。つまり、ミリーは不実な欲望の実行者ではないのに、バートによって無理やりにそこに引きこまれ、父の代理として殴られ、前妻の代理として懲罰を受け、なお聖女であり続けるという、明らかに錯綜したヒロインなのである。バートがミリーの顔を殴るのは女性性への嫌悪であるが、手の上にタイプライターを投げつけるのは仕事をする道具という男性性への攻撃であり、それを代行している女性労働者ミリーは父の権威を詐取するもっとも許せない存在なのである。この男性の屈折した女性への悪意こそがこの映画の主眼であるとすれば、ミリーはビッチにもモンスターにもなる必要はない。ジョーンという威圧的な女優が持つヴァルネラビリティ性、ビッチでモンスターであるに違いないという世間の思い込みと攻撃、好奇心が、聖女なのにビッチとして扱われる被虐的で忍耐強いヒロイン像を可能にした。だが、この聖女はビッチの切り札である。性的誘惑や姦計、戦略を一切用いずに男性性の神話を嘲笑できるのだ。それこそは男性にとってはもっとも危険で嫌悪すべきビッチ中のビッチである。『女王蜂』での男が描くビッチ像をジョーンは嫌ったが、おそらくはミリーを演じるのに彼女は究極のビッチを造形しようとしたのではないのだろうか。そしてアルドリッチもそのことに気づいていたのだと、私は考えている。

一九五八年、夫スティールに先立たれたジョーンは、ペプシに留まって社外重役となった。そのキャリア・ウーマンというイメージを利用した『大都会の女たち』(*The Best of Everything*)に一九五九年に出演したほかは、ペプシの仕事に比重が移っていった。映画の仕事はすっかりと顔ぶれが変わり、同年代の女優たちの多くは男性俳優とは違ってとっくに引退したか、表舞台から消えていった。アルドリッチは『枯葉』の翌年、『*The Garment Jungle*』を撮っている最中に、突然コロンビアのハリー・コーンによって解雇された。第二次の赤狩りがハリウッドを横行していた。ジョゼフ・ロージーに傾倒していたアルドリッチはハリウッドに嫌気がさして、イタリアに向かった。

四年後、ハリウッドに戻ったアルドリッチは早速に映画の準備に取りかかる。[15] ベティ・デイヴィスとジョーンはともにハリウッドのスターとして同じ時代に活躍をしたが、本格的な競演はしたことがなかった。お互い意識しながらもスタジオの違いや、俳優としての資質、また性格的な相違もあって、常に比較され確執を噂されてきた。『何がジェーンに起ったか?』はかつて子役スターとして一世を風靡したジェーン(デイヴィス)と、三〇年代に映画の大スターであった姉のブランチ(ジョーン)の葛藤を描いた、所謂ハリウッド内幕ものである。ブランチは、人気絶頂の頃に既に人気を失くして大部屋女優をしていたジェーンが起こした交通事故で下半身不随になっている。誰も訪れることのない荒れ果てた豪邸で、ジェーンはブランチの世話をしながら生活していたが、屋敷を売ろうとブランチが提案したことから、徐々に精神を病んでいく。突然、カムバックをねらって

図３　『何がジェーンに起こったか？』のジョーン（左）とベティ・デイヴィス（同前）

新聞広告にピアニストのエドウィン・フラッグ（ヴィクター・ブオノ）を雇ったり、飼っていたオウムを料理してブランチの食事に出したりという奇行が目立つようになり、心配したブランチは彼女に注意を与える。ジェーンは自分の成功をブランチが邪魔するのだと錯覚して、ブランチを虐待するようになる。すさまじい攻防の果てに、遂にジェーンは完全に発狂してブランチを海岸に連れ出し、かつての舞台を真似て浜辺の海水浴客を相手に子役時代のヒット曲を歌い、踊り狂う。子供に戻ってしまったジェーンにブランチは、本当は事故を起こしたのは自分であって、酔っていたジェーンに罪を負わせたのだと告白するが、ジェーンにはもうその意味がわからない。

　この息が詰まるような密度で描かれたハリウッド・スターの悲劇的な凋落と破滅は、『ハリウッド大通り』で既に定型化していたが、デイヴィスはあくまでこれを女性映画と捉えていた。四十年近く、ハリウッドに君臨し続けた二人の偉大な女優がそれまで培ってきた身体技能を駆使して演じるこの映画は、今やハリウッドのイコンとなっている。二人の女優は女性性に付与された肯定的な価値を極力排除して、役づくりしている。ジョーンは車椅子にどっしりと構え、鷹揚な淑女を装いながら経済的な実権を握っていることを楯に、デイヴィスを支配する威圧的な演技を前半でする。デイヴィスは厚化粧で老醜を誇張しながら、乱暴なもの言いと皮肉の乱発でビッチそのものを表現する。二人の応酬はさながら三〇年代のソフィスティケイトされた女性映画のカリカチュアである。だが、女性映画の主要なポイントであるセクシュアリティや恋愛、母性、職業、家事などの話題には全く触れられずに、ひたすらに二人の関係性の攻撃と防御に費やされている。逆にいえば、あらゆるジェンダー規範から逸脱してしまったこの老女たちは、不幸なまでに自由である。ジェーンが攻撃性の象徴であるとすれば、ブランチはあらゆる理不尽な暴力を受けることを容認せざるを得ない被虐性の象徴となっているが、見方を変えればブランチはジェーンを抑圧し続けたビッチな加害者であり、ジェーンはブランチを歩けなくした贖罪に追い詰められた無力な被害者ともなっている。この交換性は二人が男性と女性という位置も交換し合うことを意味し、姉と妹、女優と観客、常人と狂人という区分けも自在に横断しながら、状況により越境し合えることを示唆している。その意味で二人はまさしく「モンスター」なのである。

彼らはハリウッドという特殊な環境が生み出したフリークスなのだという観客の解釈はある意味では正しい。しかし、これはハリウッドが示し続け方向づけようと躍起になった女性労働の最終的な形でもある。ジョーンもデイヴィスもそのなかで忠実にあらゆる職業女性を演じたが、ハリウッドが年老いた女優に与えるのは最後には狂気という「女性の職業」なのである。美貌も人気も従順さも失ったかわりに、過剰なエネルギーを持て余して男性の権威に挑戦する彼女たちのような反逆者に与えられた悪意に満ちた待遇を逆手にとって、アルドリッチと結託しながら自己パロディとハリウッド・パロディを完遂する二人のモンスターに、大衆は喝采をおくった。

一九六三年にジョーンは『*The Caretakers*』で精神病院の厳格で冷酷な看護婦長を演じた。精神病者には拘束衣が一番のケアーだと信じる彼女の精神病への偏見は、その内面には狂気を抱えているのだが、ここでジョーンは看護者であると同時に、患者でもある。

次にはジョーンがその拘束衣を着ることになる。一九六四年の『*Strait-Jacket*』(日本未公開、『血だらけの惨劇』としてヴィデオ販売)でジョーンは貧しい労働者階級の家庭に生まれたルーシー・ハービンを演じた。ルーシーは親の決めた年上の夫の死後、若い男と再婚する。ある日、予定を早めて仕事から帰った彼女は若い女と同衾する夫を見て、激情にかられ斧で二人の首を切り落として惨殺する。精神病院に拘束されたルーシーは二十年後ようやく退院して、弟の家に帰り、そこで養われてきた実の娘キャロル(ダイアン・ベーカー)とも再会し、ようやく家庭の幸福を味わう。しかし、連続殺人が起こりルーシーが疑われる。しかしそれはキャロルが幼時にルーシーの犯行を見てしまったトラウマから精神に異常をきたし、やってしまった犯行であったことが分かる。ルーシーはその娘とともに生きていくことを決心する。

ここでジョーンはフラッパー、嫉妬に狂う人妻、悩める嘆きの母、犯罪者、精神病者という彼女の定番の役を漏れなく演じているが、基本は斧で首を切り落とす過剰な暴力性を持つモンスターという役である。境界領域を越境し続けたジョーンがたどり着いた場所はなかなか痛快でもある。[16] ジョーンは「女性」を職業として選択しながら、男性たちの嫌悪と恐怖をさそう「モンスター」になったのだ。

ハリウッドの倫理を縛り続けたヘイズ・コードは一九六六年の抜本改訂を経て、一九六八年に全廃される。ジョーンは一九六七年にイギリス映画『姿なき殺人』（*Berserk*）で最後の主演をした後、幾つかの映画のゲスト出演、多くのテレビ出演をしたが、飲酒問題による体調の悪化などもあり、二度とジョーン・クロフォードという名をトップ・クレジットとして銀幕に掲げることはなかった。それはまるでヘイズ・コードとの闘いを終えたかのようにも思われる。[17] 一九七七年五月十日、ジョーンはニューヨークにて胃癌で死去したが、翌年、伝記映画『愛と悲しみの伝説』が製作され、次から次と伝記や写真集が出版された。

本稿はジョーン・クロフォードが映画で演じた女性主人公を追跡することによって、ハリウッドがアメリカ的な道徳観によって設定した女性労働の表象を考えるところにあったが、それを通じて見えてきたのは表象化過程で提示される男性的抑圧を嘲笑するかのようなジョーンの逸脱と過剰を繰り返す境界越境である。ロバート・C・アレンは「個々のスター・イメージは社会の隠された欲望の反映であるとは言い切れない、しかし多義的な構造として、スターは審美的なディスコースのような社会化されたものを形成する」（Allen, 1985）と述べているが、ジョーン自身が指し示す逸脱・過剰による境界越境こそが社会の欲望を表象しているとも言えるのだ。常にジョーンは大衆が要請する女性イメージを、スターとして演じ続けた。それは面白いことに、倫理的、道徳的に認められない女性主人公を演じることでもあった。一九三〇年代から四〇年代にかけて多く作られた女性映画の主人公は、男性の意に従わずに日常に波乱や亀裂を生じさせ、時には犯罪も厭わない「困った女性たち」である。ディートリッヒの『嘆きの天使』（*Blue Angel*、一九三〇年）、『間諜Ｘ２７』（*Dishonored*、一九三一年）、ガルボの『マタ・ハリ』（*Mata Hari*、一九三一年）、デイヴィスの『痴人の愛』（*Of Human Bondage*、一九三四年）、『月光の女』（*The Letter*、一九四〇年）、『偽りの花園』（*The Little Fox*、一九四一年）、ルース・チャタートンの『孔雀夫人』（*Dodsworth*、一九三六年）バーバラ・スタンウィックの『深夜の告白』（*Double Idemnity*、一九四四年）など現在古典として残るハリウッド映画におけるヒロインの多くは、男性規範を揺るがす「ビッチ」である。その強烈な印象を残す女性イメージは最後に必ず破滅的な「処罰」が科せられる。だが、その当然のプロダクション・コードによるヒロインの抹殺は、逆にヒロインを永遠に観客の脳裏に刻み込ませる。このパラドックスをハリウッド・システムは熟知していた。だから、ハリウッドは多種多様な倫理・道徳に反する「ビッチ」を量産したのであろう。

そのなかで、ジョーンが演じた「ビッチ」役の他と際立った相違点は、最後には許されてしまうことだ。ハッピーエンドの約束事に準じたまでだ、という説明は充分ではない。他のスターが演じた多くのヒロインは、文字どおり存在を消されるか放逐されるかして全否定されてしまっていることを忘れてはならない。ジョーンはデイヴィスやキャサリン・ヘップバーンのように芸術的に優れた女優としては、最後まで認められなかった。だが、大衆は彼女をスターとして求め続けた。フラッパーからソサイエティ・ガール、職業女性から主婦、嘆きの母から神経症の女、狂った老女から最後にはモンスターになるまで彼女を愛し続けた。それはおそらくは彼女の身体によって再現される「ビッチ」が、観客の内部にある悪意や本音を代弁する極めて身近な「ビッチ」であったからだろう。ここでジョーンが演じた広範な女性労働の現場は逆説的ではあるが、労働のジェンダー化に抗する闘争の場として見ることも可能である。彼女は「ビッチ」ではあるが、彼女を「ビッチ」とする通念そのものへの抗議が、彼女を救わなくてはならないと観客に思わせるのだ。もちろん、そこには男性による女性の馴致という戦略があらかじめ脚本や監督の意図として刷り込まれている。改心や懺悔を経て男性規範への忠誠を代償とする女性の幸福は、苦い報酬である。

しかし、ジョーンという威圧する肉体のフィルターを通すことによって蘇った女性イメージには、屈折した形にしろ、そのような敗北的な分け前を漁る惨めさは微塵もない。彼女は意志的に「ビッチ」を演じ、その強靭な存在を誇示し、逸脱と迷走を繰り返しながら、男性の意図する女性への制御を乗り越えていった。それは女性労働そのものが疑いなく肯定的な価値として描かれてしまうことに疑問を投げかけていくことになる。戦後にジョーンが演じた役の多くでは精神病院に入ることになるのだが、一方に安心と安定を導き出す装置としてそれが設定されていることに注意を払うならば、女性労働にかけられた不要な心理的な負荷が、恋愛や出産、育児などまでを含むあらゆる女性労働からの逃避で解決されていくかのようだ。つまり、そこでは女性労働そのものを問うというアプローチがなされている。工場労働やダンサーや娼婦と等価におかれた社交生活や家事や育児という配置そのものへの反逆者としてのジョーンを、そこに見出すことができる。一方に男性とのジェンダー構成の問題としてしか見られてこなかった女性労働を、『大砂塵』や『何がジェーンに起ったか?』のように女性同士の対決や確執という別のコンテクストに導き、労働の根本に置かれた男性的な側面を逆照射して、その保守的で権威的な秩序構成を嘲笑した。男性観客の多くはジョーンのキッチュな脱線を笑ったが、それは男性が自らを嘲る行為と同じだったのではないだろうか。

ハリウッドが仕掛けた女性労働の理想は、ハリウッド自身が女性映画やフィルム・ノワール、心理メロドラマのなかで覆されているのだ。ジョーンの逸脱や過剰はその理想の不可能性を追求して、労働の再配置を要求している。また、顔貌やスタイルという一次的な身体性で細かく階級化された女性労働の現場について、ジョーンは自身の労働者としての立場から抗議した。老齢によって労働現場から遠ざけられ廃棄されるという「事実」を逆手にとって、加齢そのものを題材とする映画に「老醜」という装われた顔貌を晒したのである。それは「ビッチ」として廃棄される不当性を、「ビッチ」性の再評価という形に転換した。ジョーンが模倣する彼女自身という確かな媒体の歴史的・社会的価値を、彼女は最大限に活用したと言えるであろう。その時、彼女は「聖なるビッチ」に自らなったのである。

こうやって境界をやすやすと乗り越えるジョーンの自由さのなかに見出していくもの、見出さなければならないものは多い。その意味で、古典的ハリウッド文法の最後に見出された「聖なるビッチ」は男性、女性を問わずにこれを思考していく必要がある。この両義性には社会的・文化的構成の組み換えというジェンダーの根本問題に触れる「撹乱のプログラム」が内包されている。ジョーンは「撹乱」を意図したわけではなかった。が、彼女のスターとしてのストイックな過剰さとも呼ぶべきハリウッド・システムへの恭順と、それに匹敵する敵意が、必然的にハリウッドのコードを、そして女性表象を「撹乱」した。その「撹乱」のプロセスこそが、女性労働の社会的位置の矛盾と不正、そして近代の労働概念そのものを告発してやまないのだ。そうだとするならば、その「撹乱」

を自らの身体に嵌め込み、作動させる瞬間こそがジェンダーによって分節化された労働概念を廃棄して、労働の再配置を発見させる第一歩になるのだということを、ジョーンは自らの「労働」の所産であるフィルムに残した、過剰なパフォーマンスを通じて訴えかけたのである。

註

（1）ジョーンの最盛期をほとんど知らない世代も、この『愛と憎しみの伝説』と『何がジェーンに起ったか?』でジョーンを認識したという例が多い。

（2）この改竄《かいざん》には、デヴューまでの間に不明な期間があることと、年齢を若くしてハリウッドでの延命をはかるという他に、宿命のライバルであったベティ・デイヴィスの生年と同じくしたとみる穿った見解もある。ジョーン・コンシダイン『ベティとジョーン——女神の確執』の冒頭はデイヴィスが「もし、彼女がその日って言うなら、クロフォードはあたしより五歳も上よ」と言い放ったことから書き起こされている（Considine, 1989）が、一九三〇年代のハリウッドを生き抜くためには一九〇〇—一九一〇年までの間、それもなるべく遅くに生まれていることは重要な要素の一つであった。

ガルボ（一九〇五年）やディートリッヒ（一九〇一年）、ノーマ・シアラー（一九〇四年）の全盛と一九一〇年代生まれのスター予備軍が参入してくるなかで、ジーン・アーサー（一九〇五年）、クローデット・コルベール（一九〇五年）、キャサリン・ヘップバーン（一九〇七年）らの人気女優と伍していくための戦略と言える。ハリウッドは加齢に対して最も過酷な対応をする場所であり、女優、子役にとって如何に年をとらないかという条項は必須のものであったから、四歳の引き算はジョーンにとって何ら罪悪感を伴う「裏切り」ではなかったであろう。

（3）*A Portrait of Joan*（1962）, *My Way of Life*（1971）.

（4）しかし、ケネス・アンガーは『ハリウッド・バビロンII』（明石三世訳、リブロポート、一九九一年、原著一九八四年）で何のキャプションもつけずに「魔女ジョーン」という一章を設け、ジョーンのポルノグラフィックな一九二〇年代ごろと思われる写真を掲載している。ジョーンに付きまとうスキャンダルとして、無名時代に全裸モデルとして多くの写真を撮ったとか、ポルノ映画に少なくとも二本出ているとかが伝えられているが、ダグラス・フェアバンク・ジュニアと結婚後、巨額を投じてそれらを回収したという伝説がある。マリリン・モンローのヌード写真の逸話と同様な話であるが、マリリンと違ってジョーンはそれを一切認めないままに死んだ。また、アンガーが掲載した写真もジョーンであるのかどうか、その二〇年代の表現主義的なメークと、固太りした肢体からは彼女とであるとすぐには断定できない。だが、デヴューにいたるまでの生活との闘いは映画のようにすぐさま解消されたとは思いがたく、彼女の年齢詐称は若さへの固執だけではなかったと思える。シンデレラのようなラッキーガールとして登場するのは許されても、映画のなかの「淪落」した女を実践することは決して許されなかった。大衆の倫理観や道徳観を刺激しないための選択と言えよう。

（5）スコット・フィッツジラルドはノーマ・シアラーのファンであったが、この当時のジョーンについて「ジョーン・クロフォードは疑いなくフラッパーの最も良い例である。スマートなナイト・クラブで見るその少女は冷たいグラスをもてあそびながら洗練されたドレスを纏い、偽悪的な態度で甘く踊り、大きく傷ついた目を武器に笑う。生きることに才能を持った若き何ものかとして」と言っている（Wayne, 1988）。

（6）この時代を生きたリリアン・ヘルマンは「わたしたちの世代が感傷的なものにたいして反逆したのは、すくなくとも、うわべをつくろうことに幻滅したからである。わたしのよく知っていた五人の女性のうち、三人はお金のために結婚し、そう広言してはばからなかった。もっとも、その三人のうちの二人が、四十代になってから倦怠感にうちひしがれたあげく、精神的に破滅することになろうとは、当時知るよしもなかった」（Hellman, 1969=1981: 50）と回想しているが、性的なタブーからの解放が、一方により厳しい形での女性主体の混迷を招いたことは疑いようがない。ナンシー・ミルフォードは一九二六年、スコットの妻ゼルダ・フィッツジラルドが娘スコッティについて「わたしは女性というものは、勤勉や知的悲観主義や孤独を要求する生涯よりは、陽気で、気楽で、因襲にとらわれず、自らの運命の支配者であることのほうが、もっと多くの幸福が得られると思います。

パットに天才になってほしいとは思いません。フラッパーになってほしいのです。フラッパーは勇敢で陽気で美しいですからね」（Milford, 1970=1974: 147）と新聞記者に語ったことが報告されているが、数年を経ずしてゼルダを襲った悲劇を考えれば、フラッパーに対する男性の二重規範がどのように女性主体を痛めつけているかが証明されよう。

（7）ギルバート・エイドリアン（一九〇三－五九年）。ハリウッドを代表するコスチューム・デザイナー。ルドルフ・ヴァレンティノ、ノーマ・シアラーらの衣裳を担当した。MGM時代のジョーンの衣裳のほとんどを担当、アメリカのファッション界をリードした（Leese, 1991）。

（8）ミック・ラサールは「クロフォードは負け犬となった女性の絶望と野望を彼女自身の世界のなかで表現した。出演作品の多くで、彼女はにっちもさっちもいかなくなる瞬間、突然に熱湯を浴びたような苦しい本質があばかれるのだ」と述べている（LaSalle, 2000:124）。

（9）おそらくはセイディの憤怒は、シナリオの馬鹿馬鹿しさに腹を立てるジョーンの怒りと共有されているのだ。どこをどう押したら自分を役所での結婚式の当日に消えたトミーを愛し続け許すことができるのか。酒を出せと自分を殴るブレナンを愛してもいないのに立ち直らせようと奮迅努力しなければならないのか。ましてああだこうだと孤軍奮闘して生活を切り開く自分に、説教を垂れる偽善的な金持ち息子のマイケルと最期に結ばれなければならないのか。大体、母と楽しく暮らすアパートが手に入っただけで充分ではないか。ジョーンはそれをすべて癇症な一本の眉間の皺で表わした。

（10）加藤幹郎はフィルム・ノワールの代表的作品『ミルドレッド・ピアース』について、「女性観客のためのジャンル（女性映画）と女嫌いのジャンル（フィルム・ノアール）という本来相容れぬふたつのジャンルのハイブリッドである」（加藤、一九九六：一三〇）と述べている。

（11）ジェームズ・ロバート・パリッシュは「ハリウッドの黄金期の他のスターたちはファンのお追従にわくわくしたが、ジョーンはそれを人生の美酒として神聖な責任を感じた」と書いている（Parish, 2003: 53）。

（12）サラ・ベリーは、このドロシー・アズナーという女性監督によって製作された映画に注目して、「『花嫁は紅衣裳』は階級隔差のもたらす誘惑を描き、仮面としての衣裳があからさまにする階級のパフォーマティヴィティに接続させた」と述べている（Berry, 2000 : 34）。

（13）それではどのようにそれを切り抜ければいいのか。MGMはジョーンを『*The Shining Hour*』（一九三八年、日本未公開）でマーガレット・サリヴァンと、『*The Women*』（一九三九年、日本未公開）でノーマ・シアラー、ロザリンド・ラッセルと共演させ、『*The Ice Follies of 1939*』（一九三九年、日本未公開）ではソーニア・ヘニーのコピーとしか思えないようなスケートの女王として、ジミー・スチュワートと共演させた。こうなるとほとんどの女優はトップスターとしてのキャリアを終え、静かに脇役か引退への道を試みたであろう。しかし、ジョーンは諦めなかった。

（14）それは言語（せりふ、ヴォイス・オーヴァー、ナレーションなど）によって構成された表面的なストーリー・テリングとは別の、映像（カット・バック、ズーム、モンタージュ、カメラ・ワークなど）、効果音楽、身体的演技（演技者自身の表情や身振り、衣裳など）によって瞬間的に感知される断片が咄嗟に作動して、観客に対して身体的な経験を与えることを基盤としている。ジョーンはスターであり続けることに固執したように見られがちだが、大衆もまたジョーンがスターであり続けることを願ったのである。

（15）ジョーン・コンシダインによれば、ジョーンが『枯葉』の撮影中にアルドリッチにベティ・デイヴィスと競演したいという意思をもらしたのをきっかけに、彼が脚本を探し始めのだということである。一九六一年七月、イタリアで『ソドムとゴモラ』を撮影していた時に、アルドリッチはヘンリー・ファレルの『何がジェーンに起ったか？』を読み、早速にエージェントを通じて一万七五〇〇ドルで権利を買い、ドラフトを製作し、十月にジョーンのところに送ったところ、「何時から始めるの？」という電報が届いた。翌年一月にブロードウェイのロイヤル・シアターで、テネシー・ウィリアムズの『イグアナの夜』に出演していたデイヴィスの楽屋をジョーンは訪れ、出演を相談した。脚本を読んだデイヴィスはすぐさまにそれを気に入り、出演を決めたという（Considine, 1990）。

（16）ジェンダー規範の社会的矛盾を『フィメール・トラブル』（一九七四年）、『ポリエステル』（一九八一年）などディヴァインという女装の俳優によって映像化したジョン・ウォーターズは、この映画を絶賛した。このカルト・ムーヴィーは、七〇年代以降の男性支配への嘲笑を意図するフェミニズム的映画を生み出す原型となった。ジョーンが晩年に自己パロディ化して、年老いた女性の強硬な異議申し立てを企んだことによってこそ、ハリウッドの女性労働表象の欺瞞性は証明されたのだと言い換えることも可能である。ジョーンは「女性」を職業として選択した稀有な存在であるのだ。

(17) トーマス・ドハティは一九三〇年代のジョーンの作品、『暴露戦術』『笑う罪人』『暗黒街に踊る』『グランド・ホテル』『結婚十分前』が裸、キス・シーンなどでヘイズ・コードに触れたことを挙げているが、ジョーンがセクシャルな視点からも目をつけられていたことがうかがえる(Doherty, 1999)。

参考文献

Allen, Robert C.(1985)"From Film History: Theory and Practice-The Role of the Star in Film History [Joan Crawford]", in Braudy & Cohen ed., *Film Theory and Criticism*, Sixth Edition. Oxford University Press, 2004.

Anger, Kenneth(1984)*Hollywood Babylon II*, Vista Press.『ハリウッド・バビロンII』海野弘監修・明石三世訳、リブロポート、一九九一年。

Berry, Sarah(2000)*Screen Style*, The University of Minnesota.

ボードウェル、デヴィッド(一九九九)「古典的ハリウッド映画」杉山昭夫訳、岩本憲児・武田潔・斉藤綾子編『新映画理論集成2』フィルムアート社、原著一九八六年、所収。

Considine,Shaun(1990)*Bette & Joan: The Divine Feud*, Sphere Book Ltd., Great Britain.

Crawford, Christina(1979)*Mammie Dearest*, A Berkley Book.

Crawford, Joan with Jane Kesner Ardmore(1962)*A Portrait of Joan, Double Day*, New York.

――――(1971)*My way of Life*, Thomas, Simon & Schuster, New York.

Doane, Mary A.(1987)*The Desire to Desire: The Woman's Film of the 1940s*, Indiana University Press.『欲望への

欲望――一九四〇年代の女性映画』松田英男監訳、勁草書房、一九九四年。
Doharty, Thomas（1999）*Pre-Code Hollywood*, Columbia University Press.
Friedrich, Otto（1986）*City of Nets*, Harpaer & Row, New York.『ハリウッド帝国の興亡』柴田京子訳、文藝春秋、一九九四年。
Hadleigh, Boze（1996）*Betty Davis Speaks,* Barricade Books Inc., New York.
Haskell, Molly（1987）*From Reverence to Rape: The treatment of women in the movies*, University of Chicago Press, New York.『崇拝からレイプへ――映画の女性史』海野弘訳、平凡社、一九九二年。
秦早穂子（一九七三）『スクリーン・モードと女優たち』文化出版局。
Hellman, Lilian（1969）*Unfinished Woman: a memoir*, Brown & Company, Boston.『未完の女』因幡明雄・本間千枝子訳、平凡社、一九八一年。
加藤幹郎（一九九六）『映画　視線のポリティクス――古典的ハリウッド映画の戦い』筑摩書房。
Kobal & Raeburn（1986）*Legends-Joan Crawford*, Pavillion Books Ltd.
LaSalle, Mick（2000）*Complicated Women*, Thomas Dunne Books, New York.
Leaming, Barbara（1992）*Bette Davis*, Cooper Squre Press New York.
Leese, Elizabeth（1991）*Costume Design in The Movies*, General Publishing Company Ltd., Canada.
Milford, Nancy（1970）*Zelda*, Harpers & Raw.『ゼルダ――愛と狂気の生涯』大橋吉之輔訳、新潮社、一九七四年。
Miller & Arnold ed（2004）*Robert Aldrich Interviews*, University Press of Mississippi.
中村秀之（二〇〇三）『映像／言説の文化社会学――フィルム・ノワールとモダニティ』岩波書店。
Newquist, Roy（1981）*Conversations with Joan Crawford*, A Berkley Book.
Olvier & Trigo（2003）*Noir Anxiety*, The University of Minnesota.
Quirk, Lawrence J.（1968）*The films of Joan Crawford*, Citadel Press, Canada.
Quirk & Schoell（2002）*Joan Crawford: the essential biography*, The Universty Press of Kentucky.

Rivington, Ann（1934）"We Live on Relief", in *Scribner's Magazine*, 95.「救済を受ける身」青木怜子訳、大下尚一ほか編『資料が語るアメリカ』有斐閣、一九八九年。
Thomas, Bob（1978）*Joan Crawford: A biography by Bob*, Thomas, Simon & Schuster, New York.
Walker, Alexander（1970）*Stardom: The Hollywood Phenomenon.*『スターダム――ハリウッド現象の光と影』渡辺武信・渡辺葉子訳、フィルムアート社、一九八八年。
Walker, Alexander（1983）*Joan Crawford, the ultimate star*, Harper & Row, New York.
Wayne, Jane Ellen（1988）*Crawford's Men*, Prentice Hall Press.

ジョーン・クロフォード・フィルモグラフィ（邦題のあるものは日本公開作品、■はMGM作品）

一九二五年

■ *Lady of the Night*（『夜の女』）ノン・クレジット、監督モンタ・ベル、脚本アリス・D・G・ミラー、主演ノーマ・シアラー

■ *Pretty Ladies*（『美人帝国』）ルシール・フェイ・ラ・スール名、監督モンタ・ベル、脚本アリス・D・G・ミラー、主演ノーマ・シアラー

■ *Old Clothes*（『古着屋クーガン』）ルシール・フェイ・ラ・スール名、監督エディ・クライン、主演ジャック・クーガン

■ *The Only Things* ルシール・フェイ・ラ・スール名、監督ジャック・コンウェイ、主演エレノア・ボードマン

■ *Sally, Irene and Mary*（『三人の踊子』）監督・脚本エドムンド・グールディング、共演サリー・オニール、ダグラス・ギルモア

一九二六年

■ *The Boob*（『踊る英雄』）監督ウィリアム・A・ウェルマン、脚本ケネス・クラーク、共演ガートルード・オルムステッド

■*Tramp, Tramp, Tramp*（『初陣ハリー』） 監督ハリー・エドワード、脚本フランク・キャプラほか、共演ハリー・ラングドン

一九二七年

■*Paris*（『巴里』） 監督・脚本エドモンド・グールディング、共演チャールズ・レイ、ダグラス・ギルモア

■*The Taxi Dancer* 監督ハリー・ミラード、脚本A・P・ヤンガー、共演オーエン・ムーア、ダグラス・ギルモア

■*Winners of the Wilderness*（『荒野の勝利者』） 監督ヴァン・ダイク、共演ティム・マッコイ

■*The Understanding Heart* 監督ジャック・コンウェイ、脚本エドワード・ロウ、共演フランシス・X・ブッシュマン・ジュニア

■*The Unknown*（『知られぬ人』） 監督トッド・ブラウニング、脚本ウォルドマー・ヤング、共演ロン・チャーニー

■*Twelve Miles Out*（『密輸入の恋』） 監督ジャック・コンウェイ、脚本サダ・コーワン、共演ジョン・ギルバート

■*Spring Fever* 監督エドワード・セズイック、脚本アルバート・ルーイン、フランク・デイヴィス、共演ウィリアム・ヘインズ

一九二八年

■*West Point* 監督エドワード・セズイック、共演ウィリアム・ヘインズ

■*Rose Marie*（『ローズ・マリー』） 監督・脚本ルシアン・ハバード、共演ジェームス・マレー

■*Across to Singapore*（『シンガポール』） 監督ウィリアム・ナイ、共演レイモン・ナヴァロ

■*The Law of the Range* 監督ウィリアム・ナイ、脚本リチャード・シャイアー、共演ティム・マッコイ

■*Four Walls*（『四つの壁』） 監督ウィリアム・ナイ、共演ジョン・ギルバート

■*Our Dancing Daughters*（『踊る娘達』） 監督ハリー・ビューモット、脚本ジョゼフィン・ロヴェット、共演ア

ニタ・ペイジ、ドロシー・カミングス、ジョニー・マック・ブラウン

■ *Dream of Love*　監督フランク・ニブロ、共演ニルズ・アスター、アイリーン・プリングル

一九二九年

■ *The Duke Steps Out*（『若殿頑張る』）　監督ジェームス・クルーズ、共演ウィリアム・ヘインズ

■ *The Hollywood Revue of 1929*（『ハリウッド・レヴュー』）　監督チャールズ・F・ライズナー、衣裳デヴィッド・コックス、共演コンラッド・ナゲール、ベッシー・ラブ、ウィリアム・ハインズ

■ *Our Modern Maidens*　監督ジャック・コンウェイ、共演ロッド・ラロック、ダグラス・フェアバンク・ジュニア、アニタ・ペイジ

■ *Untamed*（『花嫁修業』）　監督ジャック・コンウェイ、脚本シルヴィア・タルバーグ、共演ロバート・モンゴメリー、アーネスト・トレンス

一九三〇年

■ *Montana Moon*（『モンタナの月』）　監督マルコム・セント・クレアー、脚本シルヴィア・タルバーグ、共演ジョニー・マック・ブラウン、ドロシー・セバスチャン

■ *Our Building Brides*（『デパートの横顔』）　監督ハリー・ボーモン、脚本ベス・メレディス、共演バート・モンゴメリー、ドロシー・セバスチャン、アニタ・ペイジ

■ *Paid*（『暴露戦術』）　監督サム・ウッド、共演ロバート・アームストロング、マリー・プレヴォスト

一九三一年

■ *Dance,Fools,Dance*（『暗黒街に踊る』）　監督ハリー・ボーモン、共演レスター・ヴェイル、クラーク・ゲーブル

■ *Laughing Sinners*（『笑う罪人』）　監督ハリー・ボーモン、共演ニール・ハミルトン、クラーク・ゲーブル

■ *This Modern Age*　監督ニコラス・グリンド、共演ポーリン・フレデリック、ニール・ハミルトン

■ *Possesed*（『蜃気楼の女』）　監督クラレンス・ブラウン、脚本ルノール・コーフィ、衣装エイドリアン、共演クラーク・ゲーブル、ウォレス・フォード

一九三二年

■ *Grand Hotel*（『グランド・ホテル』） 監督E・ゴールディング、原作ヴィッキ・ボーム、衣装エイドリアン、共演グレタ・ガルボ、ジョン・バリモア、ライオネル・バリモア、ルイス・ストーン

■ *Letty Lynton*（『令嬢殺人事件』） 監督クラレンス・ブラウン、原作マリー・ベロック・ロンデス、衣裳エイドリアン、共演ロバート・モンゴメリー、ニルス・アスター

□ *Rain*（『雨』） ユナイテッド作品、監督L・マイルストン、原作サマセット・モーム、脚本マックスウェル・アンダーソン、共演ウォルター・ヒューストン、ウィリアム・ガーガン

一九三三年

■ *Today We Live*（『今日限りの命』） 監督ハワード・ホークス、原作ウィリアム・フォークナー、脚本エディス・フィッジラルド、デュワイト・テイラー、共演ゲーリー・クーパー、ロバート・ヤング

■ *Dancing Lady*（『ダンシング・レディ』） 監督R・Z・レオナルド、原作ジェームス・ワーナー・ベラー、脚本アラン・リヴィキン、P・J・ウォルフソン、衣裳エイドリアン、共演クラーク・ゲーブル、フランチョット・トーン、フレッド・アステア、アート・ジャレット、グロリア・フェイ

一九三四年

■ *Sadie McKee*（『蛍の光』） 監督クラレンス・ブラウン、原作ヴィーナ・デルマー、脚本ジョン・ミーハン、衣裳エイドリアン、共演ジーン・レイモンド、フランチョット・トーン、エドワード・アーノルド、エスター・ラルストン

■ *Chained*（『私のダイナ』） 監督クラレンス・ブラウン、脚本ジョン・リー・マーヒン、衣裳エイドリアン、共演クラーク・ゲーブル、オットー・クルーガー

■ *Forsaking All Others*（『結婚十分前』） 監督ヴァン・ダイク、脚本ジョセフ・マッキンヴィッツ、衣裳エイドリアン、共演クラーク・ゲーブル、ロバート・モンゴメリー、ロザリンド・ラッセル

一九三五年

■*No More Ladies*（『男子牽制』） エドワード・H・グリフィス、脚本ドナルド・オグデン、スチュワート、ホレース・ジャクソン、衣裳エイドリアン、共演ロバート・モンゴメリー、フランチョット・トーン、チャーリー・ラグルス

■*I Live My Life*（『私の行状記』） 監督ヴァン・ダイク、脚本ジョセフ・マッキンヴィッツ、衣裳エイドリアン、共演ブライアン・アハーン、フランク・モーガン、ヘッダ・ホッパー

一九三六年

■*The Gorgeous Hussy*（『豪華一代娘』） 監督クラレンス・ブラウン、原作サミュエル・H・アダムス、脚本アインスワース・モーガン、ステファン・アヴェリイ、衣裳エイドリアン、共演ロバート・テーラー、ライオネル・バリモア、フランチョット・トーン、メルヴィン・ダグラス、ジェームス・スチュワート

■*Love on the Run*（『空駆ける恋』） 監督ヴァン・ダイク、衣裳エイドリアン、共演クラーク・ゲーブル、フランチョット・トーン

一九三七年

■*The Last of Mrs. Cheyney*（『真珠と未亡人』） 監督リチャード・ボレスラウスキー、原作フレデリック・ロンズデール、共演ウィリアム・パウエル、ロバート・モンゴメリー

■*The Bride Wore Red*（『花嫁は紅衣裳』） 監督ドロシー・アズナー、脚本テス・スレシンガー、ブラッドバリー・フート、衣裳エイドリアン、共演フランチョット・トーン、ロバート・ヤング

一九三八年

■*Mannequin* 監督F・ボルゼージ、脚本ローレンス・ハザード、衣装エイドリアン、共演スペンサー・トレイシー、アラン・カーティス

■*The Shining Hour* 監督フランク・ボーゼージ、脚本ジェーン・マーフィン、オグデン・ナッシュ、衣裳エイドリアン、共演マーガレット・サリヴァン、マイケル・ダグラス、ロバート・ヤング

一九三九年

■ *Ice Follies of 1939*　監督ラインホルド・シュンツェル、脚本フローレンス・ライアソン、エドガー・ウルフ、衣裳エイドリアン、共演ジェームズ・スチュワート、ルー・アイレス

■ *The Women*　監督ジョージ・キューカー、脚本アニタ・ルース、ジェーン・マーフィン、衣裳エイドリアン、共演ノーマ・シアラー、ロザリンド・ラッセル、ポーレット・ゴダード、ジョーン・フォンテーン

一九四〇年

■ *Strange Cargo*　監督フランク・ボーゼージ、原作リチャード・セール、脚本ローレンス・ハザード、共演クラーク・ゲーブル、イアン・ハンター

■ *Susan and God*　監督ジョージ・キューカー、脚本アニタ・ルース、衣裳エイドリアン、共演フレデリック・マーチ、ルース・ハッシー、リタ・ヘイワース

一九四一年

■ *A Woman's Face*（『女の顔』）　監督ジョージ・キューカー、原作フランシス・ド・クロワセット、脚本ドナルド・スチュワート、衣装エイドリアン、共演メルヴィン・ダグラス、コンラッド・ヴェイド

■ *When Ladies Meet*　監督ロバート・Z・レオナルド、脚本アニタ・ルース、S・K・ローレン、衣裳エイドリアン、共演ロバート・テーラー、グリア・ガースン、ハーバート・マーシャル

一九四二年

□ *They All Kissed the Bride*　コロンビア映画、監督アレクサンダー・ホール、脚本P・J・ウォルフソン、衣裳イレーネ、共演メルヴィン・ダグラス、ローランド・ヤング

■ *Reunion in France*　監督ジュール・ダッサン、衣裳イレーネ、共演ジョン・ウェイン

一九四三年

■ *Above Suspicion*　監督リチャード・ソープ、共演フレッド・マクマレー、コンラッド・ヴェイド

一九四四年

□ *Hollywood Canteen*（『ハリウッド玉手箱』）　ワーナー映画、デルマー・デイヴィス、共演ベット・デイヴィス、

ジョン・ガーフィールド、エレノア・パーカー、バーバラ・スタンウイック、ジェーン・ワイマンほか

一九四五年

□ *Mildred Pierce*（『深夜の銃声・偽りの結婚』） ワーナー映画、監督マイケル・カーティズ、原作ジェームズ・M・ケイン、脚本ドナルド・マクドューガル、衣裳ミロ・アンダーソン、共演ジャック・カーソン、ザカリー・スコット、イヴ・アーデン、アン・ブライス、［ジョーン、第十八回アカデミー賞主演女優賞受賞］

一九四六年

□ *Humoresque*（『ユーモレスク』） ワーナー映画、監督ジャン・ネグレスコ、脚本クリフォード・オデッツ、ザカリー・ゴールド、衣裳エイドリアン、共演ジョン・ガーフィールド

一九四七年

□ *Possesed*（『失われた恋』） ワーナー映画、監督C・バーンハード、原作リタ・ワイマン、脚本シルヴィア・リチャーズ、ロナルド・マクドューガル、衣裳エイドリアン、共演ヴァン・ヘフリン、レイモンド・マッセイ、［ジョーン、第二十回アカデミー賞主演女優賞ノミネート］

□ *Daisy Kenyon*（『哀しみの恋』） 二十世紀フォックス映画、監督オットー・プレミンジャー、原作エリザベス・ジェーンウェイ、脚本デヴィッド・ハーツ、共演ダナ・アンドリュー、ヘンリー・フォンダ

一九四九年

□ *Flamingo Road* ワーナー映画、監督マイケル・カーティス、脚本ロバート・ワイルダー、衣裳トラヴィーラ、共演ザカリー・スコット、シドニー・グリーンストリート

□ *It's A Great Feeling* ワーナー映画、監督デヴィッド・バトラー、脚本ローズ＆メル・シャブルソン、共演デニス・モーガン、ドリス・デイ、ジャック・カーソン

一九五〇年

□ *The Damned Don't Cry* ワーナー映画、監督ヴィンセント・シェルマン、脚本ハロルド・メドフォード、ジェローム・ウェイドマン、共演デヴィッド・ブライアン、ケント・スミス

□ *Harriet Craig* コロンビア映画、監督ヴィンセント・シェルマン、原作ジョージ・ケリー、脚本アン・フローリック、ジェームス・ガン、衣裳シーラ・オブライエン、共演ウェンデル・コーレイ、ルシール・ワトソン

一九五一年

□ *Goodbye, My Fancy* ワーナー映画、監督ヴィンセント・シェルマン、脚本イヴァン・ゴフ、ベン・ロバーツ、衣裳シーラ・オブライエン、共演ロバート・ヤング、イヴ・アーデン

一九五二年

□ *This Woman is Dangerous* ワーナー映画、監督フェリックス・フィースト、脚本ジェフリー・ホームズ、ジョージ・W・イエーツ、衣裳シーラ・オブライエン、共演デニス・モーガン

□ *Sudden Fear*（『突然の恐怖』） ＲＫＯ配給、監督ジョセフ・カウフマン、原作エドナ・シェリー、脚本レノール・コーフィ、ロバート・スミス、衣裳シーラ・オブライエン、共演ジャック・パランス、グロリア・グラハム、［ジョーン、第二十五回アカデミー賞主演女優賞ノミネート］

一九五三年

■ Torch Song 監督チャールズ・ウォルターー、脚本ジョン・M・ヘイズ、ジャン・ラスティング、衣裳ヘレナ・ローズ、共演マイケル・ワイルディング、ギグ・ヤング

一九五四年

□ *Johnny Guitar*（『大砂塵』） リパブリック映画、監督ニコラス・レイ、原作ロイ・チャンスラー、脚本フィリップ・ヨーダン、衣裳シーラ・オブライエン、共演スターリング・ヘイデン、メルセデス・マッカムブリッジ、スコット・ブラディ

一九五五年

□ *Female on the Beach* ユニヴァーサル映画、監督ジョセフ・ペヴニー、原作ロバート・ヒル、脚本ロバート・ヒル、リチャード・シモンズ、衣裳シーラ・オブライエン、共演ジェフ・チャンドラー、ジャン・スターリング

□ *Queen Bee* コロンビア映画、監督・脚本ロナルド・マクドューガル、衣裳ジャン・ルイス、共演バリー・サリ

ヴァン、ルーシー・マーロー、ジョン・アイルランド
一九五六年
□ *Autumn Leaves* コロンビア映画配給、監督ロバート・アルドリッチ、原作・脚本ジャック・ジェーヴン、衣裳ジーン・ルイス、共演クリフ・ロバートソン、ヴェラ・マイルズ
一九五七年
□ *The Story of Esther Costello*（『光は愛とともに』） コロンビア映画配給、監督デヴィッド・ミラー、脚本チャールズ・カウフマン、衣裳ジーン・ルイス、共演ロッサノ・ブラッジ、ヘザー・シアーズ
一九五九年
□ *The Best of Everything*（『大都会の女たち』） 二十世紀フォックス映画、監督ジャン・ネグレスコ、原作ローナ・ジャフ、脚本エディス・ソマー、マン・ルービン、衣裳アデール・パルマー、共演ホープ・ラング、ダイアン・ベーカー、ブライアン・アハーン
一九六二年
□ *What Ever Happened to Baby Jane?*（『何がジェーンに起ったか？』） ワーナー映画配給、監督ロバート・アルドリッチ、原作ヘンリー・ファレル、脚本ルーカス・ヘラー、衣裳ノーマ・コッチ、共演ベティ・デイヴィス
一九六三年
□ *The Caretakers* ユナイテッド映画、監督ホール・バーレット、脚本ヘンリー・F・グリーンベルグ、共演ロバート・スタック、ポリー・バーゲン
一九六四年
□ *Strait-Jacket*（『血だらけの惨劇』） コロンビア映画配給、監督ウィリアム・キャッスル、脚本ロバート・ブロッチ、共演ダイアン・ベーカー
一九六五年
□ *I Saw What You Did* ユニヴァーサル映画配給、監督ウィリアム・キャッスル、原作ウルスラ・カーティス、脚

本ウィリアム・マッギヴァン、共演ジョン・アイルランド、リーフ・エリクソン

一九六七年

□ *Berserk*（『姿なき殺人』）コロンビア映画配給、監督ジム・オコノリー、原作・脚本アベン・カンデル、ハーマン・コーエン、衣裳ジェイ・H・スコット、共演ティ・ハーディン、ダイアナ・ドース

■ *The Karate Killers*（『0011ナポレオン・ソロ／ミニコプター作戦』）監督バリー・シアー、脚本ノーマン・ヒューディス、共演ロバート・ヴォーン、デヴィッド・マッカラム、クルト・ウルゲルス

一九七〇年

□ *Trog* イギリス、監督フレディ・フランシス、脚本エイベン・カンデル、共演マイケル・ガフ

第十一章　『帝国の銀幕』を読む

ピーター・ハーイ『帝国の銀幕――十五年戦争と日本映画』（名古屋大学出版会、一九九五年）の書評を、個人的な回想から始めることをお許し願いたい。今から三十年以上も前、ロンドンの小さな映画館で、ナチス映画の回顧特集があった。私が見たその一本は、ナチス時代に何百本と制作されたに違いない凡俗な恋愛映画であった。そして私は、手もなく籠絡されてしまったのだ。凛々しいナチス将校と彼を慕う美しいドイツ娘、彼らの恋を妨害する野卑な地下組織運動のユダヤ人。この公式的な図式の露骨さにもかかわらず、映画の時間の進行に合わせて、私は主人公たちの恋の成就を望んでいたことに気づいたのは、映画が終わり場内が明るくなった時だった。観客は誰も声を発さない。気まずさを通りこした重苦しい沈黙が、劇場の小さな空間を支配した。この雰囲気をありありと想い出す。

本書を読了して、滲み出るように私に蘇ったこの体験の記憶は、ようやくその体験の全体が見通せたという安堵などをもたらすはずもなく、何故私はこのことを何十年も想い出すことすら放棄してきたのかという悔恨を呼び覚ました。つまりは、自らの歴史認識が直接的視覚によって簡単に裏切られた事実を、自らの身体をもって思い知ったのである。そして、その身体すらも長い教化と教育の訓練によって日常的反応を形成されてきたのかも知れないという恐怖があらわになっていった。本書が私という読者に投げかける「促《うなが》し」こそが、この本を他の戦時下研究とは異質の「現在性」を持たせることとなったのだと思う。ハーイが十五年戦争下での映画に関する膨大な資料の渉猟から探索しようとしたのは、エピローグに彼が書いた一節で明らかだ。

どのような経過をへて、正義と人間性に対する正常な感覚を備えた才能ある個人が、全体主義体制の積極的な支持にまわるようになったのか？　この点についてのもっと深い研究がなされる必要がある。（四七〇頁）

ハーイにとって重要なのは、映画、またそれに携った映画人、批評家たちの戦争責任追及ではなく、それが作られていった「経過」であり、それを受け入れていった「経過」であり、それを身体的な視覚反応へと定着させていった「経過」である。その「経過」とは「正常な感覚を備えた才能ある個人」という知識人が、その役割認識を読み替えて体制に順応し、その上にその体制があたかも過去からずっと連続して有効な規範のように加工する推移のうちにファシズム化という目的を達成したのである。

戦争は日常性の反対に位置する絶対悪として糾弾される。戦時下責任への厳しい断罪はこの原則からなされる。しかし一方に、戦争の非日常性、戦争時の表現に従えば「非常時」であったのだからしかたがなかったのだ、と擁護して救済をはかろうとする方向が、戦争責任論にはつきまとう。しかし、「非常時」のなかの日常性とは一体どういうものを指すのだろうか。日々の生命が保証されるという最低限の規準を満たしていない（それは戦争に赴く、弾圧で投獄される、空襲で死ぬ、奉仕活動で事故にあうというあらゆる可能性を内包している）ところに、人間の日常的生活や慣習が規定され得るであろうか。この論理は、戦争を「絶対悪」としながらも、その「絶対悪」の存在を容認し、その内実への探求を遅延させてしまう。本書でハーイは、この断罪と救済という二極的分析では解明されない、戦争の絶対的優位性という言説の構造そのものを、映画を通じて問題としたのである。

その結果浮上したのは、そうした「非常時」の日常を各個々人の身体に浸透させた「才能ある個人」、即ち知識人であり、彼らが本書の主人公である。が、この知識人は自由主義的、進歩的文化人のみを指すのではない。戦時下、「文化」を構築しようと情熱を燃やした文官という名の国家官僚が、「どのような経過」で知識人役割を果たしていったかを知った時、国家機構というものは「才能ある個人」の一人一人によって構成されていることがよくわかる。その象徴的なものが一九三九年四月五日に公布された「映画法」である。

法律にはその運用の実際として施行規則が通達されるが、本書に附載された資料からその一部を引いてみよう。

映画法第十四条
映画ハ命令ノ定ムル所ニ依リ行政官庁ノ検閲ヲ受ケ合格シタルモノニ非サレハ公衆ノ観覧ニ

供スル為之ヲ上映スルコトヲ得ス

映画法施行規則第二十七条（一九三九年九月二十七日）

映画法第十四条第一項ノ規定ニ依リ検閲シタル映画ニシテ左ノ各号ノ一ニ該当スルトキハ之ヲ不合格トス

一　皇室ノ尊厳ヲ冒瀆シ又ハ帝国ノ威信ヲ損スル虞アルモノ

二　朝憲紊乱ノ思想ヲ鼓吹スル虞アルモノ

三　政治上、軍事上、外交上、経済上其ノ他公益上支障ノ虞アルモノ

四　善良ナル風俗ヲ紊リ国民道義ヲ頽廃セシムル虞アルモノ

五　国語ノ醇正ヲ著シク害スル虞アルモノ

六　製作技術著シク拙劣ナルモノ

七　其ノ他国民文化ノ進展ヲ阻害スル虞アルモノ

内務省、文部省、厚生省が共同で発令したこの規則を適応させれば、あらゆる映画は彼ら官僚の意のまゝに操作できる。この施行の中心となったのは一九三〇年代半ばに武断派を押さえて登場した「(革)新官僚」と呼ばれた文化的知識人である。近衛内閣の見せかけの進歩的、文化的装いは彼らによって担われ、一九三七年七月の日中全面戦争へと国民を誘った。

その直前中野重治は、「文学における新官僚主義」（『新潮』一九三七年三月）で「日本で今いちばんいやなものの一つが例の新官僚主義とかいわれるやつ」と時代の不安を表面化しているが、確た

る実証はできないものの統制派の一見文化的法治国家もどきに、ほとんど生理的忌避感を感じた彼の直感は正しかった。ここで批判されているように、小林秀雄も横光利一も、新官僚が巧妙に押しすすめる排外的民族主義に則った精神主義、日本文化中心主義に懐手《ふところで》することもなく汚染されていくことへの中野の危惧は、やがて現実となっていく。民衆が最も好んだ恋愛映画や時代劇映画は、中国人女性李香蘭が善意の日本人長谷川一夫に平手打ちを喰って愛に目覚めたり（『支那の夜』一九四〇年）、生麦事件を扱った時代劇に醜悪なメーキャップを施した上山草人のイギリス人船長が登場したり（『海賊旗吹っ飛ぶ』一九四三年）するようになる。一般に劇映画には必ず「文化映画」（このネーミングの皮肉さはどうだろう）が併映されることが「映画法」で定められたが、ドキュメンタリーすらもそのリアリティを、ある意図のもとに切り貼りして、教化・教育の具とされていった。

ハーイは、こうした原型の読み替えがやがて固定化し「リアリティ」として機能していく「経過」を、ヒューマニズム的戦争映画から死をも莞爾として受け入れる軍人を描く精神主義的戦争映画への推移のなかに叙述する。死生観すらも文化的伝統の脈絡にこじつけたこの経緯が決して「狂的」でも「自滅的」でもなかった証拠に、これを日常的慣習として首肯した少年特攻兵がいたではないか。そして、彼らを励ますのは、田中絹代や入江たか子が演じた「軍国の母」であり、原節子が演じた「優しい姉」である。彼女らの「美貌」と「寛容」、そしてヒューマニズムを貫く気弱い兵士上原謙の「誠実」や藤田進の「武骨」がスクリーンの上に輝き、そこに確かな「リアリティ」を出現させたことを、著者は徹底的に私たちの前に曝した。

それでは、それは何のためにか。ハーイはこの大著の結語をこう記した。

自分たちを、国民と国民によって選ばれた政治家を超越する存在と考えている官僚たちによって、支配され操られ続けている日本の現状は、戦前と何ら変わるところがない。その意味において、私がこの本で追求した十五年の歴史は、今日の日本社会の序章とも言うべきものであると思う。（四七二頁）

つまりはこういうことだろう。かつて虚構的な「国民精神」という日本文化を形成しようと欲望した新官僚という「文化的知識人」がおり、状況（「非常時」）を理由に彼らに加担した映画人、批評家がいた。彼らはいつのまにか日常的慣習としての視覚性《ヴィジュアリティ》を、民衆の身体に付帯させ捕縛させることに成功した。そして何よりも問題なのは、彼らが口を拭うこともなく、同じ方法をもって、この国民身体操作の持続と連鎖を戦後まで謀ってきたことなのだ。自己の依拠する日常のささいな慣習や考え方、感じ方がこのような長い時間をかけて構築され、その出自を問うことすらされなくなってしまったことは、一方にその出自を如何にして隠蔽、忘却してきたかを想像させる。実際に著者が本書に呼び寄せた五〇三本の映画の全部を通覧するのは不可能である。敗戦時の映画会社によるネガ、プリントの焼却、占領軍による没収などによって失わしめられた映画を、ハーイは丹念に当時の映画雑誌、シナリオ、批評、証言などから再生させた。この営為によって蘇った風景は、現在私たちが見るそれとは全く別の相貌を備えている。だからこそ、著者が引用した伊丹万作の言葉、「だまされたとさえいえば、一切の責任から解放され、無条件で正義派になれるように勘違いしている人は、もう一度顔を洗い直さなければならぬ」は痛烈な自己批判と国家構造批判の鉾先を明確に指示している。その意味で本書は、本来の正しい知識人のあり方をも示すことになった。また、もっと大きく眼を転ずれば、この視覚性《ヴィジュアリティ》の創成が、ドイツでも、アメリカでも、ロシアでも、ほとんど地球上のあらゆる場所で行なわれてきたこと、そしていまも続いて行なわれていることを気づかせ、そのタフな持続力が世界システムと化した資本論理にのっかって、ひたすらに拡大化、強大化している現状への深い危惧を呼び覚ますのだ。

第十二章　二十世紀の言語論的転回と身体の知覚
——安西冬衛「春」論

1　前衛的モダニスト・安西冬衛

多彩な変革をもって開始された二十世紀芸術の試みのなかで、モダニズムは最も明確に、また最も多義的に「前衛」（Avant-Garde）を指向した。軍隊用語からの転用であった「前衛」が既成概念の破壊と脱却を意味する芸術用語へと転換し、また日本にあってはプロレタリア芸術運動の重要なタームへと転化していったのは、モダニズムという概念の許容量が思っている以上に深大なものであったことを想像させる。モダニズム文学運動の拠点の一つとなった『詩と詩論』はその世界的転回を日本に伝達しながら、独自に日本の文化状況へ影響を与えた雑誌である。

もはや言語が明晰な対象物を指示し得なくなった二十世紀の言語論的転回について、ヴァルター・ベンヤミンはその初期の論文「言語一般および人間の言語」（一九一六年ミュンヘン大学在学中に書かれる）で「言語の内容などというものは存在しない。伝達として言語はある精神的な本質を伝えるのであって、それはとりもなおさず伝達可能性そのものを伝えることなのだ」と、第一次大戦下の青年が持った新しい言語意識を書き残したが、それはやがて壮大な「言葉の実験場」と化す世界の芸術運動の予兆となっていく。言語が不可分に意味と結合することへの懐疑が表出された二十世紀の言語意識の革命は、『詩と詩論』創刊への道を切り拓いていったのである。

安西冬衛が極めて「前衛」的なモダニストであったのは、こうした言語論的転回を、『詩と詩論』誕生の母体となった詩雑誌『亞』の仲間とともに、世界的共時性をもっていちはやく理解した点にある。モダニズムを西欧思潮の移入と受容の側面のみで捉える限り、彼らのモダニティは了解されない。そのなかで安西は『詩と詩論』の運動に先駆けて全く新たに詩的言語を獲得した。彼の創造した言語意識によって表わされたエクリチュールは衝撃をもって迎えられ、他の人間によって理論化されていった。『詩と詩論』はまさしく「詩」を「詩論」によって再ヴィジョン化する行為そのものの媒体であったのだ。

しかし、安西の不幸は「詩」そのものによって言語の不透明な揺れを表出する才能を持ったことであろう。言語の厚い壁（言語に纏わりついた意味の堆積）を破って、深層の意識（未生の言語）を言語化していくのには「詩論」（散文）という形式を採用するしかなかった他の詩人たちと違って、彼は一行の詩をもってそれを遂行しようとした。あらゆる詩的伝統から自由に、あらゆる詩的言語の制約を断ち切って、たった一人で安西はそれを試行したのである。その彼の動態が『詩と詩論』の発足を促した。が、安西自身は『詩と詩論』の展開に随伴するには余りに「前衛」に止まり続けた。「詩論」は彼にとって「詩」を書く過程であり、「詩」（作品・テクスト）そのものが完成したとき、彼の「詩論」（詩の着想・イマージュ）も終了する。残された作品（エクリチュール）はすぐに彼の深層の言語と交替して、次の想像力（「詩論」）を発生させながら、そこに置かれた詩的言語に対して意識の本質を厳密に抽出したかという心の声で再検討を彼に要求する。安西は不断の言語の奪還（詩の制作）によってしか「詩論」を語れない詩人といえる。

ジュリア・クリステヴァはこうした表層と深層の異なった位相の言葉の可逆的な交感を「間テクスト性」（Intertextuality）という理論のもとに説明したが、表層言語《ラング》のみでは語り得なかった「精神的な本質」、ソシュールの用語を借りれば言語活動《ランガージュ》（意識の深部に横たわる言語のシンボル化の働き）について考えることが、安西の「前衛」性とその意味について解析することになるのではないか、そしてそれは『詩と詩論』以前に達成した地点を『詩と詩論』以降の時点では、ついに超えられなかった彼の詩的創造行為の説明にもなるであろう。

2　「春」の風景

彼を最も著名にした一行詩「春」（『軍艦茉莉』厚生閣書店、一九二九年）

てふてふが一匹韃靼海峡を渡つて行つた。

は、初出時（『亞』一九号、一九二六年五月）では

てふてふが一匹間宮海峡を渡つて行つた　　軍艦北門の砲塔にて

となっていたのはよく知られている。この改稿の理由について、これまで音韻の据わり、漢字の視覚的効果、エキゾティシズムの増幅などが指摘されてきた。だが果たして「間宮」と「韃靼」の言い換え・推敲のみが、この日本モダニズム詩の出発を画する一行詩の成立を促したのであろうか。安西はこの「春」の成立について

大連の電気遊園（中略）の樹墻《じゅしょう》に沿うた坂道をのぼりつめて眼下に屈曲して深く入った大連湾の海光に接したとたん、電撃的に私の頭にひらめいたイメエジを一行の詩に昇華させたもの（略）（「考へ方の革命――自鳴鐘十五周年記念大会講演」『自鳴鐘』一七九号、一九六三年八月）

と回想しているし、また

電気遊園の樹墻に沿うて伏見台へ登つてゆく道は、雑誌「亞」時代の私が初期の作品に好んで用ひたモノグラフヰで、阪を登りつめると景観が忽ち一変し、眼下を塞ぐ街衢《がいく》を穿つて深く屈曲した大連湾がリボンの如く展開する。（中略）「韃靼《だったん》海峡と蝶」のアイデイアはこの地理から採集したものである。（「輯後に」『韃靼海峡と蝶』文化人書房、一九四七年）

と何度もその着想の瞬間について書いている。作詩時のイメージはその三十年余りの間に書かれた

図　大連市街中心部（『大連地方案内』南満州鉄道株式会社、1929年）

言説でも示されるとおり、多少の増幅を示しながらも強固に反復されている。が、改稿の理由はついに本人自身が書き残すことはなかった。

『大連地方案内』（南満州鉄道株式会社発行）昭和四年版によると、電気遊園は「人工的の公園でメリイ・ゴー・ラウンドや植物温室、小動物の檻、図書館などが備はり、園の位置する高台からの眺望も良い」とあり、公園裏の坂が安西の指す場所と推察される。大連市の中央に五〇万坪の規模で広がる西公園（のちの中央公園）の西側に位置する満鉄経営の遊園地へは、安西が『亞』の同人滝口武士を訪うために何度も往復した通り道である。「大連の市街を新旧の二つに分界する高台」（「（自作自解）春」『国文学 解釈と鑑賞』一九六一年六月臨時増刊）が「春」生成の起点である。西公園の南側の高台の新興住宅地桜花台に一九二四年（大正一

三）五月に転居した安西は、その家を

崖の家は街道を隔てて禿山に面して居り、壮大な形容を試みるなら、欧羅巴から始まつた大

陸の起伏が、かのポール・クローデルの頌の讃へる「大地の中の大地」と呼ばれてゐる亜細亜の大陸に移行し、断絶して黄海に没入する最后のドタン場―その懸崖を背負つてゐる地勢に踏み止つてゐるとでも申していい姿勢の中に立つてゐた。(「「軍艦茉莉」の界隈」『日本現代詩大系』第一〇巻月報、河出書房、一九五一年)

と描写しているが、この二つの高台を往還する起伏のなかで「春」は生み出されたのである。ヨーロッパの果てに位置づけられた桜花台から市街電車か人力車で美しい放射線上に整備された大連の街を見渡しながら下り、西へ向かうとメリーゴーラウンドの回転と音楽が木立の間から聞こえてくる。再び坂を登りきるとそこには「リボン」のように切り取られた大連湾港が忽然と出現する。それを安西は簡略に「電撃的に私の頭にひらめいたイメエジ」と言っているが、「見る」主体である彼が設定したこの鳥瞰的なトポスの遠近は、安西の身体感覚が乗り物の揺れに身を委ねて坂道の上昇と下降を繰り返すことによって獲得されている。安西の眼前には露わにされる風景と隠される風景が交互に広がったであろう。それは人力車に乗る安西の隻脚をも彼自身の身体意識から隠蔽して、自由に想像力を行使する瞬間であった。

3　開ける眺望・隠される風景

西側の新市街は静謐な文教地区で、そのなかには親友滝口の下宿が、あるいはほのかな思いを抱いた北川の妹の同級生が住むアカシヤに彩られた屋敷がある。その時東側の商業地区（その中心部には安西が勤務した満鉄本社や脚の手術を受けた大連医院がある）は街の襞の奥に後退したであろう。もうひとつ重ねればその東西を分かつ入口、電気遊園の周辺には日本人用の洒落た連鎖《れんさ》商店街のために、やがて強制立ち退きさせられる中国人労働者の貧しき陋屋が屋根を重ねているのだが、安西にとっては隠された風景となって彼の詩にはそこから抜け出たときの感動しか書記化（作品への虚構化）されることはなかった。しかし、書かれなかったことを「空白のテクスト」としてあげつらうことの理不尽を充分に承知しながらも、その隠されたはずの風景（意識下に沈潜する見た記憶）すらも詩を誘発する意識、深層意識（イメージの根源）となって「春」を一つのテクストへと凝縮させていった。

言葉を分節化するに際して安西は、深層のテクストとしてこの大連の市街のアップ・ダウンによって展開する開ける眺望と隠される風景を引用している。そして先ず大連湾を「間宮海峡」と発声する。このプレ「春」から、書記された初出「春」、そこから「韃靼海峡」と改変された完成稿「春」の位相が異なっているところにテクスト「春」の複雑さがある。言い換えれば「異化」する主体である安西の身体が言語化される過程において、言語論的転回をもって引用の位相を刻々と変えているのである。口をついて出た言葉《パロール》から言語《ラング》への定着、その表層の言語行為は書記されたテクストによって深層言語へと突き戻され、「引用の織物」となって新たな詩を生成していった。この言語活動《ランガージュ》はあらゆる詩的伝統と断絶された場所で、先ず安西一人の身体の揺れを介して起想されていたのである。

「春」の「てふてふ」は、テクストから抹消された安西の隠された身体（人力車に乗っている隻脚の身体）が倒立したメタファーとなって先ず言語化されたと言い得よう。自由な身体、飛翔する身体は視界の開放とともに獲得される。ただし「一匹」で。その孤絶した存在の認識は、視界が開ける瞬間の恍惚が浮遊感となって「てふてふ」に凝縮するが、俯瞰的な眺望のなかでの自己の中心的な感覚（遠近法での一局的で独占的な視線の領有）は孤立した存在への覚醒を要求するのだ。前年十月の『亞』一二号に発表した「横町一杯の鰯雲／あの邸《いえ》の開《あ》いたことのない鎧扉《よろひど》。」（「秋」）の遠望と注視のパースペクティヴもまた自分が迎え入れられない拒絶された孤独を描いている。

「間宮海峡」は大連湾の「リボン」のように細長く大地に囲まれた風景を直接に表象して、「海峡」という言葉に移し変えられたことは容易に想像できる。しかし、大連が渤海と黄海に挾まれた遼東半島の突端に位置する地理的条件から、「間宮」に繋がる如何なる要因もそこには察せられない。黄海、あるいは渤海では許容できない何かを「間宮」という固有名詞に代替させる必要があったのか。それが日本語に言語《ランガージュ》を依拠する安西の詩的言語の限界であった、と言えば余りに単純に過ぎよう。が、大連湾によって隠されていた風景である「間宮海峡」は、ユーラシア大陸と日本を分節化するのに最も適切な語彙であった。大連湾を遠望すればそこには大弧山のある遼東半島の対岸の地平が臨まれ、彼は「亜細亜の大陸」の「断崖」から逃れ得ない。大連湾を樺太とユーラシア大陸との間にある「間宮海峡」に見立てることによって「てふてふ」は飛翔の自由を保証され、日本（日本語）へと向かえるのだ。それは「断崖」によって隔絶された日本の奪還であり、また日本には隠された風景となっている植民地都市・大連の開示である。「猫」（『亞』一六号、一九二六年二月）で安西は「市街は畳まれてゐる。」という詩句を刻んでいるが、「畳まれ」た風景の解放が一瞬の視界の開放と同時に想起されたと考えれば、この言語の跳躍は説明されよう。付言すれば、この蝶は「渡っていった」と過去形で示されており、鮮烈な意識の体験を言語化する興奮を、対象化・相対化（飛び去った蝶である自己を身体に奪還する作業）して詩的想像力の形象化―非在の現前化を終えるのである。

4　「春」の予前想像《プレ・イマジナーレ》

しかし、エクリチュールへと転換した彼の思惟は、書記化されたがために新たな次の想像力を深層の意識から呼び起こした。文字という痕跡はそれが形象であるという理由で、もう一度意識に召喚されるのだ。「間宮」から「韃靼」へは安西自身が自註するように「「てふてふ」という平仮名と韃靼という漢字のもつフイジカルな形象のはげしい対照」（「（自作自解）春」、前出）、また「重音語のもたらす恍惚たるコレスポンデンスの世界」（同）を目的として改変されたのは事実であろう。だが彼はこれに続けて「私は詩を、予前想像《プレ・イマジナーレ》だと考える」と言って、その頃読んだタタール海峡を塞き止め気候を温暖化するというソ連の科学者の提言を紹介して、「春」が未来を予兆したエクリチュールであることを書いている。もちろんこの言葉が一つの芸術的達成には必ずついて回る後世の物語化であるのは否めないが、一方にこの「予前想像《プレ・イマジナーレ》」が改変を読み解いていくタームとなっているのではないだろうか。

隠された風景・身体・意識の開示として成立したエクリチュール、初出「春」を激しく責め立てたのは何であったのか。それは「間宮海峡」という語によって制限された、換言すればその語によって封じ込まれてしまった安西の「予前想像《プレ・イマジナーレ》」への呼び覚ましであっただろう。表層言語の限界の故に放棄した「予前想像《プレ・イマジナーレ》」とは、深層言語の呼びかけに他ならない。「予前想像《プレ・イマジナーレ》」といういささか舌足らずの語句によって安西が表象しようとしたのは、言語《ラング》の枠組みを越境して浮かび上がる深層言語の現前化ではなかったのだろうか。「韃靼」の発見は、「間宮海峡」のオルターナティヴな呼称「タタール海峡」からの転換によってなされたが、この「異化」の完成が彼の想像力の混乱に秩序を与え、思惟に整理を与えたのである。

「韃靼」が呼び込んだテクストは蒙古、モンゴル帝国の崩壊、流浪、迫害、そして現在の植民化される中国があり、「タタール」で読み替えるとすれば（完成稿「春」には漢字のルビは振られていない）、ロシア、トルコ系民族、回教、シャーマニズムというユーラシア大陸の混沌が引用される。「韃靼海峡」はまさしく世界の欲望によって錯綜するユーラシア大陸を、最も完成度の高い言葉によって象徴している。そして、その錯綜は日本から分断（隠蔽）されながらも、細い「リボン」のような海峡で繋がっているのだ。「てふてふ」は日本へ向かうのではない。この海峡を往還しながらその錯綜を一身に引き受けなければならない。眺望が開けた感動の底に安西が感じた深層の言葉は、その深層を瞬時に過《よぎ》った「予前想像《プレ・イマジナーレ》」である、戦争・民族・植民地・文学への漠然とした不安定な感情とパラレルに対応していたのではないだろうか。「てふてふ」はその不安を抱え込んで舞い上がらなければならない。帰還する場も目指す地も失って、ただ「韃靼海峡」の上を飛び続けるのだ。完成稿「春」がそれまでの「春」を一挙に乗り越えたのは、この蝶に与えられた「残酷さ」による。

5　二十世紀言語意識の転回と屈曲

安西が感受した生存の「残酷さ」はまさしく第一次大戦後の青年が共通にもった世界観といえる。それに対して彼は植民地都市・大連にて「日本語」をもって「詩」という方法で立ち向かった。彼の第一詩集の標題が『軍艦茉莉』(戦争の表徴としての「軍艦」)であるのは象徴的だ。そこに収められた「戦役」に「百年の戦役は版図の央《おう》を殷《な》くした。」(初出『日本詩論』一九二六年四月)の一節があり、また代表作の一つ「戦後」には「新月／地下鉄道へ下りてゆく未亡人」(『亞』一五号、一九二六年一月)と記されている。ここで「百年の戦役」は「未亡人」を新月の暗き夜、更に深い闇の「地下道」へと誘っている。植民地の支配者、日本人が晴れやかで自由な気風を謳歌する「関東州」の出入口大連は、一方に植民地支配のための軍港、中国反日独立運動の一拠点、白系ロシア人の亡命地という複層的な構造をもっているのだ。それは第一次大戦後の隠された風景となって、日本人の意識下に封じ込められている。安西の「春」の改稿過程はその前景と重なり合いながら進行していったといえよう。「前衛」は決して政治的、文学的タームとしてしか機能しなかったのではない。大連の風土・自然・歴史・社会のなかで絶え間なく要求される「日本」そのものの相対化こそが、激烈に身体を横断しながら交感され、表層言語と深層言語の激しい葛藤(「前衛」的意志の顕現）を要請した。言語の「前衛」とは西欧モダニズムの派生・影響のみによって見出されたのではなく、植民地に生きる若き詩人の生の在り方を実験的に言語化する作業のなかにも、確実に存在したのである。

位相を変えながら試行する言語論的転回をもって到達した「春」一篇は、二十世紀モダニズムの世界的動向に真に共時《シンクロ》した。しかし、それがゆえに後の散文詩運動のなかで「稚拙」と排されてしまった。『詩と詩論』以降の安西は「韃靼」と「蝶」のモチーフを継続的に散文詩に表現しながらも、ついに「春」一篇を超えることができなかった。三好達治は「『軍艦茉莉』に就ての感想」（『詩と詩論』第四冊、一九二九年六月）で「安西冬衛が小説を（更に一層、小説を）書く日がきつと、（中略）来るであらう」と評した。三好の詩的解釈力をもってしても、安西の詩は散文の解説なくして理解されないと断ぜられたのである。『詩と詩論』が日本モダニズム運動に果たした役割の重さを十分に認識しながらも、理論化（詩から散文へ）に向かったモダニズム芸術が取りこぼしてしまった「前衛」の現前化が、その可能性もろとも棄却されてしまったことを残念に思う。折しも文壇は形式主義の呼び声のなかで、安西が触れ得た深層言語への言語活動《ランガージュ》（揺れる言語・言語と意識の往還）とは反対の方向（揺れない言語・意識の言語への定置）へとベクトルを向け、彼の言語的苦闘は結果として日本のモダニズム芸術に明確に吸収されないままに終わってしまった。しかし、今一度ベンヤミンに戻れば、彼はこうも言っている。

言語はいかなる場合にあっても、伝達可能なものの伝達だけにとどまらず、同時に、伝達不

可能なものの象徴でもあるということなのだ。(前出)

伝達の可能性と不可能性のぎりぎりのせめぎ合いに自らの言語を託した安西の「前衛性」は、二十世紀の言語意識の表明としてのベンヤミンの言説に充分響きあって、今なお果てしない想像力を喚起し続けているのである。

付記 安西の引用は『安西冬衛全集』(宝文館出版、一九七八—八六年)に拠った。また丸山圭三郎『言語と無意識』(講談社、一九八七年)、W・ベンヤミン著作集3『言語と社会』(佐藤康彦訳、晶文社、一九八一年)に多くの示唆を受けた。

第十三章　戦争を始める国で

——アメリカ、〈法〉、モダニズム、そして日本文学

1　二〇〇三年、アメリカ

二〇〇三年一月二十八日、アメリカ大統領にとって最も重要なパフォーマンスである一般教書演説を、ジョージ・ブッシュはつつがなく終えた。確信に満ちた毅然たる態度、真摯で穏健な表情を、彼はどれほどの予行演習を重ねることで獲得したのであろうか。彼が演説を「アメリカに神の祝福が続けられんことを」と締めくくった時、議場には賛辞の拍手が鳴り響いた。しかし、この「名演技《アクト》」につけられた「せりふ《ライン》」は予測もつかない未来への悲惨を予言し、アメリカ合衆国の道義的責任を煽るばかりのものであった。対イラク武力行使への決意の固さは冷戦構造崩壊以後の最大の恐怖を呼び起こさせるのに充分であり、そして彼が繰り返し国民に同意を促す「大国の責任」は、その恐怖ゆえに輝き出して人々の「正義」や「道義」という人間の「普遍的」モラルを導き出して、彼らの「良心《コンシャスネス》」に圧力をかけていくのだ。ブッシュはこの演説の最後にこう言っている。

アメリカは強い国である。だから、われわれの力の使用は高潔なものとならなければならなるま

い。われわれは（他国を）占領するなどということなく力を行使し、他者の自由に対して献身する。アメリカ人は、自由とはすべての人々、そしてすべての国家の未来への権利であることを知る自由の民である。われわれが賞賛する自由は世界へのアメリカの贈り物ではなく、神が人間に与える贈り物なのだ。

ブッシュが述べる自由への「道義的責任」は、「神」の名のもとに人間共通の「課題」となり、そのために必然とするイラク攻撃という論議の過程は、これまで何度となく使いまわされてきた戦争が始まる瞬間のレトリックである。

このなかでブッシュは国連安全保障理事会の開催を求め、コリン・パウエル国務長官がイラク大量破壊兵器開発の事実についての情報を開示すると約束、二月五日に持たれた安保理の翌日の会見では、「ゲームは終わった」と即時の戦争への決断を強く促した。七日、ブッシュは再び、「一人の独裁者のうそと欺瞞を許せば、国連安全保障理事会の（権威は）弱められてしまう」と武力行使の認可を求めた。ブッシュの会見や演説は、必ず威圧的かつ演技的な「決め文句」で結ばれる。その「決め文句」がいかなるクリシェであっても、クリシェだからこそ効果を持つということがある。つまり、わたしたちが住む〈現在〉が持つ自明的な肯定価値、あるいは否定価値とする言葉がそこに提示されるからだ。「自由」「献身」「神」「ゲーム」「うそ」「欺瞞」といったタームの乱舞は、自ずと「正義」や「真実」というモラルに向けられて躍動し始める。

この一月から二月にかけてのアメリカの動きは、戦争へと向かう「非常時」が着々と準備されているのだということを、メディアから発信される国際政治の報道や地域の広報紙からだけではなく、日々の暮らしに関するテレビや新聞報道のなかからも実感できた。西海岸は「本土決戦」の最短の目標地と目され、イラクの細菌兵器に備えて市民や学校に天然痘の予防接種が呼びかけられ、また二月十二日には上院軍事委員会公聴会でテネットCIA長官が、北朝鮮の長距離ミサイル・テポドン2がロスアンジェルス、サンフランシスコに打ち込まれる可能性を肯定した。

前日、テネットは上院情報委員会でアメリカに放射性物質によるテロが起きることを示唆し（これによってテロ警戒度はアラーム最高度五のうちの四となった）、これを受けて米国土安全保障省は全米に向けて三日分の食糧・水の備蓄と避難用必携品、炭素菌防護のガム・テープの用意を促した。これに応じた市民は少なかったものの、刻々と「非常時」は市民生活に具体的な「行動」を要求し始め、そのあまりにあからさまな直接性ゆえに市民は情報の精度を考える批判力を失って、漠然とした恐怖のなかに追いこまれていったのである。

モラルへの従順と、漠たる不安への恐怖はセットとなって、そこに生きる人間の思考を停止させる。「アメリカの沈黙」と呼ばれる知識人たちの苦悩は、こうした民衆感情のうえに構成されている。しかし、問題はそうした人間の感情を同一的な了解事項とするための、またそうした人間の感情からの逸脱を禁止するための〈法〉を国家が創り、その〈法〉をもって人間の感情を制限・管理・統括し、結果として服従と支配の制度を完成させたことである。

2　近代化主義《モダナイゼーショニズム》における〈法〉

米国土安全保障省は、二〇〇二年六月にブッシュが全米テレビ向け演説によって提案し、十一月に国家国防保障法案が可決されて、〇三年一月二十四日に正式にスタートした。一九四七年に発足した国防総省創設以来最大のアメリカ行政機構（八省庁二二部局、職員総数一七万人）であり、ブッシュ政権における最も重要な行政改革であった。米国民のプライバシー侵害のみならず、外国人に対する強制的逮捕・国外退去をも容認するこの法は、現在「非常時」のなかでより強化されようとしている。九・一一、セプテンバー・イレブン以降の「国民化」の強化は、もちろん大学にも及び、アラブ系や北朝鮮留学生を特定して呼び出して登録の再チェック（特別新登録制度）をしたり、国家安全国防保障法案可決後は、単位を落とした外国人留学生がビザ要件を満たさないという理由で移民局に呼び出されただちに逮捕・収監されるという事件、また反戦的な発言をおこなった知識人のＦＢＩによる調査などが噂にのぼっている（決してメディアでは報道されない）。「開戦」後にはすぐにこの法の強化のため、より強権的な個人管理が行なわれる法案が準備されていることがリークされた。

かつてカリフォルニア州では一八八二年に中国人排斥法が成立し、その後一九一三年には第一次外国人土地法が、一九二四年には排日移民法が可決され日本人の移住は全面禁止となったが、日米開戦とともに在米日系人の強制収容所への収監が義務づけられたことを直ちに想起させ、自由の国・アメリカの違う顔がここにはあぶりだされる。日本もまた、かつて治安維持法の成立とともに、一挙に戦争への傾斜を促進して、生活の細部にわたる監視体制を整備していった。「敵性外国人」とは単純に敵国の人間を指すのではなく、「法」が規定する「他者」の総称である。だから、彼／彼女らの存在は共同体の利益を妨害する排除すべき外部であり、その身振りや習慣は「異質なもの」となって排斥の理由となり、〈法〉がそれを正当化する。

ここに至るまでのスムーズな連続は、セプテンバー・イレブンの衝撃がアメリカ国民に深く浸透し、その恐怖と憤激がこの連続を可能とした。逆にいえば、ブッシュ政権は、この恐怖と憤激を最大限に利用して、アメリカの「戦時体制」を創り上げていった。それは日常の平穏を望む民衆感情としての「平和」を、国民国家間の利害に伴う対立へと狡猾に略取する戦略である。国際社会の「平和」を維持するための「戦争」とは、何と矛盾に満ちたパラドックスであろうか。

しかし近代がそのパラドックスをパラドックスとして承認し得なかったことは、二十世紀の近代戦争によって失われていった犠牲者たちの気の遠くなるような厖大な生命の数だけを見ても明らかだ。近代性《モダニティ》とは、その矛盾を内部に抱え込んで「進歩」・「発展」したのである。近代化主義《モダナイゼーショニズム》は民主主義、社会主義、イスラム国家などの違いに関係なく、近代国民国家の第一義的価値として定着した。何故なら、この近代化への志向こそが、「国家」という名の共同体を維持させ、結果として「国民」という名づけられた個人の生存・存在を保護するからだ。

だから、西川長夫が正確に指摘するとおり、「国民国家は国籍によって国民を同定し、国境によって国土を同定し、国民の文化や言語を統一することによって国民統合を図るだけでなく、納税や徴兵や教育やあるいは犯罪の主体である個人を特定し管理することによって国家を維持しなければならない」（『増補　国境の越え方』平凡社ライブラリー、二〇〇一年）のであり、それのみならず「個人の思考や感性やイデオロギーにおいても同一性原理の支配を理想としてきた」（同書）のである。「国民」という名づけの許可と、その順応は、この近代を生き抜くための必須条件であり、同時にそのことを感知しないまでに身体化することによってしか、「他者」の苦悩と悲惨を看過することは可能でない。〈法〉は一方でそうした身体化の具体的な指標であり、今人間が立つ場所を明確に指示するしるしなのである。

3　モダニズムの可能性

モダニズムが近代のなかで構築された価値規範への反逆であり、またその自明性のなかに沈潜した近代の思考そのものへの批判として出発したことは、例えば前衛芸術運動が社会攪乱と風俗紊乱を数限りなく企図したことからも了解される。モダニズムは近代性《モダニティ》の先端を担ったのではなく、そこから抜け出るためのレッスンである。それはマルキシズムが十九世紀中葉に発見された近代資本制の諸矛盾から出発したのと同様に、反近代を指向しているのは明らかだ。二十世紀初頭に連続的に試みられたモダニズムにおける既成概念の転覆は反ブルジョワ芸術運動という形をとったが、そこには社会主義運動が目指した政治的・経済的・社会的脱構築が先行者としてあっただろう。それを人間の内部に即した文化的・歴史的・社会的脱構築として再利用《リフォーメーション》することによって、近代性に束縛された意識を解き放とうと企てたのだ。国民国家の版図を超えたこの二つの動態の類似は、一方が国家という〈法〉から、もう一方が意識という人間の内的な〈法〉からの、解放を唱えたことによるのである。つまりともにもう一つ《オルタナティヴ》の世界への跳躍が意図されているのだ。

しかし、だからといって二十世紀を覆ったこの二つの動態が、近代性批判という同親から産みだされた双子であるという論議は、単純に現象の相同を叙述したものにすぎない。マルキシズムが考える人間の解放と、モダニズムが考える人間の解放は、同じ言辞を用いながら全く違ったもう一つの世界を夢想していたからだ。それは一言でいえば、人間という主体が生きる「現実」に対する認識の違いといえよう。マルクス・エンゲルス『ドイツ・イデオロギー』の一節にある「現実に活動している人間たちから出発し、そして彼らの現実的な生活過程から、この生活過程のイデオロギー的な反映や反響の展開も叙述される。人間の頭脳における茫漠とした像ですら、彼らの物質的な、経験的に確定できる、そして物質的な諸前提と結びついている、生活過程の、必然的な昇華物なのである」(広松渉編訳・小林昌人補訳『新編輯版　ドイツ・イデオロギー』岩波文庫、二〇〇二年)を援用すれば、モダニズムは「人間の頭脳における茫漠とした像」にこそ意識の根源的な本質があり、そこを手がかりに主体の再構築は可能だと考えた。『ドイツ・イデオロギー』の「意識が生活を規定するのではなく、生活が意識を規定する」(同書)は、モダニズムにあっては「生活が意識を規定するのではなく、意識が生活を規定する」と言い換えられよう。

アンドレ・ブルトンは『超現実主義宣言』のなかに「同じことさ。しようがすまいが、きっともっといいことがあるにちがいない。人生の興味なんて長続きするわけがない。簡単に願いましょう。

自分の中の出来事だってぼくには煩わしいんだから！」（生田耕作訳、中公文庫、一九九九年）と記したが、ここには社会における自己主体の不確定性が表出されている。だからこそ前衛芸術運動の多くが個人主体の存立、いわば絶対的な「個」の確立という方向に向けられたのではないだろうか。それはマルキシズムがもった「諸個人は常に自分から出発してきたし、常に自分から出発する。彼らの諸関係とは、彼らの現実の生活過程の諸関係である。彼らの諸関係が彼らに対して自立化するということが、そして彼ら自身の生の諸威力が彼らを凌駕する諸威力になるということが、一体どこから生じるのか？」（前出『ドイツ・イデオロギー』）という疑問を共有しなかった。

近代が労働の分業化に伴う私的所有の跳梁を推進し、結果として個人間の階級格差を見せかけの「平等」という構造のなかにしまいこんだ時、「彼ら自身の生の諸威力」は、「国家」という名の巨大で非情な幻想《ファンタゴマリー》に簒奪・略取・搾取されてしまった。モダニズムが夢想した「絶対的個」は、容易にこの機構に吸収されてしまう。それはいかに考えようと、「近代」はそれほどたやすい喧嘩相手ではないということだ。マルキシズムにあってもまた、「彼ら自身の生の諸威力」は「彼らを凌駕する諸威力」によって蹂躙される歴史的過程を、おしとどめることはできなかった。

それならば、いや戦争が始まろうという今だからこそ、モダニズムが発見した既成概念の転覆（個人の内的意識の存立と自由への試み）を、私たち自身の「生の諸威力」（個人の政治的・社会的・文化的権利を自分にとり戻す試み）に接続させ、あらたな主体認識を発動／有効化させる必要があるのではないか。

4　日本、および日本文学

アメリカ合衆国において、日本研究、日本文学研究は周縁的な学問である。地域研究《エリア・スタディーズ》、アジア研究、比較文化・文学研究、エスニシティ研究、サブ・カルチャー研究、カルチュラル・スタディーズ、ジェンダー・スタディーズなどの一環として大学で講じられることには、二つの側面からの理解が可能だ。先ず、日本研究・日本文学研究が決してアメリカで影響力をもつ主流的学問としては認知されていないということ、他方、だからこそアメリカという構造を逆照射してあらたな視点を発見できる可能性があるということ（このことについてマサオ・ミヨシ、ハリー・D・ハルトゥーニアン編 *Learning Place*〔Duke University Press, 2002〕が有益な論議を展開している）、この二つの側面には、もちろんオリエンタリズムの投影という危険性が常に介在するが、それでもなおこうした「変換」の可能性は留保しておくべきだろう。そして、このことが現在進行する世界の混沌と矛盾にアクセスさせるのだ。

　アメリカで出会った知識人たちとの語らいのなかで印象的なのは、彼ら／彼女らが話題のなかに織り交ぜた言葉の一つ一つが、自明的に日本に存立する「日本文学研究／国文学研究」をいやおうなく他者化させ、彼ら／彼女らが求めようとする場所（それはまた近代が抱え込む苦悩からの解放を目指す、私たち自身の場所でもあろう）へと接合させることだ。「ものいわぬ他者の死《サイレント・デス》」（ホミ・バーバ）、「カルチュラル・スタディーズを語る場所と資格」（レイ・チョウ）、「親密な感覚《インティマシィ》」（ミリアム・シルバーバーグ)、「〈文学〉を〈文学〉と認定するのは一体誰なのか」(史書美)、「直接的暴力もまた〈行為体〉の言葉によって構成される」(ジュディス・バトラー)、「視覚性《ヴィジュアリティ》の変容」(リヴィア・モネ)などの様々な言葉と日本文学が呼応した時、この戦争が戦われる意味を考えるということと日本文学を考えるということは決して遠い連関でも、異質な思考でもないということが明瞭になっていくのではないだろうか。そして何よりそれは共有の場所として獲得されなければならない。そのためにも、日本文学はあるのだ。

　だとすれば、「日本文学」とよび慣わされるものを再検討し、「文学」とよばれるものを再検討し、「日本」と呼称されるものを再検討しなければならない。こうした意識変革の先鞭をつけたのは二十世紀初頭の日本前衛芸術運動である。しかし、ここで問題なのはヨーロッパに端を発したアヴァン・ギャルドの動態との「影響・受容」と、日本の文化的・社会的・歴史的コンテクストとの相関に焦点化した研究からは排除されてしまった項目、すなわち「もう一つの世界」への跳躍の背後に横たわる「主体認識の変容への意思」が、何によって想起され、何によって決意され、何によって行使されるのかという、極めて基本的な問いがそこに残されていることだ。この解決がモダニズムが始まって百年後に陸続と現われた「他者」を措定した「当事者」たち自身によって開かれた研究であったと思う。ポスト・コロニアル研究、ジェンダー研究、エスニシティ研究、カルチュラル・スタディーズなどが教えるのは、「他者」と「主体」を分割/分節する境界を、どのようにこの近代のなかに立ち現われさせるかということであった。言葉を介在して実体化された意識そのものの反映であるこれらの新しい研究方法から明らかになりつつあるのは、「他者」と「主体」は分割不能な要素をもつということである。

「主体」のまったき自由は、「他者」の自由を奪うところに成立するという不正への気づきなくして、どうして「主体」は完成しよう。モダニズムの出発はこうやって伝達され、今アメリカでは周縁の学問としての「日本文学研究」がモダニズムやプロレタリア文学を旺盛に読み、研究している。それはおそらくは、今この戦争を始める国となったアメリカと隔たった「もう一つの世界」への脱却を力強く促進していくだろう。

これを書いている間に戦争は刻々と準備されている。しかし、これまでの「沈黙」は破られた。二月十五日、全世界的に展開した反戦デモは六六カ国、一千万人以上の規模におよび、アメリカでもニューヨーク、サンフランシスコを中心に大規模なデモが行なわれた。私が今住むサンフランシスコ郊外の小さな町パロ・アルトでも一月から道路わきに「これ以上、イラク人を殺すな」というプラカードを掲げた老若の市民が立ち、「止まれ」の交通標識に「ブッシュ」とか「戦争」とかの言葉が黒いスプレーで丁寧に誰かの手によって書き込まれていたが、このデモと安全保障理事会における「査察継続・強化」のフランス、中国、ドイツなどの提案によって、戦争の即時執行は遅延された。だが、北朝鮮問題をめぐって新たな戦争の危険が浮上しており、二十日にパウエルは英国BBCの会見で、戦争の即時断行を求める新決議を来週早々にも提出する意向を表明した。

二月十二日、民主党の大物上院議員ロバート・バードは「われわれは受身の沈黙にたっている」という声明を発表し、そこで「今戦われようとしている戦争は最も恐ろしい人間の経験としか考えられない」と始め、「われわれはほんとうに歴史のなかを夢遊病となって歩いている。私は心の底からこの偉大な国、そしてその良き信頼すべき市民が突如として最悪のことに気づくという事態に陥らないことを祈る」と述べた。決して、良い評判ばかりでないこの老練な八十歳を超える政治家が憂えるアメリカの「異常」は、彼にとって埒《らち》を超えるものだった。国土安全保障省の初代長官にトーマス・リッジが選出された一月二十二日にも、「リッジ氏には国土を守る責任だけでなく、職権乱用を防ぐ責任もある」と発言した。

　バードの当たり前すぎる「良心的」な態度はこの今のアメリカにあって稀有である。しかし、一方でこのリベラルな対応がもはや「次の戦争」の充分の抑止力とはならないことも事実だろう。「良き信頼すべき市民」が多くの戦争を戦い、多くの「他者」を敵として葬っていた歴史の結果を、わたしたちは既に知っている。民衆とはかくも弱き存在なのである。

　では、この民衆によって組織されたデモが次の「もう一つの世界」への架橋となるのだろうか。アントニオ・ネグリとマイケル・ハートは著書『帝国』で、市民運動という形態にこの一元的に情報化したグローバルな世界への変革の可能性を期待して、結語とした。しかし、「市民」と名づけられた人間が、「市民」という呼称を自らの「主体」に問いかけて、その本来の意味を喚起することなくして、またこの「主体」という自らの身体を見つめ返すことなくして、「生の諸威力」は発現しない。「市民」は時として国家の強力な先兵ともなりうるからだ。

　ノーマ・フィールドからもらった電子メールにはこう書かれていた。

　　でも、自分になにができるだろうか。いつも、そこに戻ってしまいます。市民的不服従という言葉を思い出します。

「国民」や「市民」が「個人」や「主体」になるだけではだめなのだ。それらが「自分」という言葉に戻っていく時に浮かび上がる、「自分」を確定している「他者」との境界の存在。その存在への気づきが「他者」を「他者」としてでなく、もう一人の「自分」として凝視させる契機となるのだ。この瞬間にこそ思考実践の第一歩が準備され、「生の諸威力」は輝き出すだろう。アナクロニックな近代の残滓に色濃く塗られた、戦争を始める国で、近代の苦悩を抜け出ようとする多くの言説が生産されていることに私は希望を繋ぐ。そして、そこに新たな「もう一つの世界」への出口を見出していきたい。

（二〇〇三年三月二十日記）

第十四章　同じテクストを読む——日本文学研究と日本文学

今、この世界で、どれだけの人々が日本語で日本文学を読んでいるのだろうか。また、日本をめぐる日本語テクストを研究する人々はどのくらいいるのだろうか。日本文学と呼ばれるテクストに携わる研究者が、案外このことに無頓着でいるのは、日本語と日本人、あるいは日本文化が不可分に結ばれていると無意識に信じているからであろう。しかし、現在日本の多くの大学では様々な国から来た外国人留学生がすぐ隣の席で日本語の文学作品を読む光景は決して珍しくないし、また少なくない数の日本人学生が日本文学を海外で学んでいる。それなのに、日本が日本文学研究の「本場」であると安定的に考え得るのは何故なのだろうか。もちろん、日本文学が日本という地域に根差した日本語によって書かれたテクストであると考えれば、圧倒的に研究人口、読者人口が多いのは当然であり、数の上からの判断では世界に突出した研究環境を有しているのは間違いない。

しかし、そのことと日本での日本文学研究が主流であると考えることとは、一致しないのではないだろうか。そもそも、文学研究に主流や非主流があるのか、そう断定するのは誰なのか、またその断定は、どのような資格と条件をもってなされるのであろうか。二〇〇二年九月から半年間の、スタンフォード大学の客員教授として、またワシントン、コロラド、コロンビア、ハーヴァード、ウェーズレー各大学での講演、ＵＣＬＡ、シカゴ大学でのワークショップへの参加などを通じて出会った、日本文学というテクストを共有する北米の研究者、そして日本文学を学ぶ大学生や大学院生らとの対話は、私に深くそのことを考えさせた。

１　日本文学の範囲

現在、ある国の文学がその国の名を冠して「〇〇文学」と呼称され、その国がその文学を私有・固有しているかのように考えることに対して、近年特に研究が進展するポスト・コロニアル論やカルチュラル・スタディーズ、エリア・スタディーズなどの成果から見直しが図られようとしている。日本文学研究にも日本文学の自明性を問い直そうという動きが出てきた。例えば、在日韓国・朝鮮人のいわゆる在日文学や、また朝鮮半島や中国、東南アジアで多数出版された被植民地作家による日本語で書かれた文学、またリービ英雄など外国人による日本語の文学は、果たしてこれまでの概念規定による日本文学と単純に呼称してよいのかなどの新たな問題系を呈示している。川村湊による「日本語文学」の提唱などは、このことへの関心を示した見解の一つであろう。ここには政治的、歴史的、文化的な各コンテクストが複雑に絡まりあって、単純に日本文学を措定できない、また、してはならないという意識が確実に反映してきている。

逆に外国語で作品を書く「日本人」（日本語を一度は母語とした人々）作家、例えばイシグロ・カズオや多和田葉子、モリ・キョウコはどうなるのか、あるいは「日系」（日本語を母語とはしなかった日本人をルーツとする人々）作家らの日本をめぐる小説や詩、例えばジーン・オオイシ、ケリー・サカモト、ジョイ・コガワ、リディア・ミナトヤなどの作品はどう規定されるのかという疑問もここに浮上する。彼／彼女らが外国語によって提出した作品を単純にその言語が話される国の文学と言い切っていいのかということだ（北米ではアジア系作家の作品に「アジア系アメリカ文学」〔Asia American Literature〕という命名をしているが、この言葉は私にはしっくりとこない。特に日系二世、三世のアイデンティティの揺れに題材をとった作品を読むとき、その呼称を与えるアメリカの責任が問われなくなってしまう気がするからだ）。また日本国のなかでも、沖縄文学やアイヌ文学で顕著なように、非「標準語」で書かれた文学は、日本文学史の正系には決して位置づけられないという問題があることを忘れてはならない。

つまり、当たり前のことではあるが、日本をめぐるテクストはただ日本語だけで書かれないし、日本語は決して日本人のみの表現言語ではないし、また外国語で書かれた文学がその書かれた言語の話される国のみの文学ではないということである。それらをいっしょくたにこれまでの日本文学（日本語で書かれた日本人の文学）に統括しようとすること自体が無理だし、また同様に外国文学に繰り入れることも不可能なのだ。日本文学という言葉を概念規定しようとすればするほど、国家と言語の一体化という近代国民国家の幻想のテーゼがたちまちのうちに呼び込まれて、正統と異端という分別を要求するメカニズムをどのように考えていけばいいのか。このことは、私たち日本近代文学（この言葉も考えれば問題を孕んだタームである）を研究する者にとって、存外に大きな問題ではないだろうか。

それでは日本文学という規定をとっぱらってただ「文学」と呼ぼうとか、文学とは世界文学なのであり、そうした国民国家の枠組みを超えるものである、あるいは日本文学研究もこれからは「世界文学」研究となるべきだなどという論議も、私には同様なアポリアに陥る危うさを感じさせる。文学という枠組み自体を、一体誰が決定・承認するのかという根本的な問題はさておき、「日本」と総称されそのなかで生起した政治的・歴史的・社会的諸問題を根底に据えたこれらの作品群を、そのことに関与させないままに「文学」や「世界文学」と一足飛びに呼んで、「美学的範疇」に閉じ込めてしまうことには抵抗を覚えるからだ。おそらくこうした問題項の根本にあるのは「日本文学」と呼びならわしてきた概念そのものを、どのように再審問していくかというこれからの文学研究の基底的方向であろう。

単純に「日本語で書かれた日本人の文学」という規定がもう通用しないのと同様に、「文学は文学であって国や民族は関係ない」という安易な文学主義的言辞ももはや何の指標にもならないということである。ならば逆に、これまでの「日本文学」という語が持つ自明性そのものから出発したあらたな方向の模索が必要だ、と私は思う。この語から浮上するのは、正統化されたテクストと、排除・周縁化されたテクストの分別がどのような歴史的・文化的・社会的コンテクストによって構成され、どのように構造として定着していったかという問いである。そしてなおかつ研究者が、どのようにその個別の対象への意識を、そうした構造へと連絡させていってしまったか、構造へと連絡させたことも意識させないような規範認識をどこで獲得してしまったかという問いを、自身に投げかける契機を発見していくことになる。つまり、研究者なり読者なりの「私」が今在る場所としての「日本」と、その「私」の想像力の自由を教えてくれる「文学」とは、危ういバランスで成立しているのだということへの意識を、どのように深く思考していくかということがいま要求されているのだ。だからこそ「日本文学」という語に徹底的に拘り、その展開・転回に向けて試行したいというのが、私の基本的な立場である。

2　同じテクストの地平

この試行への歩みを踏み出すために、やることは無数にある。しかし、一人ではできない。細分化されてしまった研究状況を再編制して、様々の表現とのより緻密な連携を図っていく必要がある。ただ、ここで断わっておきたいのは、「細分化した研究」とは決して否定的な評価ではなく、そうしたより専門性の高い文献学的な堆積を基礎としない限り、ここで述べる目的は達せられないと私は考えている。そうした積み上げこそがこれからの研究を可能にするのだ。問題はそれらが「研究方法」となって自給自足した時、また総合的と称する「研究方法」がその堆積を安易に「使用」・「略取」する時に発生するテクストの「封じ込め」、つまりそのテクストに付与された評価を自明のものとして継承する再生産の上にいつまでもテクストを縛りつけてはならないということだ。

これまで文学は、それを多様な言説に交差させる試みのなかで、その文学性を豊かに発揮してきた。専門的視点と巨視的視点という相反する方向を、同時に実現することができるのは共同性である。高度の専門性に培われた各研究者の達成は、もちろん各個人の業績である。署名をもって書くということはその個人の責任のもとでなされるのは当然である。が、私がここで述べたいのはそれらが相互に接触した時に生起する衝突・衝撃が、テクスト自体を「発達」させるのではないかということである。テクストが研究の名のもとに括りつけた様々な読解を交差・連関させ、テクストのなかに置き去りにされてしまった人間の「生」、また「感情」を外界へと解き放つ努力は、おそらくはテクストそのものが持つ可能性をあらたに拓いていくことになるのではないか。そしてそれが「生きた実体」となって各個人に共有された時、その違った意識、見解、認識は、それがどうして生成されていったのかという根本的な場所に戻って、思いもしなかった読解を生み出していくかもしれないのだ。それは思いつきなどではなく、まして奇をてらった新解釈でもなく、もともとはテクストが内包する人間の「共通問題」を、文学の土壌で考え直すことでもある。

その一つの試みが、冒頭で述べた一体誰が「日本文学」を読み、研究するのかという問いである。現在、世界の多くの大学ではアジア研究の学科、学部が設けられ、そこには必ずと言っていいほど「日本語」「日本文学」の学部・学科が設置されている。またそこから日本文学を学びに学生が日本に留学している。よくそれを日本の経済発展に伴う国際認知の向上の結果などという説明がなされるが、とんでもない誤解である。少なくとも欧米圏での日本文学・文化研究は第二次世界大戦下における「敵性外国人」の研究として出発した。「不可思議な敵」を知るための学問は、やがて日本という「異質な文化構造」への分析となり、やがてハイ・テクノロジーの先端国としての日本が発信する「ポストモダンの表現」への関心に推移したことは、エドワード・サイード風にいえばまさしく「西洋が東洋の上に投げかけた一種の投影図」(『オリエンタリズム』)なのであるが、現在北米の日本文学研究においては大きな変換が起きている。

北米においても「文学の衰退」は一九八〇年代末から大きく論じられ、文学研究はカルチュラル・スタディーズやサブ・カルチャー研究にシフトする傾向があった。そのなかで北米の日本文学研究は周縁的な学問としてあったがために、より自由にそのシフトを利用して日本文学の旧来の枠組みを変換していったのは、一見「文学離れ」のように見えて実はそこにある圧倒的な質量に支えられた日本文学テクストを発見させていったからだ。北米でのアメリカ的価値基準を相対化する役割として見出された日本文学・文化研究が、個別に研究対象として成熟していった一つの例として、北米における近代性《モダニティ》に関する研究を挙げたい。

北米において日本の近代化は、西欧型モデルのアジア型達成として、日本に関する歴史学、社会学の領域では研究の中心的テーマであったが、文学研究においてはそうした近代化への反措定としてエドワード・サイデンステッカー、ドナルド・キーン、ハワード・ヒベットらによる谷崎や川端、三島の精力的な翻訳・紹介がなされ、世界に異質な反近代性という美学に支えられた日本文学を認知させた。しかし、圧倒的な「異質性」として提出された日本文学を近代化の一側面として再定義しようとしたのが、九〇年代以降に顕著となった北米日本文学研究における近代性《モダニティ》への注視であったのではないだろうか。それはアメリカが到達した後期近代資本主義の相対化であり、そこには近代性《モダニティ》の桎梏《しっこく》への深い疑惑が介在しているような気がする。

こうした近代性《モダニティ》に言及する、九〇年代前後からの示唆に富んだ刺激的な研究書を知る限りのなかからランダムに拾えば、チャールズ・シロウ・イノウエ『泉鏡花と視覚的伝統』（ミシガン大学出版局、一九八八年、以下大学出版局は大学名のみ)、ミリアム・シルバーバーグ『替え歌——中野重治のマルキスト宣言』(プリンストン、一九九〇年、邦訳は平凡社、一九九八年)、デヴィッド・ポーラック『文化に抗する読み——日本文学におけるイデオロギーと語り』(コーネル、一九九二年)、ホゼア・ヒラタ『西脇順三郎の詩と詩論』(プリンストン、一九九三年)、ジェームス・フジイ『共謀するフィクション——近代日本散文の語りにおける主語』(カルフォルニア、一九九三年)、デニス・C・ウォッシュバーン『日本文学における近代のジレンマ』(イエール、一九九五年)、ジョン・トリート『爆心地を書く——日本文学と原爆』(シカゴ、一九九五年)、ジョン・ソルト『意味のタペストリーを切り刻む——北園克衛の詩と詩論』(ハーヴァード大学アジア・センター、一九九九年)、フィリップ・ガブリエル『狂える妻たちと島嶼の夢——島尾敏雄と日本文学の周縁』(ハワイ、一九九九年)、ミリアム・サス『断層線——文化的記憶と日本シュールレアリズム』(スタンフォード、一九九九年)、マーク・W・ドリスコル『エロスの帝国・グロテスクの帝国——日本帝国主義モダニズムの作品とテクスト』(ミシガン、二〇〇〇年)、セイジ・ミズタ・リピット『日本モダニズムの地誌』(コロンビア、二〇〇二年)、デヴィッド・M・ローゼンフェルド『不幸せな兵士——火野葦平と第二次世界大戦日本文学』(レキシントン・ブック、二〇〇二年)、ジェニファー・ヴァイゼンフェルド『マヴォ——日本の芸術家とアヴァンギャルド、一九〇五-一九三一』(カリフォルニア、二〇〇二年)などが並ぶ。これに例えば史書美《シシュウメイ》の『近代の魅惑——半植民地中国における書かれたモダニズム、一九一七-一九三七』(カリフォルニア、二〇〇一年)など日本との交通を描いたアジア文学研究、レスリー・ピンカス『帝国主義下日本文化の認証——九鬼周造と国家美学の勃興』(カリフォルニア、一九九六年)、ハリー・ハルトゥーニアン『近代性を乗り越えて――戦時下における歴史、文化、そして共同体』(プリンストン、二〇〇〇年、邦訳は岩波書店、二〇〇七年)などの日本思想史研究、そしてノーマ・フィールドの『天皇の逝く国で』(ヴィンテージ・ブック、一九九三年、邦訳はみすず書房、一九九四年)などの日本をめぐる深い洞察に満ちた文学的思索、それに英語以外の言語による日本に関する研究、翻訳を加えていったら一体どれほどの数の書籍を挙げなければならないのかと、気が遠くなる思いだ。問題は、僅かを除いてこれらのほとんどが翻訳されていないという事実である。私を含めた日本近代文学研究に携わる者にその責任の一端はないであろうか。

3　近代性《モダニティ》への注視

前節で羅列的に挙げた題名(各著作のタイトルは私が日本語に意訳した)を繋げていくと、九〇年代前後からの北米日本文学研究は歴史的システムとしてあった近代化過程を注視し、また近代化への抵抗としてあった文学の位置を表出するために、大きな機能を果たしたように思う。しかももっと重要なのは、これらの研究者たちが必然として選び取らなければならなかった自己の「位置づけ《ポジショニング》」が、これらの著作を生み出す動機ともなっている点である。アメリカにとって最も「忘れたい事実」である原爆を真正面から採り上げたジョン・トリートはその感動的な前掲の大著のなかでこう言っている。

私の立つ位置は安穏なものである。私は広島・長崎の被爆者ではない。私は日本人ではないし、ましてや第二次世界大戦中に生きているのでもない。だが、まったく個人的な関与であったとしても、原爆という話題に文化的にも歴史的にも完全に無辜《むこ》であるとして近づいていくことは、私には出来ない。私、あるいは私の仕事に賛同してくれる誰かがアメリカ人である限り、私の位置は紛れもないアメリカ人、また空前の核兵器の使用ということによって条件づけられている。

「加害者」からの発想ということを、「日本文学」のなかにいる私はもちろん共有しない。「被害者」であるからこそ、「告発」は有効であると信じてきた。だが、「原爆」というあらゆる道徳、法、正義を超える根源的な悪を表出していくためには、「被爆者でもアメリカ人でもなく、第二次大戦中に生きているのでもない」私という日本人が立つ「安穏な位置」をも相対化しなければならないのではないのだろうか。文学はそこにある人間の通った歴史的・文化的コンテクストを感知しないままに、また自分が通った歴史的・文化的コンテクストを通過しないままには解釈できない。だが、それだけでは不充分だ。その幾重にもの逡巡や懊悩を繰り返すなかで、少しずつに形を結んでくるものを、より高みに向けて困難を超えて思考実践することだけが、この耐えがたい人間存在の呪縛をゆるめていくのだと思う。

とすればこの「苦痛」の共有が、日本文学のあらたな地平を見出していくことになるだろう。それは文学に内包された「他者」の微かな声を聞き取ることでもある。私が言おうとしているのは

「お互いの立場にたって理解し合いましょう」などというお気楽なものではない。「異質」であるということをとことん追求し、そこに胚胎する矛盾・葛藤を検討し、その相対化の果てにぼんやりと輪郭をとる「なにものか」を見出したいのだ。

九〇年代以降の北米における日本近代文学研究が、積極的に近代性《モダニティ》の問題を採り上げるのは、「遅れた近代」としての日本が西欧近代の中心性を逆説的に否定する役割を果たすからであろう。ジェニファー・ヴァイゼンフェルドは前掲書のなかで「(西欧の)学者は二十世紀初頭の日本美術に「モダニスト」というタームを使用することに対して、日本には「モダニズム」の母型《マトリックス》が欠けていたという理由から問題視してきた」という北米の日本美術の理解を批判しながら、江戸期からの文化伝統のなかにあった模倣と経験主義の経緯を追っている。彼女の論点は同時代的に進行する近代性《モダニティ》を、西欧的手法や形式に集約することができるかということである。つまり、精神性のレベルに引き戻すことによって、前衛芸術運動の中心的な意識を考察しようという立場に立っている。マヴォ(MAVO 村山知義らによって一九二三年に結成された前衛芸術運動グループ)はまさしくここで語られるコンテクストの横断を果たした、極めて有効な観点ではないだろうか。

こうした日本との研究の相違を「ずれ」とか「特殊性」といった言葉で片付けるのは間違いである。近代性《モダニティ》という用語が基幹の概念として発見されていったのは、「日本文学」と呼称されるコンテクストのなかに、今のアメリカを相対化する多くの論点が見出されたからに違いない。特に一九二〇年代から五〇年代の作品群に集中する彼らの研究を見わたすと、そこにはこの二十一世紀という「近代」の終点に、戦争を始めたこの国が、日本の近代性《モダニティ》をとことん見据えることによってアメリカ合衆国の虚妄と、その背後に聳える近代性《モダニティ》の神話を打ち壊そうとしているかのように見える。翻って「日本人」である私がこの「他国の戦争」を具体的な恐怖とともに「実感する《リアライズ》」ことは、母国日本の歴史的な記憶、例えば一九三〇年代の戦争への過程（それは驚くほど似ている）を追体験して、今のアメリカが拠る近代性《モダニティ》の言説を理解・批判する根拠を導き出させてくれる。私たちが「同じテクスト」を読み研究することは、こうした逆方向の同じものへの感じ方、そして具体的な目的を交換・互換してくれる。この文学の求心力が時空を超えて共に語る共有の場へと運んでいくのだ。これはおそらく文学にしかできない、文学でしかありえない出来事だと思う。そして、何より重要なのは、このことをもって私たちは別の場所・立場《オルタナティヴ・スフェア》を獲得することが可能となり、抵抗としての共同性に立つ契機をこの手にすることができるかもしれないのだ。

4　日本文学研究の共同性

少子化、文学衰退、教育改革、大学再編など「時代の趨勢」という騙し文句に引きずられ、今眼の前にある状況・光景を自明のものとして日常をおくる現実のなかで、私たちは忘れてしまっているることがある。それは日本文学研究が培ってきた厖大な文献学的堆積が実証する凄まじいまでの人間性への抑圧、人間感情の抹殺の記録のあることである。それらを隠蔽して、その伝達の存続を切断しようとする力には無意識にでも手を貸してはならない。その抵抗のためにも日本文学研究はある。同じテクストを読む人間がそれぞれに持つ身体化された抜きがたいコンテクストを引きずりながら、そこに展開する葛藤・混乱を突き詰めて、なお対話し続ける意思の持続のなかに共同性は機能し始める。共同性とは妥協でも中和でも、まして馴れ合いでもなく、未だ見ぬもうひとつ《オルタナティヴ》の可能性への追求である。それは結局「自分」への関心をいかに「他者」への関心へと接合・交通させるかという文学の問題なのである。この関心のなかに文学テクストは初めて成立する。「文学は終わった」などという論議を支えるのは、この「関心」が想像力という問題に直結していることを全く考えない思考力の貧しさである。

戸坂潤はその「関心」についてこう言っている。

> 人間が関心の組織的発展力を持つてゐるなら、当然現はれるに相違ない健全な聯想力によつて、関心と関心との間の関係が追及されるに相違ないから、関心体系の振幅は自然と肥りながら拡大して行く筈だ。さうすれば未知のものに就いても、夫々の体系に相応しい見当づけが行はれるに相違ないのである。この見当づけの探照灯の下に照らし出された新しいものは、新しい関心対象に値するものとして、初めて発見されることになるわけだ。(『思想と風俗』平凡社東洋文庫、傍点は原文)

この人間の「健全な聯想力」に支えられた「見当づけ」と、その下で初めて「発見」される新しい関心。それは自分と他者の間を結ぶ関心にも応用されるだろう。ここで「初めて発見されることになる」ものこそ、同じテクストを読む人間たちが共有しようとする「共同性」の別の呼び名なのだ。この関心こそが私たちに未だ知らない「日本文学」を喚起し、国民国家の枠組みに収納されてしまった「文学」を別のコンテクストへと（私が夢想するのは「抵抗の共同性」として機能するものだが）導いていくのだと思いたい。「同じテクストを読む」人々が培う連繫の力は、きっと近代性《モダニティ》の複雑に絡まり合う諸相を解決するための端緒を発見させていくに違いない、と私は信じてやまないのだ。

あとがき

文学と視覚の相関について気になりだしてから随分な時間が経つ。どこか薄ぼんやりとした曖昧な関係のようでありながら、確かな繋がりがあるという実感については、冒頭の序論で書いてみた。あまりうまくいかなかったが、映像論や視覚研究ではなく、文学の側からこの問題を照射してみたい、という私の意志を記したつもりである。

本書は近代がもたらした人間の知覚と意識の変革のなかで、文学がもった意味と役割を考えようとするものである。そこで浮上するもっとも大きな人間の変化は、おそらくは時間や空間の認識の変容であり、視覚をはじめとする知覚の新しい技術獲得であろう。それは「進歩」や「発展」を約束したが、一方に人間を「束縛」したり「抑圧」したりもした。だから、近代論や近代化論は往々にして「反近代」を標榜してしまう。しかし、人間は現実の生活に立脚して考えていくしかないのだから、ともかくも目の前に起こっていることを微細に観察して、近代そのものを考えるほかに方法はないのだ。その観察の堆積が文学なのではないか、と思えるほどに多種多様な「〈日本〉〈近代〉〈文学〉」の文章が残されている。ここで日本や、近代や、文学という言葉をかっこに括ったのは、本書の第四章や第十四章で述べたように、残された文章を読めば読むほど、「日本近代文学」という概念は確固たる一つの意味で成り立っていないということを表わしたかったのと、それらが自明の意味しかもたないとしてしまうことへの躊躇である。

そのことはこのように映画や絵画、写真や旅行記など、文学とは無関係なジャンルと思われているものへの接近ということになったのだが、文学が小説や詩だけで成立しているというわけではない。また文学を媒介にわき起こる想像力が、視覚を代表とする身体の知覚力を通じて獲得されるものと無縁とは思われなかったことが、こうしたアプローチとなった。哲学、文化理論、映像理論、ジェンダー論、植民地論などが多用されるのはそうした理由からだが、各々の領域で積み重ねられた学問方法を会得していないための不備も多くあることは自覚している。だが、こうした試行が「文学的想像力」ということを考えるためのステップになればという願いは強くある。

本書の構成は第一部で明治期以降の「日本近代」のなかで視覚性がどのように文体や創作モチーフといった文学的方法に関与してきたかを考え、第二部では明治から現代までの具体的な作品の分析から、視覚性が文学の主要な構成要素であることを述べた。また第三部には映画や身体知覚そのものが内包する「文学的想像力」を考えようとする文章を置いた。それに加えて蛇足とも思いながらも、二〇〇二年から三年にかけて戦争が始まろうとするアメリカに滞在した折の文章を入れた。この経験は私の研究の根幹的な部分に影響を与えている。日本も、近代も、文学も、かっこに括って考えなければならないと強く再認したのは、いま戦われる戦争の愚かしさに対抗する言葉も失った、虚しい「現実」が、私を深く衝いたからだ。「近代」が溶け出した瞬間だった。

初出一覧でも明らかなように、本書の成立には立命館大学国際言語文化研究所での活動が大きく関わっている。特に二〇〇四年からは所長として多くの企画に携わったが、その経験から得たものは計り知れないほど、大きい。前の所長であった西川長夫氏、西成彦氏、職員の宇治橋奈名子氏をはじめとする研究所関係の方々に、心から感謝したい。また、文学と視覚性という問題系の研究への意思を共有して、多くの示唆を与えてくれた故ミリアム・シルバーバーグ、トーマス・ラマール、リヴィア・モネ、トーマス・ルーサー、林淑美氏らの、長き友情に深い謝意を捧げる。

本書が出来上がっていくためにかけられた新曜社編集部の膨大な時間と配慮には頭の下がるおもいである。また学部・大学院での授業、プロジェクト研究を通じてなされた、学生や留学生たちとの長い語らいによって本書が成立したことも付記したい。校正などでは池田啓悟氏、鳥木圭太氏、友田義行氏をはじめとする大学院生、ポストドクトラルの協力があった。

資料に関しては立命館大学図書館をはじめ、国立国会図書館、日本近代文学館、川喜多記念映画文化財団、東映太秦映画村映画資料室、スタンフォード大学東アジア図書館（メイヤーライブラリー内）などのお世話になり、司書や職員の方々にたくさんのことを教えてもらった。

なお、本書は文科省科学研究費基盤（B）「日本文学における国際的研究理論と互換システム構築をめざして――文化表象を中心に」の成果の一部であり、立命館大学人文学会からは出版助成を受けた。

最後に、視覚の装置を研究する博物館学にその生涯をかけた亡父・中川成夫に本著を捧げることを記して、あとがきを結びたい。

二〇〇九年三月

中川成美

初出一覧（タイトルに変更のないものは収録書誌名のみ表記）

序　論　書き下ろし
第一章　原題「ツーリズムと国民国家――書記される〈西欧近代〉」『立命館言語文化研究』第八巻三号一九九七年一月、のちに西川長夫・渡辺公三編『世紀末転換期の国際秩序と国民文化の形成』柏書房、一九九九年二月に再録
第二章　西川長夫・姜尚中・西成彦編『二〇世紀をいかに越えるか』平凡社、二〇〇〇年六月
第三章　栗原幸夫編『廃墟の可能性――現代文学の誕生』インパクト出版会、一九九七年三月
第四章　『日本近代文学』第五七集、日本近代文学会、一九九七年十月、のちに浅野洋編『芥川龍之介』日本文学研究論文集成33、若草書房、一九九九年に再録
第五章　田中実・須貝千里編『新しい作品論から新しい教材論へ』右文書院、二〇〇三年二月
第六章　『国文学 解釈と鑑賞』別冊『女性作家の《現在》』至文堂、二〇〇五年三月
第七章　玉井敬之編『漱石から漱石へ』翰林書房、二〇〇〇年五月
第八章　原題「多喜二・女性・労働――「安子」と大衆メディア」『国文学 解釈と鑑賞』別冊『「文学」としての小林多喜二』至文堂、二〇〇六年九月
第九章　『立命館文学』第六〇〇号、二〇〇七年三月
第十章　原題「女性労働表象としての〈聖なるビッチ〉――ジョーン・クロフォードとハリウッド映画産業の文化構造」「踊る娘、嘆きの母」（『立命館言語文化研究』第一四巻三号、二〇〇二年十二月、立命館大学国際言語文化研究所）を改稿して、姫岡とし子・池内靖子・岡野八代・中川成美編『労働のジェンダー化――ゆらぐ労働とアイデンティティ』平凡社、二〇〇五年三月に発表
第十一章　原題「ピーター・B・ハーイ『帝国の銀幕――十五年戦争と日本映画』」、木村一信編『戦時下の文学史を読みかえる4、インパクト出版会、二〇〇〇年二月
第十二章　原題「安西冬衛論――二〇世紀の言語的転回と『春』」、沢正宏・和田博文編『都市モダニズムの奔流』翰林書房、一九九六年三月
第十三章　『國文學』学燈社、二〇〇三年四月
第十四章　『日本近代文学』第六八集、日本近代文学会、二〇〇三年五月

著者紹介

中川成美（なかがわ　しげみ）

東京生まれ。立教大学大学院文学研究科博士課程後期単位取得満期退学。

現在、立命館大学文学部教授。

専門は日本近現代文学・文化。

著書に『語りかける記憶――文学とジェンダー・スタディーズ』（小沢書店、1999年）、共編著に『日本近代文学を学ぶ人のために』（世界思想社、1997年）、『高橋たか子の風景』（彩流社、1999年）、『労働のジェンダー化――ゆらぐ労働とアイデンティティ』（平凡社、2005年）、共校注書に『新日本古典文学大系　明治編　第23巻　女性作家集』（岩波書店、2002年）など。

新曜社

モダニティの想像力
文学と視覚性

初版第1刷発行　2009年3月31日©

著　者　中川成美
発行者　塩浦　暲
発行所　株式会社 新曜社
〒101-0051 東京都千代田区神田神保町2-10
電 話(03)3264-4973㈹・FAX(03)3239-2958
e-mail　info@shin-yo-sha.co.jp
URL　http://www.shin-yo-sha.co.jp/

印刷　銀　河　　Printed in Japan
製本　イマヰ製本所
ISBN978-4-7885-1147-7 C1090